Pala
und die seltsame Verflüchtigung
der Worte

Ralf Isau

PALA

und die seltsame Verflüchtigung der Worte

Thienemann

Im Anfang war das Wort,
und das Wort war bei Gott
und göttlichen Wesens war das Wort.
Johannes Kapitel 1, Vers 1

Für Karin,
die eine bemerkenswerte Leidensfähigkeit bewiesen hat,
während ihr Mann sich auf der Jagd nach Worten befand.
Danke.

ERST

1

u

Erst ganz zum Schluss ist, wer Geduld hat, schlauer,
die Maske heit'ren Überschwangs mag trügen.
Selbst Friedensboten neigen gern zum Lügen,
doch echte Weisheit ist ein Schatz von Dauer.

Wenn Ungewohntes macht ihr Lächeln sauer,
selbst Hochbetagte muss man manchmal rügen,
bevor selbst Freunde sich dem Schweigen fügen,
weil Altersstarrsinn fällt wie Hagelschauer.

Wenn redliches Gespräch versiegt im Sande,
öffnet das Tor sich unheilvollen Reitern,
die bringen Hunger, Krieg und Pest dem Lande.

Versäumt ein Rat zur Zeit sich zu erweitern,
folgt seinem Schweigen fürchterliche Schande –
allein die Furcht lässt manche Absicht scheitern.

Erst ganz zum Schluss ist, wer Geduld hat, schlauer. Diese Weisheit stammt nicht von mir. Ich habe sie vor vielen Jahren in einem geheimnisvollen Gedicht gelesen. Sofort zog es mich in seinen Bann. Obwohl ich den Versen nicht wenig verdanke, bin ich mir sehr wohl ihrer Tücken bewusst. Gerade diese ließen mich bis heute schweigen. So wenig wie man einen schlafenden Drachen weckt, wollte ich dem Gedicht neues Leben einhauchen in dem womöglich stümperhaften Versuch, sein verborgenes Wesen in Worte zu fassen. Inzwischen erscheint mir dieser Gedanke lächerlich, ist es doch so viel stärker als ich. Wenn es sich erneut Gehör verschaffen will, dann wird es das auch tun. Und vielleicht ist es auch besser so.

Das Klügste wird wohl sein, sich dieses Gedicht Wort für Wort einzuprägen. Obschon – ich könnte mich auch irren. Sollte ich nicht lieber vor ihm warnen? Ja, das ist vernünftig. Besser kein Risiko eingehen. Sich mit ihm einzulassen verlangt dem Leser nämlich eine gehörige Portion Stärke ab, mehr als mancher aufbringen kann … Oder aufbringen will.

Dieses Gedicht, nur so viel sei noch gesagt, ist nämlich ein Wolf im Schafspelz, ein zweischneidiges Schwert, Segen und Fluch in einem – nein, es ist nichts davon und doch alles zusammen. Seine Strophen widersetzen sich jedem Versuch, sie mit einer kurzen, griffigen Formel zu beschreiben. Tja, und das soll jetzt auch reichen. Zeit, den Deckel zuzuklappen und sich nicht länger meinem Gejammere auszusetzen.

Andererseits …

Es mag nicht gerade vernünftig sein und ich kann auch niemandem guten Gewissens empfehlen, mir über die Schulter zu schauen, während ich hier meine Gedanken ordne, aber wenigstens für mich will ich es tun. Wo ich doch selbst, viel zu oft unter Schmerzen, nach der Vollkommenheit strebte, muss ich das Geheimnis dieser Verse ergründen. Ja, mir wird erst dann wohler sein, wenn ich wenigstens den Versuch unternommen habe, ihre wahre Natur zu enträtseln.

Auf den ersten Blick erscheint das Gedicht harmlos. Seine äußere Form täuscht Berechenbarkeit vor. Es wirkt wie mit dem Zollstock entworfen: vierzehn Zeilen von je elf Silben, aufgeteilt in zwei Strophenpaare von zunächst vier und dann drei Zeilen – kinderleicht.

Wer das denkt, ist schon verloren. Was da im klassischen Gewand eines Sonetts daherkommt, ist in Wirklichkeit ein Gespinst aus Worten, in dem man sich leicht verheddern kann. Auch Labyrinthe locken gerne mit rechten Winkeln, geben sich den Anschein des Klaren, Überschaubaren, doch hat man sich erst ihrer strengen Ebenmäßigkeit anvertraut, lassen sie einen so schnell nicht mehr los. Mit besagtem Gedicht ist es genauso, und dafür gibt es durchaus verschiedene Gründe. Oder sagen wir, mindestens zwei.

Schon für sich allein betrachtet, steckt die Lebensregel voller Tücken: *Erst ganz zum Schluss ist, wer Geduld hat, schlauer.*

Raffiniert, nicht wahr?

Man möchte einfach zustimmen, oder?

Wie leicht man sich doch in einen Gedanken verrennen kann!

Im Irrgarten kluger Worte gibt es viele Sackgassen. So auch hier: Weisheit kann man nämlich nicht mit Löffeln essen. Vielleicht ist ja auch das nur eine *Binsen*weisheit, aber es lässt sich nicht abstreiten, die wenigsten von uns entdecken während ihres Marsches von der Geburt zum Grab irgendein großes Schild, auf dem gut lesbar steht: »Jetzt hast du es geschafft, von nun an bist du klug.« Deswegen läuft man und läuft, nie so recht wissend, wann die Ziellinie endlich überschritten ist, und sollte einem zum Schluss dennoch der Weisheit Siegeskranz zufallen, ist unterwegs garantiert eine Menge schief gelaufen.

Apropos *Kranz.* Wie ein solcher sogar einen Berg von Problemen verursachen kann, davon möchte ich hier berichten. Und damit wären wir auch schon beim zweiten Grund angelangt, der besagtes Sonett zu einer im wahrsten Sinne des Wortes *fesselnden* Dichtung macht. Aber das Beste wird wohl sein, ich fange ganz von vorne an.

Wenn Polizisten Flügel wie Engel hätten, wäre vermutlich alles anders gekommen. Zu der Zeit, da die dramatischen Ereignisse unserer Geschichte ihren Lauf nahmen, besaßen die Ordnungshüter von Silencia aber nur Fahrräder, bestenfalls noch Motorroller. Wilde Verfolgungsjagden waren in der Stadt schlicht undenkbar, zum einen wegen der viel zu engen und entschieden zu steilen Gassen, zum anderen aus Mangel an hinreichend bösen Verbrechern. Das Wortbild von der »ehrlichen Haut« passte in diesen Tagen schon eher zum typischen Bewohner Silencias. Leider gab es auch Ausnahmen. Oder sagen wir, mindestens eine.

Ebendiese unsagbare Einmaligkeit steckte im Körper eines Mannes. Wo sich übliche Ordnungswidrigkeiten in Silencia mit ein paar guten, manchmal auch strengen Worten regeln ließen, wäre zur Vereitelung der Machenschaften dieses Ausnahmebürgers schon ein ganzes Geschwader von flugerfahrenen Gesetzeshütern nötig gewesen, und wer weiß, vielleicht hätten selbst ihre schweifenden Blicke die unheimlichen Veränderungen hoch über den Dächern nicht bemerkt.

Oberflächlich betrachtet gab die Stadt nämlich seit eh und je dasselbe friedliche Bild ab. Sie lag wie eine Festungsanlage auf einer Anhöhe. Bei schönem Wetter konnte man von dort oben die ferne See erblicken. In unmittelbarer Umgebung wogte dagegen ein anderes Meer, eine fruchtbare Landschaft, die aus der Vogelperspektive wie ein grünes zerknautschtes Bettlaken aussah. Zwischen den bewaldeten Hügeln gab es vereinzelte kleine Gehöfte. Weizen-, Spinat- und Artischockenfelder, Olivenbaumhaine und Weingärten überzogen das grüne Laken mit einem bunten Karomuster. Und mittendrin schlummerte Silencia.

Auf dem höchsten Punkt des Stadtberges stand eine jahrhundertealte Burg. Bis vor kurzem war sie nur eine Ruine gewesen. Düstere Überlieferungen rankten sich um diese Zitadelle. Aber in dem Gewirr von Gassen und Plätzen darunter war alles licht und warm, was nicht nur an der Sonne lag, die Silencia großzügig verwöhnte, sondern auch an den Menschen, die hier lebten. Sie redeten gern, fast ohne Unterlass und meistens ziemlich schnell. Es erscheint durchaus angemessen, sie als Plaudertaschen zu bezeichnen. Ihre braunen und ockerfarbenen Häuser dienten ihnen hauptsächlich als Schlafstätten. Die übrige Zeit sprachen sie miteinander und meistens unter freiem Himmel.

Zu den beliebtesten Treffpunkten von Silencia gehörte der Platz der Dichter. Schon früh am Morgen konnte man hier auf dem Markt brandheiße Neuigkeiten austauschen und nebenbei sogar einkaufen. Später am Tag, wenn die Sonne heiß vom Himmel brannte, flüchtete man sich lieber auf die Bänke unter den Pinien, die wie große grüne Schirme ihre kühlen Schatten über die Piazza warfen. Für ein kurzes Schwätzchen hatte man fast immer Zeit. Man sprach über dies und das, Oberflächliches und Tiefgründiges, Gott und die Welt. Am Rande sei bemerkt: Es wurde in Silencia auch gearbeitet. Der Broterwerb galt jedoch als Mittel zum

Leben, keinesfalls als sein Zweck, weswegen unsere umherflatternden Polizisten davon wohl kaum Notiz genommen hätten. Eher schon dürften ihre Aufmerksamkeit die beunruhigenden Geschehnisse geweckt haben, die sich in der Stadt anbahnten.

Da gab es ja diese gewaltige Festungsruine, die über der Stadt schwebte wie eine Krone, aus der mehr als nur ein Zacken gebrochen war. Seit einiger Zeit gehörte die Burg einem vermögenden Sohn Silencias, der, wie es hieß, nach langen Jahren in der Fremde an seinen Geburtsort zurückgekehrt sei und das alte Gemäuer nun wieder instand setzte. Von hier aus wolle er schon bald sein riesiges Firmenreich regieren, ließen seine Direktoren nicht allzu selten verlauten. Die Stadtväter hörten es mit Wohlwollen. Merkwürdig war nur die Art und Weise, *wie* sich die Burg erneuerte. Von unten aus der Stadt konnte man schlechterdings nicht erkennen, was dort oben fehlte, nämlich Maurer, Zimmerleute und sonstige Handwerker. Niemand turnte auf Gerüsten, keiner stemmte Steine und trotzdem machte die Wiederherstellung der Festung immer schnellere Fortschritte.

Da Schlösser gemeinhin nicht aus Hefeteig bestehen, sollte dieses eigenwillige »Aufgehen« der Zitadelle einem wachsamen Polizisten auf Kontrollflug nicht entgangen sein. Und beim Überflattern der Straßen und Plätze Silencias hätte einem solchen auch die sich dort ausbreitende Stille auffallen müssen. Zugegeben, diese letzte Veränderung ging nur sehr langsam vonstatten. Aber was nützt es, sich über die Fluguntauglichkeit von Ordnungshütern zu beklagen? Polizisten sind nun mal keine Engel und Engel keine Polizisten. Welche besonderen Gaben, ja was für eine außergewöhnliche Person hätte überhaupt noch verhindern können, was sich da lautlos wie eine dunkle Gewitterwolke über der Stadt und ihren Bewohnern zusammenbraute? Die Antwort lautet, keine. Oder sagen wir, höchstens eine.

Und daher musste wohl alles so geschehen, wie Pala es erlebt hatte.

Pala besaß langes, krauses, schwarzes Haar und strahlend blaue Augen. Für ihr Alter war sie entschieden zu groß. Sie überragte sämtliche Kinder ihrer Schulklasse, auch Pasquale, der ihr nur bis zur Schulter reichte. Überdies war sie auch die Dünnste in weitem Umkreis, was Pasquale als ausgleichende Gerechtigkeit empfand – wenigstens auf der Waage war er ihr ebenbürtig. Pala machte dafür seine »Gefräßigkeit« verantwortlich, Pasquale dagegen seinen »schweren Knochenbau«. Solange sie ihren Freund kannte, war er noch nie um eine Ausrede verlegen gewesen. Das mochte am *Mundwerk* seines Vaters liegen – der Begriff »Handwerk« galt in Silencia als unzutreffend, wenn jemand wie Pasquales Vater Gebrauchsdichter war, ein einfacher, aber in der Stadt der Dichter und Denker durchaus angesehener Beruf (solcherlei Mundwerker verfassten Verse für Geburten, Hochzeiten, Todesfälle und andere bewegende Anlässe).

Pasquale war Palas Nachbar – nicht nur in der Alexandrinergasse, sondern auch hinter der Schulbank –, und wenn es nach ihm ging, auch ihr zukünftiger Ehemann. Auf seine regelmäßigen Heiratsanträge pflegte sie zu antworten: »Frag mich in zehn Jahren noch mal, wenn du es dir bis dahin nicht anders überlegt hast.« Woraufhin seine Erwiderung dann ungefähr so klang: »In tausend Jahren nicht! Mein Herz verzehrt sich nach dir, Pala. Nie und nimmer wird es für mich eine andere geben als dich.« Pasquales temperamentvolle Gefühlsaufwallungen konnten sie schon lange nicht mehr aus der Fassung bringen. Gewöhnlich beendete sie die Brautwerbung mit ihrem Wahlspruch: »Erst ganz zum Schluss ist, wer Geduld hat, schlauer.«

Eine besondere Bedeutung lag für sie in diesen Worten. Sie bildeten nämlich die Anfangszeile eines Gedichts, das sie zu ihrer Geburt geschenkt bekommen hatte, so war es ihr von den Eltern immer wieder erzählt worden. Seitdem schmückte es, eingerahmt und hinter Glas, die Wand ihres Zimmers. Das geflügelte Wort war jedoch längst der ganzen Familie zu einem Leitsatz geworden.

Bisweilen konnte Palas Mutter, zumindest nach Auffassung ihrer Tochter, ziemlich anstrengend sein. Äußerungen wie »Du bist spindeldürr, meine Große, dagegen müssen wir etwas machen« gehörten für sie zu den gemeinsamen Mahlzeiten wie das tägliche Tischgebet. Oft sprach sie auch von »meinem zerkratzten Kleiderständer«. Derartige Anspielungen auf Palas angeblich zu geringen Körperumfang klangen niemals verächtlich, aber häufig besorgt. Dafür liebte Pala ihre Mutter, anstatt ihr zu grollen. Und der Rest stimmte ja: Pala kletterte gerne auf Bäumen und Mauern herum, weshalb ihre Arme und Beine nicht selten zerschrammt waren wie bei einem alten Möbelstück.

In diesen »halsbrecherischen Kapriolen«, wie ihre Mutter sich auszudrücken pflegte, sah Pala eine gute Möglichkeit, sich ungestört in ein Buch zu vertiefen. An leichter zugänglichen Stellen Silencias ließ sich dergleichen selten einrichten, weil dort fast immer jemand mit einem anderen schnatterte. Oder weil Nina ihren dicken und oft feuchten Windelpo mitten auf die Buchseiten stempelte. Nina war ein kurzes, speckgepolstertes, gleichwohl quecksilbriges sowie unablässig brabbelndes Wesen und außerdem noch unserer Heldin kleine Schwester.

Wer in Pala nun eine menschenscheue Einzelgängerin vermutet, würde ihr Unrecht tun. Sie tobte auch gerne mit Pasquale barfüßig durch Silencias schmale Gassen. Aber wenn ihrem kugeligen Freund die Puste ausging – was nie besonders lange dauerte –, dann schlug die Stunde der

Wortschöpferin. Pala könne aus Worten Kunstwerke erschaffen, behauptete Pasquale, meist, um einem seiner Heiratsanträge den Weg zu ebnen. Statt des Jaworts bekam er von ihr aber nur knifflige Rätsel zu hören. Oder sie dachte sich neue Begriffe aus, die er wiederholen musste. Lieber lauschte er jedoch ihren Geschichten. Die sprudelten unablässig aus Palas Phantasie hervor und mit jeder neuen versuchte sie alle bisherigen zu übertreffen. Häufig stammten sie aber auch vom alten Gaspare, an dem wir nicht vorbeikommen, wenn diese Geschichte vollständig erzählt werden soll.

Gaspare Oratore war, nach eigenem Bekunden, ein »ausgemusterter Geschichtenerzähler«. Pala nannte ihn Nonno, also Großvater, und das, obwohl er mit ihren Eltern nicht einmal entfernt verwandt war, aber das störte sie nicht weiter. Weil Nonno Gaspare im Seilhüpfen nicht mehr so geschmeidig war, hatte er Pala Wortspiele beigebracht und ihr gezeigt, wie man verzwickte Rätsel löste. Manchmal erfanden das Mädchen und der alte Mann Bandwurmsätze, in denen jedes Wort mit dem gleichen Buchstaben beginnen musste. Derlei Zeitvertreib ging meistens mit lautem Lachen und Gackern einher. Wenn der Großvater indes von seinem bewegten Leben als fahrender Geschichtenerzähler berichtete, war Pala wie gefesselt. Ja, sobald er diesen versonnenen Blick bekam und aus dem Quell seiner zahllosen Geschichten zu schöpfen begann, wurde sie mucksmäuschenstill – und das wollte schon etwas heißen! Sie saß dann einfach nur da, meist auf der verwitterten Holzbank vor Gaspares Feldsteinhäuschen, und hing an seinen Lippen. Ab und zu, wenn seine feingliedrigen großen Hände geschmeidige Gesten vollführten, zog sie mit der linken Hand ihr widerspenstiges Haar über die Schulter nach vorn, ohne dabei auch nur für eine Sekunde ihre Augen von seinem zerfurchten Antlitz zu nehmen; nicht die kleinste Veränderung in seinem mal traurigen, dann wieder heiteren Mienenspiel wollte sie verpassen. Nonno Gaspare könne ohne ein Wort, nur mit Gesicht und Händen, eine Geschichte erzählen – jederzeit hätte Pala dies beschworen.

Bis zu jenem schrecklichen Tag im Frühling.

Bei flüchtiger Betrachtung hatte die Welt am Morgen nicht anders ausgesehen als sonst. Alles schien seinen gewohnten Verlauf zu nehmen. Pala schnellte aus dem Bett, als ihre kleine Schwester sich mit frisch gefüllter Windel auf ihr Gesicht fallen ließ. Beim Frühstück besprach die Familie, wortkarg zwar, aber ansonsten wie gewohnt, den Tagesablauf. Nina verschüttete ihre Milch. Auf dem Weg zur Schule trug Pasquale einen seiner fürchterlichen Reime vor. Pala machte ihn mit zwei oder drei Musterbeispielen silencianischer Dichtkunst vertraut, die in der Stadt fast jede Hauswand zierten, und forderte ihn anschließend taktvoll auf, geduldig weiterzuüben. Hiernach erging sich die Lehrerin in der Schule wieder einmal über das Wunder der menschlichen Sprache, verlor dabei merkwürdigerweise einige Male den Faden, rettete sich dann aber irgendwie doch über die Runden. Später, auf dem Heimweg, übte sich Pasquale in der praktischen Anwendung des Gelernten und machte Pala einen überraschend einfallslosen Heiratsantrag. Sie lehnte wie immer ab, verlangte von ihm zehn Jahre Geduld und verabschiedete sich. Da es an diesem Tag keine Hausaufgaben zu erledigen gab, trennte sie nun allein das Mittagessen von ihrem geliebten Nonno Gaspare.

Weil Palas Vater seinen Mechanikerberuf in einer nahen Autowerkstatt ausübte, wurde die Mittagsmahlzeit gewöhnlich im Kreis der ganzen Familie eingenommen. Darauf legte er großen Wert. So ließen sich die Freuden, aber auch etwaige Niederlagen des Morgens teilen und man konnte mit neuem Schwung in die zweite Tageshälfte gehen. Aus Problemchen wurden dank dieser Familientradition selten Probleme. Jeder fühlte sich dem anderen nah und Schwierigkeiten konnten in der Regel lange vor Sonnenuntergang aus der Welt geräumt werden. Kleinigkeiten wurden sofort abgeklärt.

»Pala, wie oft habe ich dir schon gesagt, du sollst deinen Schulranzen nicht neben der Eingangstür liegen lassen?« Mutters Stimme trug ungemein gut. Man konnte sie bis in den letzten Winkel der Parterrewohnung hören.

»Kann ich nicht sagen«, erwiderte Pala wahrheitsgemäß aus einem Zimmer, das von der Küche meilenweit entfernt zu sein schien.

»Dann räume ihn bitte weg, und zwar *gleich!*«

»Sofort, Mama.«

»Wo steckst du eigentlich?«

Eine helle Erscheinung – cremefarbenes Sommerkleid, blaue Blümchen – huschte an der Küchentür vorüber. Es rumpelte. Kurz darauf tauchte Pala wieder in der Tür auf, diesmal stehend. Der Ranzen baumelte ihr lässig über der linken Schulter. »Bin schon da, Mama.«

»Du warst schon wieder in der Abstellkammer, stimmt's?«

»Woher …?« Pala fühlte sich ertappt. Das Zimmer hatte früher ihrer Großmutter gehört, bis sie vor zwei Jahren gestorben war. Anschließend wurde es für Pala zu einer Art Sperrbezirk erklärt, zu einem verbotenen Reich, dessen Erforschung ihr dadurch umso lohnenswerter erschien.

Normalerweise folgte nun eine Standpauke der Mutter. Aus unerfindlichen Gründen schien ihr dafür an diesem Mittag jedoch die nötige Schwungkraft zu fehlen. Sich wieder ihrem Kochtopf zuwendend, sagte sie nur: »Die Staubflocke an deinem Kleid – sie hat dich verraten. Du weißt, wie ich darüber denke, wenn du in dem Schmutz herumstöberst.«

»Wegen der Pappkartons mit den alten Unterlagen, meinst du?«

Der Mutter rutschte der Kochlöffel aus der Hand und sie sah Pala erschrocken an. »Du hast doch nicht …?«

»Sie durcheinander gebracht?« Pala schüttelte den Kopf und lachte. »Keine Sorge. Da waren nur vergilbte Papiere drin. Ich habe nach der Zigarrenkiste gesucht, du weißt schon, die mit den alten Fotos aus der Zeit, als ich noch so eine Stinkbombe war wie Nina.«

Ein fröhliches Kreischen ertönte vom Tisch her, wo Palas Schwester auf einem Kinderstuhl saß und sich mit dem Verbiegen ihres Löffels beschäftigte.

Die Mutter entspannte sich wieder, schnappte sich den Holzlöffel und rührte weiter. »Und wozu brauchst du die Bilder?«

»Nach dem Essen besuche ich Nonno Gaspare.«

»Na, das ist ja mal was Neues.«

»Er möchte sich gerne meine Babyfotos ansehen.«

Jetzt lachte die Mutter sogar. »Er hat doch ständig irgendwelche Kinder um sich herum, wozu da noch die Bilder?«

»Bitte, Mamaaa!«

»Na, meinetwegen. Aber bring die Fotos wieder mit, hörst du? Was verloren geht, bleibt verloren.«

»Klar, mach ich.« Pala wirbelte herum, froh einer strengeren Ermahnung entkommen zu sein, und rannte in ihr Zimmer. Der Ranzen flog in hohem Bogen durch die Luft und landete zielgenau auf dem Bett. Dann versank sie in den Bildern ihrer frühesten Kindheit.

Jedes Mal, wenn Pala diese alten Schwarzweißfotografien betrachtete, vergaß sie alles um sich herum. So auch jetzt. Dabei zeigten die Aufnahmen nur die üblichen Kleinkindposen: Pala auf dem Nachttopf, Pala bäuchlings auf einem Lammfell, Palas Gesicht zusammengedrückt zwischen den beiden Kussmündern der Eltern …

Manchmal glaubte sie, auf den kleinen, viereckigen Erinnerungskartons etwas suchen zu müssen, aber sie wusste nicht, was. Ein Motiv hielt Palas Aufmerksamkeit besonders gefangen: Ihre Mutter hielt den neugeborenen Winzling im

Arm und ihr Vater stand mit einem Bilderrahmen daneben, in dem sich ein schwungvoll beschriebenes Blatt befand.

Palas Blick wanderte zur Wand neben der Tür, wo ebendieser Rahmen hing. Gut geschützt hinter einer Glasscheibe befanden sich da jene Verse, die ihr angeblich von einem unbekannten Dichter zur Geburt geschenkt worden waren. Nicht einmal ihre Eltern konnten sagen, aus wessen Feder die vier Strophen wirklich stammten, und das war mehr als ungewöhnlich. Einem alten Brauch zufolge musste der Vater das Geburtsgedicht für sein Kind verfassen. Nur wenn dies nicht möglich war, sprang ein enger Verwandter ein oder man beauftragte einen Gebrauchsdichter. Letzteres konnten sich nur reiche Leute leisten, zu denen Palas Eltern nie gehört hatten. Doch auch ohne ein Poet zu sein, hätte ihr Vater mit einiger Mühe drei, vier schlichte Reime zu Papier bringen können. Warum hatte er es dann nicht getan?

Diese Widersprüche machten Pala kribbelig, und das schon seit Jahren. In ihrer Seele schien ein Loch zu klaffen, eine unerklärliche Leere, die sie trotz angestrengtestem Nachdenken nicht ausfüllen konnte. Die Erklärungsversuche ihrer Eltern stellten sie nicht wirklich zufrieden. Der Unbekannte sei ein Menschenfreund gewesen, sagten sie, der ihnen eine Freude habe machen wollen, indem er ihnen ein gebrauchtes Gedicht kostenfrei überließ. Mit dem Pergament hätte er ohnehin keinen Reibach machen können. Es war vergilbt, mehrfach eingerissen und am linken Rand sogar angesengt, als hätte es jemand im letzten Augenblick einem Feuer entrissen. Der fremde Gönner jedenfalls dürfte kaum der Verfasser gewesen sein. Dafür sah die braune Tinte schon zu verblichen aus, gerade so, als wäre sie schon jahrhundertealt, und auch die durch sie geformten Worte klangen wie aus einer unendlich fernen Zeit. Ein Prickeln überlief Palas Nacken. Als leidenschaftliche Rätsellöserin besaß sie ein Gespür für Geheimnisse und dieses Sonett schien gleich mehrere davon zu bergen. Aber welche? Konnte die darin versteckte Botschaft womöglich enthüllen, was die alten Kinderfotos nicht zeigen wollten?

Langsam wanderten Palas Augen über die vergilbten Buchstaben an der Wand. Elf Silben je Zeile, zwei Strophen zu je vier und zwei mit jeweils drei Zeilen – der strenge Bauplan des klassischen Sonetts, wie sie von Pasquales Vater wusste. Auch dieses da im Rahmen hielt sich an die ehernen Regeln alter Klinggedichte. Wenn es um so gewöhnliche Dinge wie Ablageorte für Schulranzen ging, verhielt sich Palas Gedächtnis oft wie ein Sieb, aber zum Einprägen derartiger Reime genügte meist schon ein längerer Blick. Ausgerechnet *dieses* Sonett, das sie hätte im Schlaf hersagen können, nahm sie jedoch immer wieder aufs Neue gefangen. So auch jetzt.

Erst ganz zum Schluss ist, wer Geduld hat, schlauer,
die Maske heit'ren Überschwangs mag trügen.
Selbst Friedensboten neigen gern zum Lügen,
doch echte Weisheit ist ein Schatz von Dauer.

Wenn Ungewohntes macht ihr Lächeln sauer,
selbst Hochbetagte muss man manchmal rügen,
bevor selbst Freunde sich dem Schweigen fügen,
weil Altersstarrsinn fällt wie Hagelschauer.

Wenn redliches Gespräch versiegt im Sande,
öffnet das Tor sich unheilvollen Reitern,
die bringen Hunger, Krieg und Pest dem Lande.

Versäumt ein Rat zur Zeit sich zu erweitern,
folgt seinem Schweigen fürchterliche Schande –
allein die Furcht lässt manche Absicht scheitern.

»Pala, komm bitte, das Essen wird kalt!« Mutters Stimme klang ungeduldig, so, als hätte sie ihre Ermahnung schon mindestens zweimal wiederholt. Die ersten beiden Aufforderungen musste Pala überhört haben. Sie riss sich vom Anblick des Sonetts los und rannte in die Küche.

Einmal in der Woche kochte Mutter Hühnernudelsuppe, ein kleiner Trick, damit Pala das Essen nicht so hinunterschlang. Die Nudeln bestanden nämlich aus Buchstaben und meistens ließ sich »Mutters Große« dazu hinreißen, einzelne von ihnen auf dem Tellerrand aneinander zu reihen, um auf diese Weise Worte zu bilden. Wenn Pala gefragt wurde, wo sie Lesen gelernt habe, dann antwortete sie gewöhnlich: »In der Nudelsuppe.«

Mit »Mama«, »Papa«, »Hund« und »Katze«, in Nudelteig auf den Tellerrand gebannt, hatte es begonnen. Für jedes richtig buchstabierte Wort war sie mit den bewundernden Ausrufen ihrer entzückten Eltern überschüttet worden. Zu ihrer Freude musste sie, wie übrigens immer noch, die kleinen Kunstwerke nicht einmal verspeisen. Bald wurden die essbaren Begriffe komplizierter und länger. Das kleine Mädchen entwickelte einen für sein Alter erstaunlichen Ehrgeiz zu immer gewaltigeren Sprachgebilden. Eines Tages hatte Palas neuestes Wort ganz um den Teller herumgereicht. Es lautete »Dampfschifffahrtsgesellschaftskapitänskajütenklubsesselbezugsgarnspinnmaschinenmechanikergrundausbildungsabschlusszeugnis«. Oder so ähnlich.

Inzwischen hatte sich Pala auf eigene Wortkreationen spezialisiert. Manche waren noch aus bekannten Ausdrücken zusammengesetzt wie etwa »Dosenlacher« oder »halbgelbbäuchiger Zwiebelsaftsauger«, andere bildeten völlig eigenständige Wortschöpfungen, deren Bedeutung leider verloren gegangen ist. Dazu gehört auch die »Abalambrawuche«.

Mit ihrer List schaffte Mutter es fast immer, ihre Große zum Aufessen zu bewegen. »Erst ganz zum Schluss ist, wer Geduld hat, schlauer«, pflegte sie zu sagen. Die Hühnersuppe schien ihr Recht zu geben.

An diesem Frühlingstag war das Tischgespräch im Familienkreis eher einsilbig. Mutter achtete gar nicht auf Palas verzweifelte Versuche ein neues Wort zu erfinden. Vater schlürfte still vor sich hin. Er wirkte nachdenklich und achtete kaum auf die Nudel – es war ein Z –, die sich in seinem buschigen Schnurrbart verhakt hatte. Nina blubberte Brüheblasen auf ihr Lätzchen.

Das Schweigen drückte auf Palas Gestaltungskraft. Wo sie das heitere Tischgespräch sonst zu überraschenden Wortschöpfungen anregte, brachte sie nun gerade drei Silben zustande: »Wortfresser«. Eine buchstäblich magere Ausbeute.

Hiernach brütete sie still vor sich hin. Sie musste an das erschrockene Gesicht ihrer Mutter denken, als sie den Karton mit den alten Papieren in der Rumpelkammer erwähnt hatte. Sieht so jemand aus, der sich nur um die Ordnung vergilbter Unterlagen sorgt? Palas Neugierde war jedenfalls geweckt. Vielleicht barg die große Pappschachtel ja ein Geheimnis. Im Augenblick war an einen zweiten Streifzug ins verbotene Reich nicht zu denken, aber in der kommenden Nacht, wenn alle schliefen, würde sich schon eine Gelegenheit finden. Doch zuvor wollte sie Nonno Gaspare die Bilder zeigen.

Als Vater endlich die Tischrunde aufhob, fühlte sich Pala von einer lähmenden Fessel befreit. Sie verteilte flüchtige Küsse auf die Wangen ihrer Familie und stürzte mit den Kinderfotos wie von sieben wilden Wölfen gejagt aus dem Haus. Auf ihrem zurückgelassenen Teller rutschten elf Buchstaben langsam den Rand hinunter. Als Mutter ihn kurz darauf abräumte, hatte sich der Wortfresser längst davongestohlen.

Obwohl Silencia mit einer Universität, zwei Schwimmbädern, drei Zeitungen, etlichen Buchverlagen und einer ganzen Reihe anderer untrüglicher Merkmale echten Städtetums gesegnet war, hatte es sich doch das Wesen eines Dorfes bewahrt. Dazu gehörten auch die überschaubaren Ausmaße der Gemeinde – mit einem gemütlichen kleinen Spaziergang konnte man alles und jeden erreichen.

Der Weg von der Alexandrinergasse zu Nonno Gaspare war daher für Pala spielend zu bewältigen. Zuerst lief sie, die Zigarrenkiste mit den Kinderfotos fest unter den Arm geklemmt, ein paar schmale Sträßchen steil hinunter, vorbei am Park des Krankenhauses und anschließend über die Piazza dei Poeti, dem ausgedehnten rechteckigen Platz der Dichter. Die Marktstände waren längst abgebaut. Aber in der Ecke rechts vom Kampanile, dem großen, frei stehenden Uhrenturm des Rathauses, saßen wie immer die alten Männer der Stadt in ihren ausladenden Korbsesseln und palaverten. Pala konnte sich nicht erinnern, die Piazza jemals ohne die munteren Grauköpfe gesehen zu haben. Sie schienen mit ihren Sesseln dort ebenso verwurzelt zu sein wie die Pinien, deren schirmförmige Baumkronen sie vor der glühenden Sonne schützten.

Hinter dem Platz nahm sie die enge Gasse, in der das Zeitungshaus des *Silencia-Boten* stand. Manchmal blieb sie hier stehen, um die in einem Schaukasten hinter einer Glasscheibe aufgehängten Zeitungsseiten zu lesen. Wortreich – und arm an Bildern – wurde dort geschildert, was die kleine Welt Silencias und die große ferner Städte und Länder an Neuigkeiten zu bieten hatten. Doch an diesem Nachmittag schenkte Pala der örtlichen Presse keine Beachtung. Sie hatte es eilig.

Während es stetig bergauf ging, murmelte sie Reime. Die kleinen Gedichte standen teilweise schon seit Jahrhunderten an den Hauswänden der Stadt. Mit ihrem erstaunlichen

Gedächtnis für solche Sinnsprüche kannte Pala auf ihren häufig benutzten Wegen fast alle Wandgedichte auswendig. Sie musste nur ein Haus aus der Ferne sehen und schon wusste sie den passenden Spruch dazu – umgekehrt klappte das natürlich genauso.

Die schmale Gasse endete vor einem verfallenen Kloster, das vor Jahren ein Blitzschlag heimgesucht hatte. Es war seinerzeit völlig ausgebrannt und das Dach eingestürzt. Mit der ihnen ureigenen Phantasie hatten sich die Bürger Silencias die verschiedensten Gründe für das Unglück ausgedacht: ein Fluch Gottes, ein Anschlag des Teufels, das Werk eines übel wollenden Zauberers. Die Nonnen waren jedenfalls längst in eine andere Einsiedelei umgezogen und auch für die Priester gab es in der Stadt noch genügend Gotteshäuser.

Pala besaß keine eigenen Erinnerungen an den großen Klosterbrand vor über zehn Jahren und konnte daher die finsteren Geschichten, die sich um die Ruine rankten, weder erhärten noch entkräften. Das Gemäuer erfüllte sie mit einer Mischung aus Furcht und Neugier. Meist überwog die Angst und daher war sie froh, endlich in die Märchengasse einzubiegen, an deren Ende Gaspares kleines Steinhaus lag.

Ihre Füße wollten mit einem Mal nicht mehr an sich halten und so begann sie zu laufen. Die Sohlen ihrer weißen Sandalen klatschten laut auf dem Kopfsteinpflaster. Wieder ging es steil bergan, direkt an der Mauer des Burggartens entlang. Hier, etwas abseits von der große Piazza, standen die Häuser weiter auseinander. Zwischen einigen wucherte Unkraut, anderswo gediehen Kräuter und Gemüse. Die Gasse mündete in einen kleinen runden Platz, der fast zur Hälfte von einem knorrigen alten Baum überragt wurde, dessen Wurzeln ringsherum das Pflaster aufwarfen. Die anderen Häuser hielten von Gaspares Heim Abstand wie von einem schrulligen Einzelgänger, was Pala jedoch nie als störend empfunden hatte, eher im Gegenteil – auf dem Platz konnte man an windstillen, lauen Sommerabenden sogar gefahrlos ein Lagerfeuer anzünden. Die Märchengasse war eine Oase des Friedens in der sonst so quicklebendigen Stadt.

Meistens wurde Palas Kommen schon frühzeitig bemerkt und Gaspare kam ihr, gestützt auf seinen Gehstock, entgegen. So auch an diesem Tag. Aber etwas stimmte nicht. Schon von weitem fiel es ihr auf, wenngleich es zunächst nur eine dunkle Ahnung war. Jetzt flog sie dem alten Geschichtenerzähler förmlich entgegen.

Endlich hatte sie ihn erreicht. Atemlos blieb sie vor Nonno Gaspare stehen und sah erschrocken in sein schmales unrasiertes Gesicht. Es glühte sonnenbrandrot. Pala kannte das wettergegerbte Antlitz ihres alten Freundes nur in der Farbe Braun, einem alten Lederschuh sehr ähnlich. Weil Nonno Gaspare noch immer nichts gesagt hatte, trat sie noch einen Schritt näher. Jetzt, bei näherem Hinsehen, entdeckte sie auf der roten Faltenlandschaft unzählige kleine Pünktchen, als sei ein blutrünstiger Schwarm von Stechmücken über ihn hergefallen. Aber es sollte noch schlimmer kommen.

Gaspare brachte kein einziges Wort hervor.

Stattdessen begann er plötzlich mit den Armen herumzufuchteln, wobei er den Krückstock wie eine Streitkeule durch die Luft sausen ließ, als wolle er seine Besucherin unbedingt erschlagen.

Benommen wich Pala den nicht sehr genauen Hieben aus. Dabei rutschte ihr die Holzkiste mit den Kinderfotos aus der Hand und zerbrach auf dem Kopfsteinpflaster. Sie beachtete kaum die sich über den Boden verstreuenden Bilder. Deren Geheimnisse erschienen ihr nun nicht mehr wichtig. Sie ahnte, etwas Schreckliches musste geschehen sein.

Es war ein viel zu schöner Frühlingstag, um die Sprache zu verlieren. Pala konnte sich in ihrer gewiss nicht armen Phantasie allerdings auch keinen verregneten Novembermittwoch ausmalen, an dem Nonno Gaspares Unglück für sie nur eine Spur erträglicher gewesen wäre. Und er musste wohl genauso empfinden.

Der alte Mann stand immer noch vor ihr, mit der Linken den eigenen Hals umfassend, als bekäme er keine Luft, und mit der Rechten unentwegt den Gehstock schüttelnd. Während Pala einigen Hieben auswich, fragte sie sich, was dieses alte Gesicht nur so zum Glühen brachte. Einen Sonnenbrand hatte Gaspare seit mindestens sechzig Jahren nicht mehr gehabt.

Weil nun schon einige Zeit verstrichen war und sich keine Besserung seines Zustandes abzeichnete, bekam Pala es mit der Angst zu tun. Nonno Gaspare würgte grässliche Laute hervor, als wolle er etwas sagen, jedoch ohne Erfolg.

Vielleicht hat er ja etwas verschluckt, schoss es ihr durch den Kopf. Einen *Hühnerknochen!* Gaspare lebte praktisch von Hühnerfleisch. So, wie er sich gebärdete, musste ihm schon eine ganze Keule im Halse stecken. Dem Aussehen nach zu urteilen, hatte er ungefähr noch eine Minute zu leben.

»Was ist denn nur mit dir?«, schrie Pala. Sie weinte vor Angst.

Gaspares rotes Gesicht stierte das Mädchen nur verständnislos an, seine Hände waren jetzt zu einer hilflosen Geste ausgebreitet. Den Prügel hatte er fallen lassen.

»Hast du wieder dein Hähnchen zu schnell hinuntergeschlungen und dich verschluckt?«

Ein Schulterzucken war alles, was Nonno Gaspare zu Wege brachte, abgesehen von dem Mitleid erregenden Würgen und Krächzen.

Palas Gedanken arbeiteten wie das Mundwerk eines silencianischen Marktschreiers. Wie nur konnte sie ihrem Freund helfen? Wenn ihre kleine Schwester einen Bonbon verschluckte, dann nahm der Vater sie einfach an den Füßen und schüttelte sie kopfunter ordentlich durch, bis der süße Pfropf aus Ninas Rachen sprang. Das klappte immer. Doch wie sollte Pala dergleichen mit dem hageren Großvater anstellen, der sogar zu groß war, um aufrecht durch seine Haustür zu passen?

In ihrer Not lief sie um ihn herum und klopfte ihm mit der flachen Hand heftig auf den Rücken. Bei Nina hatte sie diese Methode schon erfolgreich angewandt.

Nonno Gaspare strampelte fast wie Palas kleine Schwester und ebenso wie diese protestierte er in gänzlich unverständlichen Lauten. Er schüttelte den Kopf und gebärdete sich, als schlüge ihn Pala mit einer Rute. Schon erlahmten ihre Kräfte, obwohl der Alte immer noch kein Hühnerbein ausgespuckt hatte.

Wenigstens lebte er noch. Mit Leib und Seele ein richtiger Geschichtenerzähler, hatte er seine vielfältigen Erfahrungen stets in schillernden Farben zu beschreiben gewusst. Allerdings konnte sich Pala nicht erinnern, ihn jemals von seinen Fähigkeiten im Luftanhalten prahlen gehört zu haben. Selbst ein tüchtiger Perlentaucher hätte inzwischen umkippen müssen. Aber der Alte stand aufrecht wie eine Pappel, in deren Krone sich ein roter Luftballon verfangen hatte. Gaspare würde wohl doch nicht so schnell sterben wie ursprünglich befürchtet.

Langsam beruhigte sich Pala. Sie musste nachdenken. Mit einer seltsam schiefen Grimasse musterte sie das leuchtende Gesicht ihres Freundes. Wenigstens war der blanke Schrecken daraus gewichen. Dafür spiegelte sich in seinen wasserblauen Augen jetzt eine Verzweiflung von solcher Tiefe, wie Pala sie noch nie bei einem Menschen gesehen hatte. Dicke Tränen rollten über ihre Wangen, aber sie bemerkte es nicht. »Warum nur kann er nicht sprechen?«, murmelte sie. »Warum nur …!«

Nonno Gaspare schien nicht einmal zu verstehen, was sie zu ihm sagte. Taub konnte er nicht sein, denn er reagierte ja auf ihre Stimme, wenngleich nur mit ratlosen Blicken und Gesten. Pala bückte sich nach seinem Krückstock, hob ihn auf und führte ihren Freund zu der Bank zurück, die vor dem Haus stand. Die Bilder ihrer frühen Kindheitstage blieben am Boden liegen. Ab und zu drehte der Wind neugierig das eine oder andere um.

Pala setzte sich neben den Alten. Dort auf der Bank, im Schatten des mächtigen Lorbeerbaumes, ließ es sich besser nachdenken. Während sie im Kopf unzählige Fragen wälzte, blickte der Geschichtenerzähler mit finsterer Miene zum Schlossberg hinauf. Die Blätter über ihnen raschelten im Frühlingswind. Ansonsten herrschte völlige Stille.

»Ich weiß, was ich mache«, stieß Pala unvermittelt hervor. »Ich laufe schnell zum Dottore. Er wird dir helfen.«

Der alte Mann war zusammengezuckt, weil sich das Gesicht des Mädchens mit einem Mal ganz dicht vor dem seinen befunden hatte. Sie sprach auffällig laut und außerdem sehr betont. Doch alle Mühe, sich ihm verständlich zu machen, war zwecklos. Nicht die kleinste Silbe konnte er von ihren Lippen ablesen. Nonno Gaspares Augen sahen sie nur traurig an. Es schien, als blicke Pala durch sie hindurch in die unendliche Weite des Himmels.

Ein ganzes im Hals steckendes Huhn hätte sie nicht so erschrecken können wie die rätselhafte Unzugänglichkeit ihres alten Freundes. Sie atmete immer schneller und begann heftig zu zittern. Nicht mehr lang und sie würde den Verstand verlieren. Um sich zu beruhigen, rief sie sich eine alte Lebensweisheit in den Sinn. Einmal, zweimal, ohne Unterlass ließ sie ihre Gedanken um dieselben Worte kreisen: *Allein die Furcht lässt manche Absicht scheitern …*

ERST n u c

2

Allein die Furcht lässt manche Absicht scheitern,
macht stumm, wo klare Worte sind vonnöten.
Anstatt die Angst mit Vehemenz zu töten,
bringt man nur Tod den fremden Außenseitern.

Sieht er sich selbst fernab von den Begleitern,
mag der Bornierte heftig gar erröten,
erweist sich blind, wo Einsichten sich böten,
verdammt, die Vorurteile zu erweitern.

Dies Unverständnis lässt sich schwerlich fangen,
weil immer wieder es entrinnt auf Gleitern,
auf Eisgrund kalt von Hochmut, Hass und Bangen.

Derlei Gefühle helfen Zwangsarbeitern,
sich stumm zu fügen glühend heißen Zangen.
Des Schweigens Kerker steht so voller Leitern!

A*llein die Furcht lässt manche Absicht scheitern.* Pala wiederholte die Schlusszeile aus ihrem Geburtsgedicht unzählige Male. Allmählich gelang es ihr, die wild ausschlagenden Gedanken in ihrem Kopf mit der Kandare des strengen Versmaßes zu bändigen. Das Sonett verdrängte vorerst ihre Befürchtungen. Äußerlich war von dieser Besänftigung eher wenig zu bemerken.

Pala rannte wie von einem Schwarm Hornissen gejagt durch die Stadt. Das verfallene Kloster würdigte sie keines Blickes. Auf der Piazza verbogen die alten Männer ihre Hälse und schüttelten die Köpfe, als das Mädchen an ihnen vorüberflog. Die Pinien wippten mit den Ästen, als wüssten sie besser Bescheid. Silencia war, wie bereits angeklungen, keine große Stadt. Alles lag »gleich um die Ecke« und Dottore Stefano machte da keine Ausnahme.

»Pala! Du?«, begrüßte der Arzt ebenjene, als ihr Gesicht im offenen Fenster des Behandlungszimmers zwischen den Geranien erschien. Sie war außen an der von Vorsprüngen und Ritzen übersäten Feldsteinmauer bis in den ersten Stock geklettert, weil ihr Schwester Marianna Filippina den Zugang zum Sprechzimmer verstellt hatte.

Der Doktor kniete gerade mit einem Bein auf dem Rücken von Studienrat Galvano, als wolle er ihm die Wirbelsäule brechen. Der Studienrat blickte verwundert zum Fenster. Wenn nicht gerade Dottore Stefano auf seinem Rücken hockte, verschaffte der sonst eher steife Oberlehrer Pala und ihren Klassenkameraden Einblicke in die Geschichte von Stadt und Land. Der schmächtige Mann mit dem schütteren grauen Haar und dem krausen Backenbart sah so alt aus, als hätte er die von ihm geschilderten Ereignisse samt und sonders persönlich miterlebt. Mit freiem Oberkörper hatte er sich seinen Schülern allerdings noch nie gezeigt.

Es gab ein fürchterliches Krachen. Studienrat Galvano

schrie. Pala war überzeugt, er würde den Rest seines Lebens im Rollstuhl verbringen.

Zufrieden lächelnd kletterte der etwas beleibte Arzt von seinem Patienten herunter. Wundersamerweise schwang Letzterer darauf die Beine über die Behandlungsliege und griff hastig nach einem feingerippten Unterhemd, um sich zu bedecken.

»Guten Tag, Herr Galvano«, sagte Pala höflich, wenn auch eher beiläufig, weil sie ja des Arztes wegen gekommen war. Sich an diesen wendend, rief sie aufgeregt: »Ein Notfall, Dottore Stefano! Sie müssen unbedingt mitkommen!«

»Immer langsam mit den jungen Pferden«, entgegnete der Medikus seelenruhig. »Hat Nina mal wieder etwas verschluckt? Einen Korken – das wäre nicht so schlimm –, Geld – wenn's Münzen sind, kommen sie spätestens übermorgen wieder heraus – oder etwa den Hausschlüssel? Da müsste ich allerdings …«

»Nina geht's gut«, unterbrach Pala den Redeschwall des Arztes, der sogar schon ihre Mutter auf die Welt gebracht hatte. »Es geht um Nonno Gaspare.«

Hektik schien dem Arzt, der ungefähr im gleichen Alter wie Gaspare Oratore war, fremd zu sein. Hinter einer silbernen runden Brille betrachteten seine dunklen Augen das Mädchen, als wäre es selbst der gemeldete Notfall. Der Doktor massierte die große kahle Stelle zwischen dem grauen Kreis aus Haarbüscheln auf seinem Kopf und wagte nach angemessener Bedenkzeit eine erste Lagebeurteilung.

»Ihm steckt ein Hühnerknochen im Hals.«

»Es ist schlimmer, Dottore Stefano. Er hat die Sprache verloren. Bitte kommen Sie. *Schnell!*«

»Die Sprache? Verloren?«, wiederholte der Arzt ungläubig. »Gaspare? Ein *Geschichtenerzähler*? Unmöglich!«

»So ist es aber, Dottore. Nun kommen Sie doch endlich!«

Dottore Stefano schüttelte den Kopf. »Dann ist es wirklich ernst. Warte, Pala, ich hole nur schnell meine Tasche.«

Der Arzt ließ den Studienrat im Unterhemd zurück und eilte nur eine Minute später mit seiner bauchigen schwarzen Arzttasche durch ein Wartezimmer erstaunt dreinblickender Patienten. Pala kletterte derweil wie ein Eichhörnchen die Hauswand hinab und erwartete ihn auf der Straße. Der ehrenwerte Dottore stülpte sich einen knallroten Helm über, stieg auf seinen weißen Motorroller und vergewisserte sich des festen Halts seiner Notfallhelferin auf dem Sozius. Dann fegte er mit ihr die Gasse zur Piazza hinab.

Bei den alten Männern in den Korbsesseln rückte Pala allmählich zum Hauptgesprächsthema des Tages auf. Zum dritten Mal überquerte sie jetzt schon den Platz der Dichter und jedes Mal in größerem Tempo. Ein Greis wagte die Vorhersage, sie werde in einigen Minuten auf einer Rakete vorüberschießen, und machte ein dementsprechendes Wettangebot.

Der Geschichtenerzähler saß noch genauso auf seiner Bank, wie Pala ihn zurückgelassen hatte: sprachlos und mit rotem Gesicht.

Dottore Stefano brachte den Motorroller rutschend neben der zerbrochenen Zigarrenkiste zum Stehen, klappte den Ständer heraus und näherte sich hierauf dem Alten mit einer Vorsicht, die Pala nicht verstehen konnte. Sie war gleich nach dem Stillstand des Zweirades vom Sozius gesprungen und zu ihrem Freund geeilt.

»Wie geht es dir, Nonno?«

Gaspare sah sie hilflos an und zuckte die Schultern. Möglicherweise ahnte er, was Pala von ihm wissen wollte, aber verstanden hatte er sie wohl nicht.

Dottore Stefano legte sich zunächst einen weißen Mundschutz an, der Pala an einen Maulkorb erinnerte. Außerdem streifte er sich hauchdünne, weiß gepuderte Gummihandschuhe über. Das Verhalten des Arztes kam ihr immer merkwürdiger vor.

Endlich begann der Doktor im Schatten des Lorbeerbaumes mit dem, was er als »Routineuntersuchung« bezeichnete. Er fühlte Gaspares Puls, lauschte dem Schlag seines Herzens, verschaffte sich tiefe Einblicke in dessen Rachen, Augen und Ohren. Der Geschichtenerzähler ließ alles geduldig über sich ergehen. Keine Spur mehr von seiner ersten panischen Aufgeregtheit, Verzweiflung schien ihn nun zu lähmen.

Argwöhnisch verfolgte Pala jeden Handgriff des Arztes. Der Wind trug einzelne Blütenblätter vorüber und ließ Gaspares graues Haar erzittern. Ab und an flatterte auch ein Babyfoto durch Palas Gesichtsfeld.

Im Hals von Nonno Gaspare war nichts zu entdecken, was dort nicht hingehörte. Sein Atem ging – ebenso wie der kräftige Herzschlag – regelmäßig, aber ein wenig zu schnell.

»Nur die Aufregung«, erläuterte der Mediziner knapp. »Kein Grund zur Besorgnis. Deine Pumpe klingt wie die eines Dreißigjährigen. Du wirst mindestens hundert werden, mein Guter.«

Wie Gaspares Gesten ganz klar erkennen ließen, war der beruhigende Ton in Dottore Stefanos Stimme zwar angekommen, aber der Sinn seiner Worte mit den Blütenblättern fortgeweht worden. Egal welche Fragen der Arzt auch stellte, der Geschichtenerzähler sah ihn nur, stumm wie ein Fisch, aus großen Augen an. Als Nächstes nahm der Doktor seinen Rezeptblock zur Hand, schrieb auf die Rückseite vier Worte und zeigte sie Gaspare.

Wann ist es passiert?

Der alte Mann starrte die Buchstaben nur verständnislos an.

Palas Herz verkrampfte sich. Sie fing wieder an zu weinen.

Dottore Stefano bewahrte Ruhe. Er reichte Gaspare den Bleistift, damit er eine Antwort niederschreiben konnte. Unbeholfen drehte der Alte den Stift in den Fingern.

Aufmunternd nickte Pala ihm zu. *Schreib es auf!*, formte sie mit den Lippen. Sie wusste selbst nicht, warum ihr der Mut fehlte, es laut auszusprechen.

Mit einem Mal senkte sich der Bleistift auf das Papier. Pala hielt den Atem an. Wenn Nonno Gaspare wenigstens schreiben könnte ... !

Aber anstatt einen Satz oder auch nur ein einziges Wort zu Papier zu bringen, malte der Alte etwas, das wie ein Dreieck oder wie eine Pyramide aussah, und obenauf setzte er eine Art Krone.

Der Arzt und seine Notfallhelferin tauschten ratlose Blicke. Jetzt waren sie diejenigen, denen das Verständnis fehlte. Zwar hatte der Geschichtenerzähler einen Weg gefunden zu ihnen zu »reden«, aber was *bedeutete* seine Bildsprache?

Während sie sich ansahen, bemerkten Dottore Stefano und Pala aus den Augenwinkeln eine Bewegung. Gaspare hatte sich von der Bank erhoben und deutete zum Festungsberg hinauf, ganz nach oben, dorthin, wo die Ruinen der alten Burg aufragten.

Mit einem Mal verstand Pala das Bild. Das Dreieck war der Berg und die Krone stand für die Zinnen der oberen Festungsmauer. Als sie nun ebenfalls zur Zitadelle zeigte, nickte Gaspare schnell.

»Wenn ich nur wüsste, was er meint«, grübelte der Doktor und rieb sich die Glatze. Den Blick hatte er wie die anderen zur Festung nach oben gerichtet.

»Was an dieser Burg macht Nonno Gaspare sprachlos?«, murmelte Pala, als wäre das Ganze ein Rätselspiel. Als Expertin auf diesem Gebiet brauchte sie nicht lang, um einen ersten Lösungsvorschlag anzubieten.

»Zitto!«, stieß sie hervor.

Dottore Stefano schüttelte zweifelnd den Kopf. Besagter Zitto gehörte zu den angesehensten Honoratioren der Stadt, wenngleich den öffentlichkeitsscheuen Mann niemand je richtig *angesehen*, geschweige denn mit ihm gesprochen hatte. »Was soll der Eigentümer des Schlossberges mit der Sprachlosigkeit eines alten Geschichtenerzählers zu tun haben?«, brummte der Arzt.

So schnell wollte sich Pala nicht geschlagen geben. Sie glaubte sich der Wahrheit jetzt ganz nahe. Ihre Worte überschlugen sich fast, als sie aufgeregt hervorsprudelte: »Primo – Sie wissen schon: Nonno Gaspares ältester Sohn –, der ist doch vor kurzem in die Hauptstadt gezogen. Das hat seinem Vater fast das Herz gebrochen. Könnte er dadurch nicht die Sprache verloren haben?«

Dottore Stefano massierte noch immer die kahle Stelle im Zentrum seines buschigen Haarkranzes. Langsam begann er zu nicken. »Möglich wäre so etwas schon. Ich weiß noch, wie überstürzt Primo abgereist ist. Er hat mir selbst erzählt, wie überrascht er war, als ihm der gut bezahlte Posten in einer von Zittos Fabriken angeboten wurde. Seine anderen beiden Söhne hat Gaspare ja schon vor längerem aus der Stadt vergrault. Jetzt könnte ihm mit einem Mal aufgegangen sein, wie einsam er ist.«

»Aber er hat doch *mich*«, widersprach Pala empört.

Der Doktor lächelte nachsichtig und strich ihr mit seinen bepuderten Handschuhen über das Haar. Wohl in der Annahme, Pala trösten zu müssen, sagte er: »Er mag dich ohne Frage gut leiden, mein Kind, doch Blut ist eben dicker als Wasser. Weil seine Söhne ihm mehr als alles sonst fehlen, könnte in seinem Kopf sozusagen ein Rollladen heruntergefallen sein und das Licht der Sprache ausgesperrt haben.«

Diesen Vergleich konnte Pala verstehen. Nonno Gaspares Wortschatz war für sie immer wie ein Berg funkelnder Juwelen gewesen, dessen Glanz sie – wie unzählige andere auch – auf eine schwer zu erklärende Weise reich gemacht hatte. Doch jetzt fühlte sie sich arm, beraubt durch die verletzenden Worte des Arztes. Falls nicht Herzensschmerz, sondern Einsamkeit die Ursache für des Erzählers Stummheit war, dann hatte sie, Gaspares beste Freundin, kläglich versagt. Ja, wenn nicht sie, wer dann konnte sein altes Herz noch retten?

Pala wischte sich verstohlen eine Träne aus dem Augenwinkel. Die Worte ihrer Mutter vom Mittag fielen ihr wieder ein: »Er hat doch ständig irgendwelche Kinder um sich herum …« Anscheinend war sie wirklich nur *irgendein* Mädchen für Gaspare, jemand, der seinen Geschichten lauschte, aber ihm sonst nichts bedeutete.

Und trotzdem fühlte sie sich schuldig am Unglück dieses stummen alten Mannes.

Auch wenn sie nicht genau wusste, was sie falsch gemacht hatte, wäre Pala nicht Pala gewesen, wenn sie ihrer Verzweiflung nun freien Lauf gelassen hätte. Sie wollte wieder gutmachen, was sie angerichtet hatte. Aber wie …?

Ihr Blick wanderte zu dem im steinernen Türpfosten eingravierten Gedicht, als könne dieses ihr die Antwort auf ihre Fragen geben. Natürlich kannte sie die Worte auswendig.

Allein die Furcht lässt manche Absicht scheitern,
macht stumm, wo klare Worte sind vonnöten.
Anstatt die Angst mit Vehemenz zu töten,
bringt man nur Tod den fremden Außenseitern.

Sieht er sich selbst fernab von den Begleitern,
mag der Bornierte heftig gar erröten,
erweist sich blind, wo Einsichten sich böten,
verdammt, die Vorurteile zu erweitern.

Dies Unverständnis lässt sich schwerlich fangen,
weil immer wieder es entrinnt auf Gleitern,
auf Eisgrund kalt von Hochmut, Hass und Bangen.

Derlei Gefühle helfen Zwangsarbeitern,
sich stumm zu fügen glühend heißen Zangen.
Des Schweigens Kerker steht so voller Leitern!

Als wären die Worte Wirklichkeit geworden, dachte Pala: Nonno Gaspare sitzt »errötet« in »des Schweigens Kerker«. Ein kalter Schauer lief ihr über den Rücken. Noch nie war ihr die Übereinstimmung der ersten Verszeile mit der letzten ihres Geburtsgedichtes so bewusst geworden wie in diesem Augenblick. Nein, sie durfte sich nicht aus Angst vor der Wahrheit daran hindern lassen, Nonno Gaspare beizustehen. Vielleicht konnte sie sich seine Liebe ja verdienen. Sie musste für ihn eine Leiter finden, über die er wieder aus seinem Kerker des Schweigens entkommen konnte …

»Ich kann mir auf die Schnelle natürlich kein abschließendes Urteil bilden.« Dottore Stefanos Stimme drang wie von weit her in Palas Bewusstsein vor. Blinzelnd sah sie in das besorgte Gesicht des Arztes. Er lächelte auf eine merkwürdig gequälte Weise. »Wir werden ihn durchleuchten, uns jedes einzelne Organ anschauen und vor allem müssen wir sein Gehirn unter die Lupe nehmen …«

In Palas Geist tauchte das Bild eines Frosches auf. Sie hatten ihn kürzlich im Naturkundeunterricht mit einem kleinen scharfen Messer aufgeschlitzt und restlos ausgeräumt. Pasquale musste sich übergeben. Von dem grünen Wasserbewohner blieb am Ende nicht mehr viel übrig. Er landete in einer Mülltonne. Pala schreckte der Gedanke, man könnte mit Nonno Gaspare Ähnliches anstellen.

»Ich möchte mitkommen, wenn Sie ihn ins Krankenhaus bringen«, sagte eine entschlossene Stimme, die zwar aus ihrem Munde kam, aber ihr trotzdem nicht zu gehören schien. Ihr Mut überraschte sie. Natürlich würde Dottore Stefano ihr Gesuch unter Zuhilfenahme irgendeiner fadenscheinigen Begründung abschmettern.

Mit einem seltsam strengen Ausdruck im Gesicht antwortete der Arzt: »Na gut. Wird ohnehin besser sein. Ich vermute, du hast Gaspare angefasst, bevor du zu mir gekommen bist?«

Pala beäugte argwöhnisch die weißen Gummihandschuhe des Doktors. »Angefasst weniger«, erwiderte sie, »aber ich habe ihn geschlagen.«

»Du hast *was* getan?« Silencias Betagte genossen großen Respekt. Sie zu schlagen gehörte sich einfach nicht. Verständlicherweise war der Arzt erstaunt.

»Ich dachte, er hätte einen Hühnerknochen im Schlund stecken und weil ich ihn nicht, wie man es eigentlich tut, an den Füßen halten und durchschütteln konnte, ist mir nichts Besseres eingefallen, als ihm auf den Rücken zu klopfen.«

»Ach so!« Dottore Stefano schien diese Erklärung als mildernden Umstand gelten zu lassen. Seinem verstehenden Lächeln folgte jedoch gleich wieder jener strenge Blick, der Pala schon zuvor aufgefallen war. »Also dann …«, sagte er und ließ, was immer *dann* noch folgen sollte, in der Luft hängen.

Pala brauchte Klarheit. Der ausgeweidete Frosch wollte ihr nicht aus dem Sinn gehen. »Kann ich Nonno Gaspare nun ins Krankenhaus begleiten oder kann ich nicht?«

Dottore Stefanos Gesicht war jetzt nur noch eine versteinerte Maske. Durch seinen Mundschutz sagte er: »Die Frage ist nicht, ob du *kannst*, mein Kind. Du wirst sogar mitkommen *müssen*. Denn wenn diese seltsame Verflüchtigung der Worte bei unserem alten Freund hier ansteckend ist, dann könntest du die Krankheit schon in dir tragen. Es tut mir sehr Leid für dich, Pala, aber ich fürchte, wir müssen dich vorerst zusammen mit Gaspare unter Quarantäne stellen.«

Quarantäne? Dieses Wort war neu für Pala. Es klang so bedrohlich. Irgendwie nach Eingesperrtsein. Eben noch hatte sie sich darüber den Kopf zerbrochen, wie sie Nonno Gaspare aus seinem Verlies der Sprachlosigkeit befreien könnte und nun steckte sie selbst in der Patsche. Sie hoffte nur, das Hausgedicht des Geschichtenerzählers irrte sich nicht, wenn es behauptete: *Des Schweigens Kerker steht so voller Leitern.*

ERST n u u

3

c l

Des Schweigens Kerker steht so voller Leitern.
Wer Wahrheit misst, fühlt sich gleichwohl geborgen,
an Überzeugung arm, doch ohne Sorgen.
Gefängnisleere mag ihn gar erheitern.

Was nie begonnen, kann auch niemals scheitern.
Gedankenlose denken nicht an morgen.
Anstatt zu geben, leben sie vom Borgen
und Kluge stempeln sie zu Außenseitern.

Gefangenschaft von dieser Art kann brechen,
wes Ohr dem Weisen öffnet sich auf Dauer
und ist nicht taub nach nächtelangem Zechen.

Dem Freiheit winkt, ob König oder Bauer,
der kommt, den Wall des Schweigens zu durchstechen,
die Blinden seh'n hier nicht einmal die Mauer.

D*es Schweigens Kerker steht so voller Leitern.* Was für ein Quatsch!, dachte Pala. Sie konnte keinen einzigen dieser Tritte entdecken. Aber vielleicht war die Quarantäne ja eine besonders strenge Art von Gefängnis, in dem solche Ausbruchshilfen nicht geduldet wurden.

Pala saß in der Abenddämmerung am Fenster der alten Villa und beobachtete durch das Glas die Samen des Löwenzahns, die in Wolken vor der orangeroten Sonne tanzten und die Luft scheinbar zum Brennen brachten. Ihre Gedanken drehten sich um den rätselhaften Begriff: *Quarantäne.*

Normalerweise bereiteten ihr neue Wortentdeckungen großes Vergnügen, nicht nur wenn sie Buchstabennudelsuppe aß. Mutter betonte gerne, wie früh ihre »Große« mit dem Sprechen begonnen habe. Irgendwann hatte sich Pala vorgenommen, jeden Tag mindestens ein neues Wort zu lernen, dreihundertfünfundsechzig im Jahr, mehr als dreitausendsechshundertfünfzig in ihrem bisherigen Leben. Genauso wie andere Kinder sich am liebsten mit ihrem neuesten Spielzeug beschäftigen, war Pala im Gebrauch ihrer jüngsten Worterrungenschaften nie sehr zurückhaltend gewesen. Als Mutter ihr kürzlich erklärte, »monströs« sei etwas »grässlich Schreckliches«, erlebte Pala einen Tag lang enorm viele schreckliche Dinge. Da krabbelte Nina mit einem müffelnden Windelpo an den Frühstückstisch und ihrer großen Schwester kam das monströs vor. Später erschien der gestrenge Studienrat Galvano mit einem monströsen Gesicht zum Unterricht – er hatte sich zweimal beim Rasieren geschnitten. Und am Nachmittag stellte sich ihr auf dem Weg zu Nonno Gaspares Haus ein monströser Hund in den Weg: bellend, mit gefletschten Zähnen und etwa so groß wie eine Ratte.

»Quarantäne« war also Palas neueste Entdeckung. Nach ihrem derzeitigen Kenntnisstand bedeutete das Wort, vierzig Tage lang in einer alten Villa zu wohnen, die am Rande des Krankenhausgeländes stand, seit Jahren schon nicht mehr benutzt worden und mit Schlössern an sämtlichen Türen und Fenstern ausgestattet war. Eilig hatte man zwei Krankenzimmer hergerichtet, um die beiden gefährlichen Patienten dort zu quarantänieren, oder wie immer diese besondere Abart des Einsperrens genannt wurde. Quarantäne hieß aber auch, von Ärzten und Pflegern wie ein rohes Ei behandelt zu werden, erstens, weil im Umgang mit Patienten grundsätzlich eine schonende Behandlung üblich war, und zweitens, weil sich niemand mit dieser monströsen Sprachlosigkeit anstecken wollte. Pala ließen derlei Befürchtungen zwar nicht kalt, aber sie waren keinesfalls ihre größte Sorge. Die galt nach wie vor Nonno Gaspare.

Draußen neigte sich die Sonne dem Horizont entgegen und der stumme Patient mit dem Sonnenbrandgesicht war noch immer nicht zurück. Man werde ihn »gründlich untersuchen«, hatte es geheißen. *Gründlich!* Eine schlaffe Froschhaut erschien vor Palas innerem Auge. Sie fühlte sich überrumpelt. Man hatte Nonno Gaspare brutal entführt. Er war von vermummten Gestalten in einen Rollstuhl gezerrt und ihr regelrecht entrissen worden. Die beiden geputzten Krankenzimmer befänden sich rechts vom Innenhof, hatte ihr ein Gesicht erklärt, das sich unter einer Art Taucherglocke hinter Glas befand, sie könne sich einen Saal aussuchen. Dann schob man den Großvater davon.

Es war ein beklemmendes Gefühl gewesen, als sie mit einem Mal allein in der viereckigen Empfangshalle der Villa stand. Ihr Ruf nach Mama, Papa und Nina blieb unbeantwortet. Dann entdeckte sie die Inschrift über dem Durchgang zum Innenhof. Ein Schauer lief ihr über den Rücken.

Des Schweigens Kerker steht so voller Leitern.
Wer Wahrheit misst, fühlt sich gleichwohl geborgen,
an Überzeugung arm, doch ohne Sorgen.
Gefängnisleere mag ihn gar erheitern.

Was nie begonnen, kann auch niemals scheitern.
Gedankenlose denken nicht an morgen.
Anstatt zu geben, leben sie vom Borgen
und Kluge stempeln sie zu Außenseitern.

Gefangenschaft von dieser Art kann brechen,
wes Ohr dem Weisen öffnet sich auf Dauer
und ist nicht taub nach nächtelangem Zechen.

Dem Freiheit winkt, ob König oder Bauer,
der kommt, den Wall des Schweigens zu durchstechen,
die Blinden seh'n hier nicht einmal die Mauer.

Die Übereinstimmung der ersten Zeile mit dem Schluss von Nonno Gaspares Hausgedicht stimmte sie nachdenklich. Weil derartige Reime in Silencia jedoch so zahlreich waren wie die Muscheln an der nahen Meeresküste, maß Pala diesem Gleichklang keine allzu große Bedeutung bei. Eher schon verwirrte sie die Botschaft in den alten Worten.

Inzwischen wartete sie wohl schon an die vier Stunden auf den Geschichtenerzähler, unterbrochen nur von einem kurzen Besuch ihrer Eltern, die mit besorgten Gesichtern unter dem verschlossenen Fenster gestanden, einige in guter Absicht ausgebrachte Worte heraufgerufen und ihr müde zugewinkt hatten. Sie konnten die neue Situation wohl noch weniger verstehen als ihre Tochter. Bald waren sie wieder davongezogen. Pala wünschte, sie hätte mit ihnen gehen können. Schon jetzt vermisste sie ihre Familie.

Ihr Blick schweifte gelangweilt durch das große Krankenzimmer, in das sie hauptsächlich wegen der Aussicht eingezogen war – durch die schmutzigen Sprossenfenster konnte sie den Park des Hospitals und hoch oben Zittos Feste sehen. Früher mochten in dem Saal sechs oder mehr Betten gestanden haben. Jetzt gab es nur ihres: weiß lackiertes Rohr mit Rädern unten dran. Es hatte neben einem Zwilling auf dem Flur gestanden.

Pala fühlte sich so allein. Ob sie ein wenig mit ihrem Schlafmobil herumfahren sollte, um sich die Wartezeit bis zu Nonno Gaspares Rückkehr zu verkürzen? Gerade wollte sie die Feststeller an den Rollen lösen, als von draußen ein Geräusch erklang. Schritte! Und jemand, der in seltsam überdrehtem Tonfall sprach. Pala lief hinaus ins Atrium, den Innenhof der Villa, von dem sämtliche Zimmer abzweigten. Große Pflanzenkübel aus Terrakotta, ein munter plätschernder Springbrunnen und eine Holzbank luden hier zum Verweilen ein. Aber dafür hatte sie kein Auge. Sie sah nur ihn, Nonno Gaspare. Ihr Herz machte einen Sprung. Hatte etwa *er* gesprochen?

Nein, ihr Wunsch zerplatzte wie eine Seifenblase. Der Geschichtenerzähler saß in einem Rollstuhl und ertrug grimmigen Gesichts das Geplapper eines jungen, selig lächelnden, vollständig in Weiß gekleideten und gänzlich unbehelmten Krankenpflegers, der auf Gaspare einredete wie auf einen Schwachsinnigen.

»Endstation. Alle Mann aussteigen«, verkündete der Pfleger im Ton eines Bahnhofswärters, als er vor Pala zum Stehen kam.

»Sie haben vergessen zu pfeifen«, sagte diese mit versteinerter Miene.

Der Pfleger machte ein betroffenes Gesicht, als könne er sich diesen Fehler niemals verzeihen.

»Nonno Gaspare kann nichts von dem Unsinn verstehen, den Sie da eben von sich gegeben haben, stimmt's?«

Der Ausdruck der Glückseligkeit kehrte auf das Gesicht des Lockenkopfs zurück und er trötete: »Kein Sterbenswörtchen!«

Pala funkelte den komischen Kauz wütend an. Ob sie wohl stark genug war, ihn zu erwürgen? Besser nicht. In Silencia lernte man schon sehr früh, Unstimmigkeiten mit Worten zu regeln. Sie holte tief Luft und fragte: »Und warum reden Sie dann pausenlos auf ihn ein, als wäre er ein kleines Kind?«

»Dient alles zu seiner Beruhigung. Die Ärzte sagen, er sei nicht taub. Er habe nur irgendwie seine Worte verloren.«

»Ach, das ist ja mal was Neues.«

»Ja, möglicherweise sei in seinem Gehirn das Sprachzentrum verstopft – ich weiß nicht mehr genau, wie der Doktor es erklärt hat. Jedenfalls ist ihm der Zugang zu seinem Wortschatz versperrt.«

»Als wäre ein Rollladen heruntergefallen und nun steht er im Dunkeln.«

»Genau!«, freute sich der Pfleger. »Du bist ein helles Köpfchen, Kleine.«

»Ich heiße *Pala.*«

»Klar. Weiß ich doch. Und ich bin Mario. Habe mich freiwillig zu diesem Einsatz gemeldet. Jedenfalls beinahe. Als der Stumme eingeliefert wurde, war ich so dumm ihn anzufassen. Kannst du dir das vorstellen?«

»Ziemlich gut sogar.«

»Und nun sei ich auch ein ›Gefährdeter‹, der unter Quarantäne gehöre, haben die Doktoren gesagt und mich hierauf gefragt, ob ich mich eurer nicht gleich als Pfleger annehmen wolle.«

»Und da haben Sie sich *freiwillig* gemeldet?«

»Klar! Warum nicht zwei Fliegen mit einer Klappe schlagen?«

Pala schluckte. Frösche wurden wenigstens aufgeschlitzt

und mit großer Gründlichkeit ausgenommen. Aber jetzt waren Nonno Gaspare und sie schon zu Stubenfliegen verkommen, die man mit einer großen Klatsche gleich paarweise erschlug. Wo sollte das noch hinführen! Voller Mitleid blickte sie in das Gesicht ihres stillen Freundes. Fast hätte man glauben können, er sei in den letzten paar Stunden um zehn Jahre gealtert. »Haben die Doktoren sonst noch etwas über meinen Freund herausgefunden?«

»Ja, die Ursache für die Rötung in seinem Gesicht: Herr Oratore scheint gestochen worden zu sein.«

»Etwa von einem Insekt?«

»Es scheint eher ein ganzer Schwarm gewesen zu sein. Durch die Schwellung sind die vielen winzigen Stiche nur schwer zu erkennen. Vermutlich hat der Ärmste seine Krankheit den kleinen Blutsaugern zu verdanken.«

»Ist das alles, was die Ärzte dazu sagen können?«

»Nein, sie haben ihm auch verschiedene Zeitungen und Bücher gezeigt und sagen, er könne keine geschriebenen Worte mehr verstehen.«

»Und um *das* festzustellen haben sie beinahe vier Stunden gebraucht?«

Mario zuckte die Achseln. »Sie sind eben gründlich gewesen.«

Pala schluckte eine bissige Bemerkung hinunter. Sie hatte eine Idee. »Können Sie mir bitte Papier und einen Stift besorgen?«

Der Lockenkopf nickte. »Klar. Ich selbst darf zwar ab sofort die *Villa des Schweigens* nicht mehr verlassen, aber ich lasse dir etwas bringen. Was den Alten betrifft, würde ich mir allerdings keine zu großen Hoffnungen machen. Die Ärzte sagen, was immer ihm fehle, es sei ziemlich ernst, aber solange sie nicht wüssten, was diese seltsame Verflüchtigung der Worte verursacht habe, könnten sie kaum etwas für ihn tun.«

Pala blickte nachdenklich in das Gesicht des Krankenpflegers und antwortete: »Ich bin kein Arzt, sondern nur Nonno Gaspares Freundin. Vielleicht kann so eine wie ich ihm ja mehr helfen als tausend studierte Köpfe.«

Die Farbe an den Wänden war größtenteils abgeblättert. Unter der Decke kämpfte eine nackte Glühlampe gegen die Dunkelheit in dem großen Krankenzimmer. Als wolle er in diesem Wettstreit aufseiten des Schwächeren Partei ergreifen, sandte der Mond sein silbriges Licht durch die drei hohen Rundbogenfenster herein.

Pala beobachtete mit angehaltenem Atem, wie Nonno Gaspares runzelige Hand den Stift über das Papier wandern ließ. Er war ein begnadeter Geschichtenerzähler, wortgewandt wie kein anderer, den sie kannte. Aber seine Zeichnungen sahen aus, als stammten sie von Nina.

Vielleicht war Palas Beurteilung der kleinen Kunstwerke ein wenig zu streng. Es kam ja nicht unbedingt auf deren künstlerische Ausdruckskraft an. Pala musste nur verstehen, was er malte.

Aber gerade *das* fiel ihr so schwer.

Der Einfall, sich mit Nonno Gaspare mittels kleiner Bildchen zu verständigen, war im Grunde famos. Es schien zu gelingen. Entmutigend war für Pala nur der eher einsilbige Verlauf des »Gesprächs«. Ihr Freund »sagte« immer wieder dasselbe: Der neue Bewohner des Festungsberges von Silencia ist an allem schuld.

Pala hatte aus den Gesprächen ihrer Eltern schon einiges über Zitto erfahren. In Silencia geboren, ging dieser vor langer Zeit in die Fremde, machte dort ein Vermögen und kehrte nun als steinreicher Mann in die Heimatstadt zurück, um seinen Wohlstand mit deren Bewohnern zu teilen. Seine Fabriken, Handelshäuser, Banken und vielen anderen Firmen kannte man in der ganzen Welt. Aber den Gründer und Eigentümer des Ganzen hatte noch nie ein Mensch gesehen.

Nun, möglicherweise gab es ja einige enge Mitarbeiter, denen er hier und da die Gnade seines Anblickes gewährte, aber die wenigen Beschreibungen derer, die behaupteten Zitto persönlich zu kennen, gingen sehr weit auseinander; man konnte glauben, sie sprächen von unterschiedlichen Männern. Als Nonno Gaspare letztens vom Weggang seines ältesten Sohnes erzählt hatte, klang es düster und verbittert. »Jeder will diesen Zitto kennen, um sich wichtig zu machen«, hatte er gebrummt. »Aber in Wirklichkeit hat er kein Gesicht. Er ist einfach überall gegenwärtig, hat bei allem seine Finger im Spiel. Man hofiert ihn, weil er Posten und Geld verteilt. Ohne ihn scheint nichts zu gehen und wer sich ihm verweigert, wird im besten Fall ausgelacht, viel eher noch verspottet und angegriffen.«

Diese harte Einschätzung hatte Pala damals nicht nachvollziehen können. Ihre Eltern meinten, Gaspare Oratore habe seine drei Söhne mit seinem Altersstarrsinn aus Silencia vertrieben und schiebe nun die Schuld auf Zitto, einen ebenso angesehenen wie für jedermann unerreichbaren Bürger der Stadt. Damit habe Gaspare sich sauber jeder Möglichkeit eines Beweises für seine Anklagen entzogen.

Zu Pala war der Geschichtenerzähler jedoch immer freundlich gewesen, eben wie ein echter Großvater. Sein langes Leben stand ihm ins Gesicht geschrieben – in diesem Moment mehr als jemals sonst –, aber daraus gleich Altersstarrsinn zu machen, erschien ihr ungerecht. Deshalb konnte sie die Vorwürfe der Erwachsenen auch nicht verstehen. Und was Zitto mit Nonno Gaspares Sprachlosigkeit zu tun haben sollte, wollte ihr erst recht nicht einleuchten.

Nein, die wirkliche Ursache für die seltsame Verflüchtigung seiner Worte musste eine ganz andere sein, vielleicht sogar eine, die den Menschen zu einfach oder auch zu unbequem erschien, um von ihnen wahrgenommen zu werden. Lieber richteten sie sich auf Lebenszeit im Kerker ihres Irrtums häuslich ein. Bin ich selbst schon zu so einer Gefangenen geworden?, fragte sich Pala besorgt. Ja, womöglich steht das Tor zur Wahrheit sperrangelweit offen und *die Blinden seh'n hier nicht einmal die Mauer.*

ERST zu u T

4

Die Blinden seh'n hier nicht einmal die Mauer,
im Dunkeln tappen hin und her und tasten.
Sie woll'n die freie Rede noch verknasten,
damit ihr trübes Leben wird noch grauer.

Bald taugst du nur noch für den Knochenhauer,
wenn du im Haus des Schweigens kannst nur fasten.
Bevor zuletzt du liegst im Totenkasten,
entzieht's dir Lebensworte, süß wie sauer.

Was du vermisst, wird and're Geister laben,
sie tragen fort, was passt auf ihre Hauer,
und mästen sich gleich fetten Küchenschaben.

Wie Wüstensand getränkt mit Regenschauer
zählt Sinneslust zu trügerischen Gaben:
Sind Wonnen süß, ist kurz meist ihre Dauer.

D*ie Blinden seh'n hier nicht einmal die Mauer.* »Wirklich komisch!«, sagte Pala und stieß einen verunglückten Lacher aus. »Sieht ganz so aus, als wäre ich damit gemeint.«

Zittos Feste hob sich im Mondlicht fahl vom Nachthimmel ab. Sie fühlte sich nicht wohl in ihrer Haut, aber sie musste herausfinden, was Nonno Gaspares Zeichnungen bedeuteten. Deshalb hatte sie sich kurz vor Mitternacht aus der *Villa des Schweigens* gestohlen.

Vorbei an Marios Wachstube – der Pfleger hatte friedlich vor sich hin geschnarcht, als wolle er sämtliche Bäume des Krankenhausparks absägen –, war sie durch die Empfangshalle geschlichen und an der verschlossenen Eingangstür gescheitert. Sie musste umkehren und sich einen anderen Weg suchen. Dabei streifte ihr Blick erneut den Wandspruch, dessen Schlusszeile ihr nicht aus dem Kopf gehen wollte. Nach kurzem Suchen fand sie im obersten Stockwerk an der Rückseite des Gebäudes ein Fenster mit einem beschädigten Schloss. Dort kletterte sie hinaus, an der stuckverzierten Fassade hinab und entschwand in die Schatten des Parks.

Während sie jetzt durch die dunklen Gassen schlich, musste sie, abgesehen von dem sonderbaren Wandspruch, an Mario, den jungen Krankenpfleger, denken. Er hatte als Erster diesen Namen erwähnt: *Villa des Schweigens*. Bevor der Pfleger zur Nachtruhe in seine Wachstube bei der Empfangshalle verschwunden war, hatte Pala ihn auf die für ein Hospital doch recht seltsame Widmung angesprochen. Das Sonett sei, wie Mario erklärte, eigentlich ein Geburtsgedicht. Es gehöre dem Stifter dieser Krankenanstalt, einem vor langer Zeit überaus geachteten Schriftsteller. Von ihm stamme auch der Name, *Villa des Schweigens*, der nun eine ganz neue Bedeutung bekommen habe.

Pala fragte sich, ob die seltsame Verflüchtigung der Worte bald auch sie verstummen lassen würde. Ihr Blick wanderte unwillkürlich die Anhöhe hinauf, auf der etwas zu schlummern schien, für das der Begriff »monströs« wie geschaffen war. Nur etwas »grässlich Schreckliches« konnte einem Menschen die Sprache rauben. Vorausgesetzt, Nonno Gaspare hatte Recht.

Hoch oben im viereckigen Turm, dem einzigen Teil der Feste, der die Jahrhunderte so gut wie unbeschadet überdauert hatte, brannte ein gelbes Licht. Es gab Gerüchte, Zitto sei bereits dort eingezogen, um den Wiederaufbau der Burg persönlich zu überwachen, aber da ihn niemand je zu Gesicht bekam, mochte man von dem Gerede halten, was man wollte.

Hätte jemand in diesem Augenblick das herumschleichende Mädchen nach dem Zweck seines nächtlichen Spaziergangs gefragt, wäre es wohl zu keiner überzeugenden Auskunft fähig gewesen. Nonno Gaspares Anblick habe ihr nicht gefallen, könnte der Versuch einer Antwort lauten, um aber sofort in neuen Erklärungsnotstand zu geraten. Wie sollte sie die beunruhigenden Veränderungen an ihrem Freund beschreiben? Nicht allein seine Stummheit und das gerötete Gesicht ängstigten sie, sondern fast mehr noch jene bedenkliche Schwere, die man ihm ansehen konnte, die seine Schultern und die langen Gliedmaßen bleiern herabhängen ließ, die aus ihm einen dahinsiechenden Greis zu machen schienen, der Pala fremd war. Mit Schaudern erinnerte sie sich des Ausdrucks, mit dem er sie vor dem Zubettgehen angesehen hatte, fast so, als wolle er für immer von ihr Abschied nehmen. Hauptsächlich war es wohl Palas Sorge, vielleicht auch ein unbestimmtes Schuldgefühl, aber kaum ein handfester Plan, der sie aus dem Fenster der Villa hatte klettern lassen, um in Zittos Reich einzudringen.

Der Festungsberg war von einer hohen, wuchtigen Mauer umgeben. Zitto hatte sie bereits vor seiner Heimkehr wiederherstellen lassen. Sie besaß nur ein einziges, ständig bewachtes Tor am Zitadellenplatz, direkt gegenüber der Stadtbücherei. Von Posten jenseits der Umfriedung oder von Kontrollgängen am äußeren Steinwall entlang wusste Pala nichts. Aber sie musste mit allem rechnen.

Am liebsten wäre sie umgekehrt. Warum musste es nur so hell sein! Mondlicht und Heimlichkeiten waren wie Hund und Katze – natürliche Feinde. Pala schob ihre nagenden Zweifel beiseite. Hindernisse waren schließlich dazu da, überwunden zu werden. Es gab andere Verbündete als den Vollmond, und diese würden ihr Eindringen in Zittos Reich unterstützen: die Schatten. Nicht an irgendwelche lichtscheuen Bundesgenossen dachte das Mädchen dabei, sondern an die finstersten überhaupt. Pala kannte im weiten Rund der Mauer nur eine einzige Stelle, die zu jeder Tages- und Nachtzeit vor neugierigen Blicken verborgen lag: das verfallene Kloster. Allein der Gedanke an diesen unheimlichen Ort ließ sie schaudern. Ihn ausgerechnet zu dieser Stunde aufzusuchen erschien ihr wie ein Albtraum. Jeder Schritt in Richtung Kloster ließ ihr Herz heftiger schlagen.

Möglicherweise, dieser Gedanke drängte sich immer stärker in den Vordergrund ihres Bewusstseins, lagen ihre Eltern und Dottore Stefano doch nicht so verkehrt, wenn sie Gaspare selbst die Schuld für seine Stummheit zuschoben. Abgesehen von Primo, den Zittos unwiderstehliches Angebot in die Hauptstadt gelockt hatte, war auch der Abschied von seinen anderen beiden Söhnen alles andere als harmonisch verlaufen. Silvestro, der Zweitälteste, war, wie böse Zungen behaupteten, vor den Launen seines Vaters in die Provinzhauptstadt geflohen, wo er inzwischen als Theaterdirektor große Erfolge feiere. Und Giuseppe, von den drei Brüdern der jüngste und für Pala einst wie ein großer Bruder, war in die Fußstapfen seines alten Herrn getreten. Gaspare musste das Festhalten seines Sohnes an der, wie er es ausdrückte, »brotlosen Kunst des fahrenden Erzählers« furchtbar aufgeregt haben, und so hatten sich die beiden schließlich überworfen ...

Die Gerüchteköche gehörten auch in Silencia zu einer fleißigen Zunft. Pala schüttelte ärgerlich den Kopf. Sie kannte Nonno Gaspare besser. Sein Unglück dem eigenen Versagen zuzuschreiben war natürlich leicht, die Wahrheit herauszufinden dagegen ein wagemutiges und womöglich fruchtloses Unterfangen. *Was nie begonnen, kann auch niemals scheitern,* hieß es im Geburtsgedicht des Hospitalstifters. Palas Fäuste ballten sich. Nein und nochmals nein, sie wollte sich nicht mit einfachen Erklärungen zufrieden geben, wenn die Verleugnung der Wahrheit der Preis dafür war. Auf die vermeintliche Geborgenheit eines solchen Selbstbetrugs konnte sie gut verzichten.

Mittlerweile hatte sie unbehelligt den Platz der Dichter erreicht. Das Läutwerk im Kampanile des Rathauses schlug gerade Mitternacht: zunächst viermal hell, dann zählte eine volle, dunkle Glocke bis zwölf. So wie Silencias Herz seit Menschengedenken ruhig und friedlich pulsierte, verkündete auch der Uhrenturm die maßvollen Schritte der Zeit stets im gleichen bedächtigen Takt.

Die Piazza war menschenleer, die hochlehnigen Korbsessel der Grauköpfe verlassen. Der letzte Glockenschlag des Kampanile verklang und eine bedrückende Friedhofsstille breitete sich wie ein Leichentuch über den Ort, den Pala nur als Inbegriff lärmenden Lebens kannte. Sie beschleunigte ihren Schritt, um das große Schweigen so schnell wie möglich hinter sich zu lassen.

Auch die Gasse des *Silencia-Boten* lag wie ausgestorben da, im silbrigen Mondlicht und trüben Schimmer weniger Gaslaternen wand sie sich wie ein erschlagener Lindwurm den Berg hinauf. Dort, wo der Kopf des toten Ungeheuers liegen musste, ragte die Ruine der großen Kirche aus dem Halbdunkel auf. Pala kam sich vor wie das einzige lebende Wesen der Stadt.

Endlich erreichte sie den Vorplatz am Ende der Gasse. Vom teilweisen Einsturz des Klosters vor Jahren lagen noch immer einige schwere Trümmer herum, Gedenksteine ohne Inschriften. Das Gotteshaus ragte zu Schwindel erregender Höhe vor Pala auf. Langsam näherte sie sich dem Eingang.

Sie betrat die Basilika durch ein türloses Portal und hielt ergriffen die Luft an: Über ihr glitzerte der Sternenhimmel wie ein schwarzes, mit Diamanten besticktes Samttuch. Ringsum erhoben sich gewaltige Kirchenmauern, aber das Dach des Gotteshauses war der Himmel selbst. Die große silberne Scheibe des Mondes warf ihr Licht durch ein kreisrundes glasloses Fenster im Ostgiebel. Zu beiden Seiten trennten mächtige Säulen das breite Mittelschiff von den schmaleren Seitenschiffen, die in tiefer Finsternis lagen. Pala wäre am liebsten umgekehrt und davongelaufen, als noch weiter in dieses dunkle Schattenreich einzudringen. Da hörte sie plötzlich ein Geräusch …

Ihre Nackenhaare stellten sich auf und ihr ganzer Rücken kribbelte, als hätte jemand Eiswasser darüber gegossen. Sie konnte gerade noch den Kopf nach links reißen – der Rest ihres Körpers war schon völlig starr – und dabei sah sie die Bewegung.

Der Mond hatte zwischen den Schatten zweier Säulen ein fahles Lichtband gelassen, durch das der Umriss eines – ja, wie sollte sie diese Erscheinung überhaupt nennen? –, eines *Wesens* flatterte und, laut brummend, gleich wieder in der Dunkelheit verschwand. Pala konnte es nur für einen kurzen Moment sehen. Es glich einem Insekt, besaß schwirrende Flügel, einen plumpen Leib und kurze, im Flug herabbaumelnde Gliedmaßen mit ungewöhnlich langen Krallen an den Hinterbeinen.

»Was war das?«, hauchte sie. Eine Hummel mit Libellenflügeln? Nein, kein Insekt war so groß wie ein Schaf.

Sie kramte aufgeregt in ihrem Gedächtnis: Flughörnchen, Flughunde, Fledermäuse und sogar fliegende Fische fielen ihr ein – aber von Flatterschafen hatte sie noch nie gehört. Doch worum handelte es sich bei diesem brummenden Nachtschwärmer dann?

Reglos lauschte sie in das hohe Kirchenschiff hinein, konnte jedoch kein verdächtiges Geräusch vernehmen. Um sie herum herrschte Stille. Der Mond strahlte wieder ungestört von fliegenden Schafen durch das runde Giebelfenster. Pala schüttelte verdrossen den Kopf. »Du fürchtest dich«, flüsterte sie, »und bildest dir solche Verrücktheiten nur ein. Das ist ganz normal.«

Je länger sie über den flirrenden Schemen nachdachte, desto mehr vernünftige Erklärungen fielen ihr dazu ein. Möglicherweise handelte es sich tatsächlich um eine Hummel oder ein anderes harmloses Insekt. Mit Schattenspielen ließen sich die verblüffendsten Figuren erschaffen. Der richtige Abstand zur Lichtquelle machte aus einer Mücke einen Elefanten, dazu noch die passende Schauergeschichte, und dem Entsetzen stand nichts mehr im Wege. Das Gefährlichste in dieser Ruine dürften Mäuse und Uhus sein, jedenfalls nichts, wovor man sich fürchten musste. Mit festen Schritten lief sie auf den Steinaltar am anderen Ende des Mittelschiffes zu. Einen Moment lang verharrte sie vor dem verwitterten Marmortisch, betrachtete nachdenklich die dort aus dem Stein gemeißelte Inschrift und wandte sich dann nach rechts, wo eine kleine Tür in den Kreuzgang führte.

Zuletzt hatte sie den Innenhof des Klosters vor ungefähr sechs Jahren betreten, also kurz vor ihrer Einschulung und lange vor Ninas Geburt. Ihr innigster Wunsch war zu jener Zeit ein großer Bruder gewesen, möglichst so ein lustiger Bursche wie Giuseppe. Als kleines Mädchen hatte sie immer wie eine Klette an Nonno Gaspares jüngstem Sohn gehangen. Ihm verdankte sie auch ihren ersten Besuch an diesem verwunschenen Ort – so war ihr der Kreuzgang an jenem strahlenden Sommernachmittag vorgekommen. In der Begleitung des schlaksigen Jungen hatte sie keine Furcht gekannt, selbst hier nicht, doch jetzt, als sie nach Jahren in den dunklen Säulenhof zurückkehrte, fühlte sie eine lähmende Beklemmung. Sie wünschte, Giuseppe hielte so wie damals ihre Hand.

An allen vier Seiten des quadratischen Platzes ragten Mauern auf, eine davon bildete die Grenze zu Zittos verbotenem Reich. Efeu und verwilderte Rosensträucher herrschten nun wie eine Räuberbande über das einstige Zentrum klösterlichen Lebens. Früher hatten die Nonnen den kleinen Innenhof in einem überdachten Säulengang umrunden können. An der Ostseite fehlte dieser Wetterschutz nun, weil er bei der Erneuerung von Zittos Schutzwall abgerissen worden war. An einigen Stellen türmte sich noch der Schutt. Da, wo Zittos Mauer im rechten Winkel auf das Skriptorium traf, lagen jedoch weder Trümmer noch wucherten dornige Büsche. Ein idealer Platz für Palas Absichten.

Die besagte Ecke lag auf der anderen Seite des Innenhofs. Um sich das Kleid nicht an den Rosensträuchern zu zerreißen, lief Pala durch den Säulengang, den das sonst so üppig wuchernde Gestrüpp zu meiden schien, vermutlich wegen der schweren, fast nahtlos verlegten Bodenplatten, unter denen manch hoch geachteter Bürger Silencias begraben lag. Der Gedanke, über Tote hinwegzuschreiten, behagte Pala wenig. Endlich erreichte sie die von ihr auserkorene Stelle. Aufmerksam sah sie sich um.

Über dem Eingang der Klosterschreibstube war ein Schriftzug in die Wand gemeißelt. Palas Augen hatten sich längst an die Dunkelheit gewöhnt und so konnte sie mit einiger Mühe die Worte entziffern.

Die Blinden seh'n hier nicht einmal die Mauer,
im Dunkeln tappen hin und her und tasten.
Sie woll'n die freie Rede noch verknasten,
damit ihr trübes Leben wird noch grauer.

Bald taugst du nur noch für den Knochenhauer,
wenn du im Haus des Schweigens kannst nur fasten.
Bevor zuletzt du liegst im Totenkasten,
entzieht's dir Lebensworte, süß wie sauer.

Was du vermisst, wird and're Geister laben,
sie tragen fort, was passt auf ihre Hauer,
und mästen sich gleich fetten Küchenschaben.

Wie Wüstensand getränkt mit Regenschauer
zählt Sinneslust zu trügerischen Gaben:
Sind Wonnen süß, ist kurz meist ihre Dauer.

»Seltsam«, murmelte sie, die erste Strophe des Sonetts ganz fest im Blick. Konnte es noch Zufall sein, ständig Gedichten zu begegnen, die sich in ihren Schluss- und Anfangszeilen überschnitten, gerade so, als würden sie sich an den Händen fassen?

Sie trat bis auf zwei Schritte an die Mauer heran, stemmte die Fäuste in die Seiten und blickte prüfend nach oben. Zwar war es hier dunkel, aber blind umhertappen, wie in dem Sonett behauptet, musste sie nun wirklich nicht. Sie konnte den sie um das Fünf- oder Sechsfache überragenden Steinwall sogar ganz deutlich erkennen.

Der Verfasser des Gedichts dürfte vermutlich an eine Neumondnacht gedacht haben. Zwischen den grob behauenen Steinen gab es genug Spalten und Vorsprünge, um sicheren Halt zu finden. Selbst mit Mond und Sternen als einzigen Lichtquellen sollte es nicht schwer sein, die Umfriedung zu überklettern. Sie hatte schon ganz andere Hindernisse bewältigt.

Pala spuckte in die Hände und machte sich an den Aufstieg. Sie kam gut voran. »Wenn Eichhörnchen Geschichten erzählen und Rätsel lösen könnten, dann wärst du eines«, pflegte ihr Vater des Öfteren zu sagen. Ihr Mut blieb ungebrochen, bis sie, wie sie glaubte, die Hälfte der Umfriedung erklommen hatte. Sie blickte in die Höhe und stutzte. Das obere Ende der Mauer war allem Anschein nach immer noch genauso weit entfernt wie zu Beginn, aber der Boden lag so tief unter ihr, als hätte sie ihr Ziel längst erreicht.

»Das gibt's doch nicht!«, entfuhr es Pala. Mit einem Mal spürte sie die Anstrengung und rang nach Atem. Vielleicht spielte das Zwielicht der flimmernden Himmelskörper ihr diesen Streich. Sie schüttelte heftig den Kopf, schleuderte die dumpfen Ahnungen förmlich davon und setzte verbissen ihren Aufstieg fort. Nachdem sie die halbe Strecke des verbliebenen Stücks bewältigt zu haben meinte, sah sie abermals nach oben und erschrak. Vom Schock ihrer Entdeckung regelrecht betäubt, glitt ihr Fuß ab.

Ich stürze! Wie ein Blitz zuckte der entsetzliche Gedanke durch Palas Geist. Aber noch fiel sie nicht. Nur an ihren dünnen Fingern hing sie über dem gähnenden Abgrund. Ihre Füße stocherten im Nichts. Sie keuchte, gab einige erstickte Laute von sich. Trotz höchster Gefahr wollte sie sich nicht verraten – vielleicht gab es ja jenseits der Mauer Ohren, die nach verdächtigen Geräuschen lauschten. Es dauerte erschreckend lang, bis sie die von ihr losgetretenen Steine am Grund aufschlagen hörte.

Am Morgen hatte sie Sandalen angezogen, nicht ahnend, welch halsbrecherische Kletterei ihr noch bevorstehen würde. Wenn sie doch nur festeres Schuhwerk ausgewählt hätte! Jetzt musste sie mit nackten Zehenspitzen nach Spalten zwischen den Felsblöcken tasten. Ihre schmerzenden Finger begannen allmählich zu rutschen. Lange würde sie sich nicht mehr halten können. Immer mehr lockerte sich der Griff ihrer Hände. Der Sturz in die dunkle Tiefe schien unabwendbar. Pala biss die Zähne aufeinander, kniff die Augen zusammen, suchte aufgeregt mit den Füßen nach irgendeinem und wenn auch noch so kleinen Vorsprung …

Und plötzlich hatte sie den rettenden Tritt gefunden.

Palas Herz pochte wie aufgezogen. Um neue Kraft zu schöpfen, stand sie einfach nur da, die Wange an den rauen, kühlen Stein gelehnt, schwer atmend, und sich fragend, wie lange sie wohl gefallen wäre. Nur einen Augenblick oder eine Ewigkeit? Was für ein grauenvoller Gedanke!

Sie kämpfte gegen das Zittern in ihren Gliedern an, offenbar eine Folge der Anstrengung. Oder ließ die Angst sie erbeben, das ins Unterbewusstsein eingebrannte Bild eines unendlich langen Sturzes? Nur unter großer Anstrengung konnte Pala ihre Furcht bezwingen und nach unten blicken. Dort sah sie einen Abgrund, so tief, als hätte sie die Mauerkrone schon zweimal erklommen.

Was sollte sie nun tun? Umdrehen oder weiterklettern? *Was nie begonnen, kann auch niemals scheitern.* Die Worte aus der *Villa des Schweigens* klangen wie ein ferner Ruf durch ihren Geist. Wollte das Sonett sich über sie lustig machen? Musste es nicht vielmehr heißen: Was einmal begonnen, wird niemals mehr enden? In diesem prüfungsreichen Moment regte sich eine fast schon überwunden geglaubte Schwäche Palas: ihr Trotz.

»Ich werd's dir zeigen, du blöder Steinhaufen«, zischte sie zwischen zusammengebissenen Zähnen hindurch, nahm allen Mut zusammen und setzte ihren Aufstieg fort. Was immer Zittos Bauleute mit dieser Mauer angestellt hatten, es musste doch irgendwie auszutricksen sein.

Diesmal ging sie planmäßiger vor. Nur zehn Schritte, höher wollte sie nicht steigen. Als sie erneut die zurückgelegte Strecke überprüfte, nahm sie das enttäuschende Ergebnis gefasster auf. Die Mauer unter ihr war mindestens auf die vierfache Höhe angewachsen, aber dem oberen Ende hatte sie sich kaum um einen Fußbreit genähert. Sollte sie jetzt abstürzen, würde sie am Grund des Kreuzganges zerbersten wie eine überreife Birne.

Pala klammerte sich an die Mauer und zwang ihren Atem einmal mehr in eine ruhigere Gangart. *Bald taugst du nur noch für den Knochenhauer.* Die Gedichtzeile an der Wand der Schreibstube zu ihrer Rechten schien sie von weit unten zu verspotten. Nur mit Mühe konnte Pala die hämischen Worte aus ihrem Sinn verbannen. Sie musste ihre Lage unbedingt neu überdenken. Wenn sie weiter versuchte, Nonno Gaspares Verdacht auf diesem Wege nachzugehen, dann würde sie vermutlich den Rest ihres Lebens an der Mauer zubringen müssen wie eine Eidechse, die sich von Fliegen und Würmern ernährt. Weil ihr diese Aussicht wenig verlockend erschien, beschloss sie umzukehren. Vielleicht war der sichere Boden ja noch nicht unerreichbar geworden.

Ganz langsam setzte sie erst die eine, dann die andere Zehenspitze auf einen tieferen Absatz, folgte mit den Händen, suchte den nächsten Vorsprung und so arbeitete sie sich langsam nach unten. Sie wagte nicht hinabzusehen, überließ sich ganz dem Tastsinn ihrer Hände und Füße. Wieder erkundete sie mit dem großen Zeh die Mauer nach einem geeigneten Halt. Sie fand einen weit herausragenden Stein. Und erst als sie ihr ganzes Gewicht darauf verlagert hatte, brach der Fels aus der Mauer.

Pala fiel. Und sie schrie. Beides zugleich.

Der Abgrund war ungefähr eine Handspanne tief. Palas Schreck übertraf bei weitem ihre Verletzungen (bis auf eine Schramme am Knie fehlte ihr nichts). Sie saß in ihrem geblümten Frühlingskleid am Boden und versuchte diese merkwürdige Mauer zu begreifen. Nach oben war das Ding unendlich hoch, aber nach unten lächerlich niedrig.

Mit finsterer Miene sah sie zu dem Wandgedicht des Skriptoriums hin. *Im Dunkeln tappen hin und her und tasten …* Irgendwie kam sie sich schon wieder verhöhnt vor. Der neue Burgherr verbarg etwas hinter seiner Mauer und er tat es sehr geschickt. »Man könnte glauben, er hätte sie verhext, damit keiner drübersteigen kann«, knurrte Pala leise, stemmte sich mit einem Ruck vom Boden hoch und entschwand in Richtung Kirche. Höchste Zeit, sich aus dem Staub zu machen, denn sollten diesseits der Mauer Wachleute auf Rundgang sein, dann hatten sie das Geschrei von eben bestimmt gehört. Bei der Pforte des Kreuzganges verharrte der Schatten des Mädchens noch ein letztes Mal. »Zitto *muss* mit dem Ding irgendetwas angestellt haben«, flüsterte sie erneut. »Etwas Unheimliches.«

Ungesehen gelangte Pala zur *Villa des Schweigens* zurück. Sie kletterte außen am Gebäude empor, stieg durch das Fenster, zog es hinter sich zu und machte sich auf den Weg in ihren Schlafsaal. Leise hallte das sägende Schnarchen des Krankenpflegers durch den Innenhof. Von Nonno Gaspare war nichts zu hören.

Sie fragte sich, ob der alte Geschichtenerzähler im Schlaf wohl ebenso stumm war wie im Wachen. Es konnte nicht schaden, noch einen Blick in sein Zimmer zu werfen. Auf Zehenspitzen näherte sie sich seiner Tür und lauschte. Ein seltsam dunkles Brummen drang aus dem Saal. Sollte es Motorroller geben, die unter Wasser nicht ausgingen, dann mochten sie am Grund eines tiefen Brunnens ungefähr genauso klingen, aber ein Mensch …?

Pala glaubte das Geräusch zu kennen und hoffte zugleich, sie würde sich täuschen. Schnell und doch behutsam drückte sie die Klinke hinunter. Es quietschte leise. Mit äußerster Vorsicht und nur so weit wie nötig öffnete das Mädchen die Tür, um den Kopf durch den Spalt zu stecken. Als es ebendieses tat, traf es der Schlag, nicht buchstäblich, sondern auf eine sehr viel schrecklichere Weise.

Nonno Gaspare war nicht allein im Zimmer. Er selbst schien gar nicht zu merken, in welch unheimlicher Gesellschaft er sich da befand, weil er offenbar tief und fest schlief. Über ihm hingen drei dieser – *Wesen* in der Luft. Pala erkannte die Nachtschwärmer sofort wieder. Das schwirrende Rieseninsekt aus dem Kloster war also doch keine Einbildung gewesen. Mehrere spindeldürre, an den Enden merkwürdig verdickte Finger hefteten sich gerade wie mit kleinen Saugnäpfen auf des Schläfers Gesicht, als wollten die Nachtschwärmer ihm etwas abzapfen. Die Angst um ihren Freund packte Pala nun wie mit eiserner Faust. Sie riss vollends die Tür auf und stieß einen gellenden Schrei aus.

Sofort zogen die Nachtschwärmer ihre Saugfinger ein. Anstatt jedoch die Flucht zu ergreifen, blieben sie unschlüssig über ihrer Beute hängen, gehalten von brummenden Flügeln, die sich nur als nebelhafte Schemen über ihren plumpen, dicht behaarten Körpern ausmachen ließen. Übergroße Augen wandten sich Pala zu. Ein oder zwei Herzschläge lang glotzten das Mädchen und die drei Nachtschwärmer sich an. Einer der flirrenden Flieger war dunkelbraun, der zweite schmutzig blau und der dritte schlammgrün.

Endlich hatte Palas tastende Hand den Schalter neben der Tür gefunden. Sie knipste das Licht an und schrie: »Haut ab, ihr …!« – in Ermangelung eines passenden Namens blieb ihr die Drohung im Halse stecken.

Den Angerufenen schien dennoch aufzugehen, was für eine gefährliche Gegnerin dieses zornige Mädchen war. Das Brummen ihrer Flügel schwoll zu lautem Schnarren an, wobei sie über ihrem Opfer bis zur hohen Zimmerdecke aufstiegen und dann durch das offen stehende mittlere Rundbogenfenster davonschwirrten.

Pala setzte ihnen bis zum Fenstersims nach und verfolgte sie von dort aus mit grimmigen Blicken. Die schwarzen Leiber der Brummer blieben wie Scherenschnitte noch eine Weile vor der silbernen Scheibe des Mondes hängen und wurden dabei immer kleiner. Bald waren sie ganz verschwunden.

Peng!

Das Geräusch der zerplatzenden Glühlampe ließ Pala erschrocken zusammenfahren. Schlagartig kehrte das Zwielicht der Vollmondnacht zurück. Mit eingezogenem Kopf ging das Mädchen in die Hocke und drehte sich langsam zum Zimmer um. Warum war die Lampe ausgerechnet jetzt kaputtgegangen? Konnte das ein Zufall sein?

Nonno Gaspare bewegte sich zwar unruhig in seinem Bett, aber er schien immer noch zu schlafen. Palas Blick schweifte durch den finsteren Krankensaal – bis sie es entdeckte. An der Wand gegenüber bildete das Mondlicht drei helle Abbilder der Fenster. Und im linken baumelte kopfunter der Schattenriss eines Nachtschwärmers.

Pala stockte der Atem. Was sollte sie jetzt tun? Unerklärlicherweise jagte ihr dieser Einzelgänger, der da irgendwo mit den Füßen an der Zimmerdecke hängen musste, eine größere Angst ein als seine drei flüchtigen Kumpane. Ihre Augen tasteten die dunkle Decke ab. Schnell hatte sie ihn entdeckt. Er war groß wie ein Hirtenhund. Und er schien sie zu beobachten.

Sie holte tief Luft, um ihre Angst in den Griff zu bekommen. Mehr noch als um sich selbst sorgte sie sich um Nonno Gaspare. Was hatten diese Viecher mit ihren Saugnäpfen an seinem Kopf gesucht? Waren etwa sie die Ursache für die gerötete Haut in seinem Gesicht? Mit Schaudern erinnerte sich Pala des Verses vom Skriptorium.

Was du vermisst, wird and're Geister laben,
sie tragen fort, was passt auf ihre Hauer,
und mästen sich gleich fetten Küchenschaben.

»Weg mit dir, du monströser Brummer!«, brüllte Pala mit einem Mal. Sie sprang auf und rannte mit wirbelnden Armen auf den Nachtschwärmer zu. Den schien die unvermittelte Lebhaftigkeit der kreischenden Furie zu überraschen. Mit einem lauten Plumps fiel er von der Zimmerdecke auf den Boden. Er quiekte, wohl ein Ausdruck des Schmerzes. Ehe die – sich nun etwas zögerlicher nähernde – Angreiferin ihn erreichen konnte, hatte er sich wieder aufgerappelt und erhob sich, laut brummend, in die Luft. Weil der Weg zum Fenster ihm durch die Furie versperrt war, flüchtete der Nachtschwärmer in Richtung Innenhof davon. Im Taumelflug wie eine betrunkene Riesenhummel entschwand er durch die Tür.

»Lasst euch nie wieder hier blicken!«, schrie Pala ihm hinterher und schüttelte die Faust. »Sonst rufe ich den Kammerjäger.«

Kaum hatte sich ihr Atem etwas beruhigt, hörte sie hinter sich ein neues Geräusch. Pala stöhnte. Lange würde sie diese Nachtschwärmer mit ihrem Geschrei wohl nicht mehr beeindrucken können. Sie wappnete sich für ein neues Gefecht, wandte sich um und sah Nonno Gaspare in einem langen weißen Nachthemd am offenen Fenster stehen.

Der Geschichtenerzähler schaute zum Mond hinauf und atmete tief die laue Nachtluft ein. Als Pala zu ihm trat, erblickte sie sein Spiegelbild in der Fensterscheibe, einen halb durchsichtigen Schemen, der ihren Atem stocken ließ. Für einen Augenblick glaubte sie, einen großen Bären mit einem Maulkorb zu erkennen, der einen Ring in seiner so feinfühligen, so schmerzempfindlichen Nase trug. Verblüfft blinzelte sie und als sie wieder hinsah, war der Tanzbär verschwunden und nur die hagere Gestalt des Alten spiegelte sich im Glas.

Nonno Gaspares feingliedrige Hand legte sich schwer auf Palas Schulter. Die zuckte erschrocken zusammen und blickte verstört zu ihm auf. Er lächelte sie an und bewegte den von ihr eben noch so verwirrt angestarrten Fensterflügel hin und her. Wie hast du es geschafft, die Verriegelung aufzubekommen?, sollte diese Geste wohl bedeuten.

Pala hob die Schultern und brachte ebenfalls ein, wenn auch etwas unglückliches, Lächeln zustande. Vor weniger als einer Stunde hatte sie eine niedrige Mauer zu einer unüberwindbar hohen werden sehen. Warum sollten nicht auch die unheimlichen Nachtschwärmer Verschlossenes in Geöffnetes verwandeln können? Vielleicht brauchten sie dazu lediglich ihre spindeldürren Finger, die wohl durch so manche Ritzen kriechen und … Ach, Pala konnte sich das geöffnete Fenster auch nicht erklären. Bei genauer Betrachtung ging es ihr wie ihrem Freund: Sie wussten beide nicht, was in dieser Nacht geschehen war.

Nonno Gaspare wirkte erschöpft, aber wenigstens schien es ihm nicht schlechter zu gehen als vor dem Einschlafen. Insofern mochte das Schweben über Abgründen und der Kampf gegen die Nachtschwärmer nicht ganz umsonst gewesen sein, dachte Pala. Ohne Hoffnung, von ihrem Freund verstanden zu werden, tätschelte sie ihm den Arm und sagte: »Du hast so tief geschlafen und nun bist du doch wach geworden. Tut mir Leid, Nonno. Aber du weißt ja: *Sind Wonnen süß, ist kurz meist ihre Dauer.*«

5

Sind Wonnen süß, ist kurz meist ihre Dauer,
so wird's ergehn, wer will an Worten sparen.
Der Missverstand'ne kann nicht Frieden wahren,
wenn klärend' Wort legt an das Tuch der Trauer.

Der Wüterich fühlt sich im Magen flauer,
derweil er kreischend rauft sich an den Haaren,
je länger drischt er ein auf Töpferwaren,
die bargen lang, was Menschen machte schlauer.

Des Hitzkopfs Zorn schon Worte könnten kühlen,
Gespräche seinen Horizont erweitern,
doch so muss, wer nicht hören will, bald fühlen.

Von Lust gelockt vertraut er blinden Leitern,
muss immerfort in fremden Kissen wühlen,
sogar von Gift lässt sich der Tor erheitern.

Sind Wonnen süß, ist kurz meist ihre Dauer. Was da im Schlussvers des Klostergedichtes stand, traf nicht nur auf den Nachtschlaf des Geschichtenerzählers, sondern ebenso auf den des Krankenpflegers Mario zu. Dessen Sägen hatte ein jähes Ende gefunden, als der letzte Nachtschwärmer aus der *Villa des Schweigens* entkommen war. Es wäre nicht abwegig, dachte Pala, wenn die schwirrenden Sauger über irgendein Gift verfügten, das sie bei Bedarf ausdünsten und damit ihre Opfer so lange im Schlaf fesseln könnten, bis sie restlos ausgesaugt waren. Auf jeden Fall betrat Mario die Bühne des Geschehens, kurz nachdem Palas Kammerjägerdrohung durch die Nacht gehallt war.

Wegen der ausgefallenen Beleuchtung am Ort des dramatischen Geschehens musste Pala ihre Erlebnisse im Zimmer des Pflegers zu Protokoll geben. Nonno Gaspare war auch dabei. Er saß auf einem weißen Stuhl und hielt sich krankheitsbedingt stark zurück. Pala konnte nicht sitzen, weil die Schilderung des Vorfalls für sie zu einer harten Geduldsprobe geriet. Schuld daran war Mario. Er bedachte sie mit verständnislosen Blicken und unterbrach sie immer wieder mit, ihrer Meinung nach, ziemlich dummen wie auch überflüssigen Einwürfen.

»Aber es gibt doch gar keine Flugsaurier mehr. Die sind längst ausgestorben.«

Pala verdrehte die Augen zur Decke. »Flug*sauger* habe ich gesagt, nicht Saurier.«

»Also Moskitos.«

»Viel größer.«

»Fledermäuse.«

»Noch größer.«

»Vampire?«

»Wenn, dann sehen sie ganz anders aus.«

»Anders als was?«

»Na, Sie kennen doch diesen Grafen im Frack, der nachts seinen Durst am Hals schlafender Frauen stillt.«

»Ehrlich gesagt, wurde er mir noch nicht vorgestellt. Ist er ein Ortsansässiger oder zugereist?«

»Er wohnt in Transsilvanien.«

»Ach so, na dann ...«

Pala konnte sich nicht erinnern, jemals einem so begriffsstutzigen Menschen wie Mario begegnet zu sein. »Ich weiß nicht, was das für Viecher waren, die da mit ihren Fingern an Nonno Gaspare rumgenuckelt haben, aber sehen Sie sich doch nur sein Gesicht an. Da sind frische Pünktchen.«

»Du meinst Einstiche. Wenn er bei offenem Fenster schläft, darf er sich über Moskitostiche nicht beklagen. Wie hat er es übrigens aufbekommen? Das Schloss scheint mir unbeschädigt zu sein.«

Pala hatte gelernt, gegenüber Erwachsenen höflich und respektvoll zu sein. Aber in diesem Moment überlegte sie, ob diese Regel auch für so junge Erwachsene wie Mario galt. Die ausgestreckten Arme eng am Körper, die Hände zu Fäusten geballt, presste sie zwischen den Zähnen hervor: »Das weiß *ich* doch nicht. Vielleicht besitzen die Dinger ja Nachschlüssel.«

Mario lachte. »Deine Vampire, meinst du?«

»Es sind nicht *meine*«, knurrte Pala.

»Herr Oratore hat seinen derzeitigen Wohnsitz in Silencia und ist außerdem ein Mann. Damit scheidet er gleich doppelt als Tankstelle für deinen transsilvanischen Grafen aus.«

»Sie glauben mir kein Wort, nicht wahr?«

Mario zeigte sein bestes Pflegerlächeln. »Du hast seit gestern viel durchgemacht, Pala. Dein Freund leidet an dieser schrecklichen Krankheit. Deine Eltern durftest du nur durch eine Fensterscheibe sehen. Und dann noch dieser böse Traum ...«

»Es war kein Traum!«, kreischte Pala, wobei sie heftig mit dem Fuß aufstampfte.

Der Geschichtenerzähler fuhr auf seinem Stuhl heftig zusammen und sah das Mädchen besorgt an.

Pala seufzte. Es war zwecklos. Warum sollte sie länger ihre Zeit mit diesem Tropf vergeuden und dabei Nonno Gaspare unnötig beunruhigen? Marios Vorstellungsvermögen besaß ungefähr die Größe eines Stecknadelkopfes. Sie wünschte, Giuseppe mit seiner grenzenlosen Phantasie könnte ihr jetzt beistehen. Ihm wäre in dieser verzwickten Situation bestimmt etwas eingefallen …

Mario traute seinen Ohren nicht, als seine eben noch so aufgeregte Patientin mit trauriger Miene und überraschend ruhig zu ihm sagte: »Vielleicht war es ja doch ein Traum, ein richtig monströser Albtraum sogar.«

Anfangs breitete sich der Sprachschwund mit rasender Geschwindigkeit aus, wobei die rätselhafte Krankheit nicht bei jedem gleich verlief. Manche verloren nur einen mehr oder weniger großen Teil ihres Wortschatzes, nur wenige traf es so hart wie Gaspare Oratore. Bei wem immer sich die seltsame Verflüchtigung der Worte auch nur andeutete, der wurde kurzerhand unter Quarantäne gestellt.

Besonders heimtückisch war jene plötzlich auftretende Zersetzung der Sprache, die der Volksmund »Silbenschwund« nannte, während die Wissenschaftler vom »Ausfall der Morpheme« redeten. Die davon Befallenen gaben seltsam verstümmelte Worte von sich. Manchmal fehlte der Anfang, also ein »ab-«, »an-«, »wieder-«, »auf-« oder »unter-«. Bei anderen bröckelten Endungen ab wie »-ung«, »-heit«, »-keit«, »-schaft«, »-tum«, »-nis«, »-sal«, »-sel«, »-chen« und »-lein«. Ein leichter Silbenschwund wirkte wegen der mit ihm einhergehenden Wortverklumpungen nicht selten unfreiwillig komisch. Weil diese Form der Erkrankung zudem leicht mit Schluckauf verwechselt werden konnte, wurde sie oft erst spät erkannt. Andere Infizierte litten unter »Wortausfall«, sie büßten also *ganze* Begriffe ein. In den meisten Fällen hielt sich der Schaden in Grenzen.

Obwohl die Epidemie wie eine Grippewelle über die Stadt hinwegschwappte, blieb sie aus unerfindlichem Grund auf den näheren Umkreis von Silencia beschränkt. Gleichwohl trafen selbst aus fernen Ländern Hilfsangebote zur Erforschung und Bekämpfung der rätselhaften Seuche ein. Da die Stadt der Dichter und Denker jedoch seit eh und je führend in der Sprachforschung war, kamen nur verhältnismäßig wenige Fremde nach Silencia. Zitto stieg in diesen schweren Tagen endgültig zum Wohltäter seiner Geburtsstadt auf. Geld besaß er im Überfluss und damit konnte er sich jeden Experten leisten. Das eine wie das andere pumpte er großzügig in die Not leidende Region. Er werde es nicht ohne Eigennutz tun, gaben einige Mahner zu bedenken. Sie wurden jedoch schnell in ihre Schranken verwiesen mit dem Hinweis, einem geschenkten Gaul schaue man besser nicht ins Maul.

Ganze Scharen von Wissenschaftlern widmeten sich nun dem landläufig als »Sprachschwund« bezeichneten Phänomen: Linguisten, Literaten, Mediziner, Neurologen, Psychiater, Psychologen ... Pala lernte in diesen Tagen viele neue Worte. Hilfeleistungen kamen nicht nur aus dem örtlichen Krankenhaus, der Universität und anderen angesehenen Lehr- und Forschungseinrichtungen, sondern auch von Heilkünstlern, die sich mit bisweilen albernen Zusätzen schmückten – »neu«, »alt«, »natürlich«, »übernatürlich«, »mikro«, »makro«, »bio«, »spirituell«, »alternativ« oder »kosmisch«, der Phantasie waren keine Grenzen gesetzt. Pala fand die merkwürdigen Berufsbezeichnungen eher komisch als kosmisch. Zitto wolle, wie seine Firma verlauten ließ, nichts unversucht lassen, den Bürgern seiner Heimatstadt zu helfen. Deshalb lud er auf seine Kosten ein wahrhaft buntes Völkchen von »Könnern« ein.

Während die angesehenen Wissenschaftler zunächst viel Geld für ihre Forschungen anforderten und in Worten, die kaum jemand verstand, ihrer Unfähigkeit, der Krankheit Herr zu werden, Ausdruck verliehen, beglückten die selbst ernannten Heilspropheten, Quacksalber und Wunderheiler ihre Kundschaft mit teils verblüffend einfachen Kuren.

Ein Bio-Kurpfuscher zermahlte jedes Lexikon, dessen er habhaft werden konnte, und fertigte daraus einen Brei zur Mehrfachanwendung an: Man konnte ihn einnehmen, sich damit einreiben oder ihn als Einlauf ins Hinterteil einführen. Einfacher ging es kaum! Dieserart dem Körper zugeführte Worte sollten, wie der biologisch ausgerichtete Heiler behauptete, der gefährlichen »Sprachaustrocknung« vorbeugen. Bald begannen die Bewohner der Stadt sich eigene Salben, Trünke und Tropfen anzufertigen, indem sie ihre heimischen Bücherregale plünderten und alle möglichen Werke zu Medizin verarbeiteten. Aus dieser Bewegung entwickelten sich wiederum unterschiedliche Lager, deren Vertreter sogar einem handfesten Streit nicht aus dem Weg gingen, um die Wirksamkeit ihres Lieblingsrezepts zu verteidigen. In einem Brief berichtete Palas Mutter von der jahrzehntelangen Freundschaft zweier Nachbarinnen, die an der Frage zerbrochen war, ob die von Carla Conchiglia beschworene Salbe aus zerriebenen Kochbüchern der von Frederica Frollo bevorzugten Tinktur aus verflüssigten Liebesromanen vorzuziehen sei.

Ein anderer Sachkenner deutete die seltsame Verflüchtigung der Worte als Folge eines vorausgegangenen, zumeist unbemerkt gebliebenen, Sprechdurchfalls. Er empfahl, je nach Schwere der Erkrankung, stopfende oder sogar sprachhemmende Mittel. Bei leichteren Fällen helfe oft schon strenge Enthaltsamkeit in Bezug auf jegliche Art des Redens – also Tratschen, Plaudern, Schwatzen, Munkeln sowie Rezitieren, Monologisieren und Konversieren. Bei großflächigem Wortausfall, sprach er sich zur Rettung der Lese- und Schreibfähigkeit, für die Entfernung der Stimmbänder aus.

Pala schien gegen den bisher unentdeckten Erreger gefeit zu sein. Ihr Blut sei zu sauer, scherzte Mario, weil die Ärzte auf der Haut aller bisher Erkrankten eine mehr oder weniger große Anzahl von Einstichen entdeckt hatten. Was auch immer der Grund war, Palas Wortschatz blieb unverletzt, obwohl sie bald in einem Haus voller sprachgestörter Menschen lebte. Mit jedem verflossenen Tag der Quarantäne wuchs jedoch ihre Angst, ebenfalls von dem heimtückischen Sprachschwund befallen zu werden.

Um einer Anzahl von Lehrerinnen und Journalistinnen mit Silbenaussetzern Platz zu machen, musste sie in eine Kammer unter das Dach der *Villa des Schweigens* umziehen. Viel lieber wäre sie endlich nach Hause zurückgekehrt, zu ihrer Familie, die sie während der vierzigtägigen Sperrzeit mehr als alles andere vermisste, aber sie ließ sich nicht vom Heimweh überwältigen und nahm selbst ihre Verbannung ins Dachgeschoss widerspruchslos hin. Tagsüber hielt sie sich sowieso meist bei Nonno Gaspare auf. Dessen Krankensaal bevölkerte unterdessen eine größere Gruppe von Patienten mit Vollwortausfällen, weshalb man ihn ebenfalls in ein kleineres Zimmer verlegt hatte. Es befand sich im zweiten Stockwerk des Quarantänebaus. Der Geschichtenerzähler ertrug den Ortswechsel mit einer gleichgültigen Gelassenheit, die Pala wie eine Selbstaufgabe vorkam. Ihr Freund sah von Tag zu Tag müder aus. Die schreckliche Vorstellung lastete auf ihrem Gemüt, seine Augen könnten sich bald für immer schließen.

Gaspare teilte jetzt seine vier Wände mit einem angesehenen Literaturprofessor, einem vielfach ausgezeichneten

Schriftsteller und dem Eigentümer des *Silencia-Boten*. Während von der Schwellung in seinem Gesicht nur noch eine Unzahl kleiner roter Pünktchen übrig geblieben war, leuchteten die Köpfe seiner Zimmergenossen noch wie rote Laternen. Genau wie er litten sie alle unter vollständigem Sprachverlust. Anscheinend befiel die seltsame Verflüchtigung der Worte hauptsächlich solche Menschen, die beruflich oder privat sehr viel mit Sprache umgingen. Nicht nur Pala war dieser Umstand aufgefallen, der insofern bemerkenswert ist, weil man zunächst eher das Gegenteil erwartet hatte. Der rege Gebrauch von Worten, so die ursprüngliche Annahme der Fachleute, sollte diese im Gedächtnis unlöschbar einbrennen. Wie bei einem Sportler, der seine Muskeln durch tägliche Übungen schwellen lässt, müsste auch die regelmäßig beanspruchte Sprachfähigkeit erstarken. Gaspare Oratore habe sein Leben lang viele Worte gemacht, sei dann aber in ein Loch der erzählerischen Untätigkeit gefallen, die zuletzt in völlige Sprachlosigkeit umgeschlagen sei, mutmaßten die Wissenschaftler. Jetzt versuchten sie verbissen, jedem Neuzugang in der *Villa des Schweigens* eine Vernachlässigung seines bisher gepflegten Wortschatzes nachzuweisen. Hierzu wurden seitenlange Fragebögen ausgegeben, die jeder Patient, so er denn noch lesen konnte, peinlich genau ausfüllen und dabei sein ganzes Leben preisgeben musste. Kontrolliert und eingesammelt wurden diese Seelenspiegel von Mario und seinen Kollegen – er hatte endlich Unterstützung von weiteren Krankenpflegern bekommen, die in ihren keimabweisenden Schutzanzügen aussahen wie Wesen von einem anderen Stern.

Von Ausfüllblättern wird niemand gesund, dachte sich Pala, schon gar nicht Nonno Gaspare. Aber jemand musste ihm helfen, und zwar dringend. Man konnte beinahe zusehen, wie er verwelkte. Wenn sie nicht schnell eine Möglichkeit fand, ihm neue Lebenskraft zu geben, dann würde er schon bald vertrocknen wie ein alter Olivenbaum, dessen Wurzeln gekappt worden sind. Von solchen Gedanken beschwert, saß sie nach ungefähr dreiwöchiger Quarantäne mit ihrem alten Freund auf der Bank im Innenhof der *Villa des Schweigens*, auf ihrem Schoß ein gerade eingetroffener Brief ihrer Mutter, und beobachtete wieder einmal die Außerirdischen bei ihrer Schnipseljagd. Abgesehen vom Geknister ihrer Raumanzüge und Geraschel der Formulare herrschte eine bedrückende Stille in dem Gebäude. Den meisten Patienten fehlte kaum mehr als ein Bündel Silben oder Worte, aber nur wenige trauten sich zu sprechen, weil sie fürchteten, dadurch ganz zu verstummen – die Wissenschaftler wollten diese Möglichkeit nicht ausschließen.

Obwohl Pala solche Reaktionen reichlich überspannt vorkamen, blieben sie kein Einzelfall. Der jüngste Brief ihrer Mutter berichtete von ähnlichen Geschehnissen in der Stadt: Vorträge wurden abgesagt; Buchveröffentlichungen verschoben; Gebrauchsdichter hängten ihr Mundwerk an den Nagel und gingen in eine von Zittos Fabriken; viele Nachbarn sprachen nur noch das Nötigste, um der Seuche keine Angriffsfläche zu bieten …

»Ich glaube, die Gelehrten irren sich«, sagte Pala. Ihrer Meinung nach redete man sich da eine bequeme Erklärung herbei, die der Wahrheitsfindung nur schadete.

Nonno Gaspare hatte längere Zeit den kleinen Springbrunnen im Innenhof bewundert. Jetzt wandte er sich ihr zu und sah sie wie ein gutmütiger Tanzbär an.

»Du kannst mich nicht verstehen«, seufzte sie traurig und wider besseres Wissen erklärte sie dem Geschichtenerzähler trotzdem, weshalb sie den Fachleuten nicht traute. »Unsere Freundschaft ist – wie soll ich das sagen? – auf *Worten* errichtet. Ich kenne meinen Nonno Gaspare nur als einen Erzähler: redend, scherzend, dichtend, Rätsel ausdenkend und lösend, neue Worte erfindend oder solche begierig in sich aufsaugend, immer an seinen Geschichten feilend, als einen Menschen eben, für den das Sprechen so wichtig ist wie das Atmen. Davon kann man nicht stumm werden, Nonno. Das glaube ich einfach nicht. Weißt du, was ich denke?«

Der fragende Ton in Palas Stimme zauberte einen erwartungsvollen Ausdruck auf das runzelige Gesicht des Alten.

Pala holte tief Luft, stieß anschließend einen lauten Seufzer aus und sagte feierlich: »Selbst wenn es das schwierigste Rätsel meines Lebens ist, Nonno Gaspare, ich *muss* herausfinden, was oder *wer* dir die Worte genommen hat. Ich werde nicht eher ruhen, bis du deine Sprache zurückgewonnen hast.«

Ein Versprechen zu geben ist eine Sache, es nicht zum unbedeutenden Versprecher verkommen zu lassen, eine ganz andere. Obwohl Nonno Gaspare sie nicht verstanden hatte, fühlte sich Pala ihrem Ehrenwort verpflichtet. Bald wurde ihr jedoch bewusst, wie schwierig die Umsetzung ihres Plans war. Wie sollte sie das anfangen, wie die verflüchtigten Worte ihres Freundes wieder *ein*fangen?

Einen neuen Versuch, Zittos Mauer zu übersteigen, wagte sie nicht. Bis in ihre Träume verfolgte sie das schreckliche Erlebnis im Kloster. Manchmal wachte sie des Nachts schweißgebadet auf, nachdem sie zuvor im Traum von der Schlossmauer gefallen und in einen endlosen Abgrund gestürzt war, immer tiefer und tiefer …

Wer das Unbekannte fürchtet, läuft mit Scheuklappen durch die Welt. Das hatte Nonno Gaspare einmal zu ihr gesagt. Sie wollte mit offenen Augen durchs Leben gehen und viele Fragen stellen, vielleicht würde sie auf diese Weise das Geheimnis lüften können, das ihren Freund offenbar – wie anders sollte sie seine düsteren Blicke zur Burg hinauf deuten? – mit Zitto verband.

»Gibt es auf der Welt irgendwo Tiere oder … *Wesen*, die einem die Worte aussaugen?«, fragte sie Mario. Ihr Nonno Gaspare gegebenes Versprechen war ungefähr eine Woche alt.

Der junge Krankenpfleger sah sie zuerst verständnislos an, dann lachte er. »Fängst du schon wieder mit deinen Vampiren an, Pala?«

»Ich rede von *Worten*, nicht von *Blut* …« Sie hielt plötzlich inne. War es überhaupt richtig, diesen Unterschied zu machen? Ohne eine weitere Frage wandte sie sich von Mario ab und lief in den Innenhof zu Nonno Gaspare.

»Du *musst* sprechen!«, flehte sie ihn an, als sie ihn auf der Bank im Schatten eines Oleanderstrauches fand.

Seine Antwort bestand nur aus verständnislosen Blicken.

»Begreifst du denn nicht, Nonno? Deine Worte sind dein *Lebens*blut. Deshalb schwinden deine Kräfte von Tag zu Tag. Du wirst in die Grube fahren, wenn du nicht wenigstens versuchst etwas zu sagen.« Pala sah das unglückliche Gesicht ihres Freundes und ihr dräute, was es wirklich bedeutete, kein Sterbenswörtchen reden zu können. Nonno Gaspare erkannte ihre heftigen Gefühle, aber die Bedeutung ihrer Anfeuerungen wollte sich ihm nicht erschließen.

»Wir müssen Zeit gewinnen!«, stieß sie hervor. »Und ich weiß auch schon wie: Ich werde dir das Zeichnen beibringen.«

Pala ließ dem alten Gaspare kaum noch eine ruhige Minute. Er konnte sich in Bildern ausdrücken, das hatte sie ja gesehen. Diese Gabe musste gefördert werden. Sie selbst war nicht ungeschickt im Zeichnen und was sie darüber wusste, würde sie ihn lehren.

Nonno Gaspare belohnte ihre Anstrengungen mit stetigen, wenn auch sehr kleinen Fortschritten. Er gab sich nicht auf, das allein zählte. Allmählich wich seine Müdigkeit und Niedergeschlagenheit. Nach einigen Tagen konnte er einfache Sachverhalte geschickt in Bildern ausdrücken. Oder hatte Pala nur gelernt, seine Kritzeleien sicherer zu deuten? Jedenfalls tauschten die beiden wieder Gedanken aus, und das machte den Alten wie das Mädchen glücklich.

Wenn Pala einmal nicht mit Nonno Gaspare und dem Zeichenblock arbeitete, verschlang sie Bücher über die Hieroglyphen der alten Ägypter, die Schriftzeichen der Chinesen und vieles mehr, was sie über die Verständigung zwischen den Menschen zu lesen bekam. Bis in die Gegenwart gab es Völker, für die das Schreiben mit dem Zeichnen von Bildern verbunden war. Vielleicht konnte sie auf diesem Wege Nonno Gaspare die Sprache wiedergeben.

Palas Hunger nach Büchern war unersättlich. Sie gab ihre Wunschlisten an Mario, der reichte sie an ihre Eltern weiter und die durchstöberten die Stadtbücherei für sie. Angeblich, so schrieb ihre Mutter in einem Brief, komme die Oberbibliothekarin aus dem Staunen gar nicht mehr heraus, weil die Stapel ausgeliehener Gedichte, Sagen, Märchen, Romane und gelehrter Werke mit jedem Mal höher würden. Letztens habe die Leiterin der Bücherei vorwurfsvoll gefragt: »Wie können Sie angesichts der furchtbaren Epidemie in der Stadt nur so bedenkenlos der Sprache frönen?«

Frönen. Das Wort begeisterte Pala. Es spiegelte ihre Empfindungen wider, denn sie tat nichts anderes: Sie schwelgte, ging auf in Worten, genoss sie, badete darin … Was als edelmütige Tat für einen Freund begonnen hatte und von der Liebhaberei für Worte getragen wurde, daraus entwickelte sich bei ihr bald eine unstillbare Leidenschaft für die Sprache. Was für ein Wunder sie doch war! Sich mit all ihren verschiedenen Schattierungen zu beschäftigen gab Pala ein Gefühl der Befriedigung. Manche Gedichte rührten sie zu

Tränen, sie waren wie goldene Kleinode, die menschliche Empfindungen mit wenigen Worten in unbeschreiblicher Tiefe ausdrücken konnten. Einige Erzählungen ließen in Palas Phantasie ganze Welten erstehen, in die sie sich nächtelang verlor. Die *Villa des Schweigens* war für die meisten Patienten nur eine wortlose Wüste, für Pala wurde sie eine lebensrettende Oase, weil sie hier zu erahnen begann, was Sprache für sie und für andere Menschen bedeutete.

Je weiter sich ihr Bewusstsein diesem Wunder öffnete, desto größer wurde ihr Schmerz angesichts der Tragödie ihres Freundes. Als die vierzig Tage dauernde Quarantäne zu Ende ging, konnte Nonno Gaspare zwar eine bestimmte Situation oder Beobachtung in Bildern ausdrücken, aber von einer Bilderschrift im Sinne der ägyptischen Hieroglyphen war er noch weit entfernt. Es wollte ihm einfach nicht gelingen, aus seinen Zeichnungen allgemein gültige Symbole zu machen. Der Schlosshügel – sein am häufigsten gezeichnetes Motiv – blieb immer der Berg, auf dem Silencias Burgruine stand. Gaspares Dreieck mit der nach oben gerichteten Spitze wurde nie zu einem Bildzeichen für *irgendeinen* Berg. Gefühle wie Hunger, Liebe und Hass in Bleistiftstrichen auszudrücken, schaffte der alte Mann nicht einmal ansatzweise. Nur wenn Pala sein Gesicht sah oder das Spiel seiner geschmeidigen Hände beobachtete, konnte sie manchmal erraten, was in ihm vorging.

Diese Betrachtungen bestärkten sie in dem Gefühl, Nonno Gaspares Wortschatz sei ihm nicht wirklich abhanden gekommen, sondern nur in seinem Innern verschüttet. Einen Tag vor ihrer Entlassung wurde sie von Dottore Stefano in der *Villa des Schweigens* besucht. Er trug einen Anzug, der ihn wie einen Tiefseetaucher aussehen ließ. Unter dem Helm zur Abwehr von Krankheitskeimen klang seine Stimme merkwürdig hohl.

»Könnten Nonno Gaspares Worte gar nicht verloren gegangen, sondern für ihn nur irgendwie unerreichbar geworden sein?«, fragte sie den Arzt.

»Du meinst wie bei einem Klavier, an dem die Tasten und die Saiten zwar vorhanden sind, aber die Mechanik zum Übertragen des Anschlags kaputt ist?«

»Ja, ich glaube, so könnte man es ausdrücken. Ist so etwas möglich?«

Die Hand des Arztes legte sich oben auf den Helm und begann zu kreisen. »Die Frage ist schwer zu beantworten, Pala. Das Gehirn des Menschen erfüllt mich mehr als jedes andere Organ mit Ehrfurcht. Wir verstehen nur wenig von dem, was in ihm vorgeht. Aber nach allem, was wir wissen, beherbergt es etwas, das wir als Sprachzentrum bezeichnen. Bisher haben wir angenommen, die Krankheit schädigte genau diese Region im Gehirn, wenngleich ...«

»Sie auch eine andere Ursache haben könnte?«

»Nun ja«, wand sich der Arzt, »völlig ausschließen darf man nichts. Aber wir müssen natürlich zuerst die Möglichkeiten untersuchen, die am wahrscheinlichsten sind.«

»Wenn man nur nach dem sucht, was man erwartet, kann man dann nicht leicht etwas übersehen, das man gar nicht finden will?«

Dottore Stefanos dunkle Augen blickten durch die Doppelverglasung – seine Brille und das Bullauge des Helmes – missbilligend auf das wissbegierige Kind. »So eine Frage gehört sich für dich nicht«, hallte seine Stimme tadelnd aus dem Helm. »Du bist nur ein Schulmädchen, aber an der Erforschung des Sprachschwunds arbeiten die gescheitesten Köpfe, die es gibt. Du kannst die seltsame Verflüchtigung der Worte ruhig uns überlassen. Wir haben alles im Griff.«

Die Krankenhausleitung und ein Heer von »gescheiten Köpfen« bestand peinlich genau auf der Einhaltung der Quarantäne. Also durfte Pala erst am Nachmittag nach Hause gehen, auf die Sekunde zur gleichen Uhrzeit wie bei ihrer Einlieferung vor vierzig Tagen. Obwohl sie nach so langem Eingesperrtsein den kurzen Nachhauseweg auch gerne gelaufen wäre, holte ihr Vater sie mit dem Motorroller ab.

Ein für die Jahreszeit ungewöhnlich kühler Wind pfiff ihr durch das dünne Kleid. Mit steif gefrorenen Gliedern stieg sie in der Alexandrinergasse vom Sitz, wo sie ein warmer Empfang erwartete. Alle Hausbewohner hatten sich auf der Straße versammelt. Pasquale überreichte Pala einen in Versen verpackten Heiratsantrag. Jemand anderes hatte ein Spruchband angefertigt, das über dem Eingang hing.

Liebe Pala!
Herzlich willkommen zu Hause.

Pasquales Vater trug ein eigens für diesen Anlass entworfenes Gedicht vor, das in Palas Ohren seltsam hölzern klang (vermutlich hatte er es erst in letzter Minute angefertigt). Anschließend musste sie viele Fragen beantworten: Wie war es denn in der *Villa des Schweigens*? Schmeckt das Krankenhausessen wirklich so schlecht, wie immer behauptet wird? Kann Sprachschwund auch von Menschen übertragen werden, die selbst nicht daran erkrankt sind? Sind Stumme auch Dumme? …

Als sich bei Pala die ersten Kopfschmerzen einstellten, beendete ihre Mutter endlich das Frage-und-Antwort-Spiel. Sie schickte die Nachbarn, bis auf Pasquale und seinen Vater, fort. Nur im kleinen Kreis wollte man Palas Rückkehr in die Welt der Sprechenden feiern.

Mutter hatte etwas »extra Leckeres« gekocht und nachher sollte es einen heißen Punsch aus Eiern, Rum, Likör und Zucker geben. Der verschaffe einem Hitze von innen, jetzt, wo das Wetter verrückt spiele, genau das Richtige. Zur

Feier des Tages dürften auch die Kinder einen Schluck trinken. Pasquale rieb sich die Hände, als hätte er den Punsch bitter nötig. Seine Vorfreude schlug jedoch bald in Verlegenheit um, denn während Palas Mutter das Essen auftrug, wollten die Väter endlich des jungen Dichters Heiratsantrag hören. Nina quietschte vor Vergnügen. Pasquale stöhnte leise und begann zu lesen.

»Selbst wenn mein Herz zerbricht
und meine Knochen bersten,
bleibst du mein Sternenlicht,
die Erste unter Ersten.

Allein mein Leben fristen,
kann ich mir gar nicht denken.
In neunzehn Apfelkisten
werd ich dir Liebe schenken.

Wie lieblich brüllt die Nachtigall
heut unser Hochzeitslied.
Bevor ich krieg 'nen Herzanfall,
sag Ja, wie ich's dir immer riet.«

»Bravo!«, applaudierte Pasquales Vater mit stolzgeschwellter Brust. Auf Pala wirkte er immer wie ein alter, ausgemergelter Mann, dem das Leben durch manchen Schicksalsschlag das Lachen aus dem Gesicht geprügelt hatte. Er war fast kahl, seine Haare weiß und die faltige Haut unter dem Kinn flatterte wie ein Segel im Wind. Ungeachtet dieses traurigen Äußeren nahm er begeistert Anteil an jedem, wenn auch noch so kleinen Erfolg seines drallen Sohnes. In diesem Moment trieb ihm die Rührung dicke Kullertränen in die Augen und es entwand sich ihm ein neuerliches: »Bravo, Pasquale! Bravo!«

»Nicht schlecht«, brummte Palas Vater und nickte anerkennend.

Nina ließ ihren Löffel auf den Tisch des Kinderstuhls knallen.

»Ich habe noch nie eine Nachtigall brüllen gehört«, mäkelte Pala.

»Das nennt sich künstlerische Freiheit«, verteidigte sich Pasquale. »Wenn's dir nicht gefällt, kannst's mir ja zurückgeben.«

»Na, na, was sind denn das für barsche Töne?«, fragte Mutter, die gerade mit dem letzten Teller dampfender Hühnerbuchstabennudelsuppe das Esszimmer betrat.

»Pala hat mein Gedicht beleidigt«, klagte Pasquale.

»Hab ich gar nicht. Aber deine Apfelkisten kannst du trotzdem für dich behalten.«

»Unsere Große hat Schlimmes durchgemacht in den letzten Wochen«, sagte Mutter, um ein Ausufern des Streits zu verhindern. »Wir müssen Rücksicht auf sie nehmen. Und nun lasst uns essen. Die Suppe wird sonst kalt.«

Während alle die Buchstabensuppe schlürften, blickte Pala verstohlen zu Pasquales Vater hin. Am runden Esstisch war ihm der Platz beim Fenster zugefallen. Sein merkwürdig hölzernes Begrüßungsgedicht wollte ihr nicht aus dem Sinn gehen, ein banger Gedanke ließ sich einfach nicht verscheuchen. Sie suchte eine sichtbare Veränderung an ihm, vielleicht kleine rote Pünktchen in seinem Gesicht. Dergleichen ließ sich nicht entdecken, dafür fiel ihr aber etwas anders auf: In der Fensterscheibe hinter ihm spiegelte sich nicht etwa sein Kopf und Oberkörper, sondern ein Storch.

Genau genommen handelte es sich um einen Marabu mit einem schwarz-roten, beinahe kahlen Kopf, einem großen, langen, kräftigen, merkwürdigerweise durch eine Schleife am Öffnen gehinderten Schnabel und einem fast nackten Hals mit einem Kropf, der ihm bis weit über die

Brust herabschlabberte. Das Trugbild war verblüffend lebendig.

Pala ließ den Löffel fallen und erlitt einen Hustenanfall. Ein Schwarm helfender Hände stürzte sich auf ihren Rücken.

»Ich habe doch nicht etwa einen Hühnerknochen dringelassen«, bangte die Mutter.

Pala schüttelte den Kopf und machte mit den Händen abwehrende Bewegungen, aber die Lebensretter trommelten weiter. »Ist schon gut«, brachte sie endlich hervor. »Hört endlich auf. Mein Rücken tut schon ganz weh. Ich habe mich doch nur verschluckt.«

»Haben sie dir im Krankenhaus beigebracht, so hastig zu essen?« Die Mutter schien unschlüssig zu sein, ob sie sich darüber freuen oder sich doch besser ärgern sollte.

»Erschrocken habe ich mich«, stieß Pala ärgerlich hervor. Ihre Hand deutete zum Fenster hin. »Der Storchenvogel da …« Sie verstummte. Im spiegelblanken Glas war nur das Abbild des Gebrauchsdichters zu sehen.

»Was für ein Storchenvogel?«, fragte jetzt ihr Vater. Er klang besorgt.

»Ein Marabu. Sein Schnabel war mit einer breiten Schleife zugebunden.« Noch einmal deutete sie auf die betreffende Scheibe. »Da im Fenster habe ich ihn gesehen. Es stimmt wirklich …«

Selten hatte Pala Stille so eindringlich empfunden wie in diesem Moment. Sie riss sich vom Anblick des ganz und gar normalen Spiegelbildes los und wandte sich wieder der Tafelrunde zu. Niemand am Tisch interessierte sich für die Fensterscheibe. Alle sahen nur das Mädchen an. Keiner glaubte ihm.

»Meine Große sieht erschöpft aus«, sagte die Mutter.

»Sie hat bestimmt viel durchgemacht«, fügte der Vater hinzu.

Pasquale und sein Vater nickten verständnisvoll.

Um die für sie unerträgliche Situation endlich zu beenden, fischte Pala den Löffel aus der Suppe und begann wieder zu essen. Die anderen wirkten erleichtert und setzten ebenfalls ihr Mahl fort.

Zwei Trugbilder innerhalb von vierzig Tagen – Pala fragte sich, ob man da schon von einer Besorgnis erregenden Häufung sprechen konnte. Womöglich gaukelte eine tief sitzende Furcht vor dem Sprachschwund ihr diese Sinnestäuschung vor. Sie musste an ihren Tanzbären mit dem Maulkorb denken, an Nonno Gaspare, den sie in der *Villa des Schweigens* zurückgelassen hatte. Ihr fehlte jeder Antrieb, aus den Nudeln auch nur ein winziges Wörtchen zu bilden. Trübe blickte sie in den Teller, dessen Inhalt mit einem Mal vor ihren Augen verschwamm. Sie blinzelte, aber die Buchstaben konnte sie trotzdem nicht mehr erkennen. Brauchte sie etwa eine Brille?

»Was ist, Pala?« Ihre besorgte Mutter musste sie genau beobachtet haben.

»Ich weiß nicht, Mama. Die Buchstaben sind mit einem Mal verschwunden.«

Alle blickten in ihre Teller. Überall sah die Suppe genauso aus: Keine Buchstaben, sondern nur kleine Nudelklümpchen schwammen in der Brühe.

»Ich muss mich in der Packung vergriffen haben«, entschuldigte sich die Köchin und sah untröstlich aus. Sie lächelte verlegen. »Dann gibt es heute eben mal keine Wortspiele auf dem Tellerrand.«

Nina träufelte eine Brühespur am Außenrand ihres Tellers entlang.

»Die Nudeln schmecken sowieso alle gleich«, schnarrte Pasquale.

Niemand am Tisch schien die Verwandlung der Buchstaben bemerkt zu haben. Pala blickte fassungslos in die Runde. Irgendetwas war mit diesen Menschen geschehen, die sie vierzig Tage lang vermisst hatte, aber sie wusste nicht, was.

Als Mutter dann speckummantelte Hühnerbrüstchen mit Salbeiblättern auftischte, verging Pala endgültig der Appetit. Ihr schwirrte der Kopf. Sie konnte nur noch an jenen unheilvollen Hühnerknochen denken, den vermeintlichen Auslöser von Nonno Gaspares Sprachlosigkeit, den es ja nie wirklich gegeben hatte.

»Ich glaube, ich muss spucken«, sagte sie, sprang auf und rannte aus dem Zimmer.

Am nächsten Morgen ging strahlend die Frühsommersonne auf, als könne nichts den wolkenleeren Himmel über Silencia trüben.

Nur Pasquales Gesicht wurde von einem Tiefdruckgebiet beherrscht. Mit düsterer Miene trottete er auf dem Schulweg stumm neben Pala her. Schließlich war sie es, die das Schweigen brach.

»Was ist mit dir? Hat's dir jetzt etwa auch die Sprache verschlagen?«

»Nö, ist noch alles da.«

»Du bist mir noch böse wegen des Gedichts, stimmt's?«

»Was du gestern gesagt hast, war nicht sehr nett.«

»Aber es stimmte doch: Nachtigallen zwitschern, tirilieren, meinetwegen pfeifen oder singen sie auch, aber *brüllen* ...! Sie sind doch keine Löwen.«

»Und das mit den Apfelkisten, die ich für mich behalten soll?«

Pala blickte ihren Freund von der Seite her an. Die Bemerkung über seine in Kisten verpackte Liebe war vielleicht wirklich zu hart gewesen. Andererseits hatte Pasquale nach ihrem Dafürhalten auch noch nie ein so erbärmliches Gedicht geschrieben. Hätte sie ihm etwa *das* an den Kopf werfen sollen? Sie seufzte. »Tut mir Leid. War nicht so gemeint.«

»Dann könntest du mich ja auch heiraten.«

»Frag mich in zehn Jahren noch mal.«

»Ist gut.«

Sie liefen einige Schritte wortlos nebeneinander her, bevor Pala all ihren Mut zusammennahm und fragte: »Pasquale? Das Gedicht, das andere, meine ich, das dein Vater zu meiner Begrüßung vorgetragen hat, es … klang irgendwie so … *ungeschickt.* Sei mir bitte nicht böse, aber früher hätte er eine solche Arbeit nicht abgegeben. Was ist los mit euch?«

Pasquale blickte auf seine Schuhe hinab, als gäbe es da etwas ganz und gar Spannendes zu sehen. Sein Schweigen sprach lauter als viele Worte. Pala ahnte ohnehin schon, was passiert war.

»Er ist am Sprachschwund erkrankt, habe ich Recht?«

Der Junge antwortete nicht.

Pala legte ihm den Arm um die Schulter. »Du brauchst nichts zu sagen, Pasquale. Es tut mir sehr Leid um dich und deinen Vater. Wie soll er nur seinem Broterwerb nachgehen, wenn die Sprachlosigkeit noch schlimmer wird?«

»Als Reeder kann er jedenfalls nicht mehr auftreten.«

»Du meinst, als Redner.«

»Hab ich doch gesagt! Jedenfalls sind ihm nur ein paar Worte und zwei oder drei Silben abhanden gekommen. Ich helfe ihm dabei, auch ohne sie weiterzudichten. Na ja, es klingt vielleicht nicht mehr so wie früher, aber es ist allemal besser, als entdeckt und eingesperrt zu werden. Verhungern werden wir nicht, wenn …«

»Ich euch nicht verrate, willst du sagen? Da brauchst du dir keine Sorgen machen. Gegen die seltsame Verflüchtigung der Worte kann sowieso keine Quarantäne etwas ausrichten. Man muss das Übel an der Wurzel packen.«

Nach dem Mittagessen lief Pala ins Krankenhaus und besuchte Nonno Gaspare. Sie durfte ihn jetzt nicht im Stich lassen. Nur wenn sie weiter mit ihm sprach – auf welche Weise auch immer –, konnte sie seinen Lebensmut wach halten.

Aus den nachmittäglichen Besuchen in der *Villa des Schweigens* wurde schnell eine Gewohnheit, der sie mit großer Regelmäßigkeit nachging. Streng genommen stand der alte Geschichtenerzähler zwar nicht mehr unter Quarantäne, aber ihren »ersten Sprachschwund« wollten die Mediziner nicht so schnell aus den Fingern lassen.

Palas Methode der Verständigung durch Bilder hatte dank Dottore Stefanos Vermittlung die Aufmerksamkeit einiger Wissenschaftler erregt. Nun begann man auch den anderen Verstummten Zeichenblöcke und Malstifte zu verschreiben. Ausgehend von dieser Behandlung entstand die Idee, den Wortlosen die Taubstummensprache beizubringen. Alsbald begann ein straffes Schulungsprogramm, bestehend aus zwei Unterrichtsstunden vormittags und einer weiteren Doppellektion am Nachmittag.

Rückschläge blieben auch bei dieser Heilbehandlung nicht aus. Sobald man ein Wort aus Buchstaben zusammensetzen musste, für die es eigene Fingerstellungen gab, versagten der Geschichtenerzähler und die anderen Patienten. Sie konnten solche Begriffe weder selbst ausdrücken noch sie verstehen. Auch zu Verallgemeinerungen waren sie, wie ja schon bei den gezeichneten Bildern, kaum fähig. Nonno Gaspare vermochte dagegen schon bald mit geradezu spielerischer Leichtigkeit bestimmte Gegenstände oder persönliche Erfahrungen bildhaft mit den Händen zu beschreiben. Und Pala tat es mit ihm. Wenngleich es der Wortschatz zweier kleiner Kinder war, auf den sie sich beschränken mussten, lernten beide auf diese Weise ein zweites Mal das Sprechen.

Ihre wachsende Geschicklichkeit im Umgang mit der Zeichensprache war nur eine der Veränderungen, die sich in den Tagen nach Palas Entlassung einstellten. Als sie bei einem nächtlichen Streifzug durch die Wohnung dem ehemaligen Zimmer ihrer Großmutter einen Besuch abstattete, machte sie eine erstaunliche Entdeckung. All die noch unerforschten Kisten und Säcke – der geheimnisvolle Pappkarton mit den vergilbten Papieren eingeschlossen – waren verschwunden, die alten Möbel blitzsauber geputzt und sogar zwei üppig sprießende Blumentöpfe standen auf der Fensterbank. Pala wurde das Gefühl nicht los, hier wäre mehr als nur Staub und Gerümpel beseitigt worden. Sie hatte diese Neuerung noch nicht ganz verkraftet, da flatterte auch schon die nächste ins Haus. Die Quarantäne lag nun ungefähr eine Woche hinter ihr, als die Familie in helle Aufregung versetzt wurde. Schuld daran war das große durchlöcherte Paket, das Palas Vater abends von der Arbeit mitbrachte.

Kostspielige Geschenke waren im Familienkreis seltene Ereignisse, ungefähr so häufig wie totale Sonnenfinsternisse. Mit dem wenigen Geld, das Vaters Arbeit in der Autowerkstatt einbrachte, musste sehr viel bezahlt werden. Nur dank eiserner Sparsamkeit konnte man sich ab und zu etwas Besonderes leisten, ein neues Kleid für die Mutter, einen Kurzurlaub am nahen Meer oder gar ein Schwesterchen für Pala. Was also war in dem Karton?

Ein Geschenk von Zittos Firma, verriet Vater schon vor dem Abendessen, machte die feierliche Enthüllung desselben dann aber sehr spannend. Während sich alle an Brot und Käse gütlich taten, erzählte er die letzten Neuigkeiten aus der Autowerkstatt. Zitto habe den Reparaturbetrieb gekauft. Jetzt sei er, der Vater, also stolzer Angehöriger des angesehensten Firmenreiches im ganzen Land. Vor Arbeitslosigkeit brauche man sich nicht zu fürchten, hatte die neue Geschäftsleitung versichert. Im Gegenteil, man wolle die Mitarbeiter schulen, um ihr berufliches Fortkommen und damit ein stetes Einkommenswachstum zu sichern. Als kleines Zeichen des guten Willens habe Zitto jedem Neuzugang seiner Belegschaft ein solches Geschenk gemacht.

Jeder am Tisch blickte zu dem Karton, der auf einem Stuhl neben der Spüle stand. Pala lauschte. Hatte es in der Kiste nicht eben geraschelt?

»Was ist da drin, Papa? Ein Haustier?«

»Also gut«, sagte ihr Vater. »Ich will euch nicht länger auf die Folter spannen. Du darfst aufstehen und es auspacken, Pala.«

Augenblicklich sprang Pala von ihrem Stuhl und machte sich an der Verpackung zu schaffen. Durch eines der Luftlöcher blickte sie ein großes Auge an.

Ein wenig mulmig war ihr schon zumute, als sie langsam den hohen Deckel von der Unterlage hob. Zunächst sah sie eine runde, golden glänzende Platte mit hochgezogenem Rand. In dieser Schale befand sich ein weißes, feinkörniges Pulver und mitten heraus wuchs ein hölzerner Stiel. Dann kam eine quer stehende Stange zum Vorschein, die zwei nackte, graubraune Füße mit langen Krallen umklammerten.

Pala hielt die Luft an. Was für ein Tier mochte Zitto da für seine neuen Arbeiter ausgesucht haben? Sie nahm all ihren Mut zusammen und lüpfte nun vollends den Deckel.

»Was ist *das* denn für ein komischer Vogel?« Palas Verwunderung war unüberhörbar. Auf dem Stuhl vor ihr hockte ein Federvieh von der Größe ihrer kleinen Schwester. Es sah aus wie ein Papagei und begann auch sofort zu plappern wie ein solcher.

»Im Namen Zittos heiße ich Sie herzlich willkommen«, sagte der Vogel mit einer etwas kehligen, gleichwohl nicht unangenehmen Stimme, »und beglückwünsche Sie zu ihrer klugen Wahl. Was Sie schon immer wissen wollten, erfahren Sie ab jetzt von mir. Klatsch, Tratsch und brandheiße Neuigkeiten, spannende Geschichten und beschwingte Lieder. Endlich können Sie sich den ermüdenden Gang zum Marktplatz sparen, denn bei mir bekommen Sie alles frei Haus geliefert. Schon in wenigen Tagen werden sie mich nicht mehr missen wollen, denn …«

Pala starrte den knallbunten, unentwegt plappernden Riesenvogel mit offenem Mund an. Zwar hatte sie schon einige sprechende Papageien gesehen, aber ein derart geschwätziges Exemplar war ihr bisher noch nicht untergekommen. Auch äußerlich präsentierte sich die gefiederte Quasselstrippe nicht gerade zurückhaltend. Überwiegend war sie zwar froschgrün, aber die Flügel leuchteten zitronengelb und feuerwehrrot, am Kopf ließ sich Türkisblau, Orangerot, Torfbraun, Pechschwarz und Schneeweiß ausmachen. Für einige Farben wollte Pala kein passender Name einfallen. Außerdem war sie beschäftigt. Sie musste staunen.

»Das«, verkündete Vater mit wichtiger Miene, »das ist ein Papperla-Papagei und so stellt man ihn wieder ab.« Er stülpte den Kartondeckel über den Vogel, was diesen augenblicklich verstummen ließ.

»Hat er auch einen Namen?«, erkundigte sich Mutter, argwöhnisch die Kiste musternd.

»Wie ich Pala kenne …«, hob der Vater an und schon hatte seine Große einen Vorschlag.

»Ich würde ihn Papperlapapp nennen.«

Nina kreischte übermütig: »Papp, papp.«

Der Vater rümpfte die Nase. »Klingt vielleicht etwas albern, wenn man bedenkt, wer ihn uns geschenkt hat.«

»Aber irgendwie passt's zu ihm«, meinte Pala.

»Er wird uns sämtliche Haare vom Kopf fressen«, unkte die Mutter.

»Woher stammen eigentlich die vielen Neuigkeiten, die er uns versprochen hat?«, setzte Pala hinzu.

»Zwei Fragen, eine Antwort«, entgegnete der Vater vergnügt, bückte sich nach seiner abgewetzten Ledertasche und zog eine kleine Pappschachtel mit einem Fenster aus Klarsichtfolie hervor. Dahinter waren unzählige knallbunte Kügelchen zu sehen. Er schüttelte die Schachtel. Ein helles Klappern erscholl.

»Wie man uns bei der Überreichung der Geschenke in einer kurzen Einweisung erzählte«, fuhr er fort, »gewinnen die Papperlas ihre famosen Kenntnisse aus dem Futter. Abgesehen von normalem Trinkwasser brauchen sie nicht mehr als diese kleinen, bunt schillernden ›Plapperperlen‹ hier. Ich habe gleich ein Päckchen mitbekommen. Man kann das Futter aber auch für wenig Geld in jedem von Zittos Läden kaufen.«

Mutter runzelte die Stirn. »Du weißt, ich gehe so gut wie nie in die Zittomärkte. Praktisch alles, was wir brauchen, bekomme ich auch an den Marktständen beim Rathaus.«

Vater lachte. »Ja, ja, und den neuesten Klatsch und Tratsch noch dazu. Meinetwegen kannst du ja weiter zum Markt hinunterlaufen und einmal in der Woche gehst du in Zittos Laden. Du wirst sehen, das spart eine Menge Zeit und Geld, weil du dort alles unter einem Dach findest. Und sag doch ehrlich, ist er nicht bildhübsch?«

»Na ja, ein wenig grell vielleicht. Ich mag gar nicht an den Schmutz denken, den er …«

»Keine Sorge, uns wurde versichert, die Tiere seien sehr reinlich. Es genüge, die Papperla-Streu unter der Sitzstange einmal wöchentlich zu wechseln, weil sie ihr Futter in trockene, geruchlose Kotklümpchen umwandeln. Und was sie trinken, hieß es, werde durch Verdunstung ausgeschieden.«

Pala kicherte. »Sehr pflegeleicht!«

Ihre Mutter war von den Vorzügen des Vogels noch immer nicht überzeugt. »Selbst wenn die Streu und diese Plapperperlen billig sind, ist die Haltung so eines Papageis wohl kaum umsonst.«

»Wer sagt denn das? Ich habe heute eine Gehaltserhöhung bekommen, und wenn ich mich für die Firma so richtig ins Zeug lege, wird Zitto bald ein hübsches Sümmchen obenauf packen. Wir könnten uns alle ausschließlich von Plapperperlen ernähren und hätten immer noch mehr Geld zur Verfügung als bisher.«

»Papp, papp«, quietschte Nina.

Und Pala sagte: »Igitt!«

Das grellbunte Federvieh plapperte ununterbrochen. Papperlapapp war ein schier unerschöpflicher Quell von Neuigkeiten, Ratschlägen für eine »moderne, erfüllte und sinnvolle Lebensführung« sowie für alle möglichen Geschichten. Er konnte sogar Witze erzählen und unzählige Lieder singen. Bald fand auch Palas Mutter Gefallen an dem unterhaltsamen Vogel. Sie konnte tagsüber im Haushalt arbeiten, sogar ohne Reue auch einmal auf den Gang zum Marktplatz verzichten und blieb über Silencias Tagesgeschehen trotzdem stets auf dem Laufenden.

Auf Nina übte der Papperla-Papagei eine besondere Faszination aus. Selten hatte Pala ihre kleine Schwester so still erlebt wie zu jenen Zeiten, da der Vogel seine Kindergeschichten zum Besten gab. Wenn Vater mittags zum Essen kam, wurde der Papperla mit einem Tuch zugedeckt, was ihn zumindest vorübergehend zum Schweigen brachte. Aber am Nachmittag, wenn Pala ihren Freund, den Geschichtenerzähler, im Krankenhaus besuchte, lüpfte Mutter den Schleier wieder und das Geplapper ging weiter.

In den nächsten Wochen breiteten sich die Papperla-Papageien wie eine Plage über die ganze Stadt aus. Es dauerte nicht lange und fast jeder Haushalt besaß ein solches

Schnattermaul. Dank der bunten Vögel lernte man viel Neues über den Weg zu einem modernen, erfüllten und sinnvollen Leben.

Pala war der Papagei nicht geheuer. Woher bekam er nur all diese Neuigkeiten? Nicht sie allein stellte sich diese Frage und Antworten gab es viele. Die Plapperperlen, so wurde behauptet, förderten nicht nur die Gesprächigkeit der bunten Vögel. Gerüchten zufolge enthielten sie einen besonderen Wirkstoff, der das ohnehin schon empfindliche Gehör der Papageien zu wahren Höchstleistungen beflügele. Dadurch könnten sie einfach alles aus der Luft schnappen, was in der Stadt gesprochen und getratscht, gemunkelt und getuschelt, geflüstert oder nur gehaucht wurde, eben jede Äußerung, die irgendwie Beachtung verdiente. Andere Schlauberger vertraten die Ansicht, Zitto habe auf den Dächern seiner Läden raffinierte Zerstäuber anbringen lassen, welche Tag und Nacht Neuigkeiten wie Pollen in die Luft bliesen, damit die Papperla-Papageien sie hernach einatmeten. Was immer man von all dem halten mochte, ließ sich doch eines nicht leugnen: Obwohl die Tiere durchaus unterschiedliche Worte benutzten, sagten sie im Wesentlichen doch immer das Gleiche.

Die Geschichten Papperlapapps empfand Pala als langweilig und phantasielos. Sie kannte Nonno Gaspares tiefsinnige Erzählungen und konnte sich ein Urteil erlauben. Gerne versuchten die Papperla-Papageien ihre Schwächen durch Blutrünstigkeit oder Schlüpfrigkeit auszugleichen. Nicht selten plauderten sie auch über die »glorreiche Zitto-Firma«. Palas Eltern waren fasziniert von dem schier unerschöpflichen Wissen des neuen Familienmitglieds. Wie gebannt hingen sie am Schnabel des Vogels, wenn er sich so richtig ins Zeug legte. Selbst Ninas Knatschen hörten sie dann nicht mehr und falls doch, steckten sie Palas kleine Schwester kurzerhand ins Bett. Und wenn Mutters Große es einmal wagte, dem Plapperperlenfresser ins Wort zu fallen, dann erntete sie dafür ein barsches »Still!«.

Ob auf der Straße oder in der Schule, das Geschwätz der Papageien war bald in aller Munde. »Hast du schon das Neueste von deinem Papperla erfahren?«, fragte man sich morgens im Büro und wiederholte dann das Vorabendprogramm. Oder in der Schule hieß es: »Gestern Papperla gehört? War 'ne echt wilde Geschichte, wie der weiße Rächer da mit seinem Zauberschwert die schleimigen Gulps erledigt hat.« Pala konnte bei solchen Gesprächen selten mitreden. Sie hörte ihrem gefiederten Schnattermaul kaum zu. »Gib deiner Phantasie Raum, lass sie erzählen«, hatte Nonno Gaspare immer gesagt. Pala brauchte keinen Papagei, um sich voll plappern zu lassen.

Einige Monate nach dem Einzug Papperlapapps veranstaltete Zitto ein rauschendes Fest für seine Angestellten und ihre Familien. Er gab Unmengen von Geld für Essen, Trinken und für wohltätige Spenden aus. Bei diesem Anlass überraschte Palas Vater die seinen mit einer, wie er sich ausdrückte, »famosen Nachricht«. Er dürfe auf Firmenkosten seinen Meister machen. Zitto wolle nur bestens ausgebildete Mitarbeiter in seinem Unternehmen beschäftigen. Zwar werde die Familie das Abendessen eine Zeit lang ohne ihn einnehmen müssen, aber mit dem Geld, das er anschließend verdiene, könnten sie sich vielleicht endlich einen Urlaub im Ausland oder sogar ein eigenes Auto leisten.

»Und wo willst du dann parken?«, fragte Pala. »Ein Auto passt doch gar nicht in die Alexandrinergasse.«

»Zitto wird die Straßen breiter machen«, antwortete der Vater. »Er krempelt die ganze Stadt um.«

Von nun an kam der Vater mittags nicht mehr nach Hause. Er beschränkte seine Pause in der Werkstatt auf ein Mindestmaß und ging abends in die Schule. Meistens schlief Pala schon, wenn er zu später Stunde heimkehrte. Das Besprechen von Problemen wurde aufs Wochenende verschoben, in schweren Fällen musste Mutter in die Bresche springen.

Wenig später bekam sie selbst ein gutes Angebot von Zittos Firma. Sie könne doch leichte Heimarbeit verrichten, hieß es, Sitzständer für Papperla-Papageien zusammenbauen. »Warum soll ich alleine zu Hause herumsitzen, während du die Schulbank drückst?«, fragte sie ihren Mann.

Pala wunderte sich. Waren Nina und sie denn niemand? Als sie ihre Mutter darauf ansprach, antwortete die: »Natürlich seid ihr wer, meine Große. Deshalb arbeite ich ja zu Hause. Da kann ich auf Nina aufpassen, dir bei den Hausaufgaben helfen, nebenbei dem Papagei zuhören und auch noch Geld verdienen. Ich möchte auch wie die anderen Frauen etwas Sinnvolles machen.«

Von diesem Tage an hielt sich Pala immer seltener zu Hause auf. Wenn Nina weinte und die Heimarbeit sich auf dem Küchentisch türmte, dann konnte schon ein falsches Wort zu einer Katastrophe führen. Mutter war oft nervös und neigte zum Schreien. Mehrmals hatten sich schon die Nachbarn beschwert. Wie früher suchte sich Pala zum Nachdenken ruhige Orte – auf dem Dach des Hauses oder im Geäst eines Lorbeerbaumes –, nur jetzt blieb sie oft viele Stunden dort. Immer wieder zerbrach sie sich den Kopf darüber, warum Nonno Gaspare so hartnäckig auf den Schlossberg deutete, wenn sie ihn in Zeichensprache nach der Ursache seiner Stummheit fragte. Natürlich ließ sich ein Zusammenhang zwischen Zittos Auftauchen und den Veränderungen in der Stadt nicht ganz leugnen, aber wie und warum sollte der Fabrikbesitzer Menschen buchstäblich zum Schweigen bringen?

Weil Nonno Gaspare ihr, aus verständlichen Gründen, kaum weiterhelfen konnte, machte Pala sich anderswo in der Stadt auf die Suche nach des Rätsels Lösung. Sie wurde in der Redaktion des *Silencia-Boten* und der anderen beiden Zeitungen vorstellig, sie löcherte die Angestellten der Stadtbücherei und sie fragte Caterina Knüttelvers. Die Lehrerin war eine große Freundin wohlgesetzter Worte. Selbst unermüdlich reimend eiferte sie, mit eher mäßigem Erfolg, den großen Poeten nach. Eigentlich hieß sie Caterina Animato, aber weil sie das Unterrichtsfach »Dichtung« dank ihrer außerordentlichen Hingabe und dem schier unerschöpflichen Vorrat eigener, bisweilen komisch schräger Verse stets zu einem Erlebnis machte, hatte sie sich ihren Beinamen bei den Schülern redlich verdient. Pala jedenfalls mochte Caterina Knüttelvers sehr und sie spürte, dies beruhte auf Gegenseitigkeit.

»Wie meinst du das, Pala?« Die Lehrerin sah ihre Schülerin mit eng zusammengezogenen Augenbrauen an.

»Wir haben so viele alte Gedichte und Geschichten in der Stadt«, sagte die Schülerin und bewegte dabei die Hände, als spräche sie mit Nonno Gaspare, »da muss es doch auch irgendwo etwas über Silencias Namen geben.«

Caterina Knüttelvers runzelte die ohnehin schon gefurchte Stirn. Sie war ein Fräulein von ungefähr fünfzig Jahren, das sich gleichwohl elegant zu kleiden wusste. Ihr fescher kurzer Haarschnitt gewann durch die ersten silbernen Fäden sogar noch an Schick. Sie war klein, zierlich und manchmal ziemlich ungeduldig. »Habe ich euch das im Unterricht nicht schon hundertmal erzählt? Silencia bedeutet ›Schweigen‹ oder ›Stille‹, es …«

»Sehen Sie«, unterbrach Pala ihre Lehrerin aufgeregt, »und genau *das* erleben wir gerade: Die Menschen werden stumm – manche buchstäblich, andere, weil ihre Sprache ihnen nichts mehr bedeutet. Wer hat der Stadt ihren Namen gegeben?«

»Bist du jetzt fertig?«, fragte Caterina Knüttelvers.

»Entschuldigen Sie, wenn ich Sie unterbrochen habe«, sagte Pala kleinlaut.

»Ich vermute, dir hat da irgendjemand einen Floh ins Ohr gesetzt«, überging die Lehrerin den Regelverstoß ihrer Lieblingsschülerin. »Die größten Kapazitäten auf dem Gebiet der Sprachforschung suchen nach der Ursache für die seltsame Verflüchtigung der Worte und du meinst die Erklärung in irgendeiner alten Volkssage zu finden?«

»Bedeutet das, Sie wissen nicht, warum Silencia ›Schweigen‹ heißt, obwohl hier doch jahrhundertelang fast nur geredet wurde?«

»Es ist die Ruhe des Friedens, die dem Namen Sinn verleiht«, antwortete Caterina Knüttelvers mit entrücktem Blick.

»Wenn das mal kein *Un*sinn war.«

»Wie bitte?«

»Bei uns zu Hause wird kaum noch miteinander geredet und wenn, dann oft im Streit. Eine schöne Ruhe nenne ich das.«

»Worauf willst du eigentlich hinaus, Pala?«

Die Schülerin blickte ihrer Lehrerin fest ins Gesicht. »Ich brauche Ihre Hilfe. Bitte! Gibt es irgendein Volksmärchen, ein Lied, eine Sage oder sonst eine Überlieferung, in der von *Wortfressern* die Rede ist?«

Gespräche sind wie Wasser: Sie spenden Leben, aber ohne Nachschub versickern sie schnell. Zu dieser Überzeugung gelangte Pala, während sich das Rad der Jahreszeiten langsam weiterdrehte. Sie konnte fühlen, wie das lebendige Treiben nicht nur zu Hause, sondern in der ganzen Stadt austrocknete. Der Wandel vollzog sich auf eine schleichende Weise. Pala beobachtete ihn wie durch eine Lupe. Für Kinder sind wenige Jahre noch ein Großteil ihrer Lebenszeit, Erwachsenen dagegen zerrinnen ein paar Dutzend Monate wie Wasser zwischen den Fingern, sie nehmen sie kaum wahr. Schon die äußerlichen Veränderungen, die Pala an sich selbst feststellte, waren alles andere als belanglos. Natürlich schoss sie weiter in die Höhe, aber ihre Körperformen wurden dabei auch runder und weiblicher. Pasquale hinkte ihr in mancher Hinsicht noch immer hinterher. Beunruhigender als diese Entwicklungen blieben für sie jedoch jene, die sich in Silencia vollzogen.

Anfangs hatte sich Caterina Knüttelvers nicht sehr viel Mühe gegeben, Pala in ihrer Suche nach den Wortfressern zu unterstützen. Tollheit nannte sie den Eifer, mit dem Pala um die Rückkehr von Nonno Gaspares Sprache kämpfte. Keiner der Sprachschwindsüchtigen war bisher geheilt worden. Doch auch der Lehrerin entgingen die Veränderungen in Silencia nicht und so ließ sie sich langsam – nach Palas Empfinden *zu* langsam – für eine Mitarbeit gewinnen.

Seit einigen Wochen nun durchforsteten beide die Archive der Stadt, die Regale von Bibliotheken und die Erinnerungen alter Menschen. Ihre Suche nach dem Geheimnis des Sprachschwundes wurde durch die vorausgegangene Verarbeitung zahlreicher Bücher zu Medizin erschwert. Solche Werke waren unrettbar verloren. Und nun machte ihnen Zitto Schwierigkeiten: Ein von ihm bezahltes, »gemeinnütziges Institut« hatte sich der Konservierung der Sprache verschrieben.

Das Programm zur Erhaltung jederlei Schrifttums beruhte auf einem einfachen Gedanken, der sich im Bankgewerbe bereits bestens bewährt hatte: Was man wegschließt, kann einem so schnell nicht genommen werden. Die Umsetzung der Idee äußerte sich wieder einmal in der Verteilung von Fragebögen. *Führen Sie ein Tagebuch?*, hieß es da. Und damit war noch lange nicht Schluss.

Besitzen Sie Tagebücher anderer Personen?
(Ehepartner, Eltern, Geschwister, Kapitäne etc.)

Gibt es in Ihrer persönlichen Ablage Briefe?
(Geschäftsbriefe, Liebesbriefe, Schmähbriefe etc.)

Verfassen Sie oder besitzen Sie Gedichte?
(Gebrauchsdichtungen, Schüttelreime, Sonette etc.)

Welche Bücher nennen Sie Ihr Eigen?
(Titel bitte vollständig und in Druckbuchstaben auflisten)

Wer die Formulare ausfüllte, bekam kurze Zeit später Besuch von den Mitarbeitern des Instituts »Arche Zitto«. Diese baten die Schrifttumbesitzer um Herausgabe ihrer sämtlichen Dokumente und Bücher »zum Zwecke der dauerhaften und absolut modersicheren Einlagerung«. Die Konservierung der eingesammelten Unterlagen diene der Erforschung und Erhaltung der Sprache, vergaßen sie nicht dutzend Mal zu wiederholen und ernteten dafür viel Entgegenkommen. Die Menschen fürchteten um den Verlust ihres eigenen Wortschatzes, da wollten sie wenigstens ihre aufgeschriebenen Gedanken diebstahlsicher in Zittos Wortbank hinterlegen.

Pala hörte kein einziges Mal von Abhebungen derartiger Worteinlagen. Silencia wurde leer geräumt und Arche Zitto archivierte. Auch die umfangreiche Stadtbücherei wurde dem Institut unterstellt, blieb aber bis auf weiteres geöffnet. Von den Verantwortlichen der Gemeinde wurden diese Maßnahmen als »notwendige Konzentrierung zur Bewahrung der Sprache« unterstützt, im Alltag beobachtete Pala jedoch nur den Rückzug des geschriebenen wie auch des gesprochenen Wortes. Ob es nun die eigenen Eltern waren oder die Nachbarn, überall verlernten die Menschen miteinander zu reden. Unfähig, Meinungsverschiedenheiten in einer besonnenen Aussprache zu klären, entledigte man sich ihrer lieber durch verletzende Worte, oft wurden sie auch einfach totgeschwiegen. Längere Gespräche, so eine weit verbreitete Meinung, behinderten nur das Streben nach persönlichem Erfolg und Selbstverwirklichung.

»Ich will endlich auch mein eigenes Geld verdienen. Schließlich habe ich als Frau dieselben Rechte wie du. Die Stelle in Zittos Zentralverwaltung bringt doppelt so viel ein wie die Heimarbeit.«

Die temperamentvoll vorgetragenen Worte der Mutter klangen in Palas Ohren seltsam abgedroschen – die Papperla-Papageien wiederholten Derartiges mehrmals täglich.

»Und was wird aus den Kindern?«, fragte Vater.

»Es ist ja nur eine Halbtagsstelle. Pala verbringt den Vormittag sowieso in der Schule und Nina kann ich für ein paar Stunden der firmeneigenen Kinderkrippe anvertrauen – Zitto kümmert sich wenigstens um seine Familien.«

»Willst du damit andeuten, ich würde euch vernachlässigen?« Vaters Stimme klang drohend.

»Meine Gefühle scheinen dich jedenfalls nicht sonderlich zu interessieren«, antwortete Mutter schnippisch. »Außerdem können wir mit dem zusätzlichen Geld vielleicht bald in ein eigenes Haus umziehen.«

»Mir gefällt es aber hier«, sagte Pala, hauptsächlich, um dem aufquellenden Streit der Eltern das Wasser abzugraben.

Tatsächlich fiel die Mutter auf den Trick herein. Sie ließ vom Vater ab und lachte ihre Große an. »Warte nur, wie es dir erst in deinem neuen Zuhause gefallen wird!«

Wie man sich denken kann, schlug die Mutter das unwiderstehliche Angebot nicht aus. Von nun an arbeitete sie also vormittags in Zittos neuer, hochmoderner Hauptverwaltung, der ein alter Kornspeicher an der Piazza dei Poeti hatte weichen müssen. Hin und wieder holte Pala sie nach der Schule von dort ab.

Auf dem großen Dichterplatz herrschte nun Stille. Die Grauköpfe waren von ihren beruflich sehr eingespannten Kindern in Altersheime gesteckt worden, wo sie für gutes Geld eine ordentliche Betreuung bekamen. Auch von den Marktständen sah man nur noch wenige. Immer mehr Bewohner Silencias standen jetzt bei Zitto in Lohn und Brot, gerne nutzten sie die Bequemlichkeit seiner Läden. Zwar war das Einkaufen dort nur mehr ein wortloses Aneinander-Vorbeilaufen sich fremd gewordener Menschen, aber dafür konnte man Zeit und Geld sparen.

Pala verabscheute die Zittomärkte. Sie besaßen überall dasselbe langweilige Warenangebot, waren keimfrei, abgesehen vom Gedudel der aus irgendwelchen Löchern quellenden Musik völlig still und sie beschäftigten maulfaule Kassiererinnen. Manchmal machte sie sich einen Spaß daraus, die weiß bekittelten Angestellten aus der Fassung zu bringen. So auch an diesem Mittag.

»Sind Sie Sonderverkäuferin?« Palas erste Frage glich dem Eröffnungszug in einem Schachspiel. Mit Nonno Gaspare hatte sie sich früher oft stundenlang darin übertrumpft, möglichst lange Sätze zu erfinden, in denen alle Worte mit dem gleichen Buchstaben begannen. Diesmal war Palas Opfer eine vollschlanke rothaarige Dame mit großem Schönheitsfleck über dem rot geschminkten Mund, die gerade Plapperperlen in ein Regal räumte.

»Sonder- … *was?*«, fragte die Kittelträgerin.

»Schnelle Sonderverkäuferinnen sortieren sofort super Schnäppchen. Sind Sie Sonderverkäuferin?«

»Ich bin Einzelhandelskauffrau«, antwortete die Rothaarige drohend.

»Gehen Grundnahrungsmittel gerade gut?«

»Sag mal, bei dir ist nicht zufällig irgend 'ne Schraube locker?«

»Spiralförmige Schrauben sitzen ständig sicher: samstags, sonntags ...«

»Schon gut. Ich kann hier nicht den ganzen Tag mit deinem Geplapper vergeuden. Du sagst mir jetzt einfach, was du brauchst. Das wirst du doch wohl noch schaffen. Ist ganz einfach: Ich – möchte – ein ...«

»Paar picobello Papppackungen puterroter Papperla-Papagei-Plapperperlen.«

Die Gelehrten Silencias waren Menschen wie alle anderen auch. Ihr eigenes Ansehen in der Öffentlichkeit lag ihnen sehr am Herzen. Nachdem es gelungen sei, die gemeine Stechmücke in der Gegend so gut wie auszurotten, werde man die Urform der sprachlichen Schwindsucht endlich in den Griff zu bekommen – mit dieser Erfolgsmeldung ernteten sie viel Bewunderung. In letzter Zeit habe es nur noch wenige Neuerkrankungen gegeben, berichteten die Zeitungen. Die Stadt atmete erleichtert auf. Doch die Seuche war nicht besiegt, sie hatte sich nur ein anderes Aussehen gegeben.

Immer mehr Begriffe aus dem Alltagsleben wurden durch Worthülsen ersetzt, die Goldzähnen gleich zwar hübsch glänzten und deshalb gerne im Mund getragen wurden, aber bei genauerer Untersuchung so gut wie inhaltsleer und zudem unnatürlich waren. Derlei Allgemeinbegriffe glichen Modeartikeln, sie verloren schnell ihren Reiz. Wo jedoch eine breite Palette sinnverwandter, aber eben doch nicht gleicher Begriffe durch einen einzigen Holzhammerausdruck ersetzt wurde, da gingen zwangsläufig die feinen, oftmals entscheidenden Sinnschattierungen verloren. Kurz: Der Gedankenaustausch wurde eintöniger.

Pala konnte nicht verstehen, warum die immer mehr um

sich greifende Verarmung der Sprache und damit des ganzen Lebens unter den Menschen kaum ein Thema war. Lag es womöglich an den Papperla-Papageien, die sich gänzlich darüber ausschwiegen?

Manchmal konnte man die seltsame Verflüchtigung der Worte sogar mit den Augen wahrnehmen, wie an jenem regnerischen Nachmittag, als Pala mit ihrer Mutter und Nina die Bank von Silencia besuchte. An der Fassade stand in gläsernen Buchstaben ein für die Stadt der Dichter und Denker typischer Spruch:

Spare Geld, doch nicht an Worten

Gerade als die drei das Gebäude wieder verlassen wollten, ertönte draußen ein ohrenbetäubendes Klirren. Tausende von Glassplittern stoben über das Pflaster. Nina fing an zu weinen. Nachdem Ruhe eingekehrt war, wagten sich die drei endlich ins Freie hinaus, wo schon etliche andere Passanten standen und voller Unverständnis zu dem verstümmelten Schriftzug über dem Eingang emporstarrten:

Spare   doch   an Worten

»Das gibt's doch nicht!«, entfuhr es der Mutter.

Pala trat aus der Gruppe der Schaulustigen heraus und sah zu der bald fertig gestellten Zitadelle hinauf. »Jetzt hast du dich verraten.« Ihre Stimme war nur ein Flüstern. Als sie sich wieder der Bank zuwandte, stockte ihr der Atem. Aus dem Spiegelbild im großen Schaufenster starrte sie eine wilde Meute an: Wölfe, Löwen, Hyänen, Schlangen, Geier …

Auf der breiten Freitreppe der Schule, gleich unter dem großen Wandgedicht, herrschte kurz vor Unterrichtsbeginn immer ein wildes Durcheinander. Pala merkte gar nicht, wie sich von hinten jemand an sie heranschlich und ihren Arm packte. Erschrocken zuckte sie zusammen.

»Ihr schreibt heute ein Diktat«, zischte ihr eine Stimme ins Ohr. Sie gehörte Caterina Knüttelvers. Aus ihrem Mund klangen die Worte wie der Aufruf zu einer Verschwörung. Die Lehrerin wirkte erhitzt, ihr Gesicht war beinahe so rot wie das Seidentuch in ihrer grauen Kostümjacke.

»Und was ist mit der Formenlehre der Klinggedichte? Sie wollten uns heute doch erklären, was ein Sonettenkranz ist«, antwortete Pala verdutzt. Wortkarge Schüler schoben und drängelten sich an ihnen vorbei.

»Auf behördliche Anordnung hin wurde das Thema aus dem Lehrplan gestrichen. Was ich dir aber eigentlich sagen wollte – es ist die letzte Unterrichtsstunde. Kurz danach wird die Schule menschenleer sein. Du musst zu mir ins Lehrerzimmer kommen.«

Noch immer raunte Caterina Knüttelvers ihre Anweisungen wie aufrührerische Geheimbotschaften in Palas Ohr. »Haben Sie etwas über die Wortfresser herausgefunden?«, flüsterte Pala aufgeregt.

»Pscht!«, machte Caterina Knüttelvers und blickte sich ängstlich um. »Nicht so laut! Ja, ich bin auf etwas gestoßen. Bei meiner zweiundneunzigjährigen Urgroßmutter im Keller. Es ist *ungeheuerlich!* Dein Verdacht in Bezug auf Silencias Namen ist …« Die Lehrerin verstummte. Das Wort schien ihr im Halse stecken geblieben zu sein.

Pala sah sie gespannt an. »Was ist damit?«

Caterina Knüttelvers würgte, als hätte sie eine mächtige Kröte verschluckt. Ihr Gesicht lief noch roter an. Nur ein Krächzen entwich ihrem Hals. Pala fürchtete schon, die Lehrerin habe ein heftiger Anfall von Sprachschwund getroffen, aber dann kamen doch wieder verständliche Worte hervor.

»Der Name – Silencia, meine ich – bedeutet ›Schweigen‹.«

»Das ist doch nicht neu.«

»Aber alles andere … Damals, als du zu mir kamst … Was ich zu dir gesagt habe, ist –sinn.«

»*Sinn?*«

»Nein, –sinn.«

Die Stirn der Schülerin krauste sich in Ratlosigkeit. War sie nun schwer von Begriff oder drückte sich die Lehrerin so unklar aus? Ehe Pala dem merkwürdig verschluckt klingenden »–sinn« auf den Grund gehen konnte, läutete die Schulglocke den Unterricht ein.

»Lass mich dir nach dem Diktat alles erzählen. Du wirst staunen!«, raunte Caterina Knüttelvers und entschwand durch die Glastür ins Schulgebäude.

Eine Nachschrift war das Letzte, was Pala jetzt gebrauchen konnte. In ihrem Kopf hagelte es Fragezeichen. Was mochte Caterina Knüttelvers herausgefunden haben? Welche Entdeckung hatte die sonst immer so ausgeglichene Lehrerin derart in Aufregung versetzt? War sie der Ursache des merkwürdigen Sprachschwunds auf die Spur gekommen?

In Silencia vertraten mittlerweile mehrere voneinander unabhängige Kommissionen den Standpunkt, die seltsame Verflüchtigung der Worte werde von einem, hauptsächlich von Stechmücken übertragenen, Virus verursacht. Obwohl zu den jüngsten Opfern ausgerechnet einige Herren aus diesen Komitees gehörten, ließ sich der Optimismus der Fachwelt kaum durch die bisher nullprozentige Heilungsrate dämpfen – wem es die Sprache verschlagen hatte, der war auch stumm geblieben. Der großflächige Einsatz von Insektenvertilgungsmitteln schien Wirkung zu zeigen, die Neuerkrankungen gingen täglich zurück. Was wollte man mehr?

Mit ungebrochenem Entdeckergeist richteten die Gelehrten ihre Mikroskope auf das abgezapfte Blut infizierter Patienten und benahmen sich dabei wie mit ihren Fernrohren am Himmel herumstochernde Astronomen auf der Suche nach neuen Sternen. Sobald man das Virus aufgestöbert habe, verkündeten die Papperla-Papageien, brauche nur noch ein passender Impfstoff gegen die Wortarmut ausgebrütet zu werden. Alles klang so einfach!

Vielleicht würde sich ja tatsächlich bald eine Menge ändern, dachte Pala, freilich aus ganz anderem Grund. Endlich war die letzte Unterrichtsstunde angebrochen. Nur noch die Nachschrift musste bewältigt werden, dann würde Caterina Knüttelvers das große Geheimnis lüften. Als die Lehrerin jedoch mit dem Diktat begann, erlebte Pala eine böse Überraschung.

Es war ein klarer Fall von Silbenschwund. Auf der Schultreppe, wie Pala sich noch sehr genau erinnern konnte, hatte die Lehrerin gesagt, ihre Entdeckung sei *ungeheuerlich!* Aber dann kam jener seltsame und wie Pala jetzt empfand, unheimliche Aussetzer. Danach sagte die Lehrerin, ihre anfängliche Meinung über Silencias Namen sei »Sinn«.

Aber sie hatte *Un*sinn gemeint.

Jetzt erst, während sie diktierte, gelangte Pala zu dieser furchtbaren Einsicht, denn daran haperte es bei Caterina Knüttelvers: an den Buchstabenverbindungen »un« wie auch »unter«. Dementsprechend entstellt klang ihr Text.

»Für ein friedliches Zusammenleben ist der regelmäßige Gedankenaustausch –verzichtbar«, diktierte sie. »Ein –voreingenommenes, –verfälschtes Gespräch erstickt das –behagen,–bindet Missverständnisse, ja, es macht –heimliche Machenschaften so gut wie immer –möglich. Streit wie auch Hader sind für jeden Menschen –nötig. Ein Wort zur rechten Zeit kann großes –heil abwenden. Wer wünscht sich das nicht? …«

Anfangs erhob sich nur leises Gekicher. Caterina Knüttelvers selbst hatte die Besorgnis erregende Lückenhaftigkeit ihrer Aussprache noch gar nicht bemerkt. Aber als die Stimme der Lehrerin dann unter dem schallenden Lachen der Schüler begraben wurde, wurde ihr der Makel schmerzlich bewusst. Sie schimpfte nicht einmal, sondern begann zu weinen.

Bestürzung und Scham standen ihr wie mit roter Farbe ins Gesicht geschrieben. Pala erinnerte das Aussehen der Lehrerin unheilvoll an Nonno Gaspares Sonnenbrandmaske.

Die Klassenkameraden johlten vor Vergnügen. Sie zeigten weder Mitleid für Caterina Knüttelvers noch Bedauern über ihr Unglück. Für die lärmende Meute schien das verstümmelte Diktat ein herrliches Vergnügen zu sein und als Frau Animato fluchtartig aus dem Zimmer stürmte, krakeelten sie nur umso mehr.

Pala rannte auf den Pausenhof hinaus, aber sie holte Caterina Knüttelvers nicht mehr ein. Die grölende Menge der Halbwüchsigen fegte wie ein Sturm an der zutiefst erschütterten Mitschülerin vorbei. Ja, dachte Pala, während ihr Blick auf dem Wandgedicht über der Treppe verharrte, ja, es stimmt.

Sind Wonnen süß, ist kurz meist ihre Dauer,
so wird's ergehn, wer will an Worten sparen.
Der Missverstand'ne kann nicht Frieden wahren,
wenn klärend' Wort legt an das Tuch der Trauer.

Der Wüterich fühlt sich im Magen flauer,
derweil er kreischend rauft sich an den Haaren,
je länger drischt er ein auf Töpferwaren,
die bargen lang, was Menschen machte schlauer.

Des Hitzkopfs Zorn schon Worte könnten kühlen,
Gespräche seinen Horizont erweitern,
doch so muss, wer nicht hören will, bald fühlen.

Von Lust gelockt vertraut er blinden Leitern,
muss immerfort in fremden Kissen wühlen,
sogar von Gift lässt sich der Tor erheitern.

Wer an Worten spart, dem wird's schlecht ergehen, grübelte Pala, um gleich darauf in Zorn auszubrechen. »Aber diese Hitzköpfe merken es nicht einmal!«, fauchte sie. »Ihren Spaß wollen sie haben und sonst nichts.« Die von Lust gelockten Toren, die sich sogar vom Gift erheitern lassen, widerten sie an. Sie riss sich von den Versen los und lief der Lehrerin hinterher.

Als Pala die Wohnung von Caterina Knüttelvers erreichte und anhaltend schellte, öffnete niemand die Tür. Eine weißhaarige Nachbarin kam die Treppe herunter.

»Haben Sie Frau Animato gesehen?«, fragte Pala.

»Warum?«, knurrte die Nachbarin und blickte scheel auf das fremde Mädchen.

»Ich bin eine Schülerin von Caterina Knüttelvers … ich meine, Frau Animato. Sie …«

»Du nennst sie *Knüttelvers?«*

Pala sah die Nachbarin mit offenem Mund an. Jetzt hatte sie es sich mit der misstrauischen Alten vermutlich ganz verscherzt. Doch mit einem Mal wich der verbissene Ausdruck von deren Gesicht und sie sagte kopfschüttelnd: »Die Caterina ist heute Morgen wie der Wind aus dem Haus gelaufen und seitdem nicht mehr zurückgekommen.«

»Sind Sie sicher?«

»Ganz sicher. Habe bis eben am Fenster gesessen und meinem Papagei zugehört. Hätte mir auffallen müssen, wenn die Caterina schon so früh aus der Schule heimgekommen wäre.«

»Danke«, sagte Pala und schlurfte niedergeschlagen davon.

Wenig später klopfte sie an die Tür der *Villa des Schweigens*. Das alte Hospitalgebäude war längst zu klein geworden, um all die Sprachschwindsüchtigen aufzunehmen. Nur die Neuzugänge wurden hier noch eingeliefert. Sie mussten die üblichen Untersuchungen erdulden und wurden alsbald in den benachbarten Neubau verlegt, den der Volksmund die »Stille Kiste« nannte. Aus Rücksicht auf Nonno Gaspares Alter und wegen seines besonderen Wertes als wissenschaftliches Forschungsobjekt durfte er weiterhin in der alten Villa wohnen. Auch Mario arbeitete noch hier.

»Na, Pala? Heute schon so früh da?«, begrüßte der lockenköpfige Pfleger seine regelmäßigste Besucherin. Er saß in seiner Stube neben der Eingangshalle über eine Liste gebeugt und hatte bei Palas Eintreten kaum aufgesehen. Neuerdings pflegte er sehr beschäftigt zu tun, fühlte er sich doch verantwortlich für den reibungslosen Ablauf in einer bis unters Dach mit Kranken voll gestopften Abteilung. Bevor ihn sein Lesestoff ganz übermannen konnte, entrang er sich noch den Hinweis: »Der alte Oratore sitzt im Atrium und starrt auf den Springbrunnen.«

»Ist hier in der letzten Stunde eine Lehrerin eingeliefert worden? Sie heißt Caterina Knüttel–, ich meine, *Animato*. Caterina Animato. Knüttelvers ist nur …«

»Nicht eingeliefert«, fiel Mario ihr ungeduldig ins Wort. »Ist selbst gekommen. Liegt jetzt im Saal ›Winterstille‹.«

Pala stutzte. »Aber das muss ein Irrtum sein. Dahin kommen doch nur die Frauen mit Vollwortausfall …«

»Irrtum ausgeschlossen«, unterbrach Mario die Besucherin. »Sie kriegt keine Silbe mehr raus, nicht eine.«

Pala rannte durch den Vorraum, einmal mehr unter

einem Wandgedicht entlang, das sie zu verspotten schien: *Gefangenschaft kann brechen, wessen Ohr sich dem Weisen öffnet.* Was für ein Hohn! Sie hatte ja auf ihre Lehrerin, eine in Palas Augen ausgesprochen weise Person, hören wollen, aber jemand war ihr offenbar zuvorgekommen.

Nonno Gaspare sah seiner Freundin von der Bank im Innenhof verwundert nach, als sie mit fliegendem Kleid an ihm vorüberrannte und gleich darauf in einem Krankenzimmer verschwand, dessen Namen er nicht lesen konnte. Es hieß »Winterstille«.

Caterina Knüttelvers saß auf dem Bett ganz links, ihre Hände im Schoß. Noch unterschied sie sich von den anderen Patientinnen in ihren Krankenhauseinheitsnachthemden. Noch trug sie wie am Morgen das graue Kostüm aus Wildseide, das ihr früher immer die bewundernden Worte von Kollegen eingetragen hatte. Von nun an würde sie an derlei Schmeicheleien keine Freude mehr finden. Sie war eine gebrochene Frau. Kein einziges Wort konnte sie mehr reden und nicht eines verstehen. Als sie Pala bemerkte, fielen sich beide in die Arme und begannen zu weinen.

Pala litt sehr unter der Verzweiflung. Wenn sie wenigstens jemandem von ihren Gefühlen erzählen könnte! Die Lehrerin schien Ähnliches zu empfinden und Nonno Gaspare spürte wohl, wie übel es um den Seelenzustand seiner jungen Freundin stand – aber verstehen konnten beide sie nicht.

Als Pala an diesem Nachmittag nach Hause stapfte, kochte in ihr eine große Wut. Ja, wer an Worten spart, dem wird es tatsächlich schlecht ergehen, aber manchmal wurde einem diese unnatürliche Sparsamkeit auch aufgezwungen. Die meisten Menschen in der Stadt schienen sich dieses Umstands nicht einmal bewusst zu sein. Pala wollte mehr denn je die wahren Absichten Zittos herausfinden. Er versprach jedem ein leichteres Leben, aber könnte der Genuss, nach dem alle so rastlos strebten, in Wirklichkeit vergiftet sein?

Einige Zeit lang war sie zu niedergeschlagen, um den durch die Verstummung der Caterina Knüttelvers fallen gelassenen Faden wieder aufzunehmen. Hinzu kam eine in dieser Heftigkeit noch nie empfundene Angst, womöglich selbst das nächste Opfer der Wortfresser zu werden. Die Lehrerin hatte ja etwas im Keller ihrer Urgroßmutter ausgegraben – und war zum Schweigen gebracht worden. Für Pala gab es keinen Zweifel an diesem Zusammenhang. Jemand musste herausgefunden haben, wie dicht man ihm auf den Fersen war, und sie ahnte längst, wer dieser Jemand war.

Während Zittos Feste zusehends schneller wuchs – obwohl nie ein Bauarbeiter auf dem Schlossberg auszumachen war –, wurde es in der Stadt immer stiller. Die alten Tugenden der Freundschaft und Verständigung versanken in einem lautlosen Sumpf aus Neid, Habgier und Zwietracht. Manche Menschen nahmen mehr und mehr das Wesen von Tieren an. Für ein anregendes Gespräch oder die Zeilen eines großen Poeten empfanden sie so viel wie ein Hund für ein Konversationslexikon. Wenn Pala an die unheimlichen Spiegelbilder dachte, die sie manchmal von den Menschen in Silencia sah, dann grauste ihr vor dem Gedanken, eines Morgens in einer Stadt zu erwachen, die nur noch von Wölfen, Bären und Affen bevölkert wurde.

Warum, so fragte sie sich, hat *mich* diese seltsame Verflüchtigung der Worte noch nicht befallen? Weshalb bemerken die anderen so wenig von den zerstörerischen Veränderungen? Oder wollen sie gar nichts von Zittos berauschender Droge wissen, frei nach dem Leitspruch: *Sogar von Gift lässt sich der Tor erheitern*?

Sogar von Gift lässt sich der Tor erheitern,
dem Reden Silber ist, doch Gold das Schweigen,
kann buckelkrumm nicht rechts, nicht links sich neigen
und taumelt nur gleich trunkenen Hochzeitern.

Gerüchte sind das Erz von Bergarbeitern,
die aus dem Schacht des Wankelmuts aufsteigen.
Bequemlichkeit die Tugend ist der Feigen,
sie zählen zu den schlimmsten Spottverbreitern.

Der Feind fängt listenreich zunächst die Schwachen,
die wollen ihre Liebe nicht erweitern,
dafür ihr Herz zur Mördergrube machen.

Verständnis fehlt bei unbedachten Streitern,
die lügen, höhnen und wie irre lachen –
ein Wort im Zorn reißt Wunden, die schlimm eitern.

S*ogar von Gift lässt sich der Tor erheitern*, wenn's ihm nur süß den Gaumen kitzelt.« Pala schnaubte verächtlich.

»Kapier ich nicht«, brummte Pasquale. Er trottete wie ein Bernhardiner neben seiner Freundin her. Den Beutel mit den Schulheften hatte er lässig über die Schulter geschwungen.

»Aber dir muss doch auch die Veränderung an den Menschen aufgefallen sein. Sie reden kaum noch miteinander und wenn, dann streiten sie, weil sie verlernt haben, wie man über Probleme spricht, nach einer Einigung sucht und sich wieder verträgt. Jeder denkt nur noch an sich, seine Karriere, sein Geld, sein Vergnügen in der Freizeit, die Zitto ihnen zubemisst. Ist dir etwa auch entgangen, was der Papperla gestern gesagt hat?«

»Meinst wohl, als das Ungeheuer aus dem Blutsumpf aufstieg und Feger der Rächer von Barmundt ihm in die fünf Augen blickte?«

»Hast du wieder bis in die Puppen vor dem blöden Papagei gesessen? Ich rede von den Neuigkeiten, die das Vieh zur Abendessenszeit ausgespuckt hat. Da hieß es, in alten Werten habe man neuerdings viele Gefahren entdeckt: für die Jugend, für den ungehemmten Fortschritt und für die Lebenslust. Deshalb habe Zittos ›Kommission für aufgeräumtes Denken‹ angeregt, die meisten an öffentlichen Bauwerken verewigten Tugenden entfernen zu lassen.«

»Hm, hab gestern sogar schon ein paar überpinselte Verse gesehen. Na, mir soll's recht sein. Um die alten Sprüche ist's nicht schade.«

»Das musst ausgerechnet du sagen, der Sohn eines Gebrauchsdichters!«

Pasquale stierte Pala von der Seite her an, als wolle er sie verspeisen. »War das jetzt 'ne Beleidigung?«

»Du verstehst auch gar nichts, was? Von wem stammen

die Verse an den Häusern und Mauern denn? Oft von Gebrauchsdichtern wie deinem Vater. Wenn man deren Weisheiten jetzt für jugendgefährdend hält, was meinst du, wird euch dann blühen?«

Pasquale zuckte nur die schweren Schultern.

»Man wird deinem Vater das Mundwerk verbieten. Dann müsst ihr betteln gehen.«

»Habe meinem Alten sowieso schon geraten, in Zittos Fabrik zu gehen. Da verdient er mehr als mit Sprücheklopfen.«

»Du solltest dich schämen, so über deines Vaters Arbeit zu reden, Pasquale. Früher hast du selbst mit größter Hingabe, wie du es sagst, Sprüche geklopft. Weißt du nicht mehr – dein gedichteter Heiratsantrag? Ich glaube, es ist schon ein Jahr her, seit du das letzte Mal um meine Hand angehalten hast.«

»Damals war ich ein Kind. Jetzt bin ich ein Mann.«

»Nein, damals warst du ein richtiger Junge. Jetzt bist du ein Hornochse.«

»Das war aber jetzt eine Beleidigung, oder?«

»Merkst du eigentlich, wie vernagelt du bist, Pasquale? Beleidige dich doch selbst.« Pala schlug einen Haken und ließ ihren Freund einfach stehen. Lieber wollte sie einen weiteren Schulweg gehen, als sich noch länger der Gegenwart dieses maulfaulen Mondkalbs auszusetzen.

Später, am frühen Nachmittag, als die Schule endlich zu Ende war, taten ihr die Zornesworte vom Morgen schon wieder Leid. Pasquale hatte im Unterricht zum ersten Mal seit sechs Jahren nicht neben ihr gesessen. Ihre Entschuldigung aus der zweiten Schulstunde schien er überhört zu haben, die aus der dritten beantwortete er nur mit einem leeren Blick. Als die beiden sich auf der Treppe vor dem Schulhaus trennten, hatte Pala ihn in der Glastür dahinter als großen zottigen Hund mit einem Maulkorb gesehen. Hierauf war sie verschreckt davongelaufen.

Leise vor sich hin schluchzend, hastete sie zum Platz der Dichter, der auf einhelligen Vorschlag des Stadtrates demnächst in »Zittoplatz« umbenannt werden sollte. Sie hatte keine Augen für die wenigen Menschen auf ihrem Weg, die ihr neugierig nachblickten, und schon gar nicht für die kleinen Eidechsen, die scheu vor ihr die Flucht ergriffen. Pala wollte mit jemandem reden, nein, sie *musste* es. Vielleicht konnte sie ihrer Mutter ja in der Mittagspause einige Minuten abringen. Die arbeitete jetzt ganztags, eine »glückliche Fügung«, wie sie vor einigen Wochen ihrer Familie unterbreitet hatte.

Pala lief eine breite Schneise hinab, die kürzlich für den rasch zunehmenden Autoverkehr durch die alten Häuser geschlagen worden war. Die Mittagssonne ließ den unbeschatteten Gehweg wie einen Steinofen erglühen. Als das Mädchen auf den großen Marktplatz hinaustrat, blieb es wie angewurzelt stehen. Neben dem Uhrenturm stand ein Lastwagen mit einer ausgefahrenen Arbeitsplattform. Darauf gingen in luftiger Höhe zwei behelmte Männer einer in Palas Augen ruchlosen Beschäftigung nach: Sie entfernten gerade mit Hammer und Meißel die letzten Buchstaben des alten Wandgedichts vom hohen Giebel des Rathauses. Entsetzt starrte das Mädchen auf die hellen Flecken, die das jahrhundertealte Sonett noch erkennen ließen.

Sogar von Gift lässt sich der Tor erheitern,
dem Reden Silber ist, doch Gold das Schweigen,
kann buckelkrumm nicht rechts, nicht links sich neigen
und taumelt nur gleich trunkenen Hochzeitern.

Gerüchte sind das Erz von Bergarbeitern,
die aus dem Schacht des Wankelmuts aufsteigen.
Bequemlichkeit die Tugend ist der Feigen,
sie zählen zu den schlimmsten Spottverbreitern.

Der Feind fängt listenreich zunächst die Schwachen,
die wollen ihre Liebe nicht erweitern,
dafür ihr Herz zur Mördergrube machen.

Verständnis fehlt bei unbedachten Streitern,
die lügen, höhnen und wie irre lachen –
ein Wort im Zorn reißt Wunden, die schlimm eitern.

Pala musste sich dazu zwingen, den Blick von dem gemeuchelten Wandgedicht abzuwenden. Voll unbändiger Wut stapfte sie in Zittos Verwaltungsgebäude.

»Hast du gesehen, was draußen passiert?«, begrüßte sie ihre Mutter, die auf Anraten der Empfangsdame zu dem aufgeregten Mädchen bei den Fahrstühlen geeilt war.

»Sie nehmen das Gedicht ab, na und?«

Pala schüttelte ungläubig den Kopf. »Aber du musst doch erkennen, was dahinter steckt, Mama, *wer* dahinter steckt. Schau selbst aus dem Fenster und lies in den Schatten der abgeschlagenen Buchstaben: ›Der Feind fängt listenreich zunächst die Schwachen, die wollen ihre Liebe nicht erweitern, dafür ihr Herz zur Mördergrube machen.‹ Es ist *Zitto*, von dem da die Rede ist. Er will uns alle einfangen …«

»Still!«, zischte die Mutter und sah sich ängstlich um. »Es könnte mich meine Stellung kosten, wenn du hier weiter solche Lügen über den größten Wohltäter der Stadt verbreitest. Was willst du überhaupt um diese Zeit hier? Ich habe erst in drei Stunden Feierabend, das weißt du doch.«

»Wenn deinem Abteilungsleiter nicht wieder ein paar gute Gründe für Überstunden einfallen – natürlich weiß ich das. Aber ich dachte, wir könnten …«

»Die Mittagspause miteinander verbringen?« Mutter schüttelte den Kopf und zwang sich ein Lächeln ab. »Das geht heute nicht. Zitto arbeitet an einem neuen Werbefeldzug, da haben wir alle Hände voll zu tun.«

»Aber ich muss mit jemandem reden. Heute habe ich Pasquale vor den Kopf gestoßen und jetzt fühle ich mich so elend. Am liebsten würde ich …«

»Später, meine Große«, ging die Mutter dazwischen. »Heute Abend kannst du mir alles erzählen.«

Unverrichteter Dinge stolperte Pala wieder auf den zukünftigen Zittoplatz hinaus. Vor dem Rathaus war ein Kran gerade damit beschäftigt, eine große Tafel hochzuziehen, die den alten Wandspruch ersetzen sollte.

ZzZzZzZ!
Zaudern zerstört Zinsen – zur Zukunft zeigt Zitto

»Ich werde ihm meine Stimme geben«, sagte ein Mann, der im Gespräch mit einem anderen an der staunenden Pala vorüberschlenderte.

»Meine hat er auch«, sagte sein Begleiter. »Höchste Zeit, den Mief des finsteren Mittelalters aus der Stadt zu vertreiben. Wenn Zitto erst Bürgermeister ist, kann er Silencia endlich so umkrempeln, wie er will.«

Pala kam sich vor, als hätte sie zu viel Punsch getrunken – auf dem Nachhauseweg drehte sich alles um sie herum. Ihre Umgebung nahm sie kaum wahr. Da pfiffen ihr zwei junge Dachse hinterher – in letzter Zeit eine sich häufende Erfahrung – und sie hörte es nicht einmal. Selbst als sich ihr wenig später einige baumlange Burschen mit versteinerten Gesichtern in den Weg stellten, stampfte Pala wie eine Lokomotive weiter. Warum anhalten? Diese Jungen waren genauso verwirrt wie sie. Ihre Eltern hatten sie mit dem Erwachsenwerden allein gelassen. Jetzt suchten sie Schutz im Rudel, wollten mit diesem zu einer Furcht einflößenden Bestie verschmelzen. Aber die Summe vieler Feiglinge ergibt noch keinen Helden. Und weil die wilde Meute, ungeachtet ihres grimmigen Aussehens, in Wirklichkeit doch nur aus einem Haufen verängstigter Milchbärte bestand, kam sie mit diesem vermeintlich mutigen Mädchen nicht zurecht. Nicht einer packte zu.

Pala wollte nur nach Hause. Die Geräusche der Stadt kamen ihr wie das Stampfen, Zischen und Klappern einer gigantischen Maschine vor, in der Lebewesen keinen Platz mehr hatten. Wie Unfallverhütungsvorschriften hingen Zittos neue platte Parolen und eingängige Werbesprüche an den öffentlichen Gebäuden, ja sogar schon an einigen Wohnhäusern. Die alten Wandgedichte schienen nur das Räderwerk des Fortschritts zu stören.

Pala wanderte an dem ehemaligen Stadttheater vorbei. Schauspiel galt neuerdings als Volksverdummung. Der wuchtige würfelförmige Bau, unter dessen hoher Decke sich einst wohlgesetzte Worte mit zauberhaften Bühnendekorationen verbanden, beherbergte jetzt Zittos Institut zum Wegschließen schriftlicher Gedanken. Auch an der Außenwand des Archivs konnte man bereits das ZzZzZzZ lesen, das griffig abgekürzte »Zaudern zerstört Zinsen – zur Zukunft zeigt Zitto«.

Trotzig wandte sich Pala von dem Klotz ab. »ZzZzZzZ«, zischte sie leise. Der ekelhafte Z-Bandwurm hörte sich für sie an wie das lange Ausatmen vor einem tiefen Schlaf. Mehr noch als dieses Gedankenbild störte sie jedoch, ausgerechnet von einem Werbespruch Zittos angeklagt zu werden, denn was sonst hatte sie neulich gelähmt als ihr ängstliches *Zaudern* nach der Verstummung von Caterina Knüttelvers? Eine gemeine Stimme fistelte in ihrem Geist: *Warum musstest du auch mit der Suche nach Caterinas Urgroßmutter so lange warten? Bei etwas mehr Entschlossenheit wäre dir das Geheimnis aus ihrem Keller nicht durch die Lappen gegangen.* Vor einer Woche war die alte Dame für immer eingeschlafen. Ihr gesamtes Schrifttum wurde, so verlangte es eine kürzlich erlassene behördliche Anordnung, von Arche Zitto eingelagert – auf Nimmerwiedersehen.

Als Pala endlich in die Alexandrinergasse einbog, wurde sie vom Lärm eines Menschenauflaufs aus ihren trüben Gedanken gerissen. Sie entdeckte mehrere Polizeimotorroller. Gerade traten zwei Uniformierte mit Pasquales Vater vor die Tür. Einige Leute applaudierten, andere stießen Verwünschungen gegen den Gebrauchsdichter aus. Abfällige Parolen drangen an Palas Ohr.

»Kinderschänder!«, rief eine Frau mit Schrubber in der Hand.

»Rabenvater!«, wetterte eine, man glaubte es kaum, sonst lammfromme Nachbarin.

»Eingesperrt gehört er«, geiferte ein älterer Herr, mit dem Pasquales Vater früher gerne Schach gespielt hatte.

Man sattelte den vermeintlichen Schwerverbrecher, durch Handschellen gesichert, auf eines der Zweiräder. Ein Polizist ritt mit ihm davon, die anderen hinterher.

Endlich hatte Pala den immer noch pöbelnden Haufen erreicht und entdeckte Pasquale. Sie kämpfte sich durch die Menge und legte ihm die Hand auf die Schulter.

»Was ist denn passiert, Pasquale?«

»Wollen ihm den Prozess machen, haben die Polizisten gesagt.« Eine schwielige Pranke schlängelte sich aus der Masse, klopfte dem Jungen auf die Schulter und verschwand sogleich wieder.

Pala schüttelte nur den Kopf. »Aber er hat doch nichts verbrochen! Oder etwa doch?«

»Die haben ihm den Haftbefehl vorgelesen. Er ›gefährde das Kindeswohl‹, hieß es darin. Mit dem Kind bin scheinbar ich gemeint.«

»Aber das ist doch lächerlich, Pasquale! Dein Vater hat dich immer geliebt. Er sorgt allein besser für dich als die meisten anderen Eltern.«

»Der Haftbefehl behauptet das Gegenteil. Er ›verneint alle Werte‹, steht da, ›die für eine reibungslose Integration des Kindes in die Gesellschaft unabdingbar sind‹. Die Worte sind so kompliziert gewesen, Pala. Auf alle Fälle will man mich in ›staatliche Obhut‹ geben, in ein Waisenhaus oder so was, nehme ich an. Ich konnte mir nicht alles merken, aber ich glaube, man wirft Papa vor, aus mir einen Verseschmied oder Träumer zu machen, der seine Zeit mit vielen Worten verplempert und sich von den anderen durchfüttern lässt.«

»Ganz verwahrlost ist der Junge, pfui!«, zischte ein Passant und spuckte auf die Erde.

Pala hatte den schwitzenden, unrasierten Mann mit den fehlenden Schneidezähnen noch nie gesehen. »Kennen Sie den Verhafteten denn?«

»I wo, aber dieses Dichterpack ist doch überall gleich. Wenn der Staatsanwalt ihn verhaften lässt, wird's schon seinen Grund haben.«

»Und ich dachte immer, der Richter und seine Beisitzer entscheiden über die Schuld eines Verdächtigten.«

Der Fremde funkelte Pala böse an. »Bist wohl auch von der Sorte, die einem die Worte im Mund umdreht. Scher dich bloß weg von hier! Mit solchen Wortklaubern wie dir wollen wir hier nichts zu tun haben.«

Pala erschrak. Sie merkte, wie ihr Kinn herunterklappte, bekam den Mund aber trotzdem nicht mehr zu. Weniger die Dreistigkeit dieses Unbekannten, der sie von ihrer eigenen Haustür verjagen wollte, hatte sie derart aus der Fassung gebracht, sondern vielmehr ein einzelnes Wort seiner letzten Bemerkung. Als hätte die Schimpfkanonade einen Erdrutsch in ihrem Kopf ausgelöst, war mit einem Mal die Erinnerung an einen aufregenden Nachmittag mit Nonno Gaspare zurückgekehrt. Damals, es musste schon etliche Jahre her sein, hatte er für sie sprachgewaltig eine alte Sage zum Leben erweckt. Darin ging es um *Wortklauber.* Ja, genau diesen Namen hatte der Geschichtenerzähler benutzt. Ebenso wie jetzt dieser Wüterich da auf der Straße.

Wortklauber waren dem Volksglauben nach kleine Scheusale, die einem finsteren Herrn dienten. Ihr ganzer Daseinszweck bestand darin, den Menschen die Worte abzusaugen. Weiter reichten Palas Erinnerungen nicht mehr. Sie musste noch sehr klein gewesen sein, als Nonno Gaspare ihr die Geschichte erzählt hatte.

Inzwischen konnte sie ein Lied davon singen, welchen Schaden die seltsame Verflüchtigung der Worte anrichtete. Anstatt Antworten zu bekommen, steckte sie durch die so plötzlich freigelegte Erinnerung nun bis zum Hals in neuen Fragen: Wie und warum waren die großen Denker der Stadt ihrer Worte beraubt worden? Weshalb hatte der Sprachschwund hierauf jene andere, viel unauffälligere Form der Wortverflüchtigung angenommen? Warum war Caterina Knüttelvers, anders als jeder bis dahin bekannte Fall, zunächst vom Silbenschwund und erst anschließend vom Totalverlust des Wortschatzes heimgesucht worden? Welcher wahre Kern – jede Sage hatte einen solchen – steckte hinter den Wortklaubern? Und vor allen Dingen: Was hatte das alles mit dem öffentlichkeitsscheuen Fabrikbesitzer in seiner wieder hergerichteten Ruine zu tun?

»Aber das ZzZzZzZ ist doch nur vernünftig und richtig, meine Große«, sagte die Mutter beim Abendbrot. Nina war mit einem angebissenen Brot in der Hand eingeschlafen, Vater büffelte noch in der Abendschule für die Meisterprüfung und Papperlapapp hielt endlich seinen Schnabel, nachdem Pala ihn mit Futter, frischem Wasser sowie Papageienstreu versorgt und anschließend zugedeckt hatte. In der Küche herrschte eine seltene Stille.

Die Mutter lächelte müde. »Schau mal: Wer möchte schon Zinsen schießen lassen, auf die er ein Anrecht hat? Und wer will sich dem Vorwurf aussetzen, der Vergangenheit nachzuhängen, wenn Bürgermeister Zitto doch eine so strahlende Zukunft verheißt?«

»Noch ist er nicht gewählt«, brummte Pala und schob ihren Teller von sich. Sie ahnte schon, was Mutter darauf sagen würde.

»Das ist nur noch eine Frage der Zeit, Pala.«

»Auf die Antwort habe ich gewartet.«

»Na, wie schön! Und jetzt hol dir bitte wieder den Teller heran und iss noch etwas, sonst siehst du bald aus wie die armen hungernden Kinder, von denen Papperlapapp ständig erzählt.«

Pala stieß ihren Stuhl zurück und fuhr empört vom Tisch auf. »Ich verstehe überhaupt nicht, wie du die Verhaftung von Pasquales Vater so wortlos hinnehmen kannst.«

»Was heißt hier wortlos? Ich habe ihm schon immer geraten, seinem Sohn nicht solche Flausen in den Kopf zu setzen: Gedichte, kluge Sprüche. Heutzutage braucht man die Ellbogen, um nicht unterzugehen, Pala. Die alten Tugenden muss man nicht so ernst nehmen. Sparsamkeit bremst das Wirtschaftswachstum, schöngeistiger Gedankenaustausch verblendet nur und macht weltfremd. Und Ehrlichkeit? Ha!« Sie lachte, als habe sie eine herrliche Posse gerissen. »Warum wird Ehrlichkeit wohl so oft als ›schonungslos‹ bezeichnet? Weil sie eben mehr wehtut als eine Notlüge. Wer sich von einer kleinen Flunkerei heute noch verletzen lässt, dem ist nicht zu helfen.«

»Na schön«, sagte Pala, ging um den Tisch und strebte auf die Küchentür zu, »dann steige ich jetzt aufs Dach und springe hinunter. Du kannst mich ja nach Papperlapapps Abendnachrichten vom Pflaster abkratzen.«

»Kind!«, stieß die Mutter hervor, fuhr nun ihrerseits kerzengerade vom Tisch auf und rang bestürzt die Hände vor der Brust. »Was redest du da!«

Pala lächelte zuckersüß. »War nur eine Notlüge, Mama. Du hast ja gesagt, die tue niemandem weh.«

Nicht wenige der vor Jahren noch sehr angesehenen Dichter und Denker Silencias wurden nun als verschroben, wenn nicht gar gefährlich angesehen. Um die Jugend vor ihrem Gedankengut zu schützen, wurden lange Listen angefertigt, die man »Index« nannte. Auf dem Index zu stehen hatte für einen Schriftsteller unangenehme Folgen. Es kam einem beruflichen Todesstoß gleich. Seine Schriften wurden, je nach Farbe des Index, entweder ganz verboten oder mit dem Stempel »Dichtung« öffentlich gebrandmarkt. Eine Auswahl der als besonders gefährlich eingestuften Aufsätze, Romane und Dichtungen stellte das Kulturamt von Silencia im Stadtmuseum aus, wo sie jedermann in Glaskästen bestaunen und sich mit einem wohlig gruseligen Schauer von ihnen abschrecken lassen konnte. All diese Maßnahmen wurden der Öffentlichkeit als »Sprachrevolution« verkauft.

Pasquales Vater kam bei dem hoheitlich angeordneten Säuberungsfeldzug noch einigermaßen glimpflich davon. Man verurteilte ihn zu sechs Monaten Gefängnis, setzte die Strafe aber auf Bewährung aus.

Allerdings wurde ihm per amtlicher Verfügung jegliches Reimen »jugendgefährdender« oder »Sitte und Anstand« verletzender Verse untersagt. Seine Wiedereingliederung in die Gesellschaft förderte Zitto mit einer, wie es in der Urteilsbegründung hieß, »besonders großmütigen Tat«. Der zukünftige Stadtvater stellte den nun Vorbestraften als Werbetexter ein. In Zukunft musste sich Pasquales Vater also so sinnige Sprüchlein wie ZzZzZzZ einfallen lassen.

Die Zeitungsseiten des *Silencia-Boten* im Schaukasten wurden immer bunter: Bilder pflasterten das Papier, wo früher Texte standen. Nachdem die Papperla-Papageien ihren Besitzern lange genug eingebläut hatten, wie mühsam das Lesen sei, wollten die Menschen es auch nicht mehr. Obwohl diese Unlust in erheblichem Umfang auch die Heranwachsenden ansteckte, waren die wenigstens sehr erfinderisch im Ersinnen neuer Klanggebilde, die sie ihrer Sprache beimischten. Manchmal allerdings erschien Pala dieser Jargon den Grunzlauten bestimmter Borstentiere verdächtig ähnlich.

Pala wollte in Sprache, Aussehen und Verhalten nicht ihr Selbst aufgeben, gleichwohl sehnte sie sich genau wie ihre anderen Altersgenossen nach festen Orientierungspunkten. Die Familie kam manchmal tagelang nicht vollzählig zusammen. Zu beschäftigt, hieß die knappe Begründung der Eltern. Pala durchschaute diese Ausflucht. Vater und Mutter scheuten die Begegnung in vier engen Wänden. Man hatte verlernt miteinander umzugehen. Probleme zogen unweigerlich Streit nach sich. »Wer am lautesten schreit, hat gewonnen«, lautete das neue Familienspiel – Pala und Nina waren darin immer die Verlierer.

Ungefähr einen Monat vor der Bürgermeisterwahl, in der Zitto endgültig zum unumschränkten Herrscher über Silencia aufsteigen wollte, zog ein besonders heftiges Wortgewitter durch die Wohnung in der Alexandrinergasse. Es ging in dem Streit um eine Zahnpastatube, die Mutter nach Vaters Ansicht nicht vorschriftsmäßig aufgerollt hatte. Die Eltern waren erhitzt wie selten. Nina kauerte verängstigt unter dem Tisch. Papperlapapp bot den puterroten Parteien pausenlos plappernd Paroli. Pala war es längst leid, sich als Schlichterin zwischen den Streithähnen Blessuren einzuhandeln. Sie verkrümelte sich in ihr dunkles Zimmer, warf sich auf ihr Bett und starrte zornig den Bilderrahmen mit ihrem Geburtsgedicht an. Im Mondlicht konnte sie zwar die vierzehn

Zeilen des Sonetts erkennen, seine Worte jedoch nicht entziffern. Aber das brauchte sie auch nicht. Sie kannte die Verse in- und auswendig.

Irgendwann kippte ihr Bett mit einem Ruck zur Seite und schleuderte sie heraus. Obwohl sich die Bettkante nicht gerade in bedrohlicher Höhe befand, riss Pala unwillkürlich die Arme hoch, um einen Halt zu finden. Dabei schlugen ihre Hände hart gegen kalten Stein. Der Schmerz ging ihr durch Mark und Bein. Sie wollte schreien, konnte es aber nicht. Kein einziges Wort kam heraus. Verzweifelt blickte sie nach unten und erschauerte, weil sie aus unerfindlichem Grund an Zittos Mauer hing.

Der Boden des Kreuzganges lag erschreckend weit unter ihr. Keuchend sah sie zur Mauerkrone nach oben. Auch diese war unerreichbar fern. Von ihrer misslichen Lage überrascht, verlor sie den Halt. Diesmal blieb alles Herumfuchteln mit den Armen fruchtlos, der Sturz in die Tiefe war nicht mehr zu verhindern. Wieder wollte Pala um Hilfe rufen, aber jemand schien ihren Hals zugeschnürt zu haben. Abgesehen von ein paar gurgelnden Lauten brachte sie nichts hervor.

Gedanklich richtete sie sich jetzt auf das Schlimmste ein: den harten Aufprall, der ihren Körper wie ein rohes Ei zerplatzen lassen würde, und eine Menge Schmerz. Aber dann wäre wenigstens alles vorbei. Die Luft pfiff in ihren Ohren, alle Haare standen ihr zu Berge. Sie fiel und fiel und fiel …

Aber sie schlug nicht auf. Es war ein Sturz ins Bodenlose. Palas tonloser Hilferuf fühlte sich inzwischen wie ein dickes Knäuel an, das sich langsam durch ihren viel zu dünnen Hals zwängte und zum Luftholen keinen Platz mehr ließ. Ihr Kopf wuchs dem Anschein nach mit jedem angstvollen Herzschlag um das Doppelte seiner vorherigen Größe. Jeden Moment würde er platzen …

Und dann wachte Pala auf.

Schweißgebadet fuhr sie aus dem Bett hoch. Wie sie diesen Traum hasste! In letzter Zeit suchte er sie immer öfter heim, nun schon fast jede Woche.

Ihr wild pochendes Herz wollte sich nur langsam beruhigen. Ob die Albträume etwas mit der seltsamen Verflüchtigung der Worte und den damit einhergehenden Veränderungen in ihrem Leben zu tun hatten? In Palas Kopf drehten sich das Wortgefecht der Eltern und der Sturz ins Nichts wie zwei Streithähne umeinander. Jeder Gedanke schien den anderen niederzwingen zu wollen. Ans Schlafen war nun überhaupt nicht mehr zu denken, schon allein deshalb nicht, weil die Furcht vor dem nächsten Sturz sie schreckte. Aufgewühlt wie lange nicht mehr kletterte sie daher aus dem Fenster.

Missmutig stapfte Pala durch die dunklen verwinkelten Gassen der Stadt. Es war stürmisch in dieser Nacht, obwohl am Sternenhimmel nur wenige Wolken hingen. Bald würde der Sommer vorüber sein. Ihre Füße brachten sie wie Träger, denen sie blind vertraute, zu dem alten verfallenen Kloster. Sie gab Zitto die Schuld am Zerfall ihrer Familie und deshalb zog es sie wohl zu diesem unseligen Ort. Das Gemäuer war für sie ein steinernes Rätsel, ein Sesam-öffnedich, das sie nur entschlüsseln musste, um sich Einlass in den Schlossgarten zu verschaffen.

Als die hohen Mauern der Basilika vor ihr aufragten, verließ sie jedoch der Mut, noch einmal hineinzugehen, um ihre Suche mit einem Erfolg zu krönen. Die Papperla-Papageien hatten von einer strengen Bewachung der Grenzmauer berichtet. Unschlüssig blieb sie stehen und spähte nach den Posten. In diesem Moment rissen die über den Himmel jagenden Wolken auf. Es wurde hell, so licht wie es der pralle Mond dieser Nacht im Verein mit den Sternen nur schaffen konnte. Palas Blick schweifte zu dem überdachten, teilweise eingestürzten Säulengang an der Außenseite des

Gotteshauses hin. Dort, so überlegte sie, würde sich wohl ein windgeschütztes Plätzchen finden lassen, wo sie in Ruhe über ihre missliche Lage nachdenken konnte. Plötzlich entdeckte sie in den Schatten der Kolonnade eine Gestalt.

Sofort fielen ihr die riesigen Insekten ein, die Nachtschwärmer, die sie schon fast vergessen zu haben glaubte. Hatte der Mond damals nicht genauso hell ...?

Auf leisen Sohlen schlich sie ein Stück näher an den Schemen heran. Er rührte sich nicht. Endlich erkannte Pala, wer sich da so eng an die Mauer schmiegte und ruhig vor sich hin schlummerte. Es war ein Mensch, vermutlich ein Landstreicher. Früher hatte man die Vertreter ihrer Zunft des Öfteren in Silencia gesehen. Einige von ihnen kannte Pala sogar persönlich und kaufte ihnen manchmal eine Bürste ab oder ließ sich von ihnen, nachdem der Vagabund noch eine Geschichte draufgelegt hatte, eine Schere schärfen. In letzter Zeit waren die »obdachlosen Taugenichtse«, so die neue amtliche Sprachregelung, jedoch nur noch selten anzutreffen. Gerade wollte sich Pala entspannen, als ein lautes Brummen sie zusammenschrecken ließ. Zu einem Eiszapfen erstarrt blieb sie in den Schatten einer Arkade stehen und starrte auf das grausige Geschehen.

Über dem Schlafenden erschien ein dunkles Wesen. Seinen plumpen Leib mit den wie nutzlos herabbaumelnden Gliedmaßen trug eine schwirrende Flügelwolke, von der das surrende Geräusch ausging. Es war ein Nachtschwärmer! Pala konnte vor Furcht kaum atmen.

Bis jetzt hatte der Brummer sie nicht bemerkt. Er senkte sich langsam über den am Boden liegenden Landstreicher herab. Als er schon beinahe auf dem Schlafenden gelandet war, näherten sich zwei feingliedrige Hände seinem Gesicht. Finger, die Pala an Spinnenbeine erinnerten, krabbelten über sein Kinn, den Mund, die Nase und die Augen.

Wie kleine Saugnäpfe kamen ihr die dicken Enden der sonst so zerbrechlich wirkenden Gliedmaßen vor. Gerade in diesem Moment schienen sich die Fingerkuppen auf der Stirn des immer noch Schlummernden festzusaugen.

Durch Palas klammen Geist brannte sich die Glut eines entsetzlichen Gedankens: Genau so mussten die Nachtschwärmer Nonno Gaspare die Sprache aus dem Gehirn gesaugt haben und vermutlich auch Caterina Knüttelvers sowie all den anderen armen Menschen. Diese schreckliche Erkenntnis und das kaum minder furchtbare Bild vor ihren Augen ließen Palas angststarren Panzer förmlich zerplatzen.

»Ein Wortklauber!«, schrie sie und kreischte auch schon auf den Nachtschwärmer zu wie ein Eisenbahnzug, der eine Notbremsung hinlegt.

Das flirrende Nachtgeschöpf erschreckte sich. Es schoss nach oben, krachte gegen die Decke des Säulenganges und fiel wieder nach unten, nur um Haaresbreite neben das Gesicht des friedlich schlummernden Landstreichers. Während Pala noch mit fuchtelnden Armen auf den Wortklauber zurannte, rappelte sich dieser erstaunlich schnell wieder auf und ehe sie ihn erreichen konnte, surrte er in Richtung Mond davon. Atemlos blickte sie dem unheimlichen Nachtgeschöpf hinterher. Irgendwo über dem Schlossgarten verlor sie es aus den Augen.

Mit einem Mal hörte sie ein Schmatzen in der Nähe. Rasch lief sie zu dem sich am Boden räkelnden Schläfer. Endlich war er aufgewacht.

»Was soll denn das –schrei?«, nörgelte der reichlich verwildert aussehende Stromer, während er sich stöhnend aufsetzte. Sein Haar strebte in alle Richtungen und seine Kleidung sah arg mitgenommen aus. Irgendwie kam er Pala bekannt vor. Noch ziemlich verschlafen klingend, setzte er sein Gezeter fort: »Kann man denn nicht mal in diesem

–mäuer den Schlaf der –rechten finden? –rade ein–schlafen und schon wieder –weckt.«

Palas Gehör war mittlerweile darauf geschult, auch kleinste Anzeichen von Sprachverflüchtigung zu erkennen. »Klarer Fall von Silbenschwund«, deutete sie daher zielsicher die auffällig lückenhafte Ausdrucksweise des Tippelbruders.

»Jetzt brat mir einer einen Storch«, überging der die ihm unverständliche Bemerkung des Mädchens. Er rappelte sich vom Boden auf – sehr viel größer wurde er dadurch allerdings nicht –, nahm Pala bei der Hand und zog sie aus den Schatten des Säulengangs, wodurch sich beide nun genauer ansehen konnten. Nach kurzer Musterung schien ihm ein Licht aufzugehen. Er klopfte sich vergnügt auf den Oberschenkel und während sich von dort eine kleine Staubwolke mit dem Wind davonmachte, fragte er: »Bist du nicht die Kleine von drüben? Na, du weißt schon … Aus der Alexandrinergasse. –rade ist es mir wieder ein–fallen.«

»Ja, ich heiße Pala. Und Sie kenne ich auch. Sie sind der Bürsten-Carlo.«

Der Mann in seinem staubigen, vielfach geflickten Anzug klatschte vor Begeisterung in die Hände. »Richtig! Du bist groß –worden, eine bezaubernde Nachtelfe, wenn ich das so sagen darf. Aber eins musst du mir verraten: Was sucht ein so hübsches Ding wie du zur Geisterstunde in diesem finsteren –mäuer?«

»Ich erforsche Nachtschwärmer. Haben Sie einen gesehen?«

»Motten?«

»Eher Wortklauber.«

»Nie –hört.«

»Aber da war einer genau über Ihnen!«

»–nau über mir?«

Pala seufzte. »Darf ich mir Ihr Gesicht ansehen?«

»Meine Sicht ansehen?«

Pala hätte nie gedacht, was für eine wichtige Rolle die schnöde Silbe »ge-« im zwischenmenschlichen Bereich spielte. Um weitere Missverständnisse auszuschließen, reichte sie dem Tippelbruder die Hand und sagte langsam und unter Aufbietung ihrer ganzen Geistesgegenwart: »Bitte stehen Sie auf, Carlo. In Ihrem Ge- … Auf Ihrer Haut hat Sie etwas gesto- … mit einem Stachel verletzt. Darf ich mir Ihr … den Bereich zwischen Stirn und Kinn einmal etwas ge- … gründlicher ansehen?«

Der Landstreicher brummte eine Bemerkung über die Besorgnis erregende Vernachlässigung des Sprechunterrichts in den hiesigen Schulen, wollte die freundliche Nachtelfe, die ihn dem Schlaf entrissen hatte, dann aber doch nicht enttäuschen.

Pala musste sich nicht einmal auf die Zehen stellen, um Bürsten-Carlos Gesicht wie eine empfindliche Blüte zwischen die Hände zu nehmen und es im Mondlicht einer gründlichen Prüfung zu unterziehen. Ihre Befürchtungen bestätigten sich leider. Die Haut auf der Stirn des Tippelbruders wies mehrere frische Wunden auf, nicht größer als der Stich mit einer Arztspritze. Damit waren für Pala alle Zweifel ausgeräumt. Der struppige Bürsten-Carlo besaß dieselben Saugmale, mit denen dereinst Nonno Gaspares Gesicht übersät war. Also gab es die Wortklauber aus dem alten Volksmärchen wirklich und sie, Pala, wusste nun auch, wie sie aussahen.

Nachdenklich wandte sie sich von dem Landstreicher ab und blickte an der Basilika vorbei zum Schlossgarten hinüber. In diese Richtung war der Wortklauber geflüchtet. Also musste er auch von dort geschickt worden sein.

»Ist es sehr schlimm? Wird sich der Stich entzünden?«, fragte der Vagabund, von der Schweigsamkeit des Mädchens beunruhigt.

»Das ist nichts. Jedenfalls nicht viel«, antwortete Pala, ohne ihn dabei anzusehen. Sie schüttelte nur ihren Kopf, der so schwer war von den Eindrücken dieser Nacht, der beunruhigenden Entdeckung hier im Kloster und dem furchtbaren Streit ihrer Eltern zu Hause. Wie allein und hilflos sie sich fühlte! Eine Träne rollte ihr über die Wange und sie sagte leise: »Die paar Stiche haben Sie schnell vergessen, Bürsten-Carlo. Beleidigungen fügen viel schlimmere Verletzungen zu. Schon *ein Wort im Zorn reißt Wunden, die schlimm eitern.*«

7

Ein Wort im Zorn reißt Wunden, die schlimm eitern,
verletzt sehr schnell, was lange braucht zum Heilen.
Wie Heimweh quillt, sobald davon wir eilen,
fehlt Kostbares erst dann uns, wenn wir scheitern.

Zum Himmel strebt der Narr auf Jakobsleitern,
doch leere Reden lassen ihn verweilen.
Selbst in Gefahr vor lauter Vorurteilen
hört er nicht hin, bleibt bei den Spaßbereitern.

So sprengt die Einfalt selbst die dicksten Ketten,
taktiert nur dumm, fühlt sich dabei noch schlauer,
treibt Freunde fort – wer kann zum Schluss noch retten?

Die Einsamkeit hat wohl die dickste Mauer,
dort darbt der Narr auf Bergen von Skeletten –
den Tod erfreut's, der still liegt auf der Lauer.

Ein Wort im Zorn reißt Wunden, die schlimm eitern, habe ich zum Bürsten-Carlo gesagt, aber er hat mich genauso angesehen wie du jetzt, obwohl ihm doch nur eine winzig kleine Silbe fehlte.« Pala schüttelte traurig den Kopf und seufzte.

Nonno Gaspare sah sie mitfühlend an. Er hatte sich aufmerksam ihren Bericht über die aufregenden Ereignisse des vergangenen Tages angehört, obwohl kein einziges Wort zu seinem Verstand durchdrang. Doch der alte Geschichtenerzähler konnte die Sprache ihres Gesichts und ihres müden Körpers verstehen und allein diese Mitteilungen weckten seine Anteilnahme.

Solche stillen, bald in Gebärden, bald in Zeichnungen geführten Gespräche gaben Pala jedes Mal neuen Mut und frische Kraft, um sich gegen die beunruhigenden Entwicklungen in ihrer Umgebung anzustemmen. Gedankenaustausch bestand gar nicht so sehr aus pausenlosem Reden, wurde ihr in solchen Momenten bewusst, er verlangte mindestens ebenso viel geduldiges Zuhören.

Sie erwiderte müde das Lächeln ihres alten Freundes und umschloss seine runzelige Rechte mit ihren feingliedrigen Händen. »Dottore Stefano hat mir meine Geschichte nicht geglaubt. Ich muss allein herausfinden, ob Zitto wirklich mehr als nur ein geldgieriger Mensch ist, Nonno. Kauft er den Menschen auch ihre *Worte* ab? Buchstäblich, meine ich. Kann es so etwas geben?«

Gaspare hob hilflos die Schultern.

Pala griff zu dem Zeichenblock, ihr ständiger Begleiter, wenn sie die *Villa des Schweigens* besuchte, und warf eine nur aus wenigen Strichen bestehende Skizze auf das Papier. Der Geschichtenerzähler verstand das Bild sofort. Es zeigte Zittos Schlosshügel. Dann zog Pala eine Linie vom Fuß des Berges bis zu dessen Spitze und tippte sich anschließend an die Brust. »Wie kann ich ins Schloss kommen, Nonno?«

Die Miene des alten Mannes verdüsterte sich. Er hatte verstanden, was das Mädchen wollte, aber es gefiel ihm nicht. Unwillig starrte er auf das Bild.

Pala legte den Kopf schräg und zeichnete die Grenzmauer ein. Anschließend malte sie ein Strichmännchen mit Kleid und Locken. Wieder deutete sie auf sich. »Das ist Pala«, sagte sie. »Wie komme ich da drüber?« Sie zog eine gebogene Linie von der Figur über die Mauer hinweg.

Gaspares Augen wurden groß. Er schüttelte heftig den Kopf und entriss dem Mädchen erst das Papier, dann den Stift, um sich nun seinerseits des Bildes anzunehmen. Hastig malte er Kreise, Kringel, ein wahres Knäuel von Linien, bis das Strichmännchen und der von Pala angedeutete Weg über die Mauer nicht mehr zu sehen waren.

Wer eine Audienz bei Zitto beantragte, war zwangsläufig verdächtig. Er wurde ungefähr wie jemand behandelt, der eine Bombe mit angezündeter Lunte in der Hand hält. Einen solchen Menschen nimmt man entweder nicht ernst oder man fürchtet ihn. Dennoch wollte Pala nichts unversucht lassen, um bei dem zukünftigen Bürgermeister vorstellig zu werden. Ihre Eltern – sie arbeiteten ja beide für den »großen Sohn Silencias« – hatten auf das Anliegen ihrer Tochter hin zuerst einen Lachanfall erlitten und ihr anschließend zwei Wochen Stubenarrest verordnet. Vorsichtige Erkundigungen bei Lehrern, auf dem Rathaus und in der Hauptverwaltung von Zittos Firma brachten ähnlich unbefriedigende Ergebnisse. Einige der Befragten wurden von beängstigenden Heiterkeitsausbrüchen geschüttelt, andere starrten das Mädchen furchtsam an und flüchteten aus dem Zimmer, ein Beamter rief umgehend die Polizei.

Dank Geistesgegenwart und langer Beine war Pala der Verhaftung gerade noch entronnen. Seitdem versuchte sie nicht mehr den Amtsschimmel auf Trab zu bringen. Mit seinem Geld schien Zitto das Gemeinwesen der Stadt schon in der Hand zu haben, bevor er überhaupt zum Bürgermeister gewählt worden war. Wenn es für einen sterblichen Menschen einen Weg in die Zitadelle über der Stadt gab, dann war es ein verbotener.

Folgerichtig verlegte sich Pala nun auf die heimliche Beobachtung der einzigen Zufahrt zum Schloss. Dabei kam ihr eine glückliche Fügung zupass. Die Stadtbücherei von Silencia lag, ebenso wie das Hauptquartier von Zittos Wachposten, am Zitadellenplatz. Von einem der Lesetische im Obergeschoss aus konnte Pala durch das Fenster genau auf das Tor des Schlossgartens blicken.

In der Bibliothek war sie so gut wie ungestört. Der einfache Bürger mied dieses Haus, weil es im schlimmsten Fall als gefährlich, im günstigsten als Anmaßung galt, sich in die Betrachtungen der großen Denker von einst zu vertiefen. Deren Werke seien, wie die Papperla-Papageien aus der Satzung von Arche Zitto anführten, zu bewahren und zu schützen – häufiges Lesen zerstöre sie nur. Wenn jemand Erleuchtung suche, dann könne er sich schließlich die wissenschaftlichen Vorträge der Vögel anhören, die zudem erheblich unterhaltsamer seien als die trockenen Ausführungen der Gelehrten. Einflüsterungen dieser Art entfremdeten die Menschen viel nachhaltiger ihren sprachlichen Schätzen, als es eine vollständige, womöglich Widerspruch heraufbeschwörende Schließung der Stadtbücherei hätte bewirken können. Sie suche hier etwas, worüber die Papageien nicht sprächen, begründete Pala ihre häufigen Besuche gegenüber der Bibliotheksleiterin und verzog sich mit einem Buch auf ihren Beobachtungsposten.

Das Tor zu Zittos Garten wurde zwar streng bewacht, aber offenbar niemals geöffnet. Zu jeder halben und vollen Stunde brachen Kontrollgänger von dem inzwischen stark erweiterten Wachhaus zu einer Runde um die Grenzmauer auf. Manchmal kam es Pala so vor, als habe Zitto die Truppe des ehemaligen Stadttheaters in neue Kostüme gesteckt, um sie hier einen Tausendakter mit dem Titel »Die unendliche Bewachung des Nichts« aufführen zu lassen.

Seit jener nächtlichen Begegnung mit Bürsten-Carlo und dem schreckhaften Wortklauber war bereits ein knapper Monat vergangen, als Pala ihren Ausguck in der Stadtbücherei aufgeben musste – die Oberbibliothekarin hatte Verdacht geschöpft. Das Misstrauen der Stadtbediensteten galt nicht etwa Palas Interesse für die Vorgänge auf der anderen Seite des Platzes, sondern jenem für Bücher. Wie konnte ein Mädchen sich derart in Worten verlieren? Die Hüterin der Bücher nahm ihre hoheitlichen Aufgaben sehr ernst.

»Ich habe dich beobachtet. Wenn du den Versuch unternehmen würdest, deine Nase in Frühlingsgedichte, Sprachlehrefibeln, Schriftstellerbiografien oder andere nicht jugendfreie Machwerke zu stecken, dann könnte ich deine häufigen Besuche ja noch einer gewissen Gier nach verbotenen Früchten zugute halten. Aber abgesehen von diesen Sammlungen völlig unnützer Sagen, die sonst nur von ortsfremden Forschern ausgeliehen werden, kann ich dir nichts vorwerfen.«

»Ist das denn nötig, um hier lesen zu dürfen?«

»Natürlich nicht«, zischte die Oberbibliothekarin. »Ich wollte dir ja nur …«

»Einen Strick drehen?«

»Nimm dich in Acht, Kleine! Ich könnte dich trotzdem melden.«

»Weil ich Tierbücher lese?«

»Deine Wissbegierde in Sachen Blutsauger ist mir nicht entgangen. Mädchen deines Alters sollten besser Pferdebücher …«

»Ich habe noch nie von einem Pferd gehört, das andere Lebewesen anfällt und sie aussaugt.«

»Das ist es ja gerade!«, schrie die Oberbibliothekarin. Ihre Nerven lagen nun blank. »Deine Art von Lesewut kommt mir irgendwie … *krankhaft* vor.«

»Nur weil ich nicht mag, was *Sie* mögen?«

»Ich schlage vor, du gehst jetzt besser.«

»Ja«, sagte Pala, »ich habe sowieso schon genug gesehen.«

Das Scharmützel mit der Oberbibliothekarin und der anschließende Rausschmiss aus der Bücherei schmerzten Pala wenig. Manchmal, dachte sie, muss man den Menschen einen Spiegel vor Augen halten, damit sie sich selbst erkennen können. Und außerdem glaubte sie, nach vier Wochen fast täglicher und teilweise sogar nächtlicher Beobachtungen ohnehin genug über Zittos Schutzmannschaft zu wissen. Doch der Tag war für Pala noch nicht zu Ende. Als der Vollmond bereits über die Dächer der Stadt geklettert war, erlebte sie zu Hause einen Wortkrieg, der alles bisher Dagewesene in den Schatten stellte.

Die Luft in der Küche war zum Gerinnen dick. Abende, an denen man sich ein wenig zankte, sich danach anschwieg und irgendwann wortlos zu Bett ging, war Pala gewohnt. Doch hier ging es um mehr. Der Auslöser des Wortgefechts war Mutters Arbeit in Zittos Stammhaus gewesen. Ihr Abteilungsleiter wollte sie ab sofort auf seinen geschäftlichen Reisen als Assistentin mitnehmen. Er war ziemlich häufig unterwegs. Vater hatte die Neuigkeit nicht gut aufgenommen. Ob ihn nun Eifersucht oder echte Sorge um die künftige Erziehung seiner Kinder so in Rage brachte, konnte Pala nur vermuten, jedenfalls explodierte er auf höchst eindrucksvolle Weise: Zuerst verfärbte sich sein Gesicht rot, wobei die Adern an seinem Hals gefährlich anschwollen und seine Augen wie bei einem Ertrinkenden stierten; dann brachen Worte aus ihm hervor, die Pala noch nie gehört hatte.

Schlag auf Schlag wurden größere Geschütze aufgefahren. Zunächst zählten sich die Eltern in enormer Lautstärke gegenseitig ihre Fehler auf. Jede einzelne Äußerung schien sorgfältig darauf abzuzielen, den anderen lebensbedrohlich zu verletzten. Als ihnen die Munition auszugehen drohte, schossen plötzlich Worte wie »Trennung« und »Scheidung«, feurigen Pfeilen gleich, durch den Raum.

Wie üblich plapperte der Papperla-Papagei pausenlos dazwischen. Nina stand in der Tür zum Flur, Kuschel, ihren flauschigen Teddybären, im Schwitzkasten und plärrte vor sich hin. Pala wischte ihrer Schwester mit einem Taschentuch Rotz und Wasser aus dem Gesicht und kam sich vor wie der einzige Mensch, der in Silencia noch nicht den Verstand verloren hatte. Und dann platzte ihr der Kragen.

»Seid ihr denn völlig verrückt geworden?«, schrie sie ihre Eltern an.

Überraschenderweise legten die beiden Kriegsparteien eine sofortige Feuerpause ein, um die zornige Unterhändlerin mit feindseligen Blicken einzudecken. Einige erregte Atemzüge lang war nur das Plaudern Papperlapapps zu hören, der sich gerade in einer Lobeshymne über Zittos neues »Zentrum für gedankenfreie Selbstversenkung« erging.

Doch dann war der Moment der Verblüffung auch schon verflogen und Pala beobachtete voll Sorge, wie ein Ausdruck des Hasses das Gesicht ihrer Mutter verzerrte. »*Was* hast du da eben gebrüllt?«, zischte sie. Es klang wie der Laut einer giftigen Schlange.

»Dir steht es nicht zu, so etwas zu sagen«, knurrte der Vater und sah dabei aus wie ein Wolf.

Pala glaubte nicht mehr atmen zu können. Sie blickte zwischen den Eltern hin und her, die ihr mit einem Mal wie Fremde vorkamen. Etwas schnürte ihr die Kehle zu. Sie wollte eine Antwort geben, brachte aber kein einziges Wort hervor. Ein schauderhafter Gedanke brachte ihr

Herz zum Rasen: So musste sich der Sprachschwund ankündigen.

»Das ›Zentrum für gedankenfreie Selbstversenkung‹ bietet zahlreiche kostenlose Kurse zur Verdrängung von Alltagsproblemen an«, laberte Papperlapapp ungerührt. »Mit dem ›Programm zum bewussteren Schweigen‹ sollen Kommunikationsstaus abgebaut …«

»Aber«, stammelte Pala, Tränen liefen über ihre Wangen, es war ihr fast unmöglich, sich gegen das nervtötende Geplapper des Papageis durchzusetzen, »aber wenn ihr euch trennt oder sogar scheiden lasst, dann … Ihr könnt doch nicht nur an euch denken. Ihr habt einfach kein *Recht* dazu. Was soll aus uns werden, aus Nina und mir? Bedeuten euch eure Kinder denn überhaupt nichts mehr? Wir …«

»Du bist nicht mein Kind!«, zischte die Schlange, die in der Haut von Palas Mutter steckte.

Die Worte drangen wie Giftzähne in des Mädchens Seele ein: spitz und mit einem brennenden Schmerz. Umgehend stellte sich die lähmende Wirkung ein. Palas Körper schien aus Eis zu bestehen. Sie konnte ihn nicht mehr fühlen. Mühsam brachte sie gerade noch ein Kopfschütteln zustande, gefolgt von den fassungslosen Worten: »Was soll das heißen, ich bin nicht dein Kind?«

Der Papperla ergötzte sich gerade an einem Witz, über den er selbst schallend lachen musste, aber niemand in der Küche wollte sich ihm anschließen. Die Mutter funkelte das aufgeregte Mädchen nur zornig an und sah zum Vater hinüber.

»Wie hat sie das gemeint?«, fragte Pala nun ihn. Ihre Unterlippe bebte. Ehe seine heisere Stimme zu Worten fand, ahnte sie bereits die Antwort. Sogar Nonno Gaspare oder Dottore Stefano hatten sie manchmal *»mein* Kind« genannt, aber niemals ihre Mutter. Es war, als würde jemand einen hauchdünnen Vorhang von Palas Gefühlen reißen, um eine Erkenntnis ins grelle Licht ihres Bewusstseins zu zerren, die sie in Wirklichkeit schon immer schemenhaft wahrgenommen hatte. Mit dem Lüften dieses Schleiers blieben nun auch die Fragen zu ihrer frühesten Kindheit nicht länger unbeantwortet. Alle Zweifel wurden ebenso fortgetragen wie einst jene Kinderbilder, die der Wind vor Nonno Gaspares Haus mitgenommen hatte. Denn jetzt sprach der Vater die Wahrheit offen und mit hörbarem Unbehagen aus.

»Wir sind nicht deine richtigen Eltern, Pala. Du bist nur adoptiert …«

Ehe er auch nur ein Wort des Bedauerns ausdrücken konnte, fiel ihm Ninas Mutter geifernd ins Wort: »Ja, aber hätte ich gewusst, was für ein undankbares Kind wir uns da aufhalsen, wärst du heute noch das Mündel, für dessen Pflege wir uns wöchentlich hatten bezahlen lassen. Wenn du mir nicht glaubst, zeige ich dir gerne die vergilbten Empfangsscheine aus dem Pappkarton, der früher in Omas Stube stand. So, jetzt weißt du, weshalb du kein Mitspracherecht in der Familie hast. Ob deine Adoptiveltern auseinander gehen oder nicht, ist allein ihre Angelegenheit. Und jetzt scher dich auf dein Zimmer, bevor ich mich vergesse.«

»*Erst ganz zum Schluss ist, wer Geduld hat, schlauer,* des Schweigens Kind wächst auf als Schmerz von Dauer«, trötete der Papagei vergnügt.

In diesem Moment gerieten Palas Empfindungen restlos aus den Fugen. Sie wusste nicht mehr, wie sich Hass oder Liebe anfühlten und was davon gerade in ihr stärker war. Sollte sie betteln, flehen, winseln, weinen oder schreien? Ihr ganzer Groll ballte sich gleichsam zu einem kleinen lodernden Feuerball zusammen, der zuerst ihr Herz verbrannte, anschließend durch ihren Arm kullerte, bis sich ihre Hand vor Schmerz zusammenkrampfte und über Ninas Kopf erhob.

»Nicht!«, schrie deren Mutter entsetzt.

»Nina trifft doch keine Schuld!«, rief der Vater.

»Nein, sie nicht«, fauchte Pala und schon fuhr die Feuerfaust hernieder, packte den Teddybären – »Aber *diesen* Quälgeist da!« – und schleuderte ihn gegen den Papagei, der gerade die aktuellen Nachrichten zum Besten gab.

»In Silencia wurde heute eine neue Sonderschule eröffnet, um sich der speziellen Bedürfnisse sprachbehinderter Kinder anzu- …«

Volltreffer! Einen Moment lang sah es tatsächlich so aus, als wollte Papperlapapp den Plüschbären verschlucken. Kuschels Arm steckte tief im Schnabel des grünbunten Papageis. Der klammerte sich mit einer Kralle an seinen Sitzbalken, die andere kreiste ziellos in der Luft herum. Dann verlor er das Gleichgewicht und stürzte mit einem gurgelnden Geräusch zu Boden. Und dort zersprang er in Hunderte von Federn, Zahnrädern, Drähten und Stiften.

Vier Augenpaare starrten ziemlich verblüfft auf das federngespickte Häuflein von Teilen.

»Er … Er ist nur eine *Maschine?*«, stammelte der Vater.

»Wir haben monatelang einen *Apparat* mit Plapperperlen gefüttert! Ich glaube, ich werde ohnmächtig«, stöhnte die Mutter.

Nina lief zu dem Trümmerhaufen, der einmal ein Papagei gewesen war, und entriss seinem leblosen Schnabel beherzt den Bären. »Kuschel ist noch ganz«, freute sie sich.

Pala schüttelte grimmig den Kopf und sagte: »Das Ding hat uns alle an der Nase herumgeführt. Ohne Zittos Geschenk wären wir vielleicht noch eine Familie.«

Nina und Kuschel ließen sich von der Mutter auf den Arm nehmen. Die betrachtete Pala mit einem Ausdruck, in dem Zorn, aber auch Bedauern lag. »Jetzt geh endlich auf dein Zimmer«, presste sie mühsam beherrscht hervor. »Wir reden morgen über alles. Heute ist vielleicht ein Unglück geschehen, aber es ist nicht das Ende vom Leben.«

Ein Wort im Zorn reißt Wunden, die schlimm eitern. Nie hätte Pala gedacht, wie schmerzhaft die Wahrheit hinter diesem Sinnspruch sein könnte. *Du bist nicht mein Kind!* Diese Feststellung hatte sie wie ein Speer durchbohrt. Pala wollte nicht bis »morgen« in ihrem Zimmer warten, sich nicht eine Nacht lang schlaflos auf dem Bett hin und her werfen, um dann irgendeinen Richterspruch hinzunehmen wie jemand, den man zum Tode verurteilte: Ich nehme Nina und du bleibst beim Vater; wir geben dich in ein Erziehungsheim; es bleibt alles, wie es ist; das Leben geht weiter – egal was ihre Eltern sagen würden, um sich aus dieser Lage herauszuwinden, für Pala musste es hohl klingen, nicht glaubhaft. Es war zu spät. Wie hatte ihre Adoptivmutter es einmal ausgedrückt? »Was verloren geht, bleibt verloren.« O wie Recht sie doch hatte! Nichts würde mehr so sein wie früher. Pala fühlte sich ausgestoßen, ungeliebt, allein gelassen …

Auf ihrem Zimmer warf sie die Tür hinter sich ins Schloss, taumelte zum Bett und ließ sich hineinfallen. Ihr war speiübel. Schluchzend vergrub sie ihr Gesicht ins Kopfkissen und tränkte es mit ihren Tränen. Niemand klopfte an ihre Tür, keiner interessierte sich für ihren erbärmlichen Seelenzustand. *Erst ganz zum Schluss ist, wer Geduld hat, schlauer.* Selbst Papperlapapp hatte sich – wie merkwürdig! – dieser Weisheit bedient, bevor er zu Bruch gegangen war. Besser als je zuvor glaubte Pala nun die Worte aus ihrem Geburtsgedicht zu verstehen.

Irgendwann war Ruhe im Haus eingekehrt. Endlich konnte Pala ihren Entschluss in die Tat umsetzen. Sie öffnete das Fenster. Über dem Dach des Nachbarhauses hing der Mond und blickte mit rundem Gesicht kühl zu ihr hinab. Ihn schien wenig zu interessieren, was in der Alexandrinergasse geschah.

Nachdem Pala hinausgeklettert war, taumelte sie ziellos durch die nächtlichen Straßen Silencias, als fliehe sie vor ihren eigenen Gedanken. Doch diese holten sie immer wieder ein. Ihre ganze Aufmerksamkeit richtete sich nach innen, nicht einmal die Kühle der Nachtluft drang bis zu ihrem Bewusstsein vor. Wie konnte eine ausgebrannte Seele nur solche Qualen verursachen? Immer wieder schossen ihr Tränen in die Augen. Irgendwann stieß sie an eine schmiedeeiserne Pforte, die von einem steinernen Torbogen überragt wurde. Sie trocknete sich mit ihrem hellen Sommerkleid die Augen, weil sie alles nur verschwommen sah. Nach einer Weile konnte sie, dank des Vollmonds, endlich die Inschrift über dem Friedhofseingang lesen.

Ein Wort im Zorn reißt Wunden, die schlimm eitern,
verletzt sehr schnell, was lange braucht zum Heilen.
Wie Heimweh quillt, sobald davon wir eilen,
fehlt Kostbares erst dann uns, wenn wir scheitern.

Zum Himmel strebt der Narr auf Jakobsleitern,
doch leere Reden lassen ihn verweilen.
Selbst in Gefahr vor lauter Vorurteilen
hört er nicht hin, bleibt bei den Spaßbereitern.

So sprengt die Einfalt selbst die dicksten Ketten,
taktiert nur dumm, fühlt sich dabei noch schlauer,
treibt Freunde fort – wer kann zum Schluss noch retten?

Die Einsamkeit hat wohl die dickste Mauer,
dort darbt der Narr auf Bergen von Skeletten –
den Tod erfreut's, der still liegt auf der Lauer.

Was die Kälte bis dahin nicht geschafft hatte, bewirkte schon der erste Vers des Sonetts: Er ließ Palas Körper erzittern. Dieser merkwürdige Staffellauf von Gedichten zog sich jetzt schon über Jahre hin. Er hatte begonnen, als Nonno Gaspare verstummt war, und er dauerte bis zu dieser Herbstnacht an. Was bedeutete das alles? Es bedurfte doch keiner ständigen Wiederholung, um sich der Schmerzlichkeit jener Weisheit über die Wunden reißenden Zornesworte bewusst zu werden! Und Heimweh nach diesem Zuhause, das nicht mehr ihr eigenes war, empfand Pala schon gar nicht.

»Mich kannst du mit deinen schönen Worten nicht umgarnen, aber unter den Maden und modernden Gebeinen findest du vielleicht ein dankbareres Publikum«, flüsterte Pala in Richtung des Sonetts und lachte bitter. »Na, wenigstens *den Tod erfreut's, der still liegt auf der Lauer.*«

8

ERST nz zu S lu IT R ul b C l e

Den Tod erfreut's, der still liegt auf der Lauer,
wenn Lebensangst zerfrisst deren Gebeine,
die missverstanden lässt man ganz alleine,
in Abgeschiedenheit und tiefer Trauer.

Dies Pesthaus hat wohl andere Erbauer
als jene, die dort liegen an der Leine.
Mit ihrem Hass sie kommen nicht ins Reine,
er fesselt sie an die Gefängnismauer.

Ganz wenigen gelingt es zu entkommen,
zu finden Schutz als Gleiche unter Gleichen
im Kreis von Freunden, die einander frommen.

Verborgen still sie harren unter Eichen.
Wird Bruderliebe von dort mitgenommen,
die Offenheit lässt den Verschwörer weichen.

D*en Tod erfreut's, der still liegt auf der Lauer!* Warum darf sogar der sich freuen und ich nicht?« Palas Tränen waren getrocknet. Sie hatte sich, ohne es zu merken, in Rage geredet, was die empfindliche Kälte wenigstens für den Augenblick ein wenig erträglicher machte. Der Friedhof lag schon weit hinter ihr. Wohl nur ein letzter Rest von Achtung vor den Hingeschiedenen mochte die Verantwortlichen der Stadt davon abgehalten haben, das Sonett vom Eingang des Totenackers zu entfernen. Oder steckte dahinter eine Absicht Zittos, um Pala auf diese Weise ein weiteres Mal zu verletzen?

Ein völlig abwegiger Gedanke, meinte dazu ihr Verstand. »Du spinnst, Pala. Vor lauter Heulen ist dir dein Gehirn eingetrocknet.« Mit pausenlosem Gemurmel versuchte sie ihre Angst zu vertreiben. Die ganze Stadt kam ihr wie ein Gräberfeld vor, verlassen und leblos. »Ihr hättet euch ruhig am frühen Morgen streiten können!«, zeterte sie, als könnten ihre Adoptiveltern sie hören, und stieß mit dem Fuß eine leere Plapperperlenschachtel aus dem Weg.

Nonno Gaspare hatte immer gesagt, Worte besäßen große Macht. Die Zunge, gewissermaßen das Katapult, mit dem man sie in die Ohren der Zuhörer schleudere, werde sogar in der Heiligen Schrift als kleines, aber mächtiges Organ beschrieben. Sie gleiche dem winzigen Funken, der einen riesigen Wald in Brand setzt, oder dem kleinen Ruder, das ein großes Schiff lenkt. Diese Macht hatte Pala ja nun kennen gelernt. Es war eine entzweiende, eine furchtbare Kraft, die in der Zunge steckte.

Palas zarter Hain halb kindlicher, halb erwachsener Gefühle war in dieser Nacht zweifellos in Brand geraten. Benommen stolperte sie durch leere Gassen und über verlassene Plätze. Irgendwann stieß sie auf die Piazza dei Poeti. Die Glocken im Uhrenturm begrüßten sie mit vier hellen Schlägen. Dann folgte ein einzelnes dunkles *Dong!* Pinien standen vor dem Rathaus keine mehr. Entwurzelt vom neuen Zeitgeist teilten sie längst das Schicksal der alten Männer. Schwarze Wahlplakate dienten derweil als Lückenbüßer. Auf ihnen prangte ein großes rotes Z – gesichtslos bewarb sich der Kandidat um das höchste Amt der Stadt. Unter dem leuchtenden Buchstaben stand in weißer Schrift eine eindringliche Botschaft.

Gebt Zitto eure Stimme - alle!

Pala bekam eine Gänsehaut und schalt sich ein dummes Schaf. Sie hätte sich zum Schutz gegen die kühle Nachtluft wenigstens eine Jacke überziehen sollen. Ihr Blick schweifte über den Platz. In einem Hauseingang lungerten dunkle Gestalten herum. Man munkelte in letzter Zeit immer öfter von brutalen Überfällen auf unbescholtene Bürger. Zitto wartete nur noch auf seine Wahl zum Stadtoberhaupt, dann, so versprach er vollmundig, werde er die »arbeitsscheuen Elemente von der Straße verbannen und die Sicherheit der Stadt mit eiserner Faust wiederherstellen«. So lange wollte Pala nicht warten und verdrückte sich unauffällig in die Schatten einer Nebengasse.

Wie schon vor vier Wochen schienen ihre Füße das Ziel des nächtlichen Marsches genau zu kennen, jene zerklüftete Ruine, deren Nähe schon genügte, das Mädchen erschauern zu lassen. Mit einem Mal war das Kloster da, still, geheimnisvoll, umhüllt von einem Schleier aus Schatten. Weder Landstreicher noch Zittos Kontrollgänger störten die Ruhe.

»Wer oder was ruft dich immer wieder hierher, Pala?« Sie schüttelte den Kopf. Es tat gut, an diesem Ort eine menschliche Stimme zu hören und wenn es nur die eigene war. Einen Moment lang stand sie unschlüssig vor dem großen Portal der Basilika. Sie musste an die Wortklauber denken, an

Bürsten-Carlo, an eine Mauer, von der man in bodenlose Tiefen stürzen konnte. Und dann trat sie in den Kirchenraum.

»Warum klappern deine Zähne nicht, Pala?«, fragte sie sich laut und kicherte spöttisch. »Wenigstens deine Knie sollten schlottern, Pala.« Wieder das selbstquälerische Gelächter. Sie hatte ihre Eltern verloren, ihre Schwester, ihr Zuhause. Und ihre Stadt. Was konnte sie jetzt noch schrecken? *»Den Tod erfreut's, der still liegt auf der Lauer«*, gluckste sie und näherte sich dem Durchgang hinter dem Altar.

Über ihr ragten hoch die finsteren Gebeine des einst von frommem Leben erfüllten Klosters auf. Der Himmel über dem Mittelschiff war sternenklar. Im runden Giebelfenster hing der Mond. Nachtschwärmer ließen sich keine blicken. Pala betrat den Kreuzgang.

Das Dornengestrüpp wucherte im Innenhof des Klosters etwas üppiger, aber sonst sah hier alles noch genauso aus wie in der Nacht nach Nonno Gaspares Verstummen. Ohne Hast, beinahe wie eine Museumsbesucherin, lief Pala den Säulengang entlang. Ihre flachen Riemchenschuhe berührten leicht die schweren Grabplatten silencianischer Honoratioren, verharrten sogar ab und an, wenn ein besonders prächtiges Wappen von der Größe des Dahingeschiedenen zeugte. »Wie vergänglich doch alles ist!«, flüsterte Pala und setzte ihren Weg fort. Hier und da wagte sich ein dorniger Zweig auf den geheiligten Grund, dem sie dann auswich, um ihre weißen Söckchen nicht zu zerreißen. Eher zufällig, so mochte es einem stillen Beobachter erscheinen, kam sie schließlich an der Mauerstelle beim Skriptorium zum Stehen.

Unliebsame Erinnerungen verfingen sich wie Treibgut im gaukelnden Netz ihrer Gedanken. Diesem Winkel bei der Schreibstube verdankte sie eine böse Erfahrung sowie eine nicht enden wollende Kette von Albträumen – fast jede Nacht stürzte sie mittlerweile in schwarze Bodenlosigkeit. Sie rieb und knetete ihre nackten Oberarme, um sich ein wenig Wärme zu verschaffen. Was würde sie jetzt erwarten?

Beim Erwachen am Morgen war die Welt für sie noch eine andere gewesen. Aber diese Nacht besaß etwas Einzigartiges, vergleichbar nur mit der Stunde, in der ein neuer Mensch unter Schmerzen geboren wird. Und deshalb fielen wohl auch ihre Ängste schon nach zwei oder drei Atemzügen von ihr ab, als habe es nie ein Früher gegeben. In dieser besonderen Nacht stand eine andere Pala vor Zittos Mauer. Vielleicht hatte alles so kommen müssen, um erst ihr wahres Ich ans Licht zu bringen. Sie blickte an dem Steinwall empor und flüsterte: »Heute werden wir sehen, wer der Stärkere von uns beiden ist.«

Pala reckte sich nach einem Vorsprung weit über ihrem Kopf und setzte gleichzeitig den linken Fuß in eine Spalte. In diesem Moment spürte sie etwas Schweres, Warmes auf ihrer Schulter …

Sie erstarrte bis ins Mark. Auf ihrer Brust lastete unvermittelt ein Druck, als hätte jemand eine der wuchtigen, kalten Grabplatten aus dem Säulengang darauf gelegt – fast unmöglich, noch zu atmen. Nur ihr Herz hämmerte wie verrückt. *Jetzt hat dein letztes Stündlein geschlagen!*, sagte jene Stimme, die sich in ihrem Kopf mal kühl, mal spöttisch, jedoch immer ungebeten zu Wort meldete, und kicherte schadenfroh. Sich in das offenbar Unvermeidliche fügend, harrte Pala nun des Bisses oder Stiches jenes Blut- oder Wortsaugers, der sie da mit festem Griff am Fliehen hinderte. Auch ein Schlag auf den Kopf hätte durchaus ihren Erwartungen entsprochen. Aber es sollte ganz anders kommen.

»Ich kenne nur ein einziges Mädchen auf der Welt, das

in Sommerkleid und Ballerinaschuhen an dieser Mauer emporklettern würde.«

Pala glaubte ihren Ohren nicht zu trauen. Es musste ein Traum sein, aber keiner von der üblen Sorte, sondern ein wunderbarer, einer von jener glücklichen Art, in dem die Sonne nie unterging und Tränen der Trauer und des Leids nicht vorgesehen waren. Selbst nach so vielen Jahren hatte sie diese Stimme nicht vergessen. Ihre Finger glitten von der Mauer ab und sie landete in den starken Armen eines – selbst im Mondlicht unübersehbar – hübschen jungen Mannes.

»Giuseppe!«, jauchzte sie und drückte dem Geschichtenerzähler einen dicken Kuss auf die Wange, so wie sie es früher immer getan hatte.

Der lächelte etwas verlegen, nahm Palas Gesicht in seine großen, schlanken Hände, um es eingehend zu betrachten. »Dann habe ich mich also nicht getäuscht. Du bist es wirklich: mein kleines Schwesterchen.«

»Du willst wohl sagen, die Klette, die du nie abschütteln konntest.« Pala lachte. In diesem Moment gab es für sie keine düsteren Gedanken, kein Verstoßen- und Alleinsein mehr. Sie fühlte nur Wärme, Glück und die unbeschreibliche Freude ihren »großen Bruder« wieder zu sehen. Mitten in der Nacht war die Sonne aufgegangen – was der Mond ihr nicht zeigen wollte, überstrahlten großzügig ihre hellen Erinnerungen. In diesem freundlichen Licht kostete sie genüsslich den wunderbaren Augenblick aus, betrachtete Giuseppe von Kopf bis Fuß, entdeckte Neues und freute sich über Vertrautes.

Nonno Gaspares Nachgeborener war als Jüngling von zu Hause weggegangen und als Mann zurückgekehrt. Noch immer besaß sein lachendes Gesicht etwas Knabenhaftes. Es war eingerahmt von üppigen schwarzen Locken, erhellt durch lebendig funkelnde, blaue Augen, ins Gleichgewicht gebracht von einer schmalen langen Hakennase, zur Heiterkeit verpflichtet durch die vollen Lippen seines großen, am liebsten lachenden Mundes und fest gegründet auf einem runden Grübchenkinn. Gerade jetzt, im Zwielicht des Vollmondes, glich er auch figürlich seinem alten Vater. In den Schultern vielleicht etwas breiter geworden, war Giuseppe trotzdem noch derselbe große schlaksige Bursche, der mit seinem »Schwesterchen« an der Hand einst die verwunschenen Orte Silencias ausgekundschaftet hatte. Sich gegenseitig an den Händen haltend, standen die beiden lange unter dem Wandgedicht der Schreibstube und taten nichts weiter, als sich gegenseitig zu bestaunen.

»Hübsch warst du ja schon immer«, brach endlich Giuseppe den Bann, »aber jetzt ist aus meiner kleinen Pala eine richtige Schönheit geworden. Dieser jungen Dame dürfte so mancher Luftikus auf der Straße hinterherpfeifen – ist es nicht so?«

Pala wippte ganz eigenartig mit Oberkörper und Kopf, blickte mal zu den Sternen, dann wieder in Giuseppes strahlendes Gesicht und antwortete: »Das ist mir noch nicht aufgefallen und bis ich eine richtige Dame bin, wird noch einige Zeit vergehen.«

Ihre Hände entglitten seinem Griff. Er schüttelte entschieden den Kopf. »Dann solltest du dich bei Gelegenheit einmal im Spiegel betrachten, Pala. Nicht mehr lang und die Heiratskandidaten werden an deiner Türe Schlange stehen.«

Mit einem Mal schwand die heitere Stimmung aus Palas Gesicht und sie blickte traurig zu Boden. »Pasquale, der Junge aus der Nachbarschaft, hat mich bis vor kurzem mit Heiratsanträgen überschüttet, für eine ganze Schar von Bewerbern hätten die ausgereicht. Aber jetzt spricht er nicht mehr viel.«

Giuseppe nickte mit ernster Miene. »Ich habe leider viel

zu spät von der seltsamen Verflüchtigung der Worte erfahren. Hätte ich Silvestro nicht besucht – du erinnerst dich an ihn?«

»Dein Bruder, der Theaterdirektor.«

»Richtig. Er hat mir ausführlich von Vaters Sprachschwund und von den Veränderungen in Silencia berichtet. Ich mache mir große Vorwürfe, mich so lange nicht um meinen alten Herrn gekümmert zu haben. Nachdem ich mich mit ihm überworfen hatte, trieb mich *ein* Gedanke rastlos von Ort zu Ort: ›Du bist der letzte Geschichtenerzähler aus dem alten Geschlecht der Oratores‹, sagte ich mir immer wieder. ›Rette die Tradition. Bewahre die Märchen, Fabeln, Legenden, Sagen, Gedichte – und vielleicht ist es dir sogar gegeben, sie zu krönen …‹« Giuseppe schüttelte bekümmert sein Haupt. »Und dabei habe ich das Wichtigste aus den Augen verloren: die Liebe.«

Pala blickte verwundert in das Gesicht ihres Freundes.

»Ja, die Liebe«, bekräftigte der. »Kennst du nicht die Worte aus der Heiligen Schrift: ›Wenn ich mit Menschen- und Engelszungen rede, aber nicht *Liebe* habe, bin ich ein tönendes Stück Erz oder eine schallende Zimbel geworden‹? Wie kann ich den Menschen Geschichten erzählen und ihnen die darin enthaltene Moral predigen, während der Hass in meiner Brust wohnt? Diese Frage hat mich nach Hause geführt, und als ich heute meinem Vater gegenübergestanden, seine Tränen gesehen und sein Schweigen wie eine laute Klage vernommen habe, da ging mir ein Stich durchs Herz.«

Unwillkürlich spürte auch Pala eine schmerzliche Enge in der Brust. Sie musste an ihr eigenes Ausreißen denken und konnte daher gut nachfühlen, was ihren Freund bewegte. »Du hast bemerkt, wie sehr du ihn in Wirklichkeit liebst, nicht wahr?«

Wieder nickte Giuseppe traurig. »Ja, woher weißt du …?«

Nun erzählte Pala ihre eigene Geschichte. Sie begann bei den schrecklichen Geschehnissen der letzten Nacht, sprang dann zu jenem Tag, als Nonno Gaspare die Sprache verloren hatte, und endete schließlich wieder in der Gegenwart. Zwischendurch versteckten die beiden sich in einem dunklen Winkel des halb zerfallenen Skriptoriums, weil draußen Schritte zu hören waren – vermutlich Zittos Posten auf ihrem Kontrollgang.

»Und deshalb muss ich in die Burg gelangen«, beschloss Pala ihren zuletzt sehr leise gesprochenen Bericht.

Giuseppe hüllte sich lange in nachdenkliches Schweigen, ehe er sagte: »Vielleicht findest du es seltsam, aber ich bin aus dem gleichen Grund hierher gekommen.«

»Du willst auch über die Mauer klettern?«, fragte Pala erstaunt.

Ein leises Lachen entrang sich ihm. »Nein, das ist deine Spezialität, Schwesterchen. Und jetzt, nachdem ich deine Geschichte kenne, würde ich diesen Weg schon zweimal nicht wagen. Aber du hast eben die Überlieferungen erwähnt, denen du mit deiner Lehrerin nachgegangen bist.«

»Ich wollte wissen, wer oder was den Menschen die Sprache raubt. Sag bloß, du kennst die alten Geschichten von den Wortklaubern?«

»Hör mal, du sprichst mit dem letzten amtierenden Geschichtenerzähler Silencias!« Giuseppe spielte recht überzeugend den Gekränkten.

»Ja, ja, schon gut. Was kannst du mir über die schwirrenden Unholde verraten?«

»Der Sage nach hat vor langer Zeit ein finsterer Geselle über Silencia geherrscht. Er habe kein Gewissen gehabt, heißt es, sei unbeschreiblich grausam und jederzeit zu einem Mord an unliebsamen Mitmenschen bereit gewesen. Man nannte ihn den *Unaussprechlichen*, wie er wirklich hieß, weiß niemand mehr. Ihm verdankt die Stadt ihren Namen: Silencia sollte in unterwürfigem Schweigen zu ihm als Fürsten aufblicken.«

Pala knirschte mit den Zähnen. Offenbar hatte Caterina Knüttelvers ihr genau diese Geschichte erzählen wollen. »Widerspruch unerwünscht – das kenne ich. Hatte der Unaussprechliche diesen Zug von seinem Vater geerbt?«

»Ganz im Gegenteil. Er kam keinesfalls als Adliger zur Welt, sondern als Sohn eines einfachen Hauptmannes. Berufen fühlte er sich allerdings zum König. Irgendwie gelangte er in den Besitz eines geheimen Wissens, durch das er große Macht über die Menschen errang.«

»Ich nehme an, jetzt beginnt der märchenhafte Teil der Sage.«

»In den meisten Überlieferungen steckt ein wahrer Kern, Pala.«

»Ja, ja, von Nonno Gaspare habe ich das schon hundertmal gehört. Was für Kenntnisse hat dieser Unaussprechliche denn gewonnen?«

»Er konnte den Menschen ihre Worte abkaufen.«

Palas Mund blieb offen stehen.

»Jetzt staunst du, nicht wahr?«, fragte Giuseppe in die Dunkelheit.

»Und ob! Über diese Möglichkeit habe ich erst unlängst mit deinem Vater gesprochen – allerdings ging es da um Zitto.«

»Was wohl kein Zufall war. Im Hinblick auf die geschäftlichen Gepflogenheiten des Unaussprechlichen sind die Überlieferungen leider nicht sehr genau. Von mehreren alten Leuten habe ich unterschiedliche Fassungen der Geschichte gehört. Allen gemein ist eine Regel, gewissermaßen ein Gesetz, dem sich sogar unser namenloser Schurke hatte beugen müssen: Je fester jemand an seinem Wortschatz hing, desto höher war der Preis, den der Fürst dafür zahlen musste. Am billigsten konnte er Ausdrücke einheimsen, die nicht mehr benutzt wurden. An dieser Stelle kommen die Wortklauber ins Spiel.«

»Er hat die kleinen Unholde auf Menschen gehetzt, damit sie ihnen die Sprache tröpfchenweise aussaugen – habe ich Recht?«

»So ungefähr. Worte bedeuten Macht. Mit ihnen kann man vielleicht nicht alles erreichen, aber ohne sie ist alles nichts. Sie sind wie das Lampenöl, das die Flamme der zwischenmenschlichen Beziehungen nährt. Wenn es ausgeht, brennt der Docht zwar noch für kurze Zeit weiter, aber dann nimmt die Leuchtkraft schnell ab, bis das Licht schließlich ganz erlischt.«

»Und in der Dunkelheit kann man sich leicht verlaufen.«

»Das ist wahr, Pala. Wer nie widerspricht, wird leicht zum Leibeigenen eines anderen. Aber sich gedankenlos gegen alles zu sträuben, ist genauso schädlich. Solche Menschen sind zu keiner Übereinkunft bereit, weil sie verlernt haben, wie eine solche auszuhandeln ist. Worte sind die Grundlage jeder Einigung. Man braucht sie zum Zuhören, Nachdenken und zur Verteidigung der Wahrheit.«

»Langsam begreife ich, warum man den Unaussprechlichen gerade so und nicht anders genannt hat.«

»Zum Glück waren seine Kräfte nicht unbegrenzt. Der eigene Bruder, sagt die Überlieferung, habe ihm das Handwerk gelegt, weil die finsteren Mächte sich bei Blutsverwandten als – wie soll ich das ausdrücken? – *schwierig* erwiesen.«

»Das musst du genauer erklären.«

»Würde ich es selbst richtig begreifen, wäre mir wohler. Offenbar konnte der Unaussprechliche mithilfe einer bestimmten Formel, einer Dichtung oder eines Liedes, sogar seinem Vater den Wortschatz rauben, wiewohl der seinem ungeratenen Sohn lange die Stirn geboten hatte …«

»Und doch war es dann ausgerechnet sein Bruder, der seine Macht wieder brach«, fügte Pala allmählich begreifend hinzu. »Wie hat er das geschafft?«

»Das ist unklar. Irgendwie muss das besagte Gedicht oder Lied den Schlüssel bergen. Wer es besitzt, heißt es, kann die Worte lenken.«

»Eine ziemlich schwammige Erklärung, finde ich.«

»Hör dir erst das Ende der Geschichte an.«

»Ich ahne Schlimmes.«

»Und das zu Recht. Die Wortklauber lockte man in einen Hinterhalt und tötete sie allesamt. Der Unaussprechliche selbst wurde dem Henker übergeben. Auf dem Schafott, kurz bevor er seinen Kopf verlor, sprach der grausame Herrscher noch eine düstere Prophezeiung aus. Sein Geheimwissen, drohte er, werde weiterleben und eines Tages von einem anderen gefunden werden …«

»Und der kam dann auch, luchste allen Menschen die Worte ab, um hinfort grausam über sie zu herrschen. Eine Zeit der Finsternis brach an, und wenn Zitto nicht gestorben ist, dann schweigt er heute noch.«

»Du solltest bei mir als Geschichtenerzählerin in die Lehre gehen.«

»Vielleicht muss ich das sogar«, murmelte Pala und wurde von einer neuen Welle der Verzweiflung erfasst. Ihre Tränen waren noch lange nicht erschöpft. Verräterisch laut schluchzte sie: »Ich wünschte, ich wäre nie geboren!«

Giuseppe nahm sie in den Arm und tätschelte ihren Rücken. »Ich kann dich gut verstehen, Schwesterchen. Vor gar nicht so langer Zeit gingen mir ähnliche Gedanken durch den Kopf.«

Pala befreite sich wieder aus seiner Umklammerung und versuchte in der Dunkelheit des Skriptoriums seine Augen zu finden. »Und was hat sich seitdem geändert?«

»Lass mich dir mit einem Gedicht antworten. Bis vor kurzem stand es an der Mauer der Universität von Silencia – vielleicht kennst du es sogar. Es stammt von einem meiner Vorfahren. Als ich heute einen Professor besuchen wollte, um mich mit ihm über die seltsame Verflüchtigung der Worte zu unterhalten, waren die Verse mit einem Schild verhängt. Darauf stand der Spruch ›Lernen macht reich!‹. Die Inschrift ist eine Spende Zittos.«

»Hättest du nicht zu erwähnen brauchen. Und das Gedicht? Wieso glaubst du, kann es mir helfen?«

»Nun, das finde am besten selbst heraus, indem du es dir anhörst. Es ist übrigens ein Sonett, falls dir das etwas sagt, und lautet so:

Den Tod erfreut's, der still liegt auf der Lauer,
wenn Lebensangst zerfrisst deren Gebeine,
die missverstanden lässt man ganz alleine,
in Abgeschiedenheit und tiefer Trauer.

Dies Pesthaus hat wohl andere Erbauer
als jene, die dort liegen an der Leine.
Mit ihrem Hass sie kommen nicht ins Reine,
er fesselt sie an die Gefängnismauer.

Ganz wenigen gelingt es, zu entkommen,
zu finden Schutz als Gleiche unter Gleichen
im Kreis von Freunden, die einander frommen.

Verborgen still sie harren unter Eichen.
Wird Bruderliebe von dort mitgenommen,
die Offenheit lässt den Verschwörer weichen.

Hast du bemerkt, worauf ich hinauswill, Pala? Gerade die beiden Terzette, die dreizeiligen Strophen am Ende des Sonetts, geben dir die Antwort auf deine Frage.«

»Ja«, antwortete Pala leise, »ich verstehe, was du meinst. Gerade eben konnte ich ihn fühlen, diesen ›Schutz als Gleiche unter Gleichen‹, auch wenn wir beide nur einen sehr kleinen Freundeskreis abgeben.« Sie lächelte, zwar etwas gequält, aber Giuseppe konnte es in der Dunkelheit ohnehin nicht sehen.

»Eine doppelte Schnur hält besser – jetzt bin ich hier, Pala. Genau wie das Gedicht es sagt, haben wir uns unter freiem Himmel getroffen. Wenn wir von nun an zusammenhalten wie Geschwister, dann können wir den Verschwörer, der hinter dieser seltsamen Verflüchtigung der Worte steckt, zum Zurückweichen zwingen.«

Pala dachte einen Moment lang über Giuseppes Worte nach. Mit nichts anderem als dem alten Gedicht hätte er treffender ausdrücken können, was sie empfand, diese Wärme und Geborgenheit, die für den Augenblick alle Hoffnungslosigkeit vertrieben hatte. Das Wort »Bruderliebe« gewann für sie einen wirklichen Sinn, hier, auf dem staubigen Boden einer verlassenen Klosterschreibstube, an der Seite dieses großen lockenköpfigen Jungen im Körper eines Mannes. Ein paar ruhige Herzschläge später fragte sie sichtlich aufgeräumter: »Und wie willst du in den Schlossgarten kommen, wenn die Mauer da draußen von vornherein ausscheidet?«

»Das ist ein Rätsel und wir beide müssen es lösen.«

»Klingt viel versprechend.«

»Wer hat früher hier gelebt?«

»Fromme Schwestern.«

»Richtig, dies war ein Nonnenkloster. Ich kenne solche Anlagen von vielen Orten auf der Welt und fast immer haben sie etwas gemein.«

»Geheimgänge!«, hauchte Pala. Die Einsicht überraschte sie wie ein Blitz aus heiterem Himmel. Fast ebenso schnell kamen ihr jedoch Bedenken. »Silencia war früher für seine Offenheit im Reden und im Denken bekannt. Auf so einem Boden gedeihen Heimlichkeiten schlecht. Wenn das Kloster in diesem Geist entworfen wurde, dann können wir ewig suchen und werden trotzdem keinen …«

»Auch hier gab es Geheimnisse«, fiel Giuseppe ihr ins Wort. »Ich gehe einem Mundwerk nach, das auf jahrhundertealter Überlieferung gegründet ist. Viele Geschichten habe ich von meinem Vater geerbt. Einige drehen sich auch um dieses Kloster und die Zitadelle von Silencia. Um den Eingang zum Geheimgang zu finden, müssen wir den Sinn eines Denkspruches ergründen.«

»Mach's nicht so spannend, Giuseppe.«

»Das Rätsel lautet: ›Gott verwandelt jede deiner Opfergaben in einen Stein für den Tag, da du in den Sumpf der Not gerätst. Aus deinen aufrichtigen Spenden baut er dir einen rettenden Pfad, die berechnend dargebrachten hängt er dir um den Hals.‹«

»*Dieser* Spruch soll uns den Weg in Zittos Reich weisen? Bist du dir da ganz sicher?«, kicherte Pala.

»Ziemlich. Er wird im Zusammenhang mit einer Oberin gebraucht, die aus dem Kloster fliehen konnte, während bewaffnete Schänder die Eingänge gestürmt haben. Was ist mit dir los? Du klingst so fröhlich.«

»Und ob! Ich weiß nämlich, wo dein versteckter Eingang liegt.«

»Was sagst du da!?«

»Unter dem Altar in der eingestürzten Kirche.«

Pala hörte ein Klatschen, wie wenn sich jemand mit der flachen Hand kräftig an die Stirn schlägt. »Natürlich!«, tönte Giuseppes Stimme aus der Dunkelheit. »Wo bringt man Gott Opfer dar? Auf einem *Altar*. Ich hätte wirklich selbst darauf kommen müssen. Du bist eine geschickte Rätsellöserin, Pala.«

»Das war nicht schwer«, gluckste die. »Gegen ein windgeschütztes Örtchen hätte ich jetzt nichts einzuwenden – es ist bitterkalt hier. Komm, sehen wir uns die Pforte ins Reich der Unterwelt einmal genauer an.«

Gemeinsam verließen sie das finstere Skriptorium, schlichen durch die Kolonnaden des Kreuzgangs und betraten den großen Hauptraum der Basilika. Hier draußen mussten sie vorsichtig sein, um nicht Zittos Kontrollgängern in die Arme zu laufen. Vor dem Altar blieb das Paar stehen. Der grauweiße Opfertisch hatte die Form eines rechteckigen Klotzes, doppelt so breit wie tief, mit einer dicken Platte obenauf. Darunter, vor Jahrhunderten von einem Steinmetz aus dem hellen Marmor gemeißelt, befand sich eine Inschrift. Giuseppe starrte überrascht auf die erhabenen Buchstaben.

»Aber da steht ja …« Sein Raunen versiegte und er schüttelte nur noch verdattert den Kopf.

»›Gott verwandelt jedes deiner Opfer in einen Stein‹ und so weiter und so fort.« Pala schmunzelte zufrieden. »Ich schlage vor, du schiebst die Altarplatte zur Seite. Dann werden wir ja sehen, wie es um das steinerne Versprechen bestellt ist.«

Giuseppe spuckte in die Hände und machte sich an die Arbeit. Er packte eine Ecke der Marmorplatte und versuchte sie anzuheben. Nichts geschah. Hierauf verlegte er sich aufs Schieben. Auch jetzt rührte sich der Deckel nicht.

»Ich fürchte, wir brauchen einen Ringkämpfer und keinen Geschichtenerzähler für diese Arbeit«, keuchte er.

Pala hatte ihm die ganze Zeit über stirnrunzelnd zugesehen. Jetzt fragte sie leise: »Haben Nonnen früher gerungen?«

Giuseppe ließ augenblicklich von der Platte ab und sah sie verwundert an. »Höchstens um die Anerkennung ihres Herrn. Worauf willst du hinaus?«

»Wenn die Geschichte von der Äbtissin nicht nur ein

Märchen ist, dann wird sie wohl kaum eine so schwere Marmorplatte hochgestemmt haben.«

»Du hast Recht. Vielleicht hat sich die Deckplatte ja über die Jahrhunderte festgefressen, aber selbst im Neuzustand dürfte sie für eine Klosterfrau zu schwer gewesen sein. Vermutlich gibt es irgendeinen versteckten Mechanismus, der den Opfertisch öffnet.«

Pala betrachtete schon seit einiger Zeit nachdenklich die Inschrift an der ihr zugewandten Längsseite des Altars. »Jetzt haben wir es mit einem *richtigen* Rätsel zu tun«, murmelte sie und drehte dabei eine Locke ihres schwarzen Haars um den Zeigefinger.

»Ja und es lautet: Wie bekommen wir diesen dämlichen Deckel auf?«

Pala lachte leise. »Anscheinend ist das Rätsellösen nicht gerade deine Stärke. Nein, die Frage muss heißen: Welches Wort in dieser steinernen Inschrift ist das wichtigste?«

Der Erzähler blickte ohne rechte Leidenschaft auf den Sinnspruch und zuckte die Achseln. »Weiß nicht. Wie wär's mit ›Gott‹? Er ist schließlich der Allmächtige.«

»Also kann er auch Steinplatten stemmen?« Pala unterdrückte ein Lachen. »Lustiger Einfall. Na ja, in einem Kloster würden vermutlich die meisten so antworten. Ich glaube aber, der Schlüssel, den wir suchen, liegt in dem Spruch selbst, in der Lehre, die er uns vermitteln will.«

»Da bin ich aber gespannt.«

»Sind große Opfer auch ein Beweis für große Gottergebenheit?«

»Nicht unbedingt. Manche wollen durch ihre reichen Gaben nur vor ihren Mitmenschen glänzen. Vielleicht glauben sie nicht einmal an Gott.«

Pala nickte. »Das stimmt. Unsere Familie war neulich auf einer Wohltätigkeitsveranstaltung Zittos. Was glaubst du, wie viel Geld manche Leute da gespendet haben! Dafür ließen sie sich dann beklatschen und bejubeln und auf die Schultern klopfen. Anschließend schluckten sie fässerweise Perlwein, schaufelten die feinsten Delikatessen in sich hinein und redeten endlos lauter kariertes Zeug – nur über die Bedürftigen und ihre Sorgen verlor keiner mehr ein Wort. Es würde mich nicht wundern, wenn so mancher edle Spender sich schon morgen für seinen Zaster die Untaten irgendeines Schurken kauft, weil er sich davon einen größeren Vorteil verspricht. Ob Gott solchen Zeitgenossen Wege pflastert? Also, ich kann mir das nicht vorstellen.« Sie sah wieder auf die erhabenen Buchstaben des Altars. »Die Frage lautet somit: Worauf kommt es *wirklich* an?«

Giuseppe folgte ihrem Blick. Mit einem Mal schien sein Gesicht das Mondlicht doppelt so hell widerzustrahlen. »Ich hab es! Die Aufrichtigkeit ist das Wichtigste. Damit geht der Deckel *richtig auf* – warum ist mir dieses Wortspiel nicht schon früher aufgefallen?«

»Gute Frage! Du hättest nur an das Gedicht deines Vorfahren zu denken brauchen.« Pala deutete erwartungsvoll auf den Altar. »Wenn wir diese Pforte dort aufkriegen, dann erfüllt sich die alte Weisheit vielleicht in doppeltem Sinn, denn nur *die Offenheit lässt den Verschwörer weichen.*«

e ERST nz u S lu I T ul b c

9

Die Offenheit lässt den Verschwörer weichen,
verkriechen sich in finsteren Verstecken,
um schlimm're Hinterlisten auszuhecken
und Beistand sich zu suchen bei den Reichen.

Gewinnsucht wie auch Machtgier und dergleichen
verführt die Schwächlinge zum Speichellecken.
Des Schweigens Mantel über Unrecht decken,
rangiert für sie nur unter Schelmenstreichen.

Mit Günstlingen nicht laut im Chor zu singen
noch gierig nach des Armen Brot zu schnappen,
verlangt um Liebe immerfort zu ringen.

Erst Feindes Schliche kenn'n, ihn dann ertappen:
Mit diesem Plan kann Freunden doch gelingen,
das Netz von Ichsucht, Stolz und Neid zu kappen.

D*ie Offenheit lässt den Verschwörer weichen*, weil er seine hinterlistigen Machenschaften nur in einem Klima des Misstrauens und der Geheimniskrämerei erfolgreich betreiben kann. Die Altarinschrift ist doch das beste Beispiel dafür.« Giuseppe ging vor dem Altar in die Hocke und starrte das Wort »aufrichtigen« an, ließ sogar seine Fingerkuppen darüber gleiten. »Ich kann keinen Mechanismus erkennen ...«

Mit einem Mal fuhr er auf und lauschte. Aus der Ferne hallten leise Stimmen herüber. »Da kommt jemand!«

Auch Pala hatte die Sprecher gehört. »Das sind die Kontrollgänger Zittos. Sie kommen alle halbe Stunde hier vorbei. Mach das Ding endlich auf, Giuseppe!«

»Gerne, wenn du mir sagst, wie.«

Jetzt konnten die beiden auch Schritte hören, die schnell näher kamen.

»Ich glaube, sie haben uns entdeckt. Drück einfach die Silbe ›auf‹.«

Giuseppe gehorchte. Mit dem Handballen drückte er gegen die aus dem Marmor ragenden Buchstaben. Einige schnelle Herzschläge lang geschah nichts. Nur die Schritte wurden lauter. Er bewegte die Hand hin und her, stemmte sich mit dem ganzen Körper gegen den porösen Stein und plötzlich, als sei ein Siegel gebrochen, verschwanden die Schriftzeichen knirschend im Stein.

Aus dem Innern des Altars ertönte ein tiefes Rumpeln. Dann setzte sich die Deckplatte langsam in Bewegung. Nur ein leises Schaben war zu hören, als sie sich wie ein steinerner Uhrzeiger um eine Viertelstunde nach rechts drehte. Ein kühler feuchter Lufthauch stieg auf, begleitet von einem modrigen Geruch. Mit bangen Blicken sahen Pala und Giuseppe zur breiten Pforte der Basilika hin. Sie standen hier wie auf dem Präsentierteller. Wenn die Wachen sie entdeckten, würden sie einiges zu erklären haben.

»Geht denn das nicht schneller?«, stöhnte Giuseppe leise.

»Da sind Treppen!«, hauchte Pala, als der Deckel knirschend zum Stehen kam. Die Platte bildete jetzt, längs zum Kirchenschiff verharrend, einen rechten Winkel mit dem Altar. Das Einstiegsloch war quadratisch.

»Schnell hinein!«, drängte Giuseppe. »Sie müssen jeden Moment hier sein.«

Pala schwang sich, mit beiden Händen auf den Rand des steinernen Kastens gestützt, in den offenen Altar. Schnell eilte sie die Stufen hinab, während über ihr schon Giuseppe in den Einstieg kletterte. Sein Körper glich vor dem Hintergrund der Milchstraße einem schwarzen Scherenschnitt. Plötzlich strauchelte Pala.

Ihre nach Halt suchenden Hände flogen durch die Finsternis. Sie sah sich schon mit gebrochenem Genick am Fuß der Treppe liegen, als sie doch noch etwas zu fassen bekam: kühl, fest, metallisch. *Ein Geländer!* Von diesem hoffnungsvollen Gedanken durchblitzt, vertraute sie ihr ganzes Gewicht der vermeintlichen Stütze an und wurde erneut enttäuscht. Das trügerische Ding gab nach.

Mit dem nun schon bekannten Schaben schloss sich die Klappe über ihr.

»Gratuliere! Du musst den Hebel erwischt haben, der den Deckel in seine Ausgangsposition zurückschwingen lässt«, raunte Giuseppe erleichtert. Er lauschte. »Pala? Geht es dir gut?«

Von weit unten konnte er ein leises Plätschern vernehmen, aber das Mädchen muckste nicht. »Pala!«

Endlich stiegen Lebenszeichen aus der Finsternis herauf. Es begann mit Stöhnen und Ächzen und dann folgte eine nörgelnde Beschwerde. »Morgen früh werde ich wieder aussehen wie ein alter Kleiderständer.«

»Wie bitte?«

»Ich bin an der Wand entlanggeschrammt und habe mir ...«

»Still, Pala! Da oben kommt jemand.«

Sie hielt den Atem an. Hatten die Kontrollgänger sie schon entdeckt? Ferne Stimmen trieben durch die Dunkelheit, dumpf und unverständlich, aber langsam lauter werdend. Offenbar näherten sie sich dem Altar ...

»Aber da war doch ein Geräusch!« Diese erste Äußerung, die einigermaßen deutlich zu dem Paar unter dem Marmordeckel hinabtönte, klang alles andere als beruhigend. Da war jemand unzufrieden, weil das, was er sah, nicht zu dem passte, was er gehört hatte.

»Ach, komm, Ottavio«, sagte eine andere Stimme mit hörbarem Unbehagen. »Du kennst doch dieses alte Gemäuer. Was hier herumgeistert, dürfte unserem Dienstherrn kaum gefährlich werden.«

»Seit wann *reden* die Nachtschwärmer miteinander?«

»Sie geben alle möglichen Geräusche von sich. Zwischen all den Säulen und Bögen hier kann sich schnell ein Echo verfangen und dir alles Mögliche vorgaukeln. Jetzt komm endlich, mir gefällt dieser Ort nicht.«

Es entstand eine kurze Pause. Dann: »Wahrscheinlich habe ich mir das wirklich nur eingebildet. Also lass uns gehen, sonst kommen wir noch zu spät zum Wachwechsel und müssen wieder einen seitenlangen Bericht ausfüllen.«

Die Stimmen entfernten sich. Pala atmete auf. Einige Atemzüge später hörte sie ein kratzendes Geräusch und eine gelbe Flamme blendete sie.

Giuseppe hielt ein Streichholz in der Hand. Sein Gesicht sah besorgt aus. »Alles in Ordnung?«

»Mein Ellenbogen ist aufgeschrammt. Da, es blutet sogar.«

»Autsch! Ich habe mir die Finger verbrannt.« Schlagartig wurde es wieder dunkel.

Pala hörte Schritte, die sich auf der Treppe vorsichtig zu ihr hinabtasteten, dann wurde ein neues Streichholz angerissen. Giuseppe hielt ein Taschentuch in der anderen Hand.

»Lass mich die Wunde abtupfen. Vielleicht finden wir weiter unten auch Wasser, damit wir sie säubern können. Ich wünschte nur … Au!«

»Was ist denn jetzt schon wieder?«

»Ich hab mir den nächsten Finger verbrannt.«

»War das dein letztes Streichholz?«

Es zischte und eine neue Flamme leuchtete auf. »Nein.«

»Warte! Ehe du deine Kleider in Brand steckst …« Pala drehte sich zu dem Hebel um, mit dem sie den Altardeckel geschlossen hatte. Er befand sich oberhalb einer kleinen Nische, in der vier oder fünf Kerzen lagen. Weitere konnte sie auf den Treppenstufen entdecken, vermutlich von ihr selbst heruntergerissen. Sie nahm die Talglichter aus der Nische und reichte sie ihrem Freund. »Nimm die da. Ist gesünder für die Haut. Hoffentlich kriegst du sie an, es ist ziemlich feucht hier unten.«

»Wenn der Docht sich richtig mit Unschlitt voll gesogen hat, dürfte die Nässe ihm nicht … Na, bitte! Wer sagt's denn?« Leichter als erwartet hatte Giuseppe die Kerze entzündet. Die übrigen steckte er in die Hosentasche. Nachdem er vom Boden noch weitere Lichter aufgesammelt hatte, lächelte er sein knabenhaftes, leicht schiefes Lächeln und sagte: »Jetzt lass mich aber erst einmal deine Wunde untersuchen …«

Pala entzog ihm ihren Arm. »Das hat Zeit bis später. Mir wäre es lieber, wir würden so schnell wie möglich wieder hier herauskommen.«

Giuseppe wollte zuerst widersprechen, zuckte dann aber die Achseln und sagte: »Also gut. Wollen doch mal sehen, wohin es uns hier verschlagen hat.«

Er hob die Kerze über den Kopf und bewegte ihren gelben Lichtkreis mal hier-, dann wieder dorthin. Sie standen auf einem Treppenabsatz. Über ihnen lagen die wenigen Stufen, die zum Altareingang führten. In der entgegengesetzten Richtung konnten ihre Blicke dem schräg in die Tiefe führenden Niedergang nur ein Stück weit folgen, dann verschluckte ein schwarzer Schlund alles Licht.

»Lass mich am besten vorangehen und du bleibst dicht hinter mir«, sagte Giuseppe, drückte sich an Pala vorbei und machte sich an den Abstieg. Rasch lief sie ihm hinterher.

Der Geheimgang war sauber ausgemauert, zwar schmal, aber mit seiner gewölbten Decke hoch genug, um selbst dem Kopf des langen Giuseppe Platz zu bieten. An einigen Stellen rann Wasser die Wände hinab. Palas Nase wollte sich einfach nicht an den modrigen Geruch gewöhnen, der aus der Tiefe strömte. Dieser Tunnel gefiel ihr nicht.

»Da vorn ist ein größerer Raum, vielleicht auch eine Höhle«, sagte Giuseppe, ohne sich zu ihr umzuwenden.

Wenig später sah sie es selbst: Die Treppe mündete in einen steinernen Steg, einer Brücke gleich, die sich schnell in schwarzer Leere verlor. Der brüchige Ziegelsteinweg war gut zwei Schritte breit. Damit erschöpften sich seine Vorzüge aber auch schon. Es gab weder ein Geländer, noch ließen sich irgendwelche Stützpfeiler erkennen – der unterirdische Freiluftpfad schien im Nichts zu schweben. Unschlüssig sahen sich Pala und Giuseppe um. Auch die Höhe, Tiefe und Breite der Felswand, an der die Brücke verankert war, ließ sich mit Blicken nicht ermessen.

»Es gibt nur zwei Möglichkeiten«, sagte Giuseppe endlich mit belegter Stimme.

Pala musste einen dicken Kloß hinunterschlucken, bevor sie antworten konnte. »In zwei Tagen lässt sich Zitto zum Stadtoberhaupt wählen. Wenn wir jetzt umkehren, wird ihm vielleicht nie wieder jemand die Stirn bieten.«

»Du bist mutig, Schwesterchen.«

Sie schüttelte den Kopf. »Ich vertraue nur dem alten Gedicht: *Die Offenheit lässt den Verschwörer weichen.*« Pala deutete mit einer ausholenden Geste auf die unauslotbare Schwärze jenseits des Brückenpfades. »Da ist sie, die Offenheit – oder kannst du irgendwo eine Grenze sehen? Sie wird uns zum Erfolg führen, wenn wir nur unsere Furcht überwinden.«

Giuseppe gestattete sich ein tiefes Atemholen. Dann nickte er. »Also gut. Dann wollen wir mal.«

Langsam traten sie auf den schwebenden Pfad hinaus, umgeben von einer Kugel aus gelbem Licht. Jenseits davon gab es nur Finsternis.

Und neue Stufen.

Ratlosigkeit pendelte einen Augenblick lang zwischen den beiden Höhlenwanderern hin und her. Sie waren bisher kaum einen Steinwurf weit gegangen und jetzt diese neue Schikane: Der Weg gabelte sich wie ein großes Y in zwei abwärts führende Treppen. Anders als die hinter ihnen liegende Tunnelstiege war diese hier aber nur eine etwas kantiger geformte Ausführung des Freiluftpfades. Auch hier mangelte es an Geländern und auch hier konnte man unter den schräg angewinkelten Niedergängen keine tragenden Säulen ausmachen. Pala war Linkshänderin, möglicherweise deutete sie deshalb nicht nach rechts.

Ehe das Paar sich dem unbekannten Stufengang anvertraute, entzündete Giuseppe eine zweite Kerze und stellte sie am linken Rand der Verzweigung auf. Im Knien schickte er ein schiefes Lächeln zu Pala hinauf. »Anstelle eines Bindfadens.« Seine Stimme entschwand im Nichts, kein Echo kehrte zurück.

In Pala rührte sich eine schlimme Ahnung. Sie hob ein abgebrochenes Stück Backstein von der Brücke auf und ließ es neben der Kerze in die Tiefe fallen. Giuseppe, am Boden kniend, legte den Kopf schräg, sein Ohr sank immer tiefer, als wolle es den Stein verfolgen. Auch Pala lauschte und lauschte und lauschte … Als nach einer beunruhigend langen Zeit immer noch kein Aufprall zu hören war, sagte sie aus zugeschnürter Kehle: »Ich hoffe nur, dein ›Bindfaden‹ hält lang genug, um uns den Rückweg zu zeigen.«

Stetig ging es nun weiter abwärts. Wie ein Leuchtturm in nächtlicher See flackerte das kleine Talglicht bald in weiter Ferne hoch über ihnen. Das schwebende Treppenband wollte kein Ende nehmen. Die Unermesslichkeit der Höhle verwandelte sich für Pala allmählich in ein schwarzes Tuch, das sie mit jedem Schritt fester zu umschlingen und ihr den Atem zu rauben schien. Die sonst so bewährte Methode, sich durch lautes Geplapper Mut zu machen, schlug hier ins Gegenteil um, weil sie den echolosen Klang ihrer eigenen Stimme nicht ertragen konnte. Ohne das weit entfernte Plätschern zu ihren Füßen hätte sie womöglich ihren Verstand verloren. Als die beiden auf eine neue Verzweigung stießen und damit eine weitere Wahl treffen mussten, kam ihr diese Herausforderung somit durchaus gelegen.

In Form eines großen T führten die Stufen rechts wieder nach oben und auf der anderen Seite weiter in die Tiefe. Pala blieb ihrer Linkshändigkeit treu und nachdem Giuseppe eine zweite Kerze entzündet hatte, setzten sie ihren Abstieg fort.

Alsbald forderte eine Treppenkreuzung ihre Entscheidungsfreudigkeit heraus. Der nächste Kerzendocht erglimmte und Pala entschied sich für rechts (alle anderen Stiegen führten nach oben).

Allmählich verlor sie jedes Gefühl für die Zeit. Sie führte Giuseppe immer tiefer in dieses unheimliche Labyrinth aus schwebenden Treppen. Schnell war sein kleiner Vorrat an Kerzen aufgezehrt und glühte bald nur noch wie ein fernes Sternbild weit über ihnen. Das Zählen der Abzweigungen hatte Pala längst aufgegeben, aber es mochten dutzende gewesen sein – oder gar schon hunderte? Gelegentlich konnte sie über oder unter sich Abschnitte anderer Stufenpfade entdecken, kreuz und quer hingen sie in der Luft. Immer stärker musste sie gegen die Befürchtung ankämpfen, diesem Wirrwarr aus Treppen und Stegen nie mehr zu entkommen. Aus der Schwärze jenseits des gemauerten Pfades tauchten Bilder vor ihr auf, Spiegelungen ihres Albtraumes, die nicht wirklich waren. Nie hätte sie sich etwas Schlimmeres als einen Sturz in bodenlose Tiefe vorstellen können, aber nun erlebte sie ein sehr viel größeres Grauen. Vielleicht fühlte Giuseppe Ähnliches, denn plötzlich schreckte er sie mit einer, wie sie meinte, gänzlich überflüssigen Bemerkung auf.

»Unter uns muss sich eine Quelle oder ein unterirdischer Flusslauf befinden. Vielleicht wird der Deckelmechanismus in dem Altar sogar mit Wasserkraft bewegt. Andererseits kann ich mir eine so lange Antriebswelle kaum …«

»Das ist mir ziemlich egal. Hauptsache, wir kommen hier bald wieder heraus«, unterbrach ihn Pala gereizt.

»So groß ist der Schlossberg nicht, Schwesterchen«, erwiderte Giuseppe beschwichtigend.

»Das habe ich bei Zittos Mauer auch gedacht.«

Der Geschichtenerzähler blieb unvermittelt stehen und drehte sich zu Pala um. »Willst du damit andeuten …?«

Sie nickte mit düsterer Miene. »Wer einen Steinwall endlos in den Himmel wachsen lassen kann, der ist auch dazu fähig, im dunklen Herz der Erde ein unermessliches Netz von Stufengängen auszuspannen. Weißt du, woran ich gerade denken muss?«

»Ja, sobald du es ausgesprochen hast.«

»Unsere eigene Seele ist manchmal auch wie dieses Labyrinth hier: Man kann sich darin allzu leicht versteigen, und wer nicht Acht gibt, irrt ein Leben lang in ihm herum.«

»Wem sagst du das!«, seufzte Giuseppe. Das flackernde Kerzenlicht konnte die Schatten tiefer Traurigkeit aus seinen Augen nicht vertreiben. »Mir und meinem Vater wäre es beinahe so ergangen.«

»Nonno Gaspare?«, fragte Pala ungläubig.

Giuseppe hob die Schultern und ließ sie wieder fallen. »Er hat für das Geschichtenerzählen gelebt. Ihm sei es bestimmt, sagte er mir einmal, auf diese Weise sogar störrischen Menschen göttliche Weisheiten zu schenken. Seinen farbigen Beschreibungen konnte sich keiner entziehen. Bis er seine Leichtigkeit verlor.«

»Wie meinst du das?«

»Es gab da etwas, das ihn von Jahr zu Jahr mehr bedrückte. Niedergeschlagenheit lässt sich nicht ewig verbergen, schon gar nicht, wenn man ein Geschichtenerzähler ist.«

»Solange dein Bruder Primo noch in der Stadt wohnte, habe ich Nonno Gaspare immer für den glücklichsten Menschen der Welt gehalten. Er hat mich seine Traurigkeit nie spüren lassen.«

Giuseppe lächelte Pala aus seinen großen Jungenaugen an. »Du warst ja auch sein kleiner Schatz, Schwesterlein. Er hat alle Kinder gemocht, weil in ihnen noch jene Gabe zum Staunen und vor allem zum Glauben lebt, die den meisten von uns längst verloren gegangen ist. Aber *dich* liebte er besonders.«

Pala spürte, wie ihr zerschlissenes Nervenkostüm neue Tränen durchsickern ließ. Also war sie doch nicht, wie Dottore Stefano einmal angedeutet hatte, nur *irgendeines* jener Küken, die mit ihren aufgerissenen Schnäbeln Nonno Gaspare einen Geschichtenwurm entlocken wollten. Er liebte seine »kleine Pala«. Als diese Erkenntnis nun ihren Körper wie ein warmer Trunk durchströmte, lebte sie geradezu auf. Mit einem Zipfel des Kleidersaums trocknete sie ihre Augenwinkel und sagte: »Es war lieb, mir das zu sagen, Giuseppe. Dabei wolltest du mir doch erzählen, warum Nonno Gaspare so niedergeschlagen war.«

Giuseppes gespreizte Finger der linken Hand durchkämmten sein Haar und mit einem tiefen Seufzer löschte er versehentlich fast die Kerze in der Rechten. »Ich kann dir nur das Bild in *meinem* Kopf beschreiben, das die Wirklichkeit möglichst wahrheitsgetreu wiederzugeben versucht. Du hättest es vermutlich ganz anders gemalt, Pala. Um es überhaupt so weit zu bringen, musste ich erst mit mir selbst ins Reine kommen, und das war alles andere als leicht. Du solltest wissen, uns Oratores – ich schließe mich da nicht aus – liegt das Streben nach Vollkommenheit im Blut. Gaspare hat unter diesem Erbe zuletzt sehr gelitten. Seine Geschichten mussten einzigartig sein, der Vortrag fehlerlos, die Sprache ohne jeden Makel, andernfalls war er nicht zufrieden. Sein Leben lang hatte er, wie er selbst sagte, nach den ›vollkommenen Worten‹ gesucht, doch sie nie gefunden. Für mich ist er der größte lebende Geschichtenerzähler, doch selbst für einen solchen gibt es Grenzen.«

»Aber die hat doch jeder Mensch.«

»Gaspare Oratore konnte sehr unduldsam sein, zuallererst gegen sich selbst. Er wollte mit seinen Geschichten das Herz *aller* Zuhörer anrühren, sie ohne Ausnahme in Bann schlagen. Irgendwann muss er sich bei der Wiederholung einer abgedroschenen Redewendung ertappt haben. Er geriet in Panik. Dann benutzte er unabsichtlich einen Handlungsfaden, den er schon früher einmal verwoben hatte. Als ihm sein Missgeschick bewusst wurde, geriet er in Zorn. Seine Gereiztheit konnte auf lange Sicht kaum unbemerkt bleiben und es kam, wie es kommen musste.«

Pala schüttelte den Kopf, weil ihr Herz nicht glauben wollte, was ihr Verstand sagte. »Die Menschen fingen an ihn zu meiden.«

Giuseppe nickte traurig. »Einsamkeit ist der Lohn der

Unduldsamen. Wer sich selbst im Streben nach Vollkommenheit niemals Grenzen setzt, der wird zwangsläufig irgendwann diese Erfahrung machen. Gaspares Zuhörerschaft wurde immer kleiner. Ausgerechnet in dieser Zeit kam ich zu ihm und sagte, ich wolle in seine Fußstapfen treten. Man müsse ja nicht unablässig Neues bringen. Vollendung erreicht nur der, der Bewährtes mit Geduld in tausend kleinen Schritten verbessert. Vater wollte nichts davon wissen. ›Du würdest lieber alle Brücken hinter dir abbrechen, als einen unebenen Weg zweimal zu gehen‹, warf ich ihm vor. Er seufzte nur und schüttelte traurig den Kopf.«

»Und was geschah dann?«

»Er schwieg. Ich warf ihm Altersstarrsinn vor und beschloss bei der nächstbesten Gelegenheit von zu Hause wegzulaufen. Kurz darauf stellte er die Suche nach den vollkommenen Worten ein und gab seinen Beruf auf. Nein, ich glaube, er hat sich selbst aufgegeben. Enttäuscht zog er sich in sein Schneckenhaus zurück, um hinfort in einer Traumwelt weiterzuleben, in der sein Publikum allein aus Kindern bestand, aus Menschen also, für die alles neu, alles wunderbar ist. Nachdem er mir seinen Segen verweigert hatte, verließ ich Silencia ohne ein letztes Lebewohl.«

»Ich kann mir lebhaft vorstellen, wie du ihm deine pfefferscharfen Überlegungen schonungslos unter die Nase gerieben hast: Er sei ein starrköpfiger alter Narr und du würdest in Zukunft natürlich alles viel besser machen. Hat es sich ungefähr so angehört?«

»Man könnte glauben, du wärst dabei gewesen.«

Pala schüttelte aufgebracht den Kopf. »Wenigstens ist mir jetzt klar, warum ihr euch gestritten habt. Hättest du nicht etwas geschickter vorgehen können? Er wollte dich bestimmt nur vor den schlimmen Erfahrungen schützen, die er selbst durchmachen musste.«

»Allmählich wird mir das klar, Pala. Aber damals redete

er nur über meine Zukunft, die Schwierigkeiten, eine Familie zu ernähren und das Aussterben unseres Berufes. Natürlich widersprach ich ihm. Das Geschichtenerzählen sei ein Mundwerk, das eine goldene Zunge hat, wie das Sprichwort sagt. Ich hielt seine Warnungen für reines Selbstmitleid, und das habe ich diesem alten Sturkopf auch ins Gesicht gesagt.«

»Ha!«, lachte Pala und sah zugleich richtig wütend aus. »Du bist doch selbst ein Sturkopf, nur eben ein junger. Ihr seid in unterschiedliche Richtungen davongerannt und habt euch beide in einem Labyrinth verlaufen.«

»Für ein Mädchen deines Alters bist du erstaunlich tiefsinnig, Schwesterlein.«

»Du brauchst gar nicht abzulenken.«

Giuseppe lächelte mit einem Mal auf eine sonderbar leichte Weise. »Das liegt mir fern. Ich habe Fehler gemacht. Jeder Mensch tut das. Das Leben wird aber erst dann zum Labyrinth, wenn man die eigene Schuld auf andere abwälzt. Leider neigen die meisten von uns dazu, die Verantwortung für ihr Handeln abzuschieben, und verbauen sich damit jeden Ausweg.«

»Aber du bist nach Silencia zurückgekehrt …«

»Als ich hierhin aufgebrochen bin, kam ich mir vor wie ein Ritter, der mit seiner Lanze gegen einen großen Lindwurm namens ›Schweigen‹ in den Kampf zieht. Ich war nicht ehrlich gegen mich selbst. Doch inzwischen ist mir einiges klar geworden. Ich möchte mich mit meinem Vater aussöhnen, will ihn besser verstehen und auch von ihm verstanden werden. Nur so kann ich meiner Irrfahrt ein Ende setzen.«

Pala trat dicht an Giuseppe heran, stellte sich auf die Zehenspitzen und küsste ihn auf die Wange. »Jetzt bist du wieder mein großer Bruder, auf den ich mich verlassen kann und der mich beschützt. Wir hatten uns da wohl beide in etwas verstiegen.«

»Ich habe das Gefühl, *du* suchst den Ausweg noch.« Giuseppe sah Pala durchdringend an.

Sie wich seinem Blick aus. »Keine Ahnung, was du damit meinst.«

»Ich rede von deiner Sehnsucht nach Liebe – schon vergessen, was du vor ein paar Minuten gesagt hast? Dein Nonno Gaspare ist nicht der Einzige, dem du etwas bedeutest, Pala.«

»Ein Heiratsantrag wird das jetzt aber nicht, oder?«

Giuseppe lachte. »Keine Angst, Pala. Ich bin nicht Pasquale. Meine Zuneigung zu dir hat tiefere Wurzeln. Nein, ich rede von deiner Familie.«

»Ich habe keine Familie mehr.«

»Als du in der Basilika von eurem Besuch auf Zittos Wohltätigkeitsveranstaltung erzählt hast, hörte sich das aber ganz anders an.«

Pala verschränkte die Arme vor der Brust und blickte in die Dunkelheit. »Ich weiß nicht, worauf du hinauswillst.«

»Warum fühlst du einen so tiefen Schmerz? Sag nicht, ich würde mich irren – ich kann es dir ansehen.«

Pala schlug die Augen nieder.

Giuseppe nahm ihre Hand und spürte, wie sie zitterte. »Du weißt nicht, ob du deinen Gefühlen trauen kannst, stimmt's?«

Sie begann nun doch zu schluchzen, nickte zwei-, dreimal und erwiderte mit hängendem Kopf: »Als ich vor ein paar Stunden von zu Hause weggelaufen bin, glaubte ich meine Adoptiveltern hassen zu müssen, weil sie mich jahrelang belogen haben.«

»Und jetzt?«

»Jetzt bin ich mir nicht mehr so sicher.«

»Aber das ist doch gut.«

»Gar nichts ist gut! Sie haben sich gestritten und von Scheidung gesprochen – alles fällt auseinander …«

»Ich würde diese Tür noch nicht zuschlagen, Pala. Sie

könnte dir den Weg aus *deinem* Treppenlabyrinth zeigen. Du hast schon Recht, es gleicht diesem hier: Einige Stufen führen ins Herz der Liebe, andere auf den eisigen Gipfel des Hasses, und zwischendrin gibt es viele verwirrende Abzweigungen. Der richtige Weg aus dem Irrgarten deiner Gefühle muss nicht unbedingt auch der leichteste oder nächstliegendste sein.«

Den Kopf nicht mehr als nötig hebend, blickte Pala in Giuseppes Gesicht. »Willst du damit sagen, ich soll mich wie du meinen eigenen Fehlern stellen?«

»Du kannst sie ja Irrtümer nennen, wenn dir dabei wohler ist. Wer so heftige und widersprüchliche Gefühle in sich spürt wie du, der kann sich leicht in falsche Schlussfolgerungen – wie hast du es vorhin genannt? – *versteigen.«* Giuseppe lächelte aufmunternd. »Womit wir wieder bei unserem Treppenlabyrinth wären. Ich schlage vor, wir suchen jetzt erst einmal den Ausgang aus dieser Höhle hier. Und anschließend stellen wir Zitto zur Rede. Wenn mich mein Gespür nicht trügt, dann ist er der Schlüssel zur Lösung einer Menge von Problemen.«

Pala nickte. Einen Moment lang schien der Boden unter ihren Füßen in Bewegung zu geraten. Erschrocken krallte sie sich an Giuseppes Weste fest.

»Geht's dir gut?«, fragte der besorgt.

»Mir ist, als säße ich in einem Zug, der gerade in Fahrt kommt.«

»Also, ich merke nichts. Du bist schon lange auf den Beinen und musst erschöpft sein. Kaum verwunderlich, wenn dir da schwindlig wird. Wollen wir einen Moment ausruhen?«

Pala schüttelte den Kopf. »Es geht schon.« Sie wischte sich mit dem Handrücken die letzten Tränen aus den Augen. Mit einem Mal fiel ihr Blick auf die Treppe unter ihnen. »Giuseppe, schau nur!«

Seine Augen folgten ihrem deutenden Arm und schienen plötzlich zu wachsen. »Ich kann das Ende der Stufen sehen, ganz nah! Der Steg mündet wieder in einen Tunnel. Warum ist uns das vorher nicht aufgefallen?«

Sie zuckte die Achseln und deutete in die entgegengesetzte Richtung nach oben. »Hast du das auch schon gesehen?«

Giuseppe starrte in eine undurchdringliche Schwärze. »Was?«

»Genau das meine ich. Da ist nichts. Alle deine glimmenden ›Bindfäden‹ sind verschwunden. Und die Kerze in deiner Hand wird uns auch nicht mehr lange nützen. Lass uns nachsehen, wohin der Gang führt, ehe wir blind durch diesen Irrgarten tappen.«

Pala konnte die überraschende Entdeckung nicht so leichthin abtun, wie sie sich den Anschein gegeben hatte. Sie war überzeugt, *vor* ihrem Gespräch über die Lebenslabyrinthe noch eine sich endlos in der dunklen Tiefe verlierende Treppe gesehen zu haben. Und nun war da mit einem Mal dieser Tunnel.

Der breite Stollen gestattete ihr neben Giuseppe herzugehen. Der Erzähler hatte seinen beängstigend zusammengeschrumpften Kerzenstummel auf einem langen Steinsplitter befestigt, um sich am heißen Talg nicht die Finger zu verbrennen. Nach wenigen Schritten weitete sich der Gang zu einer lang gestreckten Höhle aus, die von einem lauten Rauschen erfüllt war. Der vorher schon erahnte Fluss toste hier durch die finstere Tiefe. Plötzlich erlosch die Kerze.

Giuseppe und Pala blieben sofort stehen. »Das war's dann wohl«, knurrte er und sie jammerte: »O nein! Kannst du sie nicht wieder anzünden?« Woraufhin er anmerkte: »Ich habe mein letztes Streichholz auf der Treppe verbraucht. Jetzt sitzen wir schön in der Klemme.« Es entstand eine kleine Pause. Dann drang wieder Palas Stimme aus der Dunkelheit, auffallend verheißungsvoll.

»Vielleicht auch nicht.«

»Was soll denn *das* nun wieder bedeuten?«

»Sieh doch mal da vorne.«

Giuseppes Augen durchforschten die Dunkelheit. Mit einem Mal entdeckte er einen kaum wahrnehmbaren Schimmer, womöglich nur eine Sinnestäuschung, der verzweifelte Versuch seines gequälten Bewusstseins sich an den Nachglanz der erloschenen Kerzenflamme zu klammern – doch das schwache Leuchten blieb ihm treu.

»Kann das schon der Ausgang sein?«, fragte Pala hoffnungsvoll.

»Das werden wir gleich wissen«, antwortete Giuseppe und setzte sich wieder in Bewegung.

Mit tastenden Schritten liefen sie auf das graue Licht am Ende des Tunnels zu. Bald nahm es klare Umrisse an und sie konnten schneller gehen. Es war tatsächlich ein gemauerter Durchlass. Er mündete offenbar in ein weiteres Gebäude, denn man konnte auch dahinter Mauerwerk erkennen, große, sauber aufeinander geschichtete Steinquader. Ein banger Gedanke schlich sich in Palas Zuversicht.

»Wir werden doch nicht wieder im Kloster herauskommen?«

Giuseppe schüttelte den Kopf. »Das kann ich mir nicht vorstellen.«

Endlich erreichten sie den Durchgang. Früher musste ihn eine Tür verschlossen haben, aber nun ragten nur rostige Angeln aus dem Stein. Dahinter befand sich ein zwar hoher, aber im Durchmesser eher kleiner achteckiger Raum, der in keinem sehr guten Zustand war. Auf dem Mosaikfußboden lagen Trümmer herum. Letzte Reste ehemals bunter Glasfenster mühten sich mit mäßigem Erfolg, einem grauen Himmel etwas mehr Freundlichkeit zu verleihen. Zäh strömte das aschfahle Licht herein und ließ unzählige Staubkörnchen matt erstrahlen.

Pala wunderte sich. Der Helligkeit nach zu urteilen, musste es bereits später Vormittag sein. Wie schnell die Zeit unter der Erde vergangen war! »Ist es das, was ich vermute?«, fragte sie ahnungsvoll.

Giuseppes Augen durchwanderten noch den Raum. Sich mit den Fingern durchs schwarze Lockendickicht fahrend, antwortete er: »Das könnten die Überreste des Baptisteriums sein.«

»Der Taufkapelle?«, jammerte Pala. »Dann sind wir also tatsächlich wieder im Kloster gelandet?«

»Kennst du den Grundriss der Anlage?«

»Ehrlich gesagt bin ich viel zu durcheinander, um mich genau erinnern zu können.«

Giuseppe grinste. »Das Baptisterium lag aus einem mir unbekanntem Grund schon immer *jenseits* der Mauer, die an dieser Stelle früher nicht so hoch und außerdem von mehreren Toren durchbrochen war. Da drüben kommen wir übrigens heraus.« Er fasste Pala bei der Hand und zog sie hinter sich her.

Der direkte Weg zum Ausgang führte über zerklüftete Trümmer, die schon vor langer Zeit von der Kuppeldecke des kleinen Taufhauses gefallen sein mussten. Als das Paar endlich ins Freie trat, bestätigte sich Giuseppes Annahme. Sie befanden sich tatsächlich im Schlossgarten.

In Zittos Reich!

Pala konnte es noch gar nicht fassen. Sie erhob die Augen zum Himmel und wünschte sich das eine oder andere Mottenloch in dieser grauen Wolkendecke. Die warme Luft hier draußen war unangenehm schwül. Den Blick wieder senkend, wunderte sie sich über die sonderbare Ferne der Burg. Der quadratische Hauptturm reckte sich trutzig den Wolken entgegen. Bald würde der Wiederaufbau des alten Herrschersitzes abgeschlossen sein. Nur an wenigen Stellen klafften noch Breschen in der inneren Festungsmauer. Hier und da fehlten ein paar größere Stücke in den Gebäuden, wie wenn ein Riese sie herausgebissen hätte. Bauarbeiter waren keine zu sehen.

Als Palas Augen den Berg hinabwanderten, begegneten sie ordentlich gestutzten Hecken, saftig grünen, in der Form von Buchstaben beschnittenen Laubbäumen, einer frisch gemähten Rasenfläche, kiesbestreuten Wegen und sogar einem kleinen Bach, der etwa einen Steinwurf unterhalb der Burg entsprang. Aus der Ferne hatte der Hang zwischen der äußeren und inneren Burgmauer immer einen eher verwahrlosten Eindruck gemacht.

Der mit den Augen unternommene Rundgang endete bei Giuseppe, dessen Blick noch irgendwo hoch oben zwischen den Burggebäuden herumirrte. Zum ersten Mal seit vielen Jahren konnte Pala ihren Freund bei Tageslicht betrachten. Wenn sie sich recht erinnerte, musste er vor einigen Wochen einundzwanzig geworden sein. Seine Haut war sonnengebräunt. Das Haupt ruhte auf einem langen Hals, dessen Mitte ein prachtvoller Adamsapfel zierte. Über der linken Augenbraue entdeckte sie eine längliche Narbe, die sie noch nicht kannte. Von der Seite betrachtet erinnerte er sie an eines der Standbilder aus dem Stadtmuseum für Altertümer. Es hatte einen jungen Feldherrn dargestellt: ausdrucksvolles Gesicht, ernste Miene, Augen, die bereits erobert hatten, was erst noch in Besitz zu nehmen war. Der Sohn des großen Gaspare Oratore trug ein helles Leinenhemd, eine rehbraune Wildlederweste und eine weite, erdfarbene Wollhose. Seine nackten Füße steckten in gleichfalls braunen Schuhen, wie sie bisweilen die Fischer am Meer trugen. Den Blick noch auf den Hang geheftet, deutete er hinauf zu einem breiten Kiespfad, der ganz in der Nähe begann und sich zur Burg hochschlängelte.

»Wir nehmen am besten diesen Weg dort.«

Pala blinzelte benommen, und aus dem jungen Heerführer, der seinen Schlachtplan entwarf, wurde wieder Giuseppe der Geschichtenerzähler, ihr »großer Bruder und Beschützer«. Sie lächelte. »Einverstanden. Ich bin froh, nicht mehr den Staub von Trümmern einatmen zu müssen.« Sie lief einige Schritte voraus und weil Giuseppe ihr nicht sogleich folgte, blieb sie noch einmal stehen und wandte sich zu ihm um. Dabei entdeckte sie ein auffälliges Licht am Himmel. »So etwas habe ich noch nie gesehen!«

Die Verzückung in ihrer Stimme lenkte Giuseppes Aufmerksamkeit endlich von dem Schlossberg ab und er folgte ihrem Blick. Weil die Ruine des Taufhauses ihm jedoch die Sicht versperrte, lief er rückwärts einige Schritte den Hang hinauf, bis auch er sehen konnte, was Pala so in Erstaunen versetzt hatte.

Am Himmel über den Dächern Silencias klaffte ein Riss, der schnell schmaler wurde. Es war nicht einfach nur ein Loch in den Wolken, sondern ein Spalt, wie wenn eine gigantische Tür sich schloss. Jenseits dieser Himmelspforte strahlte ein überirdisches Blau. Gleich einem riesigen glänzenden Schleier fiel das Licht auf die Stadt herab, die in seinem gelben Schimmer seltsam klein anmutete. Der unwirkliche Anblick währte nur einen kurzen Moment, dann schloss sich die Tür und Grau beherrschte das Firmament.

Benommen starrten die beiden noch eine ganze Weile in den wabernden Wolkenbrei, doch das ergreifende Schauspiel war vorüber. Als Pala endlich wieder zu sich kam und den Blick sinken ließ, bemerkte sie ein Wandgedicht, das sich über dem Eingang des Taufhauses befand.

Die Offenheit lässt den Verschwörer weichen,
verkriechen sich in finsteren Verstecken,
um schlimm're Hinterlisten auszuhecken
und Beistand sich zu suchen bei den Reichen.

Gewinnsucht wie auch Machtgier und dergleichen
verführt die Schwächlinge zum Speichellecken.
Des Schweigens Mantel über Unrecht decken,
rangiert für sie nur unter Schelmenstreichen.

Mit Günstlingen nicht laut im Chor zu singen
noch gierig nach des Armen Brot zu schnappen,
verlangt um Liebe immerfort zu ringen.

Erst Feindes Schliche kenn'n, ihn dann ertappen:
Mit diesem Plan kann Freunden doch gelingen,
das Netz von Ichsucht, Stolz und Neid zu kappen.

»Merkwürdig«, murmelte sie.

»Als hätte jemand eine Tür hinter uns zugeschlagen«, flüsterte Giuseppe.

»Ich rede von dem Gedicht da.« Pala deutete zum Taufhaus hin.

Giuseppe überflog die Zeilen und zuckte dann die Achseln. »Ich weiß gar nicht, was dich daran stört. Passt doch wunderbar: Wenn wir des Feindes Schliche kennen, können wir sein Netz von Ichsucht, Stolz und Neid kappen. Ich frage mich allerdings, warum Zitto ausgerechnet *diesen* Spruch noch nicht entfernt hat.«

»Ja, seltsam – aber fällt dir nichts an der ersten Zeile auf?«

»Die Übereinstimmung mit dem Sonett aus der Universität, meinst du? Es gibt hunderte von Wandgedichten in Silencia oder zumindest *gab* es sie, bevor Zitto damit angefangen hat, sie auszumerzen. Wenn da der eine Dichter gelegentlich vom andern abgeschrieben hat, wundert mich das überhaupt nicht.«

»Und was sagst du, wenn ich dir von einem weiteren Sonett am Friedhofstor erzähle, dessen Schlusszeile genau dem Auftakt deines Hochschulgedichtes entspricht?«

Giuseppe wurde nun doch nachdenklich. »Am Friedhof, sagst du?«

Sie nickte. »*Den Tod erfreut's, der still liegt auf der Lauer.* Merkwürdiger Zufall, nicht wahr?«

Ein verschmitztes Grinsen stahl sich auf sein Gesicht. »Eigentlich nicht. Bei dem Spruch am Friedhofstor handelt es sich nämlich um das Geburtsgedicht eines anderen Oratore. Soweit ich weiß, war er sogar der Sohn jenes Gönners, der sich an der Universität verewigt hat. Vermutlich stammen sogar beide Sonette von seinem Vater.«

»Möglich«, brummte Pala. Sie musste an die unzähligen Gedichte denken, die sie in den letzten Jahren gelesen und gehört hatte. Mit der ihr eigenen Sicherheit in solchen Dingen konnte sie darunter jene an den Fingern abzählen, die sich mit ihren End- und Eingangszeilen wie einzelne Kettenglieder aneinander reihten.

»Können wir jetzt gehen?«, drängte Giuseppe.

Sie warf die Arme hoch und ließ sie wieder herabfallen. »Ach, was soll's. Es gibt Wichtigeres, als sich über alte Gedichte den Kopf zu zerbrechen.«

Etwas stimmte nicht. Pala hatte es schon nach kurzer Zeit bemerkt. An ihrer Seite grübelte Giuseppe still vor sich hin. Die Hände in den Hosentaschen, hatte er den Blick nach unten gerichtet und schien seine Umgebung gar nicht wahrzunehmen. Zunächst zögerte Pala noch unschlüssig, weil der Serpentinenweg ja, um dem Hang die Steilheit zu nehmen, nicht direkt auf die Burg zuführte. Aber nun wurde ihr die Sache doch unheimlich.

»Warte mal!«, stieß sie hervor und blieb unvermittelt stehen.

Giuseppe lief noch zwei Schritte weiter, bis er aus seiner Versenkung auftauchte. »Was?«

Pala deutete den Berg hinauf. »Wie weit, schätzt du, ist die Festung entfernt?«

Die Augen des Erzählers folgten ihrem ausgestreckten Arm und wurden plötzlich starr. »Das gibt's doch nicht!« Giuseppe schüttelte ungläubig den Kopf. Obwohl sie sich der Zitadelle genähert haben mussten, schien sie weiter entfernt als noch zu Beginn ihres Fußmarsches. »Das Wetter ist heute so komisch. Vielleicht ist es ja eine Täuschung, eine Luftspiegelung oder so etwas.«

»Wenn man die Wahrheit nicht glauben will, zimmert man sich eben eine passende Erklärung.«

Der junge Geschichtenerzähler blickte entgeistert das Mädchen an, dann die flüchtige Burg und zuletzt wieder Pala. »Aber so etwas gibt es doch nicht!«

»Das sagtest du bereits. Anscheinend hast du meine Geschichte über Zittos Mauer nicht ernst genommen. Mit diesem Bergweg ist es genau das Gleiche: Je näher wir dem Ziel kommen, desto weiter entfernt es sich von uns.«

Giuseppe schüttelte den Kopf. »Nein, das kann ich nicht glauben und du hast sogar Recht: Ich *will* es auch nicht.«

Er ballte die Fäuste, hielt die angewinkelten Arme eng an den Körper gepresst und stapfte trotzig den Kiesweg hinauf. Pala hatte Mühe, ihm zu folgen. Bald stießen sie auf den schon vorher erspähten Bach.

Eine hölzerne Brücke überspannte den schmalen Wasserlauf. Nahebei stand eine Trauerweide, die fürwahr einen bemitleidenswerten Anblick bot: Kein einziges Blatt hing mehr an ihren peitschenartigen Zweigen, dabei hatte der Herbst erst begonnen. Ihr dicker, knorriger, offensichtlich uralter Stamm ragte weit über das Wasser, als suche sie dort ihre verloren gegangenen Blätter. Während Pala der Brücke entgegenstolperte, ruhte ihr Blick auf dem Baum und schien sich nicht mehr von ihm lösen zu lassen. Sie hörte Giuseppe kaum zu, der sich gerade über den Bach wunderte. So weit oben, wie er entsprang, musste er auch von jenseits der Mauer zu sehen sein. Aber der Erzähler hatte ihn noch nie bemerkt.

»Er weint«, sagte Pala unvermittelt.

»Wer? Der Bach?«

»Unsinn. Ich rede von dem Baum da.« Sie bog vom Weg ab, um die Trauerweide näher in Augenschein zu nehmen. Giuseppe stöhnte leise, folgte ihr dann aber doch.

Staunend blieb Pala vor dem kahlen Baum stehen. Manchmal, wenn im Frühling ein später Kälteeinbruch noch einmal Frost brachte, besprühten die Obstbauern rund um Silencia ihre Bäume mit Wasser, damit sich um die zarten Blüten eine schützende Eisschicht bildete. Es war unglaublich, aber genauso glitzerten die glatten, gelbgrünen Äste der Trauerweide. Und am Ende der langen Peitschen tropften – Pala wollte kein besseres Wort dafür einfallen – *Tränen* herab.

Weil die Weide sich ja, wie in Gram gebeugt, weit über das Wasser neigte, wurden die meisten herabfallenden Tröpfchen vom schnell dahinfließenden Bach mitgenommen. Pala ging ganz nahe an einen der dünnen, gebogenen Zweige heran. Nein, da tropfte kein tauender Eispanzer, sondern ein feiner Wasserfilm, der die Weidengerte völlig umschloss. Über Palas rechter Schulter ertönte Giuseppes Stimme, unüberhörbar beeindruckt und zugleich um Sachlichkeit bemüht.

»Dafür gibt es bestimmt eine vernünftige Erklärung. Es ist sehr warm hier. Die Feuchtigkeit könnte sich auf den Ästen des Baumes niederschlagen und deshalb an ihnen herablaufen.«

Anstatt zu antworten, legte Pala den Kopf in den Nacken und sah zur Krone der Weide hinauf. Es wehte nicht das geringste Lüftchen, keine der Peitschen bewegte sich und trotzdem drang aus den Zweigen ein Geräusch. Nie hätte sich Pala so etwas vorstellen können, aber dieses Säuseln hörte sich seltsam schwermütig und dunkel an, fast wie ein leises Klagen. Das Mädchen streckte die linke Hand aus und berührte mit dem Zeigefinger die Gerte. Sie fühlte sich warm an, lebendig. Neugierig blickte Pala durch den kristallklaren Tropfen auf ihrer Fingerkuppe. Sie konnte darin Zittos Burg sehen, winzig klein, als wäre sie unendlich fern. Und dann leckte Pala die »Träne« ab. Auf ihrem Gesicht erschien ein Ausdruck der Verwunderung.

»Was ist?«, fragte Giuseppe, der jede ihrer Bewegungen argwöhnisch verfolgt hatte.

»Es schmeckt salzig. Wie eine richtige Träne.«

Während der Geschichtenerzähler noch mit dem Einfangen einer eigenen Probierträne beschäftigt war, veränderte sich in Palas Ohren das Rauschen aus dem Astwerk der Weide. Plötzlich hörte das Mädchen eine leise, jammernde Stimme.

»Nein, geh nicht dorthin! Ich will dich nicht auch noch verlieren. Bitte …!« Das Klagen der Trauerweide ging in ein herzergreifendes Schluchzen über.

Pala war entsetzt. Das Jammern und Weinen konnte nur von dem Baum kommen, denn von Giuseppe stammte es eindeutig nicht. Aber wie war das möglich? Ehe sie sich von ihrem ersten Schrecken erholen konnte, stockte ihr erneut der Atem, denn unvermittelt spürte sie eine große Traurigkeit in sich aufsteigen. Erschrocken starrte sie die Weide an und taumelte zwei, drei schnelle Schritte zurück. Sie wurde von diesem brennenden Seelenschmerz regelrecht überrumpelt, denn sie kannte ihn sehr genau. Ja, es war ihre *eigene* Trauer aus der vergangenen Nacht, die sie da verspürte, jenes Empfinden des schmerzlichen Verlustes von Mutter, Vater und Schwester, von allem, das ihr Geborgenheit gegeben hatte.

Gift! Ihr erster klarer Gedanke, der über den Kummer obsiegte, schien ihr unmittelbar in die Beine zu fahren, die sich plötzlich beunruhigend weich anfühlten. Pala schwankte. Entsetzt blickte sie in Giuseppes bleiches Gesicht.

»O nein!«, jammerte er neben ihr. Er war in dieselbe Falle getappt. Sein Blick starrte anklagend auf den Finger, der ihm eben noch im Mund gesteckt hatte. Die Tränen der Trauerweide wirkten schnell. Giuseppe schüttelte verzweifelt den Kopf und schluchzte: »Vater, das habe ich nicht gewollt. Wenn ich nur gewusst hätte, was ich damit anrichte … Aber ich werde es wieder gutmachen. Ich …«

Der junge Geschichtenerzähler erschrak, als Palas Hände die seinen umfassten. Wie durch einen Schleier sah er ihr tränenfeuchtes Gesicht. »Giuseppe!«, flüsterte sie sanft. »Es ist gut, Giuseppe. Was du fühlst, ist nur ein weiterer Versuch Zittos, uns von seiner Festung fern zu halten.«

»Aber diese Traurigkeit, der Schmerz … Er ist so … *groß!* So echt.«

»Weil es wirkliche Trauer ist. Verstehst du denn nicht? Die Tränen der Weide können nur wachrufen, was in uns schlummert. Doch Nonno Gaspare hat einmal zu mir gesagt, der Schmerz sei zu unserem Schutz gemacht.«

»Ich kenne Vaters Lektionen: Gebranntes Kind scheut das Feuer. Aber was hilft uns das noch? Diese Tränen sind pures Gift! Den Wahnvorstellungen werden vermutlich Magenkrämpfe folgen, dann tritt uns Schaum vor den Mund, wir laufen grün an und …«

»Giuseppe!«, unterbrach Pala ihren Gefährten abermals mit ruhiger, aber eindringlicher Stimme. Sie hatte seine beiden Hände gepackt, drückte sie so fest sie konnte und hielt seinen Blick mit ihren Augen gefangen. Als er endlich ruhiger wurde, lächelte sie. »Dich bringen höchstens deine Einbildungen um, Brüderchen, aber nicht der Baum. Ich habe ja selbst im ersten Moment gedacht, die Tränen seien vergiftet, aber dann sah ich dein Gesicht und …«

»Und?«

»Es hat mir so wehgetan.«

»Was?«

»Ansehen zu müssen, wie du leidest. Und mit einem Mal fühlte ich mich selbst stärker, weil ich dich ja beschützen musste.«

Der Geschichtenerzähler machte einen verwirrten Eindruck. War die Rolle des rettenden Ritters nicht gerade noch anders besetzt gewesen? »Du scheinst von meinem Vater mehr gelernt zu haben als sein eigener Sohn. Aber mein alter Herr hat Recht: Der Schmerz ist zu unserem Schutz gemacht. Und deshalb sollten wir schleunigst umkehren, wie der Baum es uns geraten hat.«

»Ich habe ihn nur sagen gehört: ›Geh nicht dorthin!‹ Von der Zitadelle hat die Trauerweide nichts erwähnt. Vielleicht meinte sie ja, wir sollten nicht zu unseren alten Fehlern zurückkehren, zu unserem verkehrten Standpunkt, dem wir unser Leid zu verdanken haben. Diese Lektion hat mir erst vor kurzem ein guter Freund beigebracht.«

Giuseppes linker Mundwinkel wanderte in Richtung Ohr. »Du meinst diesen Heißsporn, der mit Kerzenstummeln durch Treppenlabyrinthe rennt? Er mag ja Recht haben, aber wer sagt uns, ob nicht die Idee, Zitto in seinem Schlupfwinkel aufzustören, der größte aller Fehler ist? Immerhin … Ach, ich weiß nicht! In meinem Kopf schwirrt alles durcheinander.«

»Meinst du, mir geht es anders? Aber vielleicht haben wir dieses Herumirren in der Unterwelt und die Erfahrung mit diesem Baum gebraucht, um unser Denken zurechtzurücken. Ich möchte Zitto jedenfalls daran hindern, mir noch einmal so etwas wie gestern Abend anzutun. Und das erreiche ich nicht, wenn ich vor ihm weglaufe. Ich muss mich ihm stellen. Da oben, in seiner Burg.« Pala deutete zur Zitadelle hinauf. Je klarer sie ihre Gefühle zum Ausdruck brachte, umso kühner klang ihre Stimme.

Endlich ließ sich auch Giuseppe von ihrem wieder erstarkten Mut anstecken. Er nickte langsam, wagte sogar ein kleines Lächeln und sagte: »Du hast ja Recht: Der Sieg winkt nur dem Tapferen. Lass uns weitergehen.«

Jeder Schritt zur Burg hin trug sie weiter davon weg. Nach kurzer Zeit blieben Pala und Giuseppe erneut stehen. Die Festung war nun in unleugbar weite Ferne gerückt. Sie ragte aus einem feinen Nebelschleier und sah farblos, beinahe unwirklich aus.

Um ihr Ziel zu erreichen, würden die beiden Wanderer eine Senke durchqueren müssen, die ihnen vorher nicht aufgefallen war.

Giuseppe stemmte die Fäuste in die Seiten, starrte die Zitadelle böse an und schüttelte wieder den Kopf. »Nein, nein und nochmals nein! Das gibt es einfach nicht.«

Pala sah ihn besorgt an. »Manchmal hast du für einen Märchenerzähler erschreckend wenig Phantasie.«

»Ich versuche nur gerade meiner Fassungslosigkeit Herr zu werden.«

»Ach so. Hast du dich schon einmal umgedreht?«

»Nein. Wieso …?« Giuseppe war Palas Empfehlung gefolgt und erlitt gerade den nächsten Schock. Auch die Grenzmauer des Schlossgartens lag so weit unter ihnen, als wären sie schon kilometerweit gewandert. Das Taufhaus, ja, das gesamte Kloster war verschwunden. Und die Häuser Silencias konnte man bestenfalls noch erahnen. Sie glichen eher einem Feld, in dem sich braune und ockerfarbene Töne mischten.

»Ich wüsste zu gerne, wie er das macht«, murmelte Pala.

»Wer?«

»Zitto. Er lässt Mauern, Treppen und Gärten wachsen, wie es ihm beliebt. Glaubst du an Zauberer, Giuseppe?«

Der prächtige Adamsapfel des Erzählers hüpfte einmal auf und nieder. »Ja, aber ich verbinde mit dieser Vorstellung nichts Gutes. Vielleicht haben wir uns zu blauäugig in dieses Abenteuer gestürzt. Auf die Gefahr hin mich zu wiederholen: Wir sollten schleunigst von hier verschwinden.«

Inzwischen hatte auch Pala sich mit dem Gedanken abgefunden, Zittos Burg nicht im Sturm erobern zu können. Neben Mut und Entschlossenheit war hierzu vor allem ein vernünftiger Plan erforderlich. Schweren Herzens willigte sie in Giuseppes Vorschlag ein. Und dann begannen beide zu laufen.

Hurtig ging es bergab. Ihre Füße stampften grünes Gras nieder, bunte Wiesenblumen leuchteten darin – eher beiläufig bemerkte Pala das Fehlen des Kiesweges. Wann hatten sie ihn eigentlich verlassen? Auch das Birkenwäldchen dort am Flusslauf war ihr zuvor nicht aufgefallen. Sie rannten in eine flache Mulde hinab. Als sie am anderen Ende, dicht bei den Bäumen, wieder herauskamen, war Zittos Mauer verschwunden. Dort, wo sich Silencias Dächer befinden mussten, ließ sich ein etwas dunklerer Fleck ausmachen, der alles Mögliche sein konnte.

»Halt!«, schrie Giuseppe. Er war völlig außer Atem. »Halt, Pala!«

Sie blieb neben ihm stehen und starrte ängstlich zu dem einzigen Orientierungspunkt hin, der ihnen noch die Richtung nach Hause anzeigen konnte.

»Das gibt es doch nicht!«, wiederholte Giuseppe wohl schon zum hundertsten Mal. In seinem Gesicht spiegelten sich Ungläubigkeit, Verzweiflung und Furcht.

Pala blickte hinter sich, wie ihr Freund es gerade getan hatte, und seufzte: »Jetzt ist die Burg auch noch abgehauen.«

»Burgen hauen nicht ab, Schwesterlein. Sie stürzen aus allen möglichen Gründen zusammen oder lassen sich von Sonne, Regen und Wind zu Staub zermahlen, aber sie sind nicht umtriebig genug, um einfach *abzuhauen.*«

Pala deutete mit dem Kopf in die vermutete Richtung der verschwundenen Burg. »Diese da ist aber ausgebüxt. Du weißt ja: Keine Regel ohne Ausnahme.«

»Bevor wir noch einen einzigen Schritt weitergehen, sollten wir erst einmal gründlich nachdenken.«

»Guter Vorschlag. Noch zehn Schritte und wir haben auch Silencia aus den Augen verloren.«

Sie setzten sich am Rand der Mulde ins Gras. In seiner Fahrigkeit brauchte der Geschichtenerzähler dazu zwei Anläufe, weil er sich beim ersten Mal auf die spitze Kante eines linsenförmigen Steins hatte fallen lassen und mit einem Schmerzensschrei wieder hochgefahren war. Anschließend begannen die beiden zu grübeln.

Pala betrachtete dabei die nahen Bäume. Die hellen Flecken ihrer Rinde waren nicht weiß, sondern zart rosafarben. Auch die Form der runden Blätter entsprach nicht jener, die man sonst von Birken kennt. Vermutlich handelte es sich um eine spezielle Züchtung, die nur in Zittos Garten gedieh. Palas Blick schweifte über die Wiese und blieb schließlich an einer kleinen Blume hängen, die neben ihr aus dem Gras lugte. Das Blütenköpfchen erinnerte sie an eine Kornblume, obwohl seine aus winzigen Einzelblüten bestehende Krone nicht violettblau, sondern schneeweiß und in der Mitte leuchtend rot war. Sanft fuhr Pala mit Daumen und Zeigefinger den kurzen Stiel hinauf, streichelte die schmalen grünen Blätter und berührte schließlich die Unterseite der becherförmigen Hülle, die das Blütenköpfchen schützte. Plötzlich, als hätte sie in eine Brennnessel gefasst, durchfuhr sie ein feuriger Schmerz.

»Autsch!« Palas Hand zuckte zurück, sie sprang auf die Füße und pustete kräftig auf die schmerzenden Finger. Doch anstatt sich zu beruhigen, erfüllte das Brennen bald ihren ganzen Körper. Es war eine Woge glühenden Zorns, die Pala erzittern ließ, das gleiche, nein, *dasselbe* Gefühl, das abends zuvor Kuschel in ein zerstörerisches Geschoss verwandelt und den Papperla-Papagei von seiner Stange gefegt hatte.

Wütend funkelte Pala das Blümchen an, das zu ihrer Verwunderung nun nicht mehr weiß, sondern puterrot war. Ihr bangte vor dem, was noch folgen mochte. Das Erlebnis bei der Trauerweide noch frisch im Sinn, hob sie den linken Fuß und ehe sie überhaupt einen klaren Gedanken fassen konnte, hatte sie das garstige Pflänzchen auch schon ins Gras getreten. »So«, rief sie mit tränenfeuchten Augen, »das hast du jetzt davon.« Die Zornglut erstarb, so schnell, wie sie gekommen war. Das Blümchen wurde wieder blass.

Den Schreck noch in den Knochen, zitterte Pala wie Espenlaub. Mit einiger Mühe gelang es Giuseppe, sie wieder zu beruhigen. Erst als sie von ihrem Zorn sprach und er sein Verständnis für ihre Gefühle ausdrückte, ging es ihr allmählich besser.

Der Erzähler beugte sich neugierig zu dem geknickten Blümchen herab.

»Fass es ja nicht an!«, warnte Pala.

»Sieht aus wie eine weiße Kornblume«, brummte Giuseppe.

»Zornblume wäre wohl der passendere Name.«

»Vielleicht heißt sie ja wirklich so. Ist dir die merkwürdige Farbe der Birken auch schon aufgefallen?«

Sie blickte kurz zum Waldrand hinüber und nickte. »Rosa Rinde – hier scheint nichts so zu sein, wie wir es kennen.«

»Umso vorsichtiger sollten wir uns in diesem Garten bewegen, Pala. Er scheint voller Überraschungen zu sein, und nicht wenige davon sind von der unangenehmen Art. Wenn du das nächste Mal den übermächtigen Drang verspürst, einen Baum oder eine Blume zu berühren, dann lass es lieber bleiben.«

Pala versprach, daran zu denken. »Ob es wohl möglich ist, das Wasser in dem Flüsschen da drüben zu trinken? Du glaubst gar nicht, was für einen Durst ich mit einem Mal habe.«

Giuseppe betrachtete sie prüfend. »Könnte eine Folge der Zornglut sein. Am besten du setzt dich hier wieder ins Gras und erholst dich, während ich den Weg zum Fluss erkunde.«

Sie umrundete den flachen Stein, der die erste Sitzprobe ihres Freundes gestört hatte, und ließ sich in sicherem Abstand zu den Wiesenblumen nieder. Giuseppe wagte hierauf die wenigen Schritte zu dem schnell fließenden Flüsschen, um eine Hand voll Wasser zu trinken. Pala behielt derweil den Silencia-Fleck im Auge. Er rührte sich nicht von der Stelle. Nachdem Giuseppe unversehrt zurückgekehrt war, ging sie ihren Durst löschen und er bewachte die Stadt.

»Was nun?«, fragte er, als Pala wieder neben ihm saß.

Sie zuckte mutlos die Achseln. »Du magst mich ja für eine überspannte Zicke halten, aber …«

»Das bist du nicht, Pala! Ich halte dich sogar für ein außergewöhnlich gescheites Mädchen.«

»Ist ja auch egal. Mir geht nicht aus dem Kopf, was in dem unterirdischen Treppenlabyrinth geschehen ist. Ich glaube, die Lösung für unsere verzwickte Lage steckt in uns selbst.«

»Das, fürchte ich, musst du mir etwas genauer erklären.«

»Na, überleg doch mal: Ich habe mich betrogen gefühlt

und mich deshalb im Hass verstiegen, anstatt den Weg der Liebe einzuschlagen. Wenn ich es recht überlege, irre ich schon mein Leben lang in einem Labyrinth herum. Ich sehe Wegweiser – ein Geburtsgedicht von einem Fremden anstatt von meinem Vater, alte verblichene Kinderfotos, das manchmal unerklärliche Verhalten meiner Eltern –, aber ich kann sie nicht deuten. Mit deinen Worten hast du mir heute einen Kompass geschenkt, der mir in Zukunft bei der Orientierung helfen wird. Dank dir konnte ich einen großen Irrtum erkennen und weitergehen. Und plötzlich öffnet sich uns der Ausgang aus dem Höhlensystem! Hältst du das etwa für einen Zufall, Giuseppe?«

Dem Erzähler fiel es sichtlich schwer, Palas kühnen Gedankengängen zu folgen. Um sie nicht vor den Kopf zu stoßen, sagte er: »Ich kann mir keinen Reim auf das machen, was in den Höhlen geschehen ist. Was die Trauerweide und die Zornblume mit unseren Gefühlen angestellt haben, ist allemal ungewöhnlich. Aber wie kann uns diese Einsicht aus unserer verzwickten Lage befreien?«

Pala stieß die Luft durch die Nase aus. »Frag mich was Leichteres! In meinem Kopf dreht sich alles. Ich weiß überhaupt nicht mehr, wo oben und unten ist.«

»Kein Wunder, du hast vermutlich mehr als einen ganzen Tag lang nicht geschlafen. Und mir geht es genauso. Das Gras hier ist weich. Lass uns ein Nickerchen machen. Danach können wir vielleicht wieder klarer denken und finden eine Lösung für unser Problem.«

Der Vorschlag klang gut. Ja, er machte Pala erst bewusst, wie erschöpft sie tatsächlich war, und sie willigte widerspruchslos ein.

Aus Angst, die Stadt könne sich während der Suche nach einem geeigneteren Platz davonmachen, streckten sich die beiden an Ort und Stelle ins Gras. Giuseppe zog noch seine Lederweste aus und legte sie zusammengefaltet auf den eben noch so hinderlichen Stein. Nun, nach einer kleinen Lageänderung, diente ihm der glatt geschliffene Findling als Kopfkissen. Pala verzichtete auf derlei zweifelhafte Bequemlichkeit und schlief schon nach kurzer Zeit ein.

Sie schreckte aus dem Schlaf und lauschte. Hatte sie nur davon geträumt oder war da wirklich ein Geräusch gewesen? Pala blickte sich argwöhnisch um. Der Wind strich durch die Wipfel der Birken. Auch der leise gurgelnde Fluss war noch da. Giuseppes gleichmäßiger Atem verriet einen friedlichen Schlaf. Viele Geräusche erfüllten die Abendluft, aber der Unheil verkündende Laut aus ihrem Traum befand sich nicht darunter. Schaudernd sah Pala zum Himmel empor. Nichts ließ sich dort entdecken als nur ein gleichmäßig dunkles Grafit – die Sonne musste vor kurzem untergegangen sein. Wie lange hatte sie geschlafen?

Plötzlich raschelte es ganz in ihrer Nähe und Pala packte die Angst. »Giuseppe. Nun wach schon auf, Giuseppe! Da ist etwas.« Sie schüttelte aufgeregt ihren Freund, der wie ein Toter schlief. Endlich schlug er die Augen auf und sie musste ihre Neuigkeit ein weiteres Mal wiederholen.

»Vielleicht ein Tier«, murmelte er schlaftrunken.

Kaum hatte er das gesagt, da brach um sie herum ein Tumult sondergleichen aus. Vom Himmel über den nahen Bäumen schwirrten wild kreischende Gestalten auf sie zu, andere schienen aus dem Boden zu schießen. Ein lautes Brummen erfüllte die Luft.

»Was ist das?«, stieß Giuseppe entsetzt hervor.

»Wortklauber!«, erwiderte Pala. »Das sind die Nachtschwärmer, von denen ich dir erzählt habe.«

Der Schwarm bestand aus mindestens einem, wenn nicht sogar zwei Dutzend der großen Brummer. Sie steuerten mit einer Furchtlosigkeit auf das Paar zu, die Pala überraschte. Zwar fügte sie dem allgemeinen Tohuwabohu eine Menge eigenen Geschreis hinzu, aber davon ließen sich die Wortklauber nicht abschrecken.

Längst waren Giuseppe und Pala auf den Beinen. Geistesgegenwärtig hatte er seinen Kopfkissenstein vom Boden aufgeklaubt und in die Lederweste gelegt. Nun schwang er diesen Notbehelf von Keule mit lautem Gebrüll über dem Kopf. *Peng!* Schon hatte er den ersten Wortklauber getroffen.

»Wir müssen in den Wald fliehen, Pala. Da können sie sich weniger frei bewegen.«

Krach! Ein weiterer Hieb streckte einen Nachtschwärmer zu Boden. Das hässliche Wesen quiekte und wälzte sich vor Schmerz im Gras.

Auf diese Weise zogen sich die arg bedrängten Verteidiger vor den kleineren, aber erheblich zahlreicheren Angreifern zurück. Eine bordeauxrote Bestie brummte von hinten an sie heran. Giuseppe wirbelte herum und schrie vor Schmerz auf. Der Angreifer hatte ihm den Keulenarm aufgeschrammt. Die Waffe fiel zu Boden. Das wortsaugende Unwesen stieß einen überraschend menschlich klingendem Freudenruf aus und stürzte sich auf das so gut wie wehrlose Opfer. Schon berührten spinnenbeinerne Finger dessen Gesicht, als ein buchstäblicher Schwinger den Unhold aus der Gefahrenzone fegte.

»Pfoten weg!«, fauchte Pala dem Wortklauber hinterher, der quäkend durch die Luft taumelte, bis er von einem Baum gebremst wurde – sie hatte ohne Zögern die am Boden liegende Keulenweste gepackt und kraftvoll himmelwärts geschwungen. Schnell half sie ihrem verletzten Kampfgenossen wieder auf die Beine und zog ihn mit sich.

Der erbitterte Widerstand des zahlenmäßig unterlegenen Gegners wie auch die ersten Ausfälle in den eigenen Reihen schienen die hässlichen kleinen Ungeheuer zu verwirren. Für kurze Zeit hielten sie inne, um sich zu beraten. Pala traute zunächst ihren Ohren nicht. Die merkwürdig schnarrenden Laute der Nachtschwärmer klangen tatsächlich wie *Worte!*

»Ist nur ein Kratzer. Es geht schon wieder«, stöhnte Giuseppe und nahm Pala die Behelfskeule ab. Während sie sich immer weiter den Bäumen näherten, versuchten sie die brummend in der Luft stehenden Wortklauber mit Blicken einzuschüchtern.

Die fliegende Kohorte sah Furcht einflößend aus. Jeder Kämpfer besaß scharfe Krallen an den Füßen, übergroße böse Augen, ein gieriges kleines Maul, eine lächerlich kleine Nase und spitze, dreieckige Ohren. Eher untypisch für eine derart militärisch auftretende Angreiferschar, unterschieden sich die Wortklauber farblich sehr. Manche leuchteten in geradezu fröhlichen Tönen, andere dagegen sahen auf eine abstoßende Weise dunkel und schmutzig aus.

»Wenn ich ›jetzt‹ rufe, nimmst du die Beine in die Hand und läufst in den Wald – verstanden?«, raunte Giuseppe an Palas Seite.

Sie nickte und er rief: *»Jetzt!«*

Nun begann ein munterer Wettlauf. Pala und Giuseppe hasteten zwischen den Bäumen hindurch und die Wortklauber jagten hinterher. Normalerweise hätten diese ihre Beute wohl binnen kurzem eingeholt, aber sie waren schlechte Tiefflieger. Schnelles Laufen verhinderten ihre schlappen Stummelbeine. Daher mussten sie sich ihre bevorzugte Flughöhe mit etlichen Stämmen und ungezählten Ästen teilen. Hierbei entstanden erhebliche Mengen Kleinholz.

»Hängen wir sie ab?«, rief Giuseppe, dessen längere Beine ihm einen Vorsprung verschafft hatten.

Krach! Ein veilchenblauer Wortklauber donnerte gegen einen Ast.

»Kann ich nicht genau sagen. Ein paar sind jedenfalls

noch da«, antwortete Pala und bückte sich nach einem Knüppel.

Wumm! Kurz vor dem Zupacken war einem zinnoberroten Brummer ein Baum in die Quere gekommen.

»Zum Glück ist der Hain so groß.« Giuseppe zog den Kopf ein, weil ein quiekender Wortklauber im Geäst über ihm wie an der Reckstange Purzelbäume schlug.

Pala sprang zur Seite, um dem Aufschlag eines anderen aus dem Wege zu gehen. »Das ist kein Hain mehr«, hechelte sie, »sondern ein *Wald!*«

»O nein!«

»Alles …« Sie drosch ihren Prügel einem sepiabraunen Nachtschwärmer zwischen die Augen, worauf dieser sich unter erheblicher Geräuschentwicklung titanweiß verfärbte und nach einem kurzen Taumelflug kopfüber in den grünen Boden bohrte. »Alles verändert sich! – Ich kann gleich nicht mehr, Giuseppe.«

»Da entlang!«

Pala stolperte ihm hinterher. Acht oder zehn pfeifende Atemzüge später konnte sie in Laufrichtung, obwohl sich zwischen den Bäumen bereits die Nacht einnistete, den dämmernden Himmel sehen. Endete der Wald nun etwa im unpassendsten Augenblick? Den Nachtschwärmern konnte ein holzfreier Luftraum nur recht sein. Ihre Reihen hatten sich zwar gelichtet, aber sie rückten immer noch hartnäckig vor. Offenbar waren die Kreaturen ziemlich robust, denn einige Zurückgebliebene rappelten sich schnell wieder vom Boden auf, um erneut zu ihren Kampfgenossen aufzuschließen. Nicht mehr lang und die wortrünstigen Bestien würden gnadenlos zu Ende bringen, was sie sich vorgenommen hatten.

Mit diesen an sich schon unbequemen Gedanken beladen, entdeckte Pala vor sich nun auch noch eine grauschwarze Leere, von der wenig Beruhigendes ausging. Ihre bisherigen Erfahrungen mit Zittos Reich hielten für dieses Nichts auch gleich ein paar Vorschläge parat: bodenloses Loch, gähnende Schlucht, das Ende der Welt ... Keine dieser Vorstellungen konnte sie zuversichtlich stimmen.

Während sie mit solchen Erwägungen im Kopf zwischen zwei weit auseinander stehenden Stämmen hindurchlief, schwirrte von hinten im Sturzflug ein Wortklauber heran. Sein brummender Flügelschlag zog jäh Palas Aufmerksamkeit an, für ewig tiefe Schlünde blieb kein Gedanke mehr übrig. Gerade noch rechtzeitig konnte sie den Oberkörper herumreißen und dem ultramarinblauen Angreifer ihren Stecken in den Schmerbauch rammen.

Uchhhh! Die luftleere Hülle des Herausforderers ging tomatenrot zu Boden.

»Pass auf, Pala!«

Giuseppes Warnung kam ein bisschen spät, um das noch ungeklärte Wegbleiben des Fluchtweges in den Mittelpunkt ihres Bewusstsein zurückzurufen: Plötzlich hingen Palas Füße in der Luft. Sie kreischte. Ihr Kopf und ihre Beine flogen nach vorne, der Leib blieb ein wenig zurück, Giuseppes Arm hatte sich nämlich hilfreich um ihre Taille geschlungen und sie damit vor einem übereilten Abgang bewahrt. Einen atemberaubenden Moment lang blickte sie den steilen Abhang aus Wurzeln, Felsen und grünen Farnen hinab, in dem tief unten die weiße Gischt eines reißenden Flusses kochte. Das Rettungsvorhaben stand buchstäblich auf der Kippe, denn Palas Schwung hatte Giuseppe das Gleichgewicht gekostet.

»Halt mich!«, schrie sie, drehte ihm den Kopf zu und erblickte über der Schulter ihres Freundes ein besonders widerwärtiges Wortklauberexemplar.

»Tu ich doch!«, erwiderte Giuseppe, während er mit ihr langsam in Richtung Abgrund kippte.

Die letzte einigermaßen deutliche Wahrnehmung Palas

besaß die Gestalt eines enttäuscht anmutenden Wortklaubers, dessen Fußkrallen gerade klackend ins Leere schlugen. Dann begann sich alles um sie herum zu drehen. Schroffe Felsen, nasses Erdreich und einige grüne Pflänzchen rasten an ihr vorbei. Hin und wieder erhaschte sie einen Blick auf tosende Wassermassen. Bei der nächsten Drehung gewahrte sie eine nicht näher bestimmbare Anzahl Wortklauber, die ihr brummend nachjagten. Einmal schwebte Giuseppe an ihr vorüber. Er sah erstaunt aus. Dann klatschte es und sie verlor die Besinnung.

Wärme tut gut, vor allem, wenn man pitschnass ist, dachte sie. Ein freundliches Knistern drang an ihr Ohr. Es war das Geräusch aus einer besseren Zeit, als Vater sie nach Einbruch der Dunkelheit vor Nonno Gaspares Haus abzuholen pflegte und sie zu dritt noch eine Weile unterm Sternenhimmel dem Lagerfeuer lauschten und miteinander sprachen. Als Pala sich dem warmen Licht, das durch ihre Lider schimmerte, zuwenden wollte, fuhr ihr ein stechender Schmerz durch den Kopf. Im nächsten Moment war Giuseppe bei ihr.

»Pala! Endlich bist du wach. Ich dachte schon …«

Mühsam schlug sie die Augen auf und sah in das besorgte Gesicht ihres Freundes. Unter Aufbietung all ihrer Kraft hob sie den Arm, um die dicke Schramme über seiner rechten Braue zu betasten. »Dachtest du, ich sei tot?«

»Du hast noch geatmet«, antwortete er ausweichend.

Sie zwang sich ein Lächeln auf die Lippen. »Danke.«

»Wofür?«

»Hast du mich nicht aus dem Fluss gezogen?«

»Ach das … Wie geht es dir, Schwesterchen?«

»Ich würde jetzt gerne schlafen. Ungefähr hundert Jahre. Ist das in Ordnung?« Palas schwere Augenlider fielen zu. Sie spürte eine sanfte Hand, die ihre Wange streichelte.

»Natürlich, Schwesterchen«, sagte Giuseppes weiche Stimme. »Schlaf so lange du willst. Ich wache – dich.«

Als Pala zum zweiten Mal dem Schlaf entrann, war die bleierne Schwere aus ihren Gliedern verschwunden. Der Kopf dröhnte zwar noch wie ein ganzes Paukenorchester, etliche Knochen schmerzten, als wären sie an mindestens siebenhundert Stellen gebrochen, aber sonst ging es ihr gut. Sie beschloss, die Augen aufzuschlagen.

Über sich sah Pala die Äste eines Laubbaumes. Giuseppe konnte sie nicht sehen, aber hören. Er schien gerade trockene Äste zu zerbrechen und ins Feuer zu werfen. Sie drehte den Kopf zur Seite, was sich in etwa so anfühlte, als sei er mit Nägeln gefüllt. Und dann sah sie den Schmetterling.

Das Insekt saß auf ihrer Schulter. Es war hellgelb wie ein Zitronenfalter und bewegte langsam seine Flügel – auf und zu, auf und zu, auf und … Pala blinzelte verwirrt, weil sie noch nie einen Schmetterling gesehen hatte, der schreiben konnte.

Auf und zu …

Die Oberseite jedes Flügels zeigte einen Buchstaben, schwarz wie mit Ruß geschrieben.

Auf und zu …

Und wieder sah sie ein anderes Paar von Schriftzeichen.

Auf und zu …

Pala versuchte die Buchstaben aneinander zu reihen.

… Da war einmal ein König mit seiner Königin, die sprachen jeden Tag: »Ach wenn wir doch ein Kind hätten!«, und kriegten immer keins … – Es war einmal ein König …

Auf und zu …

Wie gebannt starrte Pala auf den geruhsamen Takt der Flügel. Der Schmetterling buchstabierte *Dornröschen!* Allerdings beschränkte er sich auf die einleitenden Worte, die er dafür ständig wiederholte. Bei jedem neuen Versuch veränderte er sie ein wenig, als suche er noch nach der besten Form. Die Pala bekannte Fassung des Märchens hatte er offenbar noch nicht gefunden. Vor lauter Staunen war ihr Kopfschmerz wie weggeblasen.

»Guten Morgen, Schwesterchen.«

Pala schreckte zusammen und der Schmetterling ergriff die Flucht. Als ihre Augen ihm folgten, streiften sie ein sorgenvolles Gesicht, das auf dem Kopf stand.

»Jetzt hast du ihn verscheucht, Giuseppe!«

»Dir scheint mehr an dem Schmetterling zu liegen als an mir.«

Stöhnend setzte sich Pala auf, wobei sie ächzte: »Entschuldige, so habe ich das nicht gemeint. Nur – das war kein gewöhnlicher Schmetterling. Er konnte …« Pala stockte, als ihr Blick wieder auf das Gesicht ihres Freundes fiel, das sie – nun richtig herum – müde anlächelte.

»Du siehst ja furchtbar aus!«

Giuseppe lachte leise. »Da solltest du dich erst mal sehen! Bis du Pasquale wieder unter die Augen treten kannst, müssen wir schwer an deinem Erscheinungsbild arbeiten. Was wolltest du mir – den Schmetterling erzählen?«

Unwillkürlich suchten Palas Augen nach dem buchstabierenden Zitronenfalter, der sich jedoch nicht mehr blicken ließ. Dafür gewann sie nun einen ersten Eindruck ihrer näheren Umgebung. Giuseppe hatte das Lager im Schutz hoher Bäume am Rande einer lang gezogenen, abschüssigen Waldlichtung aufgeschlagen. Hauchzarte Dunstschleier waberten zwischen den dicken knorrigen Stämmen. Aus der Nähe hallte das Rauschen des schicksalsträchtigen Flusses herüber. Die Luft war angenehm kühl. Halb verdeckt vom üppigen Blattwerk eines großen Baumes konnte sie über sich das schon vertraute Einheitsgrau des

Himmels sehen, unmöglich, die Tageszeit anhand des Sonnenstands abzuschätzen. Für die Untersuchung der von Giuseppe angesprochenen Unzulänglichkeiten reichte das Licht allemal. Ohne Spiegel konnte Pala freilich kaum mehr zu Protokoll nehmen als den Verlust beider Schuhe und eines einzelnen Strumpfes, fernerhin notierte sie im Geiste ein zerfetztes Kleid sowie rundherum zerschrammte Beine und Arme. Sie musste mit einem Mal grinsen.

»Mutter hätte ihre helle Freude an mir.«

Ein schwer zu deutender Ausdruck mischte sich in Giuseppes Lächeln. Er ließ die Erörterung von Palas mangelhafter Vorzeigbarkeit fallen und sagte: »Während du schliefst, habe ich lange – unsere Lage nachgedacht. Ich muss dir Recht geben: Um den Weg aus Zittos Reich zu finden, dürfen wir nicht ziellos umhertappen, –n wir müssen *in* uns gehen. Hast du …«

»Giuseppe!« Palas Augen waren vor Schreck geweitet.

»Was ist?«

»Deine … Sie haben dir …«

»Leidest du unter Sprachschwund, Schwesterlein?«

»Nein, aber *du*, Giuseppe. Du kannst das Wort ›über‹ nicht mehr aussprechen.«

»–bar, irgendwie klingelt's in meinen Ohren, wenn du das sagst. Wie soll das Wort heißen?«

»Und alles, was mit ›sonder‹ beginnt, ist auch verstümmelt.« Pala griff nach Giuseppes Hand und schüttelte fassungslos den Kopf.

»Vielleicht kommt es von dem Sturz in den Fluss und geht schnell wieder vor–«, sagte Giuseppe, eine schöne Erklärung, die er – man sah es ihm an – selbst nicht glauben konnte. »Da waren einige Steine im Wasser, sehr –e sogar. Ich könnte einen mit dem Kopf gestreift haben. Du siehst ja meine Schramme.«

»Anscheinend haben sie dir auch das ›Viel‹ geklaut, diese kleinen Ungeheuer!« Vor lauter Verzweiflung und Zorn ballte Pala die Fäuste, ließ sie dann aber kraftlos in ihren Schoß fallen.

»Du bist ja ganz – dir, Pala.« Giuseppe nahm sie in den Arm und tätschelte tröstend ihren Rücken. »Ich kann dich zwar nicht richtig verstehen, aber das soll uns nicht davon abhalten, Zitto das Handwerk zu legen.«

»Das ›Außer‹ haben die Kerle dir auch noch abgesaugt«, schluchzte sie. Wieder und wieder schüttelte sie den Kopf. »Was soll nur aus dir werden, Giuseppe? Ein Geschichtenerzähler ohne all diese Silben, das ist wie ein Komponist, dem mehrere Töne fehlen. »

Sie nahm sich viel Zeit, die Behinderung ihres Freundes zu untersuchen. Giuseppe konnte das »Über« wie auch das »Außer«, »Sonder« und »Viel« weder aussprechen noch verstehen. Die seltsame Verflüchtigung der Worte schien, zu diesem Schluss gelangte Pala, ein sich verstärkender Vorgang zu sein. Während Nonno Gaspare als einzige Ausdrucksmöglichkeit nur Bilder geblieben waren, versuchte Giuseppe unbewusst immer wieder auf seine verschütteten Sprachbausteine zuzugreifen, fast so, als suche sein Gehirn nach einer Umleitung – daher die Aussetzer. Palas Vermutung bestätigte sich, als sie ihrem Freund empfahl, Ersatzworte zu gebrauchen.

»Wenn du an eine große Menge denkst, sag einfach ›massig‹ anstatt ›viel‹.«

»Große Menge – massig«, wiederholte Giuseppe aufmerksam und nickte.

»Und für ›über‹ …«

»Was?«

»Ich meine etwas, das nicht darunter liegt, eher …«

»Ach du meinst –!«

Pala seufzte. »Sag einfach ›obenauf‹.«

Giuseppe strahlte sie an. »Das ist ja *massig* leichter, als ich befürchtet habe! Wenn ich's mir recht *obenauf*lege, sollte ich *massig*leicht ohnehin meinen Wortschatz etwas *obenauf*arbeiten.«

Pala starrte ihn entsetzt an. Anscheinend hatte sie Giuseppes Silbenschwund unterschätzt. »Das wird ein langer und steiniger Weg.«

»Wie bitte?«

Sie lächelte auf selten unglückliche Weise. »Lass uns noch eine Weile an deinen Ersatzsilben arbeiten.«

Ungeachtet des wieder musizierenden Paukenorchesters in ihrem Kopf widmete sich Pala nun ungefähr eine Stunde lang der sprachlichen Heilbehandlung ihres Freundes. Menschen, denen ein Bein fehlte, konnten sich mit Kunstgliedern aus Holz oft sehr geschickt bewegen. So lernte auch der junge Geschichtenerzähler schnell den Gebrauch von »hölzernen« Ersatzsilben. Besonders hilfreich waren Verneinungen. An Stelle von »groß« konnte man auch »nicht klein« sagen, für »über« ließ sich »nicht drunter« einsetzen. Je nach Zusammenhang musste Giuseppe für bestimmte Verbindungen unterschiedliche Notbehelfe wählen. Er schlug sich wacker.

Erstaunlicherweise trug er die seltsame Verflüchtigung seiner Worte sehr gefasst. Ja, dadurch wurde er in seinem Entschluss, Zittos Raffgier zu bestrafen, sogar noch mehr angestachelt. Der alten Volkssage zufolge seien mit dem Tod des Unaussprechlichen und seiner Wortklauber auch die von ihm erschacherten Sprachschätze wieder zu ihren ursprünglichen Besitzern zurückgekehrt. Natürlich wollten Giuseppe und Pala auf dem Schlossberg kein Gemetzel anrichten, aber das alte Wissen zeigte doch, wo sich die Wurzel befand, an der das Übel zu packen war.

»Wir dürfen nicht den Rückweg nach Silencia suchen, – müssen ... Ich meine, *stattdessen* müssen wir Zittos Wehrturm finden«, sprach der Erzähler mit Mühe aus, was ihm durch den Sinn ging.

»Da oben brennt jede Nacht Licht«, pflichtete ihm Pala bei. »Wenn wir ihn in der Festung aufspüren, dann dort. Die Frage ist nur, wie wir den Weg zur Zitadelle …« Sie verstummte jäh, weil sie ein verdächtiges Geräusch gehört hatte. Ihre Augen wurden zu schmalen Schlitzen und ihr Kopf hob sich zum Geäst des Baumes, der den Lagerplatz überschattete. In dem dichten Blattwerk bewegte sich etwas. Giuseppe folgte ihrem Beispiel, er ahnte wohl schon, welchen Verdacht sie hegte.

Über ihnen hockte ein Wortklauber.

Jetzt konnte Pala das kleine Scheusal deutlich erkennen. Mit einer Räuberleiter hätten sie es vermutlich sogar berühren können. Zwischen dem Grün ragte ein rostrotes Beinchen heraus und etwas oberhalb glotzte ein großes Auge zu ihnen herab – gerade eben hatte es geblinzelt.

Blitzartig zog das Mädchen einen dicken, halb verkohlten Knüppel aus der Feuerstelle und schleuderte ihn, mit dem glühenden Ende voran, ins Geäst. Zwar verfehlte das Geschoss den Lauscher, aber der Überraschungsangriff erzielte dennoch eine Wirkung. Das kleine Ungeheuer fiel, mit dem Kopf voran, lauthals schreiend von seiner Sitzstange.

Der Sturz war erstaunlich kurz. Er endete noch über den beiden Menschen, weil der Wortklauber mit einem seiner Hinterfüße in einer Astgabel hängen geblieben war. Sein Geheul hielt dagegen an. Unablässig schaukelte er hin und her wie einer jener Säcke, an denen Boxer ihre Schlagkraft üben. Das zweite Bein ragte schräg in den Himmel und zappelte gelegentlich, meist im Gleichklang mit dem stotternden Brummen der großen, fast durchsichtigen Flügel – so blieb das Baumelwerk in Gang. Die dünnen Ärmchen mit den spinnenbeinfingrigen Händen fuchtelten mehr oder weniger ziellos in der Luft herum.

Allmählich wurde das Gezeter leiser, bis der Wortklauber schließlich ganz verstummte. Im Augenblick schien keine Gefahr von ihm auszugehen, weshalb Pala unter ihn trat und ihn neugierig beäugte. Der baumelnde Schwirrer konnte kaum größer sein als ein fetter Kater. Sein rostrotes Flaumwams bestand aus feinen Federn, vielleicht auch aus flauschigem Pelz, eindeutig ließ sich das nicht bestimmen. Die Haut darunter – am Kopf sowie an den nur spärlich beflaumten vorderen und hinteren Gliedmaßen sattsam zu bewundern – war einen Ton dunkler gefärbt. Seine spitzen Öhrchen bewegten sich entgegen dem Pendeltakt, standen also, für sich allein betrachtet, still. Die großen, häufig blinzelnden Augen sahen ängstlich auf Pala hinab. Im Vergleich zu anderen Artgenossen musste man das kleine Scheusal als zwergwüchsig einstufen, was den Gedanken an ein Jungtier nahe legte. Dagegen sprachen jedoch seine abgewetzten, alles andere als gefährlich aussehenden Stummelkrallen an den Hinterfüßen und der besonders spärliche, an manchen Spitzen grau schimmernde, unwillkürlich an ein Greisenhaupt erinnernde Kopfflaum.

Pala fragte sich, was der Wortklauber in dem Baum gesucht hatte. War er ein Kundschafter jenes anderen Schwarms, dem sie ihre hämmernden Kopfschmerzen verdankte, oder hatten sie den Kleinen nur beim Schlafen überrascht? Eigentlich, dachte sich Pala, ist er gar nicht *so* hässlich. Na gut, als Schoßhündchen würde er wohl nicht durchgehen, aber vielleicht waren in Zittos Reich gar nicht alle Scheusale worttrünstig und böse. Möglicherweise kannte der Zwerg ja sogar den Weg zur Zitadelle und könnte …?

Wumm! Der Keulenschlag traf den Wortklauber etwa in Höhe der Bauchmitte. Er pendelte wie besagter Boxsack weit aus und gab dabei ein blökendes Geräusch von sich, als stecke die Brummkapsel eines Teddybären in seinem Leib. Gleichzeitig wurde er zitronengelb.

Während er pfeifend wie ein Asthmatiker die herausgepresste Luft zurückholte und dabei seine alte Farbe auffrischte, schrie Pala ihren Freund an, dessen Angriff sie gründlich überrascht hatte. »Giuseppe, was machst du denn da!«

»Das Biest hat mir die Sprache verhunzt, jetzt werde ich ihm den Pelz bügeln.«

Paff! Ein weiterer Schlag traf den Wortklauber. Abermals pendelte er an seinem erstaunlich gelenkigen Bein weit nach hinten, dann vor und wieder zurück. Die ganze Zeit quiekte er in Todesangst wie ein Ferkel unter dem Messer des Schlachters.

»Woher willst du eigentlich wissen, ob er dabei war?«, ergriff Pala für die lebende Boxbirne Partei.

»Was spielt das für eine Rolle?« Giuseppe holte zum nächsten und vielleicht letzten Schlag aus.

»Halt!«, schrie Pala und warf sich mit ausgestreckten Armen zwischen den Todeskandidaten und seinen Henker. »Bist du jetzt schon genauso wie die Menschen in Silencia geworden, die zum Fragen zu faul sind und sich lieber mit ihren Vorurteilen zufrieden geben? Man kann nicht alle Wortklauber über einen Kamm scheren.«

»Nein, kann man nicht!«, mischte sich ein Dritter in ihren Meinungsaustausch ein.

Pala und Giuseppe verstummten für einen Moment und sahen einander fragend an. Wer hatte sich da zu Wort gemeldet? Die hohe, auf eine sägende Art näselnde Stimme war jedenfalls von oben gekommen.

»Ist das unser Scheusal dort gewesen?«, fragte Pala. Ihr Zeigefinger deutete himmelwärts.

Giuseppe stieß dem Wortklauber das verkohlte Ende seines Prügels in den Bauch, nicht sehr heftig, gerade stark genug, um ihn wieder pendeln zu lassen. »He, du da!«, rief er zu dem Steckengebliebenen hinauf. »Kannst du sprechen?«

»Ja-ja-ja-ja-ja-ja-ja«, knarzte der Zwerg beflissen. »Tozzo kann gut sprechen. Schön sprechen kann Tozzo. Alles, was du willst. Aber du darfst es nicht mehr schlagen. Bitte, bitte nicht mehr …«

»Halt's Maul!«, unterbrach Giuseppe den bibbernden Wicht. »Ob ich dich totprügle oder es bleiben lasse, das entscheide *ich.*«

»Giuseppe, bitte beruhige dich«, sagte Pala leise, aber beschwörend. »Was die Wortklauber dir angetan haben, ist furchtbar. Aber du machst es nicht ungeschehen, indem du deinen Rachedurst an dem Kleinen da auslässt. Eher im Gegenteil.«

»Wie meinst du das?«, fragte Giuseppe zögernd.

»Er könnte uns sehr nützlich sein.«

»Ja-ja-ja-ja-ja-ja-ja, es kann euch nützlich sein. Sehr nützlich sogar! Tozzo ist das nützlichste kleine Wortklauberchen weit und breit …«

Pala nahm Giuseppe den Knüppel aus den Hand, stieß ihn ganz vorsichtig in den Bauch des Baumelbrummers und fragte streng: »Dein Name ist also Tozzo, ja?«

»Tozzo, ja, so heißt es. Ist das nicht ein schöner Name, Tozzo? Tozzochen! Es will auch ganz brav sein. Keine Worte aussaugen. Nein, nein. So etwas ist böse. Böse-böse-böse. Zitto ist böse. Tozzilein würde lieber …«

»Kennst du den Weg zu Zittos Burg?«

Tozzo verstummte, als hätte jemand einen Knopf gedrückt.

Pala stupste den Wortklauber abermals. Nachdem sein blinzelndes Augenpaar dreimal an ihr vorübergependelt war, sagte er: »Unmöglich ist es. Tozzo darf den Weg nicht gehen.«

»Willst du nicht oder *kannst* du nicht?«

»Zitto ist böse. Böse-böse-böse. Wenn er Tozzo sieht, wird er es töten. Aber so weit kommt es nicht. Er benutzt verworrene Worte der Macht. Bei einem wirken sie so und beim nächsten ganz anders.«

»Verworrene Worte der Macht?«, murmelte Pala. Sie musste wieder an das Treppenlabyrinth denken. Dieses Hindernis war nicht unüberwindbar gewesen. Sich an ihren Freund wendend, fragte sie: »Kriegen wir den Kleinen da irgendwie herunter?«

»Wozu soll das gut sein?«

»Ich möchte mich mit ihm unterhalten.«

»Das können wir doch auch machen, wenn er da oben schaukelt.«

»Aber dann bekomme ich Genickstarre. Bitte hole ihn aus der Astgabel, ja?«

Giuseppe blickte unwirsch nach oben. Es war ihm deutlich anzusehen, wie wenig er dem Wortklauber traute. Der Geschichtenerzähler neigte immer noch zum Erschlagen. Schließlich hob er aber doch die Augenbrauen, seufzte aus tiefster Seele und begann den Baum hochzuklettern. Über einen dicken Ast balancierte er bis zu der Stelle, wo der Wortklauber festhing. Er packte Tozzos Krallenfuß und fragte ein letztes Mal: »Bist du dir auch ganz sicher, Pala? Wenn er erst einmal los ist, wird er wegfliegen und mit einem Schwarm von Artgenossen zurückkehren. Ich könnte ihm das Genick brechen …«

Argwöhnisch sah Pala zu ihrem Freund und dem bibbernden Wortklauber hinauf. Sie zögerte nicht, weil ihr Giuseppes Vorschlag in irgendeiner Weise annehmbar erschien, aber er mochte im Hinblick auf die mögliche Flucht des kleinen Brummers nicht ganz Unrecht haben. Ja, sie würde dem Gefangenen ein Versprechen abringen, erst dann sollte er seine Bewegungsfreiheit zurückerhalten.

»Tozzo?«

»Nicht Genick brechen! Ganz bestimmt wird Tozzo dableiben, so lange du willst. Tozzilein flieht nicht, nein …«

»Du hast uns vom Baum aus belauscht. Also weißt du, was wir mit Zitto vorhaben. Versprichst du mir bei allem, was dir heilig ist, uns nicht zu verlassen, bis ich es dir erlaube?«

»Sogar noch mehr verspricht Tozzo dir. Es wird dir helfen Zittos Zitadelle zu finden.«

»Ich traue ihm nicht«, brummte Giuseppe von oben.

»Aber *ich!*«, beharrte Pala.

Den Ausschlag für Giuseppes Einlenken gab schließlich Tozzo selbst. Auf seine umständliche Art und Weise machte er den beiden Menschen klar, man könne ihm und seinen Artgenossen zwar viel vorwerfen, aber eines stehe fest: Die Wortklauber hielten ihre Versprechen. Diese Tugend verdankten sie einer tief sitzenden Furcht vor der Lüge. Mit eindrucksvollem Gezitter schilderte Tozzo ebenjene als reißende Bestie, dem vielleicht schlimmsten Ungeheuer in Zittos ganzem Reich. Deshalb gehorchten die Wortklauber ihm auch, obwohl sie ihn hassten, ja, ihn am liebsten zerfleischen würden, um sein Joch abzuschütteln und endlich frei zu sein.

»Warum lassen sie sich dann überhaupt durch ihr Wort an Zitto binden?«, wunderte sich Pala.

Tozzo ließ die Flügel hängen. Seine Erklärung war ein Ausdruck tiefster Zerknirschung. Der Herr des Schlossberges sei ein gewiefter Geschäftsmann, der günstige Gelegenheiten schamlos auszunutzen wisse. Zunächst erwecke er in seinem Turm mit geheimnisvoller Macht einen neuen Wortklauber zum Leben und während dessen Urteilskraft noch von Dankbarkeitsanwandlungen und der Angst vor geschlossenen Räumen getrübt sei, luchse er ihm einen lebenslangen Treueschwur ab. Erleichtert jage das neue Nachtgeschöpf hierauf in den Schlossgarten hinaus und sehe sich bald als Gefangener des eigenen Versprechens. Dazu verurteilt, für Zitto stiefmütterlich behandelte Worte zusammenzuklauben, wünschten sich der Betrogene und seine Leidensgenossen hinfort, der Schlossherr möge sich irgendwann den Hals brechen. Gern würden sie ihm dabei sogar behilflich sein, aber der Rückweg in das Schloss sei ihnen durch einen Bann versagt.

Sogar Giuseppe musste dem Wortklauber glauben, so anschaulich konnte Tozzo seinem Hass auf Zitto Ausdruck verleihen. Als der Erzähler den Gefangenen endlich freiließ, erlebte Pala herzerweichende Dankbarkeitsbekundungen. Tozzo stieg über der Lichtung auf, aber nicht um zu fliehen, sondern weil er Purzelbäume schlagen musste. Anschließend bestand er darauf, seinen Rettern die Hand zu schütteln, was selbst für die ihm wohlgesinnte Pala eine gewöhnungsbedürftige Erfahrung war. Von dieser Minute an verlief die Unterhaltung in wesentlich entspannterer Stimmung.

Sein Name, gab Tozzo überschwänglich bekannt, sei ein Wort, das Zitto den Menschen schon vor langer Zeit abgegaunert habe, ein ziemlich unbedeutendes zudem, sozusagen Zittos Erstlingswerk im Geschäft der Wortklauberei – deshalb sei aus ihm, Tozzo, auch nie so ein strammer Bursche geworden wie aus manch anderem seiner Kollegen. Hinzu käme sein beklagenswerter Mangel an Boshaftigkeit. Er sei eben auf ganzer Linie verpfuscht.

Pala tröstete den Kleinen. Kein Geschöpf sei von sich aus verpatzt, sondern es habe die freie Wahl, dem Guten oder Bösen zu dienen. Der Rest seien nur Äußerlichkeiten – manchmal allerdings potthässliche, fügte Giuseppe mürrisch hinzu. Pala rügte ihn dafür mit einem strengen Blick und wandte sich wieder ihrem neuen Pfadfinder zu. Wie denn das mit dem »Erstlingswerk« und Zittos schöpferischer Tätigkeit zu verstehen sei, fragte sie.

Der missgestaltete, aber irgendwie auch witzige Wortklauber aalte sich längst in der Anteilnahme, die man seiner

Art im Allgemeinen und ihm im Besonderen entgegenbrachte. In dem Maße wie seine Angst vor Giuseppe abnahm, gewannen seine zuvor eher flatterigen Ausführungen an Ruhe und Verständlichkeit. Er ließ sich behäbig vor den beiden Menschen auf den moosbedeckten Boden sinken und holte mit dem Gehabe eines Professors zu einer weitschweifigen Erklärung aus.

Zitto luchse den Menschen Begriffe, Sinnsprüche oder ganze Gedichte und Geschichten ab, um dadurch seine Macht zu mehren, seinen Garten zu vergrößern und seine Burg in die Höhe zu treiben.

Wie auf der Suche nach einem besseren Platz zum Zuhören flatterte der buchstabierende Zitronenfalter herbei und setzte sich auf eine von Tozzos Fußkrallen.

»Der Schmetterling!«, rief Pala entzückt.

»Schreiberling wird er genannt«, verbesserte der Wortklauber und nutzte den Falter geschickt als Anschauungsobjekt für seine weiteren Ausführungen. Wenn ein Dichter, ein Schriftsteller oder ein Märchenerzähler nach der vollkommenen Formulierung suche, unzufrieden eine Fassung nach der anderen verwerfe und seine zerknüllten Papierbogen allmählich den Boden unter seinem Schreibtisch bedeckten, dann sei er vermutlich gerade dabei, einen Schreiberling auszubrüten. Genau genommen sei es natürlich Zitto, der aus dem Urstoff verschmähter Sprachgebilde den kleinen Flattermann erschaffe.

»Und wie soll das gehen?«, fragte Pala verwundert.

»Nichts vergeht«, antwortete der Wortklauber.

»Du verstehst mich nicht …«

»Nein-nein-nein-nein«, fiel Tozzo ihr ins Wort. »*Du* verstehst es nicht. Die Antwort auf deine Frage lautet: Kein Wort kann zerstört werden. Umwandeln lässt sich's, aber niemals vernichten.«

»Sei mir nicht böse, aber das ist Unsinn. Wenn dein Märchenerzähler seinen Entwurf in die Kerzenflamme hält, dann wird er höchstens in Asche umgewandelt. Willst du mir weismachen, Zitto würde *daraus* sein Reich erschaffen?«

»Dir ist da eine Kleinigkeit entgangen«, mischte sich jetzt Giuseppe ein. »Sobald das Papier Feuer fängt, entsteht Wärme, die du in einer kalten Winternacht sehr zu schätzen wüsstest.«

»Ja, und wenn der Ofen aus ist, beginne ich wieder zu frieren.«

»So einfach ist das nicht, Pala. Die Energie existiert weiter. Die Wärme verteilt sich im Raum, sie wird sozusagen verdünnt, aber selbst wenn sie zu den Sternen entflieht, geht sie doch niemals verloren.«

»Ja-ja-ja-ja, er hat's begriffen!«, jubilierte Tozzo und weil Palas Gesichtsausdruck noch immer Unverständnis ausdrückte, erklärte er es noch einmal ganz langsam.

Mit Worten, ob gedacht, geschrieben oder gesprochen, verhalte es sich ebenso wie mit dem Papier: Sie könnten nicht zerstört, sondern nur *umgewandelt* werden. Ihrem Urstoff eine neue Gestalt zu verleihen sei keine Zauberei. Man benötige dazu nur ein verborgenes Wissen, das Menschen gemeinhin nicht besäßen. Aber Zitto verfüge über diese Kenntnisse und nutze sie beständig, um sein Reich zu vergrößern. Alles in Zittonien bestehe aus ergaunerten Sprachfetzen, auch die Wortklauber.

Palas Augenbrauen zogen sich zusammen, wobei sie gleichzeitig die Lippen schürzte. »Du willst mir also erzählen, ich bräuchte nur ein Wort auf einen Zettel zu schreiben, diesen verbrennen und schon baut sich Zitto daraus einen neuen Brummer?«

Tozzo lachte, was seinen Schmerbauch wie Wackelpudding erzittern ließ. So einfach sei das nun auch wieder nicht, prustete er. Wortklauber seien hauptsächlich dazu geschaffen, Menschen Sprachbrocken abzusaugen. So lange ein Wort im Bewusstsein vieler Personen lebe, mögen sich die Klauber aus dem Gedächtnis Einzelner Leckerbissen herausziehen, aber umwandeln könne Zitto es nicht. Doch sobald es niemand mehr benutze, verliere es seine ursprüngliche Form. Und dann könne Zitto daraus einen neuen Wortklauber erschaffen. Ehemals schöne Worte verliehen den schwirrenden Wesen eine freundliche Farbe, Flüche oder andere üble Sprachgebilde dagegen eine düstere. Bedeutendes werde zu einem großen und starken Wortklauber, Geringes zu einem kleinen, schwachen. So wachse beständig Zittos Heer, das ihn beim Zusammenklauben unbeachteter Worte unterstütze. Und damit nehme auch seine Macht über die Menschen immer schneller zu. Der größte Triumph müsse es zweifellos für ihn sein, eine ganze Sprache zu töten.

Pala erschauderte. »Wäre das denn möglich?«

»Leicht ist das nicht«, beruhigte Tozzo seine aufgeschreckten Zuhörer. Es gebe natürliche Grenzen. Schon einem einzelnen Menschen wie Gaspare Oratore den gesamten Wortschatz zu stehlen, sei furchtbar anstrengend. Es erfordere eine Schar von Wortklaubern, berge darüber hinaus das von Zitto wie auch seinen Fängern mehr als alles andere gefürchtete Risiko der Entdeckung und sei überhaupt ziemlich unwirtschaftlich. Normalerweise müssten die Menschen nämlich freiwillig auf ihre Worte verzichten, was sie im Übrigen öfter taten, als Pala und Giuseppe wohl für möglich hielten. Deshalb tue Zitto alles, um ihnen diesen Verlust schmackhaft und erstrebenswert zu machen.

Er besteche sie auf heimtückische Weise, indem er ihre Vorstellungen von dem ändere, was gut und richtig oder schlecht und falsch sei. Früher hätten die Menschen von Silencia für ein anregendes Gespräch alles stehen und liegen gelassen, heute würden sie dergleichen höchstens noch für einen Papagei tun, aus dem möglichst viele Sensationen heraussprudelten. Und dabei verliere nichts so schnell seinen Wert wie ebensolche Nachrichten. Die Zeitung von gestern – wen interessiere die noch? Wo immer etwas Gesagtes oder Geschriebenes seinen Sinn einbüße, kreisten die Wortklauber schon wie Geier, um es auseinander zu reißen und fortzutragen. Wird irgendwo etwas geflüstert, ist es eine leichte Beute. Ein stiller Seufzer oder ein peinlicher Versprecher sind ebenso schnell aufgeschnappt. Selbst ein Wort des Verrats, vom Verleumder eilig abgestritten, lässt sich leicht kaschen. Wortkadaver gibt es überall. Und in letzter Zeit wachse Zittos Garten schneller denn je.

Pala war sich der Wahrheit von Tozzos Worten nur zu bewusst. Der rostrote Wortklauber sagte, es sei Zittos Ziel, sich ganz Silencia zu unterwerfen. Die Stadt solle endlich ihrem Namen Ehre machen, höhne er unentwegt, und zu einem Ort großer *Stille* werden. Kein einziges Wort solle mehr in ihr gehört werden.

»Umso wichtiger ist es, Zitto in seiner Festung zur Rede zu stellen. Du musst uns verraten, wie wir dorthin gelangen«, sagte Giuseppe.

»Zur Rede stellen?«, gackerte Tozzo. »Zur Rede! Er ist der Meister aller Redner, ein König unter den Dichtern. Wer von euch beiden kann das von sich sagen?«

Pala sah ihm streng in die Augen. »Du lenkst schon wieder ab, mein Kleiner. Muss ich dich erst an deinen Schwur erinnern, damit du mit der Wahrheit über den Weg zur Burg herausrückst?«

Der Schwirrer wirkte mit einem Mal gekränkt. »An sein Wort musst du Tozzo nicht erinnern. Zittos Macht wohnt in seiner größten Schwäche.«

»Und die wäre?«

»Worte.«

»Drück dich etwas klarer aus!«, brummte Giuseppe drohend. Tozzo zuckte unwillkürlich zusammen.

»Er tut dir nichts«, sagte Pala freundlich zu dem kleinen Scheusal. »Wie hast du das gemeint mit der Schwäche, in der Zittos Macht wohnt?«

»Tozzo weiß, was Zitto schrecken kann. Niemanden fürchtet er so sehr, wie einen, der neue Worte erschaffen kann. Zittonien, seine Welt innerhalb der Gartenmauer, besteht nämlich selbst nur aus Worten, ebenso wie seine Diener, die Wortklauber und jene fünffüßigen Kreaturen, die ihm in der Festung zur Hand gehen. Böse, böse Ungeheuer sind das!« Tozzo schüttelte sich, als müsse er seinen Flaum von Scharen fünffüßiger Schmarotzer reinigen, und fügte dann bedeutungsvoll hinzu: »Aber ein Wortschöpfer könnte ihm trotzen.«

»Und wieso?«, fragte Pala.

»Weil so einer in dieser Gartenwelt ungeahnte Kräfte besitzt.«

Pala nickte gedankenvoll vor sich hin. Sie war eine *Wortschöpferin*, das hatte sie oft bewiesen. Aber konnte dieselbe Fähigkeit, die langen Bandwürmern aus Nudelbuchstaben Sinn verlieh, auch einen so mächtigen Gegner wie Zitto in die Knie zwingen?

Sie wandte sich wieder dem kleinen Schwirrer zu. »Du musst mir nur noch eines verraten, Tozzo.«

»Es kann sich schon denken, welche Frage jetzt kommt.«

»Umso besser. Also: Warum kann man sich Zittos Festung nicht nähern? Wir haben es versucht, aber mit jedem Schritt rückte sie weiter von uns weg.«

»Weil er seine Zitadelle mit einem verworrenen Wort der Macht geschützt hat.«

»Das hast du schon einmal gesagt.«

»Ich könnte seinem Gedächtnis *massig*leicht auf die

Sprünge helfen, Schwesterchen«, erbot sich Giuseppe und stocherte schon nach einem geeigneten Knüppel in der erloschenen Feuerstelle herum.

»Nicht nötig«, sagte Pala und blickte dem Scheusal tief in die Augen. »Tozzo?«

Der Körper des Wortklaubers war ein einziges Sträuben. Er wand sich, brummte zornig mit den Flügeln, machte einen Kopfstand, wobei er wie ein Heißwasserkessel zischte, und landete dann doch wieder vor Pala auf dem Boden. Ein letztes pfeifendes Seufzen entrang sich seinem spindeldürren Hals, dann verriet er sein Geheimnis.

»Jeder, der versucht hinaufzugelangen, ist wie ein Stein, der schneller und schneller einen Abgrund hinunterrollt, ohne je unten anzukommen. Er entfernt sich nur immer mehr und kann die Festung niemals erreichen.«

»Der müsste eigentlich passen«, sagte Giuseppe und zog einen dicken, schwarzgrauen Ast aus der Asche.

»Was soll denn das?«, beschwerte sich Pala.

»Merkst du nicht, wie der Zwerg sein Spiel mit uns treibt? Sein Gerede ist wie das Treppenlabyrinth: unergründlich und ohne Ende.«

Pala schüttelte den Kopf, der hierauf mit einem schmerzhaften Ziehen antwortete. »Du vergisst, wie wir den Ausgang gefunden haben. Wir mussten ein Rätsel lösen.«

»Was für ein Rätsel denn?«

»O Giuseppe! Ich dachte, das hätte ich dir schon erklärt. Das Rätsel lautet: In welchem Labyrinth kann man endlos treppauf, treppab steigen, ohne jemals einen Ausweg zu finden?«

»Was du nicht sagst!«

Pala lachte. »Jetzt tu nicht so erstaunt. Du selbst hast mich doch darauf hingewiesen: Einige Stufen führen zur Liebe, andere in den Hass und unterwegs necken uns eine Menge Abzweigungen. Erinnerst du dich nicht mehr? Ohne dich wäre mir vermutlich nie klar geworden, wie ich aus dem Irrgarten meiner Gefühle wieder herausfinden kann. Aber du sagtest, der richtige Weg müsse nicht unbedingt auch der leichteste oder nächstliegendste sein, ich solle mich meinen Irrtümern stellen. In dem Moment, als ich das tat, spürte ich einen seltsamen Ruck und dann war mit einem Mal der Ausgang da.«

»Hm!«

»Mach nicht so ein misstrauisches Gesicht. Zitto ist ein Meister der Sprache. Deshalb schützt er sich mit Rätseln. Langsam wird mir das immer klarer. Wenn Tozzo von ›verworrenen Worten der Macht‹ spricht, dann meint er im Grunde dasselbe. Rätsel sind oft Schlüssel zu neuen Wegen. Also denk nach, Giuseppe: Warum verändert sich dieser Garten ständig? Welche Bedeutung steckt dahinter?«

Ohne eine Antwort ihres Freundes abzuwarten, versank Pala in tiefes Nachsinnen. Sie schien förmlich zu schrumpfen, blickte mit glasigen Augen zu Boden und ihre Finger zwirbelten eine Locke. »Je näher, desto ferner«, murmelte sie. Es war ein Spiel mit Worten und eigentlich kannte sie sich mit solchen bestens aus.

»Ein Zuhause, vor dem man flieht, rückt einem mit jedem Schritt in die Fremde näher«, sinnierte Giuseppe. Er sprach wohl aus eigener leidvoller Erfahrung.

Pala nickte wissend. »Sobald das Heimweh einen packt …« Sie richtete ihren Blick auf einen unsichtbaren Punkt, der sich weit jenseits des Waldes zu befinden schien. »Aber wenn *mein* richtiges Zuhause ganz woanders wäre als in der Alexandrinergasse, dann könnte ich mich ihm nähern und doch mit jedem Schritt davon ferner fühlen.«

»Du meinst, weil dein Heimweh dich in die verkehrte Richtung lockt?« Giuseppe zog die Nase kraus. »Sei mir nicht böse, Schwesterlein, aber das klingt wie von hinten durch die Brust ins Auge. Irgendwie glaube ich nicht an eine *so* verzwickte Lösung des Rätsels. Das widerspricht allen klassischen Regeln.«

»Dann ist es die verkehrte Meinung über einen Menschen!«, sagte Pala mit einem Aufleuchten ihrer Augen.

Giuseppe sah sie angestrengt an, weil er das Wörtchen »über« nur als dumpfe Lücke wahrgenommen hatte. Aber dann nickte er verstehend, wobei er griesgrämig auf den Wortklauber blickte. »Das Vorurteil meinst du. Damit könntest du richtig liegen. Je länger man sich vom falschen Schein der eigenen Verblendung täuschen lässt, desto weiter entfernt man sich vom wahren Wesen einer Person. Aber wenn man seine Voreingenommenheiten hinter sich lässt, kann man sich dem *richtigen Menschen* nähern ...« Der Geschichtenerzähler schenkte dem rostroten Schwirrer ein gequältes Lächeln. »Nichts für ungut, Wortklauber.«

»Auf die trifft das genauso zu«, widersprach Pala hitzig. »Wenn man erst damit anfängt, das Menschsein wie ein Gütesiegel nur jenen zu verleihen, die einem selbst genehm sind, dann bleiben immer welche außen vor. Tozzo hat ein gutes Herz. Allein darauf kommt es an, Giuseppe, und wenn du länger mein großer Bruder sein willst, dann gewöhne dich gefälligst an diesen Gedanken.«

»Ist ja schon gut«, wiegelte der Erzähler ab. »Man muss sich nur den hässlichen Kopf, die schlappen Arme und Beine, die Krallenfüße sowie die dürren Saugfinger wegdenken, dann ist der Kleine schon fast niedlich.«

»Das habe ich nicht gemeint, Giuseppe!«

»Ich verstehe dich schon, Schwesterchen. Es kommt nicht aufs Aussehen an. Das Herz ist entscheidend.«

»Tozzo hat ein *großes* Herz!«, versicherte der Kleine. »Ein riesiges ...«

»Woran denken die Menschen, wenn sie den Namen Zitto hören?«, schnitt Pala ihrem neuen Berater das Wort ab. »An einen Fabrikbesitzer ohne Gewissen, der anderen nur hilft, wenn's ihm selbst nützlich erscheint?«

»Das würde ihm gar nicht gefallen«, widersprach Tozzo.

»Natürlich, er möchte ja zum Bürgermeister gewählt werden.«

»Die Öffentlichkeit lobt ihn nicht – unter den grünen Klee«, brummte Giuseppe und fuhr sich mit den Fingern durchs Haar. »Selbst wenn sie wüssten, was für ein Gauner er ist, würde sich wohl kaum Widerstand regen. Man trachtet lieber nach dem eigenen Vorteil und versucht sich mit Zitto gut zu stellen.«

Pala schüttelte unwillig den Kopf. »Nicht wenige mögen so denken, aber schau nur einmal uns an, wir sind anders.«

»Ist es Zitto oder sind es die bohrenden Fragen in unserem Innern, die uns hierher gebracht haben, Schwesterlein?«

Pala steckte sich die Zwirbellocke in den Mund und begann daran herumzulutschen. Tozzos und Giuseppes Worte hatten aus der Tiefe ihres Bewusstseins eine Vorstellung aufgescheucht, die nun wie ein glitzernder scheuer Fisch im Meer ihrer Gedanken schwamm. *Verworrene Worte der Macht* ... Das würde ihm gar nicht gefallen ... Dies alles hatte etwas zu bedeuten. Mit einem Mal fühlte Pala etwas geschehen, ein Ruck schien durch die Welt zu gehen, eine Erschütterung, die man nur mit dem Geist wahrnehmen konnte. Das gleiche Gefühl hatte sie im Treppenlabyrinth verspürt, wenn auch nicht so heftig wie jetzt.

Als wäre dieses Hirngespinst ihr Stichwort gewesen, flüsterte sie: »Könnte Zitto ein ganz anderer sein? Nicht jemand, der nach Geld oder Macht strebt, sondern einer, der ohne Falschheit ...« Sie zögerte. Es erschien ihr selbst ganz und gar abwegig, so etwas auszusprechen. Aber dann wagte sie es doch.

»Sein Herz ist durch irgendetwas vergiftet worden. Ursprünglich war er ein guter Mensch.«

Tozzo blinzelte drei-, viermal und stieß einen langen Seufzer aus.

»Das kann ich mir nicht vorstellen«, sagte Giuseppe.

»Und so soll es auch sein«, beharrte Pala aufgeregt. »Er will uns gar nicht sein wahres Wesen erkennen lassen, weil er dadurch verletzlich wird. Aber ich glaube fest, er hat die Sprache – obwohl er sie uns Menschen mit allen Mitteln zu entreißen versucht – einmal mehr geliebt als alles andere in der Schöpfung …«

Wieder glaubte Pala eine Verschiebung in der Wirklichkeit zu spüren, beinahe so, als sei die Erde auf ihrem rastlosen Lauf um die Sonne ins Stolpern geraten. Forschend blickte sie in die Gesichter ihrer beiden Gesprächspartner, fand dort aber keinerlei Anzeichen für eine ähnliche Wahrnehmung. Waren die lärmenden Kopfschmerzen an diesem Empfinden schuld? Mit Schwindelanfällen hatte Pala wenig Erfahrung. Sie ließ ihren Blick zum Waldsaum am gegenüberliegenden Ende der Lichtung gleiten. Die Bäume standen still, nur die Wipfel bewegten sich leicht …

»Da!«, rief sie plötzlich, sprang ungeachtet aller Paukenorchester in ihrem Kopf auf die unbeschuhten Füße und deutete ungestüm zu den Baumkronen hin. »Ich kann Zittos Burg sehen.«

»Prächtig, prächtig!«, jubilierte Tozzo, der irgendwo über ihr schwirrte.

Auch Giuseppe war aufgestanden, blickte in die besagte Richtung und schüttelte ungläubig den Kopf. Über den Wipfeln sah er doch tatsächlich in weiter Ferne einen hohen Berg, auf dem der Turm und die vertrauten Umrisse der Zitadelle zu sehen waren. »Allmählich beginne sogar ich an die eigenartigen Naturgesetze dieser Gartenwelt zu glauben.« Ein füchsisches Grinsen schlich sich auf sein Gesicht. Ohne den Blick von der fernen Festung zu nehmen, sagte er: »Pala?«

»Ja?«

»Irgendwie scheinst du ihm Leben eingehaucht zu haben.«

»Wem?«

»Dem letzten Terzett vom Baptisteriumsonett.«

Einen Moment lang konnte Pala mit der rätselhaften Bemerkung ihres Freundes nichts anfangen, aber dann meldete sich ihr reimvernarrtes Gedächtnis und die Schlussstrophe des Taufhausgedichtes fiel ihr wieder ein.

Erst Feindes Schliche kenn'n, ihn dann ertappen:
Mit diesem Plan kann Freunden doch gelingen,
das Netz von Ichsucht, Stolz und Neid zu kappen.

10

Das Netz von Ichsucht, Stolz und Neid zu kappen,
ist schwer und mancher mag dabei erschlaffen.
Obwohl im Wortgespinst nur Lücken klaffen,
wird man verstrickt und Haien schnell zum Happen.

Die falschen Freunde sind wie Pappattrappen,
betörend reden sie wie eitle Laffen.
Gibst du nicht Acht, wirst selbst bald zum Schlaraffen,
im Müßiggang in jede Falle tappen.

Doch Worten, die aus reiner Seele kommen,
muss selbst der Lügenfürst mit Geifer weichen.
Durch ihre Macht wird seine weggenommen.

Bedachte Worte gold'nen Schlüsseln gleichen,
denn aus verschloss'nen Herzen freizukommen
gelingt nur den an Wahrheitsworten Reichen.

D*as Netz von Ichsucht, Stolz und Neid zu kappen*, erfordert so manchen Schnitt, sonst wäre es ja nur eine Angelschnur«, gab Pala zu bedenken. »Wir haben zwar Zittos Burg wieder entdeckt, aber noch sind wir nicht da.«

»Wie wahr, wie wahr, wir sind nicht da!«, erhob sich Tozzos sägende Stimme zu einem höchst fragwürdigen Gesang. Er schwirrte, je nach Astdichte, mal höher, dann wieder tiefer vor ihnen her.

Pala lief barfüßig an der Seite ihres Freundes. Im Sommer entledigte sie sich oft und gerne ihres Schuhwerks, weshalb sie den Verlust desselben mehr als leicht ertrug – ihre Ballerinaschuhe waren im Fluss geblieben und trieben nun vermutlich ins Nirgendwo dieses verwunschenen Gartens.

Das bunt gemischte Grüppchen folgte einem mit Laub und braunen Nadeln bedeckten Waldweg. Auf die Frage nach größeren Tieren, die den Trampelpfad mit ihren Hufen oder Tatzen geebnet haben könnten, reagierte der Wortklauber seltsam nervös. Beim Einsammeln flüchtiger Worte falle leider eine Menge Unrat ab, sagte er, und was Zitto daraus erschaffe, sei nicht selten Furcht erregend. Anderes habe er dagegen wohl hauptsächlich zur Bereicherung seines Speiseplanes ausgedacht: Lippenbären und Brüllaffen, die in den Wäldern lebten, Tauben, Krähen und sonstiges Geflügel, Seezungen, Stichelinge wie auch andere Wasserbewohner, zudem eine Unmenge von Krabbelwesen jeder Größe. Doch was gejagt werde, sei meistens scheu. Selbst er, Tozzo, bekomme von diesen seltenen Geschöpfen nur gelegentlich eines zu Gesicht.

Dem konnte Pala nur beipflichten. Überhaupt drängte sich ihr zunehmend der Eindruck auf, durch ein riesiges Landschaftsgemälde zu spazieren, in dem es außer Pflanzen kaum Lebendiges gab.

Wenigstens waren viele der Gewächse genießbar. Vor einiger Zeit hatten die Wanderer einen Hain durchquert, den Tozzo als »Blätterwald« bezeichnete. Der Sinn hinter dem schlichten Namen erschloss sich dem Betrachter erst beim genaueren Hinsehen: Das weiße Laubwerk war mit feinen Reihen winziger Buchstaben bedeckt, beinahe so, als sei es mit der Schere aus dem *Silencia-Boten* ausgeschnitten worden. Als der Wortklauber Palas weit aufgerissene Augen bemerkte, schnarrte er fröhlich, nichts sei älter als die Zeitung des vergangenen Tages. Zitto habe eine Schwäche für unbeachtete Worte, den Stoff, aus dem sein Reich gebildet sei. Doch Pala und Giuseppe sollten sich nicht mit den Blättern aufhalten, das seien alte Kamellen. Die kleinen violettblauen Früchte – sie sahen ungefähr so aus wie Kirschen in der Haut von Pflaumen – seien wesentlich gehaltvoller. Sie schmeckten vorzüglich, wie Pala zugeben musste. Und nach der Mahlzeit fühlte sie sich seltsam beschwingt. Allerdings hielt die sättigende Wirkung nicht lange vor.

Bei der nächsten Rast stillten die Reisenden ihren Hunger an Sträuchern, die aussahen, als habe man die Äste mit Kleister eingeschmiert und anschließend mit buntem Konfetti bestreut. »Ihr müsst ordentlich auf den Busch klopfen«, forderte Tozzo seine Begleiter auf. Als diese nicht recht verstanden, packte er im Flug die obersten Zweige mit seinen Fußkrallen und rüttelte kräftig daran. Im Nu war der Boden unter den Büschen mit kleinen weiß-roten Beeren übersät.

Hunger mussten Pala und Giuseppe also nicht leiden und ihren Durst konnten sie an kleinen Bächen stillen, die immer wieder ihren Weg kreuzten. So kamen sie gut voran. Ab und zu tauchte Zittos Festung zwischen den Bäumen auf, was ihnen dabei half, die Richtung einzuhalten.

»Hast du schon einmal der Besatzung eines Fischdampfers bei der Arbeit zugesehen?«, fragte Giuseppe, um an Palas Bemerkung über gekappte Netze anzuknüpfen.

»Unser Papperla-Papagei hat neulich einen Vortrag zum Thema Seeleute gehalten.«

»Das ist nur Konserve, Schwesterlein, nur scheinbar echt. Du musst die Wirklichkeit *gesehen* haben, um sie zu erkennen. Ich bin einmal mit hinausgefahren, um mir auf dem Meer für eine Seemannsgeschichte das richtige Garn zu holen. Dabei habe ich etwas Interessantes gesehen: Ein Fischernetz besteht zwar aus zahllosen Stricken, aber es wird nur von wenigen Tauen gehalten.«

»Willst du damit sagen, wir haben schon alle Rätsel gelöst, die uns den Weg in Zittos Burg weisen?«

Giuseppe zuckte mit den Schultern und lächelte sein Großejungenlächeln. »Ich habe dir nur etwas von Fischernetzen erzählen wollen.«

Als die Dämmerung einsetzte, schien das Dreiergespann seinem Ziel kaum näher gekommen zu sein. Mit Palas Laune stand es nicht zum Besten.

»Hast du Kummer?«, fragte Tozzo. Er hing plötzlich laut brummend kopfunter vor ihr in der Luft.

»Heute ist Bürgermeisterwahl. Es fängt schon an zu dämmern und die Burg ist noch mehrere Tagesmärsche weit entfernt. Selbst wenn Zitto erst morgen oder *über*morgen die Schlüssel der Stadt ausgehändigt bekommt, werden wir es wohl nicht mehr schaffen, ihn aufzuhalten.«

»Wenn Pala sich da mal nicht täuscht«, sagte Tozzo mit einem schnorchelnden Geräusch, vermutlich ein Kichern.

»Wie meinst du das?«

»In Zittos Garten ist nicht nur oben, unten, breit und tief zerknäult, sondern auch gestern und morgen.«

»Willst du damit sagen, die Zeit läuft hier anders als jenseits der Gartenmauer?«

»Anders, ja. Tozzo weiß das. Ganz anders. Zitto zählt in seinem Garten nur die *Schweigeminuten.*«

»Was soll *das* denn nun wieder heißen?«

»Wenn ihr Menschen in Stille eines Verstorbenen gedenkt, wenn ihr ehrfurchtsvoll beim Anblick eines Sonnenuntergangs innehaltet oder wenn ihr stumm vor euren Papageien sitzt – wann immer es euch die Sprache verschlägt, gewinnt Zitto ein wenig Zeit.«

»Ich kann mich noch an eine Gedenkminute in der Schule erinnern. Ein Lehrer war an einer heimtückischen Krankheit gestorben. Mir kam das Schweigen wie zwei oder drei Minuten vor, aber als ich dann nachher auf die Uhr sah, waren nicht einmal sechzig Sekunden vergangen.«

»Siehst du, das hat Tozzo gemeint. Und genauso täuschst du dich bei der Zeit hier im Garten.«

»Aber ... Ich habe immer gedacht, jede Sekunde sei gleich lang.«

»Wie lange hast du versucht, über Zittos Mauer zu steigen, Pala?«

»Keine Ahnung. Eine Stunde oder sogar ...«

»Wahrscheinlich waren es nur ein paar kurze Augenblicke.«

»Du machst dich über mich lustig.«

»Tozzo könnte Recht haben«, mischte sich Giuseppe ein. »Deshalb hast du beim Erklimmen der Mauerkrone so gut wie keinen Fortschritt bemerkt. In Wirklichkeit bist du nie höher als ein paar Fußbreit oberhalb des Bodens gewesen.«

»Und der Abgrund unter mir? Ich habe doch gesehen, wie tief es hinunterging.«

»Du hast gesehen, was du glaubtest sehen zu müssen«, schnarrte Tozzo und nutzte eine größere Baumlücke für einen dreifachen Überschlag. »Zitto ist ein Meister in solchen Spielchen.«

»Deshalb blieb die Mauer über mir immer gleich hoch«, murmelte Pala haarlockendrehend. »So könnte es tatsächlich gewesen sein. Denkst du, Tozzo, wir werden Zittos Burg noch rechtzeitig erreichen?«

»Tozzo denkt, Pala lenkt. Du bist die Wortschöpferin. Es hängt von dir ab.«

»Giuseppe ist ein viel besserer Geschichtenerzähler als ich.«

»Aber ihm fehlt etwas, das du besitzt, Pala. Tozzo spürt das. Tozzilein ist nämlich ein Wortgeschöpf. Es kann Dinge wahrnehmen, die ihr Menschen ein Leben lang nicht bemerkt.«

Giuseppe schien darunter zu leiden, von einem rostroten Scheusal in die zweite Reihe gestellt worden zu sein. Eine Zeit lang stiefelte er mürrisch neben Pala her, bis er sich weit genug erholt hatte, um einen nützlichen Vorschlag zu machen.

»Du siehst sehr erschöpft aus, Pala. Wenn es nicht darauf ankommt, ob wir die Festung heute, morgen oder noch später erreichen, dann können wir jetzt ebenso gut unser Nachtlager aufschlagen.«

Der Eingabe wurde stattgegeben. Man baute sich notdürftige Schlafgelegenheiten aus trockenem Laub und Moos zusammen. Tozzo unternahm einen Rundflug, um nach wortrünstigen Artgenossen oder anderen verdächtigen Waldbewohnern Ausschau zu halten. Abgesehen von einigen Krabbelwesen und ein paar Nagern, die Pala allesamt fremd, aber in keiner Weise gefährlich vorkamen, bot dieser Teil des Gartens ein durchaus friedliches Bild. Fast zu friedlich, dachte sie, denn sie konnte sich einfach nicht an das Gefühl gewöhnen, in einem toten Gemälde zu sein, in der Theaterkulisse einer Landschaft, in einem leblosen Abklatsch dessen, was man gemeinhin unter Natur verstand.

Während sie nach einer Beerenmahlzeit auf den Schlaf wartete, beschäftigte sie jedoch ein unbequemer Gedanke von ganz anderer Art. Tozzo hatte behauptet, es läge allein an ihr, ob sie Zittos Burg rechtzeitig erreichten oder nicht. Wenn er sich nicht irrte, und das hielt Pala für unwahrscheinlich, dann musste sie sich für den nächsten Tag etwas Besonderes einfallen lassen.

»Heute Morgen ist's wärmer als gestern.« Giuseppe reckte sich, um seine starren Glieder zur Mitarbeit zu bewegen.

Pala saß am Waldboden und rieb sich die Augen. »Wann?«

Giuseppe antwortete mit einem verwirrten Blick.

Tozzo schwirrte zwischen zwei Bäumen heran, streifte einen trockenen Ast, der hierauf abbrach, und kam auf ziemlich unglückliche Weise im Erdreich neben Palas Lager zum Stillstand.

»Alles in Ordnung?«, erkundigte sie sich besorgt. Unwillkürlich streckte sie ihre Hand aus und berührte den weichen Flaum an Tozzos Flanke. Der Wortklauber fühlte sich warm an, voller Leben, überhaupt nicht insektenhaft.

»Danke, danke, danke«, bedankte er sich, »du bist sehr freundlich zu Tozzo. Es hat vor uns einen Bach entdeckt. Den müssen wir überqueren.«

»Und ist das ein Problem?«

»Das hängt von dir ab.«

Pala gestattete sich einen tiefen Atemzug. Tozzos nebulöse Auskünfte waren nicht unbedingt das, was sie in diesem Augenblick gebrauchen konnte. »Giuseppe«, wandte sie sich an den Erzähler, »ich habe mir ein paar Gedanken gemacht.«

»Das ist meistens von Vorteil, Schwesterlein.«

»Glaubst du, in Buchstabennudeln steckt eine unbekannte Macht?«

»Wie lange hast du dar– nachgedacht?«

»Kann ich nicht sagen. Ich bin irgendwann eingeschlafen.«

»Das erklärt manches.«

Pala sprang von ihrem Lager auf und verpasste ihrem Freund einen Schlag gegen die Schulter. »Alter Meckerfritze! Meine Frage ist ernst gemeint. Bin ich wirklich eine Wortschöpferin oder nur ein dummes Mädchen, das mit Nudeln spielt?«

»Ich glaube, du kennst meine Ansicht dazu schon. Dumm mögen alle anderen sein, aber nicht du, Schwesterchen.«

»Tozzo hat gesagt, ein Wortschöpfer besäße in dieser Gartenwelt große Kräfte. Ich habe mir das durch den Kopf gehen lassen. Mit Reittieren könnten wir wesentlich schneller vorankommen.«

»Pferde, meinst du?«

»Esel.«

»Mir auch recht.«

»*Du* bist der Esel, Giuseppe! Pferde gibt es schon. Sie sind Gottes Schöpfung. Er hat sie durch sein Wort erschaffen, wie Papa und Nonno Gaspare mir erzählt haben.«

»Du meinst durch den *Logos*, von dem geschrieben steht: ›Im Anfang war das *Wort*, und das *Wort* war bei Gott und göttlichen Wesens war das *Wort*.‹«

»Sag ich doch. Gestern vor dem Einschlafen, während ich an Tozzos Bemerkungen denken musste, ist mir ebendieser Vers aus der Heiligen Schrift wieder eingefallen.«

»Du möchtest dich doch jetzt nicht mit dem Allmächtigen gleichsetzen?«

»Wie kommst du darauf? Dieser Garten hier ist nur ein winziger Teil von dem unermesslichen Universum, das er geschaffen hat, aber zugleich ist er eine eigene kleine Welt.«

»Und nun willst du mir erklären, warum das so ist?«

Palas Gesicht glühte vor Aufregung. Sie schüttelte ihren zur Seite geneigten Kopf und lachte. »Hast du Tozzo gestern nicht zugehört, Giuseppe? Es liegt an den *Worten!* Sie sind der göttliche Funke, der in uns Menschen glüht. Wenn wir ihn entfachen, können wir bis in alle Ewigkeit Neues schaffen. Im Garten unserer Phantasie gibt es keine Mauern. Wenn wir nur wollen, dann ist er unendlich groß.«

»Du sprichst wie ein hundertjähriger Geschichtenerzähler«, wunderte sich Giuseppe. »Mein Vater hat übrigens einmal etwas ganz Ähnliches zu mir gesagt.«

Pala zog den Kopf zwischen die hochgereckten Schultern und schmunzelte. »Dann muss es wohl stimmen. Und nun wollen wir etwas ausprobieren, etwas Neues. Ist dir hier schon irgendein *bekanntes* Lebewesen aufgefallen?«

»Kein einziges. In diesem Garten kreucht und fleucht ohnehin nur wenig Getier herum. Seine Bewohner scheinen, wie Tozzo ja meinte, sehr oft in Zittos Kochtöpfen zu landen.«

Der Wortklauber schüttelte sich. »Ja-ja-ja, er frisst sie, zieht ihnen das Fell ab, lauter grässliche Dinge stellt er mit ihnen an …«

»Du hattest Tauben und Krähen erwähnt«, unterbrach Pala das herzerweichende Gejammer. »Sehen die genauso aus wie jenseits der Gartenmauer?«

»Tauben sind taub und Krähen krähen – aber sonst haben sie mit euren Vögeln wenig gemein.«

»Das dachte ich mir. Hier leben nur Kreaturen, die es in der übrigen Welt nicht gibt. Pferde und Esel scheiden damit als Träger aus. Wir brauchen ein Phantasiegeschöpf. Ich schlage vor, wir nehmen zwei *Antilowen.*«

Zur Unterstreichung ihres Ansinnens machte Pala eine

wedelnde Bewegung mit der linken Hand. Sie hielt diese Geste nicht wirklich für erforderlich, aber der Situation durchaus angemessen. Kaum hatte sie die letzte Silbe ausgesprochen, begann vor den beiden vom Boden ein goldenes Glitzern aufzusteigen, bis etwa zur Schulterhöhe eines Brauereipferdes. Für kurze Zeit funkelte und flimmerte die lichte Wolke hinreißend schön. Bis zu diesem Moment war die Wortschöpfung völlig geräuschlos vonstatten gegangen, was den nun folgenden, lang gezogenen Zischlaut besonders eindringlich zur Geltung brachte. Anschließend standen zwei Antilowen neben der Feuerstelle.

Tozzo schoss erschrocken in die Höhe.

Ein bisschen Furcht einflößend waren die von Pala erschaffenen Reittiere schon. Die Antilowen besaßen ein bernsteinfarbenes, an den hinteren Flanken wie bei einem Zebra gestreiftes, wunderbar glänzendes Fell, verfügten über scharfe Krallen und ein stattliches Gebiss. Sie waren geschmeidig und stark wie Löwen, aber langbeinig und schnell wie Antilopen. Von den Ersteren hatten sie eine dichte Mähne und ihre Jagdausrüstung, von den Letzteren die Lauffreude. Zumindest ihre langen Schweife erinnerten, wenn man von der braun-weißen Ringelung einmal absah, an Pferdeschwänze. Zwei Sättel samt Taschen und Reitgeschirr waren dem Antilowenpaar bereits umgeschnallt. Schon früher hatte Pala sich gerne Phantasietiere ausgedacht, aber diese beiden Exemplare hielt sie für besonders gelungen.

Giuseppe verhielt sich auffällig ruhig. Seine Nasenflügel blähten sich, als suche er nach verdächtigen Gerüchen, sonst zeigte er keine erkennbaren Bewegungen. Nach einer Weile wagte er ein gequältes Lächeln. »Ganz nett, Schwesterchen. Werden sie uns nicht die Köpfe abreißen?«

»Ich habe sie mir sehr folgsam vorgestellt.«

»Und dabei auch an mich gedacht?«

»Lass mich nachdenken ...« Pala tat so, als krame sie in ihrem Gedächtnis nach verschütteten Erinnerungen, aber bald konnte sie sich das Grienen nicht mehr verkneifen. »Keine Sorge, die sind lammfromm.«

»Auch zu Wortklaubern?«, meldete sich eine Stimme weit über ihnen.

»Nur zu dir, Tozzo.«

Giuseppe schnupperte immer noch in Richtung der Antilowen. »Was war das vorhin für ein Geräusch?«

Pala zuckte die Achseln. »Keine Ahnung. Möglicherweise die Luftverdrängung, als sie plötzlich aus dem Nichts entstanden sind.«

»Und du bist sicher, es hat keine anderen Ursachen?«

»Jedenfalls keine gesundheitsgefährdenden.«

Pala und Giuseppe näherten sich langsam den Antilowen, um sich zunächst mit ihnen vertraut zu machen. Nachdem sie die Tiere ausreichend vom Hals über den Rücken bis zu den braun-weiß gestreiften Hinterläufen getätschelt und ihnen mit den Fingerknöcheln die Nasenrücken massiert hatten (die Antilowen schlossen dabei ihre Augen und schnurrten behaglich), wagten sie eine erste Besteigung. Die kraftvollen Phantasiewesen blieben, wie angekündigt, lammfromm. Hoch zu Antilowe drehten das Mädchen und der Erzähler einige Proberunden.

»Reitet sich wie geschmiert«, lobte Giuseppe das Werk seiner Freundin.

»Und merkst du, wie kräftig sie sind?«, freute sich diese.

»Da stecken eine Menge Pferdestärken drin«, beurteilte Tozzo die Lage von oben.

Auf dem Rücken der Antilowen kamen sie zügig voran. Zittos Burg näherte sich deutlich schneller als noch am Tag zuvor. Bald verließen sie den Wald und ritten auf eine anmutige, von hohem Gras bedeckte Hügellandschaft hinaus. Die geschmeidigen Körper der großen Reittiere schwammen gleichsam durch die wogenden Halme. Zeitweise vergaß Pala sogar den ernsten Hintergrund ihrer Reise und genoss einfach nur das Spiel der Muskeln und Sehnen, die sich gehorsam ihrem Willen fügten. Sie hatte ihr Reittier Leokapi genannt, Giuseppe das seine Emilio.

Am späten Vormittag stießen die beiden Reiter und ihr fliegender Begleiter dann auf das bereits angekündigte Hindernis.

»Der Bach sieht harmlos aus«, schätzte Giuseppe. Die beiden Antilowen standen dicht an dem leise murmelnden Gewässer. Es war glasklar. Aus Leokapis Sattel glaubte Pala Fische zu erkennen, die wie Buchstaben aussahen, aber die glitzernde Wasseroberfläche mochte ihr auch Trugbilder vorspiegeln. Sie musste sich von dem verwirrenden Anblick regelrecht losreißen, um nicht völlig in seinen Bann zu geraten. Unschlüssig sah sie sich um. Dabei bemerkte sie in der Nähe ein Bauwerk aus großen grauen rechteckigen Steinen.

»An der Biegung da rechts ist eine Brücke«, sagte sie und deutete in die entsprechende Richtung. Ohne Giuseppes Antwort abzuwarten, drückte sie hierauf ihre nackten Fersen in die Weichen des Antilowen und lenkte ihn zu dem Übergang.

Je näher sie dem Bauwerk kam, desto mehr beschlich sie der Verdacht, es zu kennen. Hatte nicht früher eine ganz ähnliche Brücke am Ortseingang von Silencia gestanden?

Ja, es bestand kein Zweifel. Genau wie bei dem Original, das vor Jahren abgerissen worden war, prangten auch hier rechts von der Auffahrt das steinerne Stadtwappen und links ein Löwe, der auf einem Stapel von Büchern hockte. Nur der unmittelbar vor dem Brückenaufgang in der Erde steckende armdicke Pfosten störte das vertraute Bild. An den Pflock war ein Schild genagelt.

Seufzerbrücke bis auf weiteres geschlossen

»Seufzerbrücke?«, murmelte Pala. Sie schielte an der Hinweistafel vorbei und erschrak. Die Brücke war eingestürzt.

»Manchmal überqueren sie den Strom der Gedanken und reichen vom Innern der Seele bis hinaus in die Welt.« Tozzo schwebte neben den steinernen Überresten des Bauwerkes und beäugte es aufmerksam von der Seite.

Pala riss sich von dem Schild los und sah den Wortklauber fragend an. »Wie bitte?«

»Die Seufzer. Manche sind süß, andere zartbitter, aber die meisten nicht schwer zu fangen. Viele schaffen nicht einmal den Weg über eure Lippen. Eben gedacht und schon weggeschnappt. Übrig bleibt oft nur ein windiges Geräusch.«

Ungläubig starrte Pala den in der Luft stehenden Wortklauber an. »Und daraus kann man *Brücken* bauen?«

Tozzo kicherte. Sein Blick ruhte unverwandt auf der Flanke des steinernen Bauwerks. »Zitto schon. Möchte nicht wissen, wie viel Ächzen und Stöhnen er für die Seufzerbrücke hier einsammeln musste. Du solltest dir übrigens mal das hier ansehen, Pala. Wird dir bestimmt gefallen.«

Sie schnalzte mit der Zunge und ließ Leokapi langsam die Böschung hinabsteigen, bis sie ihn unter dem Wortklauber zum Stehen brachte. Hinter ihr trabte Giuseppe auf Emilio heran. Alsbald lasen die beiden Reiter gemeinsam die in das Mauerwerk geschlagenen Verse des Brückengedichts.

Das Netz von Ichsucht, Stolz und Neid zu kappen,
ist schwer und mancher mag dabei erschlaffen.
Obwohl im Wortgespinst nur Lücken klaffen,
wird man verstrickt und Haien schnell zum Happen.

Die falschen Freunde sind wie Pappattrappen,
betörend reden sie wie eitle Laffen.
Gibst du nicht Acht, wirst selbst bald zum Schlaraffen,
im Müßiggang in jede Falle tappen.

Doch Worten, die aus reiner Seele kommen,
muss selbst der Lügenfürst mit Geifer weichen.
Durch ihre Macht wird seine weggenommen.

Bedachte Worte gold'nen Schlüsseln gleichen,
denn aus verschloss'nen Herzen freizukommen
gelingt nur den an Wahrheitsworten Reichen.

»Was hältst du davon?«, fragte Pala, nachdem sie Giuseppe ausreichend Zeit gegeben hatte, die Worte auf sich einwirken zu lassen.

»Allmählich fällt es auch mir schwer, da noch an Zufall zu glauben: Der Auftakt dieses Sonetts stimmt genau mit der Schlusszeile des Baptisteriumgedichts –ein.«

»Und was will uns das sagen?«

»Es gibt einen Zusammenhang zwischen den Gedichten.«

»Mehr fällt dir dazu nicht ein?«

»Es könnte sich um einen Sonettenkranz handeln.«

Palas Stirn krauste sich. »Dieses Wort habe ich schon einmal gehört. Caterina Knüttelvers wollte im Zusammenhang mit den Klinggedichten darüber sprechen, aber dann schob sie ein Diktat dazwischen und wurde von der seltsamen Verflüchtigung der Worte befallen.«

Tozzo zog eine brummende Schleife um Palas Kopf und sang begeistert: »Klinggedicht und Hinkgedicht bring'n ins Dunkel klärend Licht …«

Ein strenger Blick Palas ließ ihn verstummen.

»Der Vergleich des Kleinen ist zwar etwas plump, aber im Grunde zutreffend«, sprang Giuseppe dem Wortklauber bei. »Wenn man so will, *hinkt* das fünfhebige Versmaß des klassischen Sonetts tatsächlich wie ein holzbeiniger Pirat: einer kurzen unbetonten Silbe folgt immer eine lange betonte, zusammen mit der schwachen am Schluss ergeben sich insgesamt elf.«

»Humpelnde Seeräuber – wie poetisch!«

»Stell dir die Klinggedichte lieber als Prinzessinnen vor, die sich anmutig im Takt einer schönen Melodie wiegen. Tanzen sie im Reigen, spricht man von einem Sonettenkranz. Man sagt, er sei die Königin der Gedichte: Die Endzeile jedes Sonetts muss den Anfang des nächsten bilden, das vierzehnte verbindet sich in gleicher Weise wieder mit dem ersten – so entsteht der Kranz.«

»Gut und schön, aber was nützt uns dieses Wissen?«

Giuseppe schob die Unterlippe vor und hob gleichzeitig die Schultern. »Wenn ich das wüsste, Schwesterchen …«

Pala legte den Kopf in den Nacken, wo der Wortklauber kopfunter langsam um seine Längsachse kreiste. »Was ist mit dir, Tozzo, hast du eine Erklärung dafür?«

»Erklärung, Erkältung bringt Unruh zur Geltung«, antwortete es aus der Luft.

Giuseppe stöhnte: »Der Zwerg kostet mich noch den letzten Nerv! Ich hätte meine große Fliegenklatsche mitnehmen sollen, Schwesterlein.«

»Schwesterlein und Lästerschwein dürften gar nicht traurig sein«, sang der rostrote Luftakrobat.

Pala konnte sich ein Grinsen nicht verkneifen. »Du musst versuchen, dich in Tozzos Lage zu versetzen, Giuseppe. Er ist innerlich zerrissen. Ich glaube, er würde uns gerne helfen, aber er kann es nicht.«

»Komische Art, uns das zu sagen.«

»Mag sein, jedenfalls müssen wir den Weg, der uns zu Zittos Burg führt, schon selbst finden. Suchen wir uns eine flache Stelle und reiten ans andere Ufer.«

Sie galoppierten ein kurzes Stück den gewundenen Wasserlauf entlang, bis sie, noch in Sichtweite der eingestürzten Brücke, eine Furt entdeckten. Die Uferböschung war an dieser Stelle sehr flach, sogar ein schwerer Ochsenkarren hätte in den Bach hinabfahren können. Pala rutschte von Leokapis Rücken und sah misstrauisch in das ruhig dahinfließende Gewässer. Die runden Kiesel des Bachbettes schimmerten dicht unter der Oberfläche. Einige der scheuen Wasserbewohner huschten davon, sobald der Blick des Mädchens sie nur streifte.

»Eigenartige Geschöpfe«, grübelte sie.

Tozzo ließ sich etwas tiefer sinken und sagte voller Abscheu: »Verratfische!«

»Nie gehört.«

»Man nennt sie auch Silberlinge. Schmecken ekelhaft. Man sagt, schon dreißig Stück davon seien tödlich.«

»*Dreißig?*«, japste Giuseppe. »Ich glaube, dreißig Sardinen würden dich alten Brummzwerg genauso umbringen. Deine Wampe …«

»Giuseppe!«, unterbrach Pala ihren Freund. »Eure Streiterei führt doch zu nichts. Lasst uns lieber einen Weg finden, wie wir auf die andere Seite kommen.«

»Wir könnten Emilio und Leokapi durchs Wasser treiben.«

»Das sieht dir ähnlich.«

»Warum zögerst du?«

»Ich muss an das Brückengedicht denken: *Obwohl im Wortgespinst nur Lücken klaffen, wird man verstrickt und*

Haien schnell zum Happen. Mir ist dieser Bach nicht geheuer.«

»Abgesehen von ein paar silbrigen Fischlein kann ich nichts entdecken, was irgendwie gefährlich aussieht, schon gar keine Haie.« Giuseppe machte Anstalten seinen Antilowen ins Wasser zu lenken, aber Pala hielt ihn zurück.

»Warte! Ich will erst etwas ausprobieren.«

»Probieren geht über studieren!«, frohlockte Tozzo über ihr.

Giuseppe warf ihm einen wüsten Blick zu und Pala näherte sich vorsichtig dem Bach. Wie ein Fischreiher hob sie langsam das rechte Bein, schob es vor und ließ ihren großen Zeh einen Moment lang über der Wasseroberfläche verharren. Der Bach beachtete sie nicht und gurgelte munter weiter. Als sie hierauf die Fußspitze in das Gewässer sinken ließ, schnappte die Falle zu.

Aus dem friedlichen Bächlein wurde unvermittelt ein reißender Wildbach. Wie das Deck eines sinkenden Schiffes tauchte sein eben noch so flaches Bett in die Tiefe. Ohne hierbei nennenswert an Breite zuzunehmen, schwoll das Wasser an und umschlang mit eiskalten Klauen Palas Beine. Sie schrie. Tozzo kreischte. Giuseppe brüllte. Pala begann zu wanken. Mit windmühlenartigen Armbewegungen kämpfte sie um ihr Gleichgewicht. Das Wasser ging ihr schon bis zur Brust. Ein glitzerndes Z schnellte mit kraftvollem Flossenschlag aus dem Nass und schnappte scharfzahnig nach ihrer Nase. Der Verratfisch ging nur deshalb leer aus, weil die Strömung ihr in diesem Moment den Boden unter den Füßen entzog.

»Bleib hier!«, rief Giuseppe und packte sie, gerade noch rechtzeitig, am Handgelenk. Der Bach brüllte wie eine wilde Bestie. Ein X verbiss sich in Palas Kleid, dicht bei ihrer Kehle. Sie schrie! Mit Mühe konnte der Erzähler auch ihren zweiten Arm einfangen. Der wütend brodelnde

Strom ließ Palas Beine hin und her schlagen. Hier und da schnellten Silberlinge aus der Gischt.

Giuseppe war nahe daran, selbst ins feuchte Element gezogen zu werden. Seine Füße rutschten auf das Wasser zu, kämpften sich in den losen Kieseln wieder ein Stück zurück, rutschten abermals …

»Leokapi!«, schrie Pala.

Keinen Augenblick zu spät. Giuseppe hatte den Kampf gegen die Wasserbestie schon für verloren erklärt, als weiche Lippen sehr geschickt nach seiner Lederweste tasteten und sich gleich darauf spitze Zähne darin festhakten. Der Antilowe Leokapi hatte nur auf eine Anweisung seiner Herrin gewartet; auf ihren Hilferuf hin war er sogleich zur Stelle. Verfolgt von den aufmerksamen Blicken seines Bruders Emilio und aus der Luft angefeuert von Tozzo schleppte er den Mann und das Mädchen weit die grasbewachsene Böschung hinauf. Erst als ihm Pala Einhalt geboten, ließ der Antilowe Giuseppes Weste los.

»Das war knapp, Schwesterchen!«, keuchte Giuseppe. Er lag erschöpft im Gras und Pala hing noch immer in seinen Armen. Geistesabwesend strich er ihr das nasse Haar aus der Stirn und ließ sich von Tozzos Flügelschlag befächern. Der Wortklauber war völlig aus dem Häuschen und überschüttete die beiden mit Glückwünschen zu ihrer Rettung. Pala musste andauernd husten, weil sie beim Schreien Wasser in den Hals bekommen hatte. Als sie endlich wieder einigermaßen normal atmen konnte, zupfte sie sich das zappelnde, nach Luft schnappende X vom Halsausschnitt, schleuderte es in den nun wieder friedlich murmelnden Bach zurück und begann zu schimpfen.

»Von wegen Haie! Fast wären wir den Silberlingen zum Happen geworden.«

Giuseppe blinzelte verwirrt. »Wie bitte?«

Schneller als der Erzähler begriff Tozzo: Die Äußerung

Palas hatte dem Brückengedicht gegolten. Trällernd stimmte er in ihre Darbietung ein: »*Bedachte Worte gold'nen Schlüsseln gleichen*, durch die ihr Zitto könnt das Wasser reichen.«

»Ich könnte ihm einen Stein an den Kopf werfen«, grübelte Giuseppe.

Pala entwand sich missfällig seiner Umklammerung, stapfte zu dem geduldig oberhalb der Böschung wartenden Leokapi hinauf und bedankte sich für dessen Rettungseinsatz mit einer extra Ration Streicheleinheiten. Dabei blickte sie nachdenklich zu dem in der Luft stehenden Wortklauber hinauf und sagte: »Du glaubst, wir haben es hier wieder mit einem Rätsel zu tun, stimmt's, Tozzo?«

»Nicht Tozzo hat das gesagt, sondern die Brücke«, erwiderte der Brummer ängstlich. »Tozzo weiß gar nichts. Tozzilein ist nur ein dummer ...«

»Schon gut, mein Kleiner. Entweder weißt du es wirklich nicht genau oder dein Schwur lässt dich nicht offen sprechen. Aber ich denke, mir ist klar, was du sagen wolltest. – Giuseppe?«

Der Geschichtenerzähler war inzwischen ebenfalls die flache Böschung heraufgekommen und rügte gerade die Teilnahmslosigkeit Emilios während des vorangegangenen Geschehens mit strengen Blicken. Der Antilowe schaute zerknirscht zu Boden. »Ja?«, antwortete Giuseppe.

»Dieser Fluss muss einen *gold'nen Schlüssel* bergen, ein neues Rätsel, mit dem Zitto uns von seiner Burg fern halten will.«

»Ja: Welche Buchstaben können einen bis aufs Skelett abnagen, noch ehe man ertrunken ist?«

»Unsinn. Ich hatte eher an etwas gedacht wie: Was erscheint leicht durchschaubar und erweist sich als unergründlich tief und voller Gefahren, sobald man in es einzudringen sucht?«

Giuseppe war die Lust auf Denkspiele gründlich vergangen. Nur der Form halber tat er so, als dächte er über Palas Frage nach. Vermutlich zählte er im Stillen nur bis drei, denn nach entmutigend kurzer Zeit zeigte er ihr die leeren Handflächen und antwortete: »Ich weiß nicht. Sag du es mir.«

»Wir wär's mit der Seele des Menschen, der Person, die er innerlich ist? Man beurteilt andere oft nach dem ersten Eindruck, aber versucht man, ihn wirklich kennen zu lernen, kann Erstaunliches ans Tageslicht kommen, Einblicke von unbeschreiblicher Schönheit ebenso wie gefährliche, abgrundtiefe Schluchten oder reißende Stromschnellen, die unüberwindlich scheinen.«

»Du denkst dabei nicht zufällig an deine Mutter oder deinen Vater?«

»Falls du von meinen *Adoptiv*eltern sprichst – nein ...«, antwortete Pala gereizt. Sie wich Giuseppes forschendem Blick aus und fügte eher kleinlaut hinzu: »Oder nicht allein. Als ich Mutter sagen hörte, ich sei nicht ihre Tochter, da ...« Sie schluckte.

»Vermutlich hast du aufgrund dessen in einen Abgrund geblickt, Schwesterchen, aber bitte glaube mir, es gibt eine Brücke, die dich auf die andere Seite bringt. Du darfst sie nicht vorschnell einreißen, so, wie es jemand mit der dort drüben getan hat.« Giuseppe deutete zu dem eingestürzten Bauwerk hin.

»Das spielt jetzt keine Rolle«, sagte Pala knapp. »Wir befinden uns in Zittos Reich, hier geht es um *ihn*. Ich bin sicher, sein Wesen ist anders oder tiefer, eben einfach unergründlicher, als die Menschen in Silencia glauben.«

»Wenn ihn nicht die Gier nach Macht und Reichtum diese ganzen Worte zusammenraffen lässt, was dann?«

»Ich weiß es nicht, Giuseppe. Irgendwie habe ich das Gefühl, seine Fabriken und die Wahl zum Stadtoberhaupt sind für ihn nur Mittel zum Zweck. Denk bloß an seine auffällige Leidenschaft für Sprache. Sie durchdringt seine ganze Seele. Müssten wir nicht, um Zitto wirklich zu verstehen, nach *Worten* suchen, die sein Herz mehr als alles andere begehrt?«

»Kluges Schwesterlein!«, lobte Tozzo von oben.

»Siehst du, Giuseppe, der Kleine gibt mir Recht ...« Pala hielt den Atem an, weil ein plötzlicher Schwindel sie schwanken ließ. Im nächsten Moment war das ihr mittlerweile vertraut gewordene Gefühl wieder vorbei.

Der Geschichtenerzähler bemerkte nichts davon. Er hob die Augenbrauen und zog ein schiefes Gesicht. »Na, wenn das Scheusal es sagt, muss es wohl stimmen.«

Pala knuffte Giuseppe an der Schulter und grinste. »Wird mein großer Bruder jetzt etwa eifersüchtig?«

»Was denn – auf *den* da?« Der Erzähler deutete steil nach oben, wo sich Tozzo eben noch befunden hatte.

Pala lachte glockenhell. »Komm jetzt, ich möchte etwas ausprobieren.« Sie lief entschlossen auf das Wasser zu.

»Was hast du vor?«, rief Giuseppe entsetzt und eilte ihr nach.

»Ich wate jetzt durch den Bach.«

»Bist du verrückt, Pala? Bleib stehen! Es reicht dir wohl nicht, nur *einmal* fast ertrunken zu sein.«

»Diesmal geschieht uns nichts. Ich kann es fühlen. Bring Emilio mit.« Sie blieb nur einen Fußbreit vor dem Wasserlauf stehen.

Giuseppe schnalzte mit der Zunge und Emilio trabte mit gesenktem Kopf herbei. »Nun leg endlich diese scheinheilige Sündermiene ab«, sagte der Geschichtenerzähler und tätschelte seinem Reittier den Hals. »Jetzt kannst du dich bewähren.« Emilios Kopf hob sich mit einem Ruck und blickte aus veilchenblauen Augen erwartungsvoll in seines Herrn Gesicht. Auf Palas Empfehlung hin gab Giuseppe seinem Antilowen einige klare Anweisungen. Dann bildeten sie alle eine Kette: Pala griff nach Giuseppes Hand, der umschlang Emilios Zügel, dessen Schweif wurde von Leokapi ins Maul genommen, der seinen Schwanz wiederum dem Schlusslicht Tozzo anvertraute.

Nach einem tiefen Atemzug verfiel Pala wieder in den Gang des Fischreihers. Als sie ihren großen Zeh ins Wasser tauchte – wurde dieser nass. Ein L huschte zwischen zwei Steinen hervor und floh zur Bachmitte hin. Ansonsten geschah nichts.

»Wir haben das Rätsel gelöst!«, jubilierte Pala.

»Alle Achtung!«, lobte Giuseppe. Schnell zog er sich die Schuhe aus und wagte ebenfalls den Wassergang. Auch er wurde nicht ertränkt. Pala hatte den Wildbach gezähmt.

Giuseppe ließ jenseits des Wasserlaufes seine Hände in verwirrenden Schlangenlinien durch die Luft gleiten und sagte: »Ich will einen Kamalken.«

Ein Mädchen, ein Wortklauber und zwei Antilowen sahen ihm interessiert zu. Flugtaugliche Wortschöpfungen wurden selbst in Zittos Reich nicht alle Tage ins Leben gerufen. Daran sollte auch der junge Geschichtenerzähler nichts ändern. Sein Scheitern trug denn auch weniger zur Enttäuschung als mehrheitlich zur Heiterkeit bei.

Pala verkniff sich ein breites Grinsen und sagte mitfühlend: »Unter Umständen klappt es ja, wenn du noch eine Weile übst.«

Tozzo war weniger rücksichtsvoll. Er plumpste zu Boden, weil er sich vor Lachen nicht länger in der Luft halten konnte. »Giuseppe ist ein Wortbastler, aber nie-nie-nie-nie ein Schöpfer. Nein, nein, das schafft er nicht. Schwesterlein kann es fein, doch Lästerschwein fällt nur herein …«

»Tozzo!«, ermahnte Pala den Wortklauber. »Das ist nicht nett.«

»Er ist auch nicht nett zu Tozzo.«

»Dann durchbrich *du* den Teufelskreis und hack nicht länger auf meinem Freund herum.«

»Na gut«, sägte Tozzo, schwirrte zu Giuseppe hinüber und reckte ihm fünf spindeldürre Finger entgegen. »Frieden, Großer?«

Giuseppe tauschte einen Blick mit Pala, die ihm aufmunternd zunickte. Er gestattete sich ein letztes Aufseufzen, dann nahm er vorsichtig Tozzos zerbrechliche Hand. »Frieden, Kleiner.«

»Prächtig!«, frohlockte der, schoss in die Höhe und sank mit einem nicht enden wollenden »Prima-prima-prima!« wieder langsam herab.

»Jetzt verrat mir aber wenigstens, warum Pala einen Antilopen-Löwen erschaffen kann, ich aber keinen Kamel-Falken«, bat Giuseppe.

»Das sagt Tozzo nicht.«

»Jetzt komm schon! Warum denn nicht?«

»Du wirst Tozzo schlagen, ihm das Genick brechen, Steine nach ihm werfen …«

»Ich beschütze dich«, unterbrach Pala den aufgeregten Kleinen.

Tozzo landete zwischen ihr und Giuseppe, blickte aus seinen großen Blinzelaugen scheu zu dem Geschichtenerzähler auf und sagte: »Weil du keine Phantasie hast …«

»Das ist doch …!« Giuseppes Mund blieb offen stehen.

Auch Pala wunderte sich. »Wie kannst du so etwas sagen, Tozzo? Er ist schließlich ein Geschichtenerzähler.«

»Aber sein Kamalke besitzt kein Leben«, erwiderte das kleine Scheusal. »Tozzo fühlt so etwas. Giuseppe mag ein großer Künstler im Umgang mit Worten und Geschichten sein: Er nimmt sie in sich auf, bastelt daraus scheinbar

Neues und doch fehlt seinen Werken etwas, das du besitzt, Pala. Bei dir sind es Schöpfungen, keine zusammengeklebten Kunstwerke.«

Pala blickte verlegen in das traurige Gesicht ihres Freundes. »Ich finde das ungerecht. Von deinem Vater und von dir habe ich das Geschichtenerzählen doch gelernt ...«

»Es ist schon gut«, unterbrach sie Giuseppe. »Tozzo sagt die Wahrheit. Genau darum ging es ja in dem Streit mit meinem Vater: Die vollkommenen Worte mussten, wie er glaubte, neu geschaffen werden, ich wollte das Bewährte nur veredeln.«

»Aber liegt die Wahrheit nicht in der Mitte? Mir erscheint es vernünftiger, immer wieder Neues am Erprobten zu messen und jeweils das Bessere zu behalten.«

Giuseppe fuhr sich mit der Hand durchs Haar. »Leider hat mir diese Einsicht damals gefehlt. Mein Herz war noch nicht reif, als ich mich mit Vater *nicht drunter*warf, mich mit ihm zerstritt. Tozzo hat schon Recht: Um ein wirklich guter Erzähler zu werden, muss man *massig* mehr tun, als alte Sagen und Balladen nur spannend zu erzählen. Und genau daran mangelt es mir.«

»Einsicht ist der erste Schritt zur Besserung«, schnurrte Tozzo.

Pala schüttelte den Kopf. »Trotzdem will mir nicht einleuchten, warum gerade ich diejenige sein soll, die Zitto mit seinen eigenen Waffen schlagen kann. Da muss es doch noch einen anderen Grund geben, Tozzo.«

»Wird es wohl, wird es wohl. Aber Tozzo ist dumm. Tozzilein weiß nicht ...«

»Jetzt drückt er sich wieder«, knurrte Giuseppe.

»Er kann eben nicht über seinen Schatten springen«, verteidigte Pala den Kleinen. »Der Schwur, den er Zitto gegeben hat, bindet ihn.«

»Aber Zitto ist böse! Böse-böse-böse. Er nutzt Tozzilein nur aus. Du musst ihn besiegen, Pala. Nur dir kann er …«

»Und du solltest dir ernsthaft über das ihm gegebene Versprechen Gedanken machen. Ich finde, wenn man zu einem Schwur genötigt wird, der sich zudem im Nachhinein als Werkzeug des Bösen erweist, dann gilt er nicht. Du hast ja schon angefangen, uns zu helfen. Jetzt bringe es auch zu Ende.«

Tozzo landete im Gras und ließ die Flügel hängen. »Tozzo ist dumm. Tozzilein weiß gar nichts …«

»Könntest *du* nicht irgendeinen fliegenden Untersatz für uns beschaffen?«, sagte Giuseppe zu Pala, das selbstmitleidige Gejammer des Wortklaubers nicht weiter beachtend.

»Nein.«

»Und wieso nicht?«

»Ist doch egal. Ich will es eben nicht.«

»Hängt es mit deinen Albträumen zusammen, mit diesem endlosen Sturz von Zittos Mauer?«

»Wenn du alles so genau weißt, dann brauchst du mich ja nicht zu fragen.« Pala kletterte auf ihren Antilowen und spornte ihn zum Sturmlauf auf Zittos Feste an. Giuseppe und Emilio hatten alle Mühe ihr zu folgen.

Von der eingestürzten Brücke aus führte ihr Weg über grasbewachsene Hügel, die von Mal zu Mal höher wurden. Am späten Nachmittag galoppierten die Reiter dann in ein grünes Tal hinab, das Kundschafter Tozzo bereits lange vorher angekündigt hatte. Nun, im Schutz hoher Nadelbäume, fühlten sie sich wieder sicherer als unter freiem Himmel. Auf Giuseppes Frage hin hatte Tozzo ihnen nämlich eine unangenehme Eröffnung gemacht. Der Geschichtenerzähler wollte wissen, warum Tozzo sich mit einem Mal Zittos Zitadelle nähern könne, wenn ihm der

Schlossherr diesen Weg doch durch einen Bannspruch verwehrt habe.

Der Wortklauber holte zu einer weitschweifigen Erklärung aus. Normalerweise könnten er und seinesgleichen sich der Festung nicht nähern, weil sie sich vor ihnen versteckt hielt. Jetzt aber habe Pala mit ihrer Rätsellöserei »eine Schneise in die Schutzhecke Zittos geschlagen«, einen unsichtbaren Weg, der allen Lebewesen offen stehe.

»Du meinst, auch den anderen Wortklaubern?«, fragte Giuseppe ahnungsvoll.

»Ja-ja-ja, sie müssen ihn nur finden«, antwortete Tozzo.

Für das Nachtlager suchte Giuseppe wieder eine grasbedeckte Waldlichtung aus. Fremdartige Bäume mit dunkelroter Rinde und fleischigen blauen Nadeln umsäumten den Platz, unter ihnen wuchs nur Moos. In größerem Abstand sprossen bunte Blumeninseln aus dem grünen Meer der Lichtung. Manche dieser Farbkleckse leuchteten in zarten Pastelltönen – rosarot, hellblau oder in einem Hauch von Violett –, jedoch die meisten bestanden aus erdbraunen, sumpfgrünen oder sogar nachtschwarzen Blüten.

Vor lauter Entzücken über die niedlichen Pflänzchen vergaß Pala alles, was sie über Zornblumen und Trauerweiden wusste. Versonnen pflückte sie eines der zarten Gewächse, um es genauer zu betrachten. Der Blütenkelch war blassgelb und mit stecknadelkopfgroßen blauen Pünktchen gesprenkelt. Seine Form erinnerte an die Papiertüten der Gemüsehändler auf dem Markt. Pala glaubte ein kaum wahrnehmbares Wispern zu hören, das aus der Blüte kam. Sie hielt sich den Kelch ans Ohr und vernahm ein leises »Ich liebe dich, mein Kind!«. Erschrocken ließ sie die Blume fallen.

Tozzo brummte heran. »Das solltest du lieber lassen, Pala.«

Sie lachte überdreht. »Ich muss verrückt geworden sein. Die Blume hat …«

»Gewispert. Tozzo weiß. Das sind Flüstertüten. Sie wachsen nur hier im Flüsterwald.«

»Flüstertüten? Die Blume hat behauptet, sie liebe mich. Verrückt, oder?« Wieder lachte Pala auf eine seltsam aufgekratzte Weise. Warum musste die dämliche Flüstertüte ausgerechnet diese Worte benutzen? *Mein Kind!* Mutter hatte sie nie so genannt …

Tozzo landete vor ihr auf dem Boden und sah sie besorgt an. »Hör nicht auf das Flüstern. Es hat nicht dir gegolten. Wispern, Fispeln, Pispern, Pispeln, Fispern, Lispeln – leise Gesagtes ist nur für wenige Ohren bestimmt. Manches entspringt zwar einem warmen Gefühl, wie du an den freundlich gefärbten Flüstertüten erkennen kannst, aber das meiste wird aus gutem Grund nur gezischelt, getuschelt, geraunt und gemurmelt. Geflüsterte Worte werden leicht vom Wind weggerissen. Oder von Wortklaubern.« Tozzo kicherte.

Eine sanfte Brise strich durch die Baumwipfel und auch das hörte sich wie leises Flüstern an. Pala lief ein Schauer über den Rücken. Mit einer Mischung aus Furcht und Sehnsucht blickte sie auf die fallen gelassene Blüte hinab.

Auf Giuseppes Vorschlag hin wurde ein dreistündiger Wachwechsel vereinbart. Tozzo bestand darauf, den Anfang zu machen. Er hängte sich kopfunter an einen hohen Ast und verschmolz mit dem Baum zu einem unauffälligen roten Zapfen.

Vor dem Einschlafen stärkten sich Pala und Giuseppe an quadratischen Früchten, die Tozzo am Rande des Tales entdeckt hatte. Er nannte sie *Plaudertaschen*, womit er wohl nicht nur auf ihre Form anspielte – angeblich entstünden die Gewächse aus »überflüssigem Gequatsche«.

Der Wortklauber war gierig über die Leckerbissen hergefallen, was sie auch in den Augen seiner beiden Begleiter begehrlich machte. Gepflückt aus dem Sattel und sofort probiert, erwiesen sich die Früchte als durchaus genießbar. Ihr Inhalt schmeckte fremdartig, doch nicht unangenehm, süß und zugleich ein wenig bitter. Er verbarg sich unter einer dicken, weichen, orangerot gefärbten Schale, die sich leicht entfernen ließ. Äußerlich erinnerten die Früchte an geldbörsengroße Kopfkissen. Wie sich später herausstellte, hielt die sättigende Wirkung nicht lange vor, doch zunächst schlief Pala, während es noch dämmerte, mit einem wohligen Gefühl im Bauch ein.

Als sie die Augen wieder aufschlug, erblickte sie einen düsteren schwarz-blauen Himmel, aus dem der Schattenriss Tozzos schreiend auf sie zustürzte.

»Angriff! Die Wortklauber kommen! Rette sich, wer kaaaaaann!«

Schon im nächsten Augenblick tauchte ein brummendes Geschwader über der Lichtung auf. Als hätten die Nachtschwärmer sich mit dem Mond verbündet, strahlte ein kaltes Licht hinter den pechschwarzen Wolken, deren Ränder bläulich glühten und die Szene gespenstisch erleuchteten. Noch nie hatte Pala einen solchen Himmel gesehen, geschweige denn eine so zornige Angreiferschar. Die plumpen Körper der Wortklauber zeichneten sich wie schwarze Scherenschnitte in bedrohlicher Zahl auf dem blau lodernden Hintergrund ab.

»In den Wald!«, brüllte Giuseppe.

Pala überlegte nicht lang. Sie lief. Ihre langen Beine trugen sie schnell unter die Nadelbäume. Das Herz klopfte ihr bis zum Hals. Hinter sich vernahm sie zorniges Gebrumm, das Splittern von Zweigen, gegen Bäume krachende Verfolger … Die Arme schützend vor das Gesicht erhoben, rannte sie weiter. Selbst der Wald schien sich gegen sie verschworen zu haben. Er schlug sie, rupfte ihr Haare aus, kratzte sie … Wundersamerweise hatte sie sich noch an keinem Ast aufgespießt oder ein Auge durchgebohrt.

Die Wortklauber ließen sich nicht abschütteln. Offenbar konnten sie in der Dunkelheit erheblich besser sehen als jeder Mensch. Nur das dichte Astwerk war ihnen hinderlich. Unter tief hängenden Zweigen keuchte Pala voran, verschluckte sich am eigenen Speichel und hustete wie eine Schwindsüchtige. Lang würde sie nicht mehr so laufen können.

Während die Erschöpfung ihren Widerstandswillen zunehmend schwächte, wurde sie mit bruchstückhaften Gedanken bombardiert: *Gib auf, Pala, du schaffst es sowieso nicht. – Den nächsten Sturz in eine Schlucht überlebst du niemals. – Wo sind eigentlich Giuseppe, Tozzo und die Antilowen? Sie retten ihren eigenen Hals; du bist ihnen egal. – Lass dich von den kleinen Scheusalen ruhig ein wenig befingern; wirf ihnen ein paar Worte hin, bestimmt lassen sie sich damit abspeisen …*

War es nur die Hoffnungslosigkeit ihrer Lage oder konnten Zittos Geschöpfe wirklich in ihren Geist eindringen? Palas Verstand bäumte sich mit letzter Kraft gegen die fast unwiderstehliche Versuchung nachzugeben auf – und mit einem Mal geschah etwas Seltsames.

Einige Schritte lang schien sie neben sich selbst herzulaufen und die Chancen von Jägern und Gejagter kühl gegeneinander abzuwägen. Dabei machte sie eine erstaunliche Entdeckung: Das vielstimmige Gebrumm in ihrem Rücken war auf ein einziges lautes Schnarren zusammengeschrumpft …

Ein Zweig peitschte gegen Palas Gesicht und riss sie in die Wirklichkeit zurück. Im Laufen drehte sie sich um und sah für einen Augenblick weit über sich vor dem Himmelsblau einen schwirrenden Schatten. Der letzte Wortklauber schien auch der klügste zu sein. Er ließ sich Zeit. Anstatt sich wie seine Artgenossen um Äste zu wickeln, trieb er sein Spiel mit ihr wie eine Katze mit der Maus.

»Bleib mir vom Hals!«, schrie Pala nach oben und wünschte sich einen dicken Knüppel in die Faust. Doch keine Waffe erschien. Das Brummen des Wortklaubers klang dagegen immer bedrohlicher.

Voller Entsetzen gewahrte Pala nun auch noch das Zurücktreten der Bäume. Fünf, sechs lange Schritte keuchte sie noch zwischen weit auseinander stehenden Stämmen hindurch und dann preschte sie auf eine Lichtung. Das Himmelsblau ließ sie auf der anderen Seite der Schneise dichtes Unterholz erkennen – unmöglich, da hindurchzukommen! Eiskalte Angst packte Palas Herz. Der Verfolger über ihr stieß ein markerschütterndes Siegesgeheul aus. Ihre Lage war ausweglos.

Während nun der erschreckend große Wortklauber stahlblau auf sie herniederfuhr, blieb Pala abrupt stehen, wirbelte herum und reckte dem Angreifer die nackte Handfläche entgegen. Die verzweifelte Geste schien das große Scheusal nur zusätzlich anzufeuern. Sein Brummen wurde deutlich heller. Scharfe Klauen und saugnapfbewehrte Spinnenbeinfinger flogen auf sie zu. In ihrer unbändigen Angst konnte Pala nicht mehr klar denken. Ohne zu wissen, was sie da eigentlich tat, schrie sie ein einzelnes Wort heraus.

»Verbaume!«

Anstelle des Wortklaubers fiel ein bläulich schimmernder Glitzerregen vom Himmel. Einen Moment lang sah es so aus, als hätte sich ein Komet in die Waldlichtung gebohrt und dabei seinen funkelnden Schweif zurückgelassen. Dann verblasste das Irrlicht und Pala stand vor einem Baum.

Ein heftiges Schaudern lief ihr über den Rücken. Soweit die herrschenden Lichtverhältnisse diese Beurteilung zuließen, sah das Phantasiegewächs stahlblau aus. Es besaß eine knorrige, knotige Rinde. Pala glaubte direkt vor ihrer Nase die verholzte Fratze eines Wortklaubers zu erkennen. Nahebei ragte ein Ast heraus, der an eine Kralle erinnerte.

So laut es vorher im Wald zugegangen war, so still lag die Lichtung nun da. Nur wenn der Wind ab und zu die Baumkronen streichelte, antworteten sie mit leisem Geflüster. Allmählich schmolz Palas kalte Furcht dahin, doch sie empfand alles andere als Erleichterung. »Das habe ich nicht gewollt«, wimmerte sie und streckte die Hand nach der Rinde aus, die sich trocken und auf eine erschreckende Weise lebendig anfühlte.

»Ich wollte dich nicht …« Ja, wie sollte sie das überhaupt nennen, was sie mit Zittos Geschöpf angerichtet hatte? *Töten?* Vielleicht lebte das Scheusal ja noch. *Einsperren?* Auch dieser Begriff erschien ihr unzutreffend. *»Verbaumen«*, sagte sie schließlich und sank langsam vor dem Stamm in die Knie. Ihre Finger glitten dabei an der rauen Haut des hölzernen Wesens herab. Ja, die Wortschöpferin hatte etwas Neues, etwas *schrecklich* Neues getan. Bis zu dieser Nacht konnte ein Geschöpf versteinern, verdunsten, vertrocknen, vereisen, vermodern, verrotten, verdursten, verhungern, zersplittern, zerbröseln, zerfleischt und zerhackt, erstickt und ertränkt sowie auf tausend weitere Arten seines natürlichen Daseins beraubt werden – aber bisher war noch kein einziges bei lebendigem Leibe *verbaumt.*

Nach einer Zeit, die mit unseren Uhren wohl kaum zu messen ist, erhob sich die Wortschöpferin wieder vom Boden und sah sich um. Zittos Reich lag in tiefem Schweigen. Über ihr glühte der schwarzblaue Himmel. Schmerzhaft und unerwartet wie ein in den Rücken zielender Schwertstich traf sie die Gewissheit, allein zu sein.

Pala ließ den verbaumten Wortklauber zurück. Sie schlug die Richtung ein, aus der sie gekommen zu sein glaubte. Obwohl ihr Herz sie suchen hieß, wusste sie um die Vergeblichkeit ihres Unterfangens. Obgleich sie sich ohne die Hilfe der Freunde zu allem und jedem unfähig fühlte, dämmerte ihrem sich sträubenden Bewusstsein doch die Bürde ihrer Einzigartigkeit. Zittos Herausforderer musste ihm gleichrangig sein, kein läppischer Wortstapler, der Bekanntes nur durch neue Anordnung gefällig darbietet und sich dabei das Gedankengut seines Feindes letztmöglich noch zu Eigen macht. Den großen Betrüger vom Schlossberg vor aller Welt bloßzustellen erforderte neue, wohl bedachte Worte. »Und das«, flüsterte Pala, während sie in die Schatten des Waldes trat, *»gelingt nur den an Wahrheitsworten Reichen.«*

ERST nz zu S lu S I T W R

11

Gelingt nur den an Wahrheitsworten Reichen,
was stummen Zweiflern gar nicht will gedeihen,
so müssen sie den Armen Worte leihen,
damit Besorgnisse von ihnen weichen.

Die Angst täuscht dich mit trügerischen Zeichen,
aus Freund wird Feind, dem nimmer willst verzeihen.
Sein Blut soll deines Argwohns Tempel weihen,
wünschst ihn verfault im Grab mit and'ren Leichen.

Im Lügentümpel fette Kröten brunsten,
des Truges Brut sind unheilvolle Quappen,
doch Wahrheitslicht kann ihren Sumpf verdunsten.

Eh' Lebensmut dir flieht auf schwarzem Rappen,
erwähl der Einsicht Schild zu deinen Gunsten –
der Irrtum steht auf Zweifels morschem Wappen.

Gelingt nur den an Wahrheitsworten Reichen, sich den goldenen Schlüssel zu Zittos Burg zu verschaffen, dann musst du dir schnell etwas einfallen lassen, Pala.« Sie war wieder in ihre alte Gewohnheit verfallen und sprach mit sich selbst. Auf diese Weise bekämpfte sie das Gefühl des Verlorenseins.

Seit die Wortklauber sie von Giuseppe, Tozzo und den Antilowen getrennt hatten, waren mehrere Stunden verstrichen. Jenseits der flüsternden Baumwipfel wallte des Himmels Wolkenkleid wieder in lichtem Einheitsgrau. Pala saß auf einem umgefallenen Stamm, zupfte abwesend kleine Zweige aus ihrem zerschlissenen Kleid, bewunderte ihre neuesten Schrammen und schalt sich eine Närrin, weil sie nicht auf ihre innere Stimme gehört hatte. Ihr war zum Heulen zumute. Sie vermisste ihre Freunde jetzt schon. Nur mit Giuseppes Hilfe hatte sie das Rätsel vom Treppenlabyrinth lösen können. Wie sollte sie jemals ohne ihn und Tozzo zurechtkommen? Aber alles Jammern nützte nichts, sie waren unauffindbar, vielleicht sogar verschollen in einem ganz anderen Garten oder einem fernen Winkel von Zittos verwunschenem Reich. Seufzend erhob sie sich und marschierte weiter.

Mehrere Stunden vergingen. Der Wald wollte kein Ende nehmen und Palas finstere Gedankengänge erst recht nicht. Der verbaumte Wortklauber schlug Wurzeln in ihrem Kopf – oder waren es Angsttriebe? »Ein Wort kann mehr Schaden anrichten als hundert Messerstiche«, hatte Nonno Gaspare einmal gesagt. »Worte können sogar töten. Daher gib immer Acht, was du sprichst, Pala. Du könntest einen Freund unheilbar verletzen.« Gerne hätte sie versucht den holzigen Wortklauber zu heilen, aber ebenso wenig wie ihre Freunde konnte sie dessen Lichtung wieder finden.

Als wolle der Himmel seine nächtliche Kumpanei mit den Wortklaubern wieder gutmachen, passte er sich gegen

Mittag farblich Palas düsteren Gedanken an. Sie hörte ein fernes Grollen. Wenig später gingen die ersten Regentropfen auf das Dach des Waldes nieder. Anfangs kam dies dem Mädchen noch wie ein willkommenes Zeichen von Echtheit und Lebendigkeit in dieser künstlichen Welt Zittos vor. Dann jedoch brach ein grimmiger Sturm über den Wald herein. Regenschauer peitschten bis zum Boden hinab. Blitze fuhren hernieder. Flammen züngelten auf, weil die Baumkronen nur außen trieften, innen jedoch rappeltrocken waren. Wenigstens hielt der Wolkenbruch die Feuer in Schach. Aber wie lange noch?

Wieder begann Pala zu laufen. Nach kurzer Zeit war sie pitschnass vom Scheitel bis zum Kleidersaum. Sie wusste, wie gefährlich bei solchem Wetter der Aufenthalt im Freien war. Es gab unzählige Gefahren: Sie konnte vom Blitz getroffen werden, vom Feuer verbrannt oder … Ein lautes Krachen ließ sie zusammenfahren. Erschrocken blickte sie nach oben, von wo ihr ein dicker Ast entgegenkam. Sie suchte ihr Heil in einem gewaltigen Satz, landete bäuchlings im Schlamm und kniff die Augen zusammen.

Krach!

Pala schrie vor Schmerzen auf. Der vom Sturm abgerissene Hauptast hatte ihre Beine zwar verfehlt, doch die dünnen Außenzweige waren wie Peitschen auf ihre Haut niedergefahren. Unter Stöhnen raffte sie sich wieder auf, warf nur einen kurzen Blick auf die blutigen Striemen an ihren Kniekehlen und Waden, dann hastete sie weiter.

Sie brauchte dringend einen Unterschlupf. Aber mit Donner und Blitz war auch die Dunkelheit gekommen, zeitweilig sah sie die Hand vor Augen nicht. Was hatte Vater für solche Situationen immer geraten? Weiche der Eiche? Suche die Buche? Nie hatte er verraten, wie man sich in einem Phantasiewald schützt, in dem es keinen einzigen dieser Bäume gab. Also rannte sie einfach nur, duckte sich unter Ästen hindurch, ließ sich von anderen peitschen – und dann gab es einen fürchterlichen Knall.

Ganz in ihrer Nähe war ein Blitz eingeschlagen. Er hatte einen großen Baum getroffen und fast bis zu den Wurzeln hinab gespalten. Flammen züngelten empor, über den Boden waberte ein blaues Licht. Vor Schreck wäre Pala fast das Herz aus den Ohren gehüpft. Sämtliche Haare standen ihr zu Berge. Ein scharfer Geruch lag in der Luft. Dieser Sturm kam ihr alles andere als geheuer vor. »Beim nächsten Mal ist Mutters Große dran«, flüsterte sie. Die Angst ließ ihre Stimme zittern.

Mit einem Mal tauchte zwischen den dunklen Stämmen eine Hütte auf. Ohne den flackernden Schimmer des brennenden Baumes hätte sie das Gebäude vermutlich gar nicht bemerkt. Schon löschte der sturzflutartige Regen wieder die Flammen und die Erscheinung zog sich langsam in die Schatten zurück. Wissend, wie schnell man in diesem Garten etwas verlieren konnte, begann Pala auf das Haus zuzulaufen. Ihre nackten Fußsohlen patschten über den voll gesogenen Waldboden. Schlamm und Nadeln spritzten an ihr hoch. Dann endlich erreichte sie die Lichtung.

Sie blieb vor dem Schuppen stehen und musterte ihn einige Donnerschläge lang. Sein Anblick behagte ihr nicht. Sie hätte schwören können, dieses Holzhäuschen mindestens schon eine Million Mal am Hang des Schlossberges gesehen zu haben, aus weiter Ferne nur, aber seine schlichte Form war unverwechselbar. Es besaß ein spitzes Dach und war auffällig klein. Der Erbauer hatte zwar an eine Tür gedacht, sich den Luxus von Fenstern dagegen gespart. Über einen Blitzableiter verfügte die Waldkate selbstredend nicht. Ob es innen wohl sicherer war als hier draußen? Wie auf Bestellung zielte der Himmel auf einen in der Nähe stehenden Baum – und traf.

Pala zuckte unter dem knallenden Blitz zusammen, war

aber dennoch geistesgegenwärtig genug, um einen Schriftzug über dem Eingang der Hütte zu entdecken. Nun, im Licht einer neuen Baumfackel, konnte sie das Schild sogar lesen.

HAUS DES SCHWEIGENS

Suchst Ruhe du, die niemand stört,
komm rein, find selbst, was nie gehört.

Pala stutzte. Erst eine Villa und nun ein Haus mit diesem Namen? Konnte so viel Schweigsamkeit gut sein? »Ach, was soll's«, schimpfte sie. Was konnte ihr in diesem winzigen Hüttlein schon Übleres zustoßen als hier draußen unter dem himmlischen Feuerhagel? Sie riss die Tür auf und sprang in das Haus.

Die Ruhe war nicht einmal das Schlimmste. Im Vergleich zu dem fauchenden Sturm, dem prasselnden Regen und den krachenden Blitzen draußen konnte man hier drinnen zwar zu Recht von Friedhofsstille sprechen, doch selbst ein Totenacker ist selten völlig lautlos – da flöten Vögel, summen Insekten und tuscheln Blumengießer. Gemessen daran klangen die leisen Geräusche in dem *Haus des Schweigens* durchaus beunruhigend.

Es handelte sich um ein hallendes, vielstimmiges, aber ganz und gar unverständliches Wispern. In seiner Lautstärke übertraf es bei weitem jenes kaum wahrnehmbare Säuseln des Waldes vor Beginn des Unwetters.

Diese Wahrnehmung passte so wenig zu einer Hütte mit einer Grundfläche von bestenfalls drei mal drei Schritten wie die inneren Maße und die sonstige Beschaffenheit des Gebäudes. Pala stand am oberen Ende einer riesigen rechteckigen Halle aus geglättetem Lavagestein. In Abständen von jeweils ungefähr zehn Schritten schwebten kugelförmige, grün strahlende Wolken unter der hohen Decke, wobei sich nicht erkennen ließ, was diese Kandelaber dort oben festhielt oder woher sie ihre Leuchtkraft nahmen. Insgesamt fünf tauchten den ansonsten gähnend leeren Saal in ihr flaschengrünes Licht. Aufgrund dieser flüchtigen Beobachtungen drängte sich bei Pala der Eindruck auf, mit dieser Waldhütte stimme etwas nicht.

Als sie sich umdrehte, erhärtete sich der Verdacht, in einer Falle zu stecken.

Die Tür war verschwunden.

Außerdem musste sie sich einmal mehr dem, wie es ihr schien, Gespött eines Gedichts aussetzen.

Gelingt nur den an Wahrheitsworten Reichen,
was stummen Zweiflern gar nicht will gedeihen,
so müssen sie den Armen Worte leihen,
damit Besorgnisse von ihnen weichen.

Die Angst täuscht dich mit trügerischen Zeichen,
aus Freund wird Feind, dem nimmer willst verzeihen.
Sein Blut soll deines Argwohns Tempel weihen,
wünschst ihn verfault im Grab mit and'ren Leichen.

Im Lügentümpel fette Kröten brunsten,
des Truges Brut sind unheilvolle Quappen,
doch Wahrheitslicht kann ihren Sumpf verdunsten.

Eh' Lebensmut dir flieht auf schwarzem Rappen,
erwähl der Einsicht Schild zu deinen Gunsten –
der Irrtum steht auf Zweifels morschem Wappen.

Von einer Zeile fühlte sich Pala besonders verhöhnt: *Die Angst täuscht dich mit trügerischen Zeichen.* Zähneknirschend musste sie sich ebendiesen Fehler eingestehen. Sie hatte einem schnöden Holzschild vertraut, sich Ruhe vor Sturm, Regen und Blitz erwünscht – und alle Vorsicht fahren lassen. »Hüte dich davor, deine Sehnsüchte zu stillen«, hatte Nonno Gaspare immer gesagt. Ob er damit diese Art von Enttäuschung meinte?

Pala war wieder einmal höchst unzufrieden mit sich selbst. Sie hätte ja nur das »Kleingedruckte« lesen müssen! *Suchst Ruhe du, die niemand stört, komm rein, find selbst, was nie gehört.* Jetzt, wo es zu spät war, kamen ihr diese Worte mehr als nur verdächtig vor. Sie klangen hinterhältig, hundsgemein. Aber vorhin, als es rings um sie gedonnert und gekracht hatte … Palas Finger schnappten sich eine nasse Haarlocke und begannen sie zu zwirbeln. Entpuppte sich am Ende jener vielsinnige Satz auch wieder als ein zittoischer Rätselspruch?

Was in dem Sonett über Blut und Leichen stand, konnte Pala jedenfalls nicht aufheitern. Doch sie wollte sich kein zweites Mal von der Angst zu unüberlegtem Handeln verleiten lassen. Wenn Einsicht den Irrtum von seinem morschen Wappenschild stieß, deutete sie die zu Stein gewordene Weisheit, dann brauchte sie jetzt einen klaren Kopf. Sie musste sich zusammenreißen, um einen Ausgang aus diesem Gefängnis zu finden. Langsam drehte sie sich um und schritt in den Saal hinein.

Fußboden, Wände und Decken der Halle bestanden aus einem löchrigen Schwarzgrau, fast so, als wären sie mit dunkler Asche bestäubt. Pala trat an die Wand zu ihrer Linken. Sie spürte einen schwachen Luftstrom. Er musste, ebenso wie das allgegenwärtige Geflüster, aus den verschieden großen Poren des rauen Gesteins strömen. Der beklemmende Gedanke von eingemauerten Gefangenen schlich in ihrem Kopf herum. Oder waren es am Ende die großen Quader selbst, die da von ihren Nöten sprachen? Leider ließ sich auch nicht das Geringste verstehen.

Unbehaglich zog sich Pala wieder in die Mitte des lang gestreckten Raumes zurück und lief sodann langsam auf das gegenüberliegende Ende zu. Als sie nur noch wenige Schritte von der Wand entfernt war, tauchte eine rechteckige Öffnung vor ihr auf. Erschrocken blieb sie stehen und blickte in einen Gang, der mit grünem Licht durchwirkt war.

Wie hatte sie ihn übersehen können? War sie nur unaufmerksam gewesen? Ohne sich umzuwenden, ging sie noch einmal zwei, drei Schritte zurück. Das Loch verschwand, als wäre es nur eine Fata Morgana gewesen. Wieder näherte sie sich der Wand und erneut verblasste der Stein, schien sich gleichsam in Glas zu verwandeln, bis auch dieses sich auflöste.

Vorsichtig trat Pala in den Gang. Er war erfüllt von vielstimmigem Flüstern. Springend hätte sie vielleicht seine Decke, sich mit ausgestreckten Armen in der Hüfte hin und her neigend, wohl auch seine Wände berühren können, aber sie hütete sich davor, das eine wie das andere zu versuchen. Aus den Fugen und Poren der Wand schoss grünes Licht. Als wollten gleißende Klingen, Speere und haarfeine Drähte ihr den Weg versperren, bildeten die Strahlen ein unwirkliches Gitter aus waage- und senkrechten Glimmerlinien.

Mit der Kuppe des Zeigefingers berührte Pala behutsam einen besonders dünnen Lichtstrahl. Sie fühlte nichts, keine Hitze, keinen Schmerz, gar nichts. Als sie den Finger jedoch wieder zurückzog, schien der gleißende Faden ganz kurz an ihrer Haut kleben zu bleiben, um dann jedoch wie ein Gummiband in seine schnurgerade Ursprungsform zurückzuschnellen. »Wenigstens wird das Licht mich nicht in feine Würfel zerschneiden«, seufzte sie und trat mutig einen Schritt vor.

Sogleich schwoll das Wispern in dem Gang an. Atemlos

lauschte Pala dem fistelnden Gerausche. Hörte sie da den Klang von Mitleid, den Chor des Bedauerns? Ärgerlich schüttelte sie den Kopf. Hier stehen zu bleiben und Spinnweben anzusetzen, nützte gar nichts. Das *Haus des Schweigens* war kein Ort, in dem man sich länger als nötig aufhalten sollte. Entschlossen setzte sie ihren Erkundungsgang fort.

Bei dem Gebäude schien es sich um einen Tempel zu handeln, der Zittos krankhafter Neigung zu Wirrsalen gewidmet war. Es verfügte, ganz ähnlich dem unterirdischen Treppenlabyrinth, über eine schier unbegrenzte Anzahl von Wegen, die sich ungehemmt kreuzten und verzweigten. Sollte es je eine Gesetzmäßigkeit in diesem überdachten Irrgarten geben, dann war es das Gebot zur größtmöglichen Orientierungslosigkeit. Ohne Bindfaden oder sonstige Hilfsmittel hatte sich Pala bald hoffnungslos darin verlaufen.

Zur Steigerung ihres Unbehagens trugen einige flüchtige Begegnungen bei, die sie während ihrer Wanderung durch den unsäglichen Tempel machte. Sie konnte dessen Bewohner stets nur aus den Augenwinkeln wahrnehmen. Bog sie um eine Ecke, sah sie einen großen Schatten um eine andere entfliehen, oder wenn sie hinter sich ein verdächtiges Geräusch vernahm und sich eilig umdrehte, dann vermochte sie vielleicht gerade noch eine Schwanzspitze in einen Nebengang entschwinden sehen. In wessen Reich war sie da nur geraten? Hatte man Scheuheit hier in den Rang einer Tugend erhoben oder nur das große Sammeln vor dem gemeinsamen Angriff verordnet?

Es mochten viele Stunden vergangen sein, als Pala an einer Weggabelung stehen blieb. Sie lehnte sich gegen die Wand. Ihre Füße fühlten sich taub an. Erschöpft sank sie in die Hocke hinab. Allein in einer Nussschale auf einem weiten Ozean hätte sie sich nicht einsamer fühlen können. Im Treppenlabyrinth hatte ihr Giuseppe Mut eingeflößt, doch hier kam ihr niemand zu Hilfe. Ihr Kinn sank auf die Brust und sie schluchzte leise: »Wenn wenigstens Tozzo da wäre!«

Sie streckte die Beine aus. Eher abwesend nahm sie die grünen Lichtfinger wahr, die sie bei jeder Bewegung wie prüfend betasteten, um gleich wieder von ihr abzulassen.

»Ihr glosenden Fühler findet wohl keinen Gefallen an mir. Na ja, ich will auch nichts von euch wissen«, sagte sie leise und gestattete sich ein tiefes Seufzen. Im nächsten Moment war sie eingeschlafen.

Als Pala erwachte, wusste sie für einen Augenblick nicht, wo sie sich befand. Sie sprang erschrocken auf, spürte schmerzlich ihre steifen Glieder, dann fiel ihr alles wieder ein.

Ihr Magen knurrte. Sie brauchte schleunigst einen guten Einfall, sonst würde sie in diesem Labyrinth verhungern. Mutlos sank sie wieder in sich zusammen. Alles Klagen würde ihr nichts nützen. Sie musste nachdenken, zur Einsicht gelangen, denn darum ging es doch in dem höhnenden Wandgedicht: *Erwähl der Einsicht Schild zu deinen Gunsten.*

»Wie komme ich aus diesem Rätsel wieder heraus?« In diesem Punkt war sie sich ganz sicher: Auch das *Haus des Schweigens* barg ein Rätsel, das sie nur lösen musste, um wieder freizukommen. Aber welches?

Probehalber rief sie sich noch einmal das Gespräch mit Giuseppe in dem Treppenlabyrinth in den Sinn. Ja, mit seiner Einschätzung lag er genau richtig. Sie hatte sich nach dem letzten Streit ihrer Eltern in ein Spiegelkabinett verletzter Gefühle und trügerischer Gedanken geflüchtet und darin die Orientierung verloren. Wo eigentlich Liebe sein sollte, sah sie plötzlich Hass, anstelle von Vertrauen nur Betrug. Nach jahrelanger Suche war sie auf Antworten gestoßen, die den glaubhaften Schmerz der Wahrheit in sich trugen.

Inzwischen war Pala klüger. Sich im Leiden zu ergehen erschien ihr wie eine abartige Form der Bequemlichkeit – wozu noch länger nach unangenehmen Wahrheiten suchen? Hatte sie sich etwa vorschnell mit den, zweifellos gedankenlosen, Worten der Eltern abspeisen lassen? Eine reißende Bestie sei die Lüge, hatte Tozzo erst kürzlich gesagt. Konnte am Ende dieses Ungeheuer Palas Familie zerrissen haben?

Sie lauschte in sich hinein. Aber da war kein Rucken, kein Schwindelgefühl, wie sie es sonst beim Lösen eines Zittorätsels gespürt hatte – nichts. Offenbar ließen sich die »gold'nen Schlüssel« der Einsicht nur einmal gebrauchen.

Über diesem Gedanken wäre ihr fast das Rascheln entgangen.

Wie schon andere Laute zuvor, hob auch dieses Geräusch sich deutlich von dem allgegenwärtigen Geflüster ab. Diesmal jedoch verhielt sich Pala völlig still. Mit angewinkelten Beinen saß sie an der Wand und bereitete sich auf ein schnelles Zupacken vor. Allem Anschein nach kam vom Quergang ein kleineres Tier herauf. Flinke Pfoten oder Krallen tippelten über den harten Boden – und gleich darauf um die Ecke.

Palas Arme schnellten vor wie die Zunge eines Chamäleons und vergruben sich in flauschigem Pelz. Mit gerunzelter Stirn zog sie ein kleines, heftig zappelndes Wuschelwesen zu sich heran, das lauthals schimpfte.

»Loslass'n, loslass'n! Musst-du nich' mach'n, Grobiane! Muss weglauf'n. Kann-nich' hier bleib'n!«, schrie es mit fipsiger Stimme, wobei es die Endsilben verschliff und zudem Worte schamlos zusammenschmolz, weshalb Pala es kaum verstehen konnte. Sie musste sich Gehör verschaffen.

Neben ihrem Ohr gleißte ein breiter grüner Lichtfächer aus der Wand. Da hinein hielt sie das zappelnde Geschöpf, fragte es nach Namen, Herkunft und Absichten, während sie es gleichzeitig einer gründlichen Begutachtung unterzog.

Der hilferufende Zappelpelz war ungefähr so groß wie ein Zwergkaninchen. Anders als solche hatte er jedoch sehr kurze runde Ohren. Diese, wie auch der größte Teil seines übrigen Körpers, waren dicht mit langen weichen schwarzen Haaren besetzt. Nur das flache, schwarzbraune, den Gedanken an einen Kobold nahe legende Gesichtchen entbehrte jeglichen Bewuchses. Es war von einem schneeweißen, ungefähr fingerbreiten Haarkranz umgeben. Ein zweites schimmerndes Band umschloss den Hals und setzte sich als langer Leuchtstreifen über den Rücken bis zum Ende des langen buschigen Schwanzes fort. Die kleinen Hände des Zeterers verfügten über jeweils fünf Knubbelfinger und waren an der Innenfläche ebenfalls unbehaart.

Pala wartete geduldig, bis die Kräfte des flauschigen Meckerers erlahmten. In sicherem Abstand vom Körper hielt sie ihn mit beiden Händen und erduldete seine Beschimpfungen. Dann wiederholte sie ihre Fragen. Endlich antwortete der Kleine, wenn auch mit hörbarer Verärgerung.

»Bin Nusch'l.«

»Bist du *ein* Nuschel oder ist das dein Name?«

»Nusch'l is' 'n Nusch'l. Un' nun lass mich geh'n, Grobiane!«

»Etwas mehr Höflichkeit, wenn ich bitten darf! Ich heiße weder Grobian, noch Grobiane, sondern Pala. Schreib dir das hinter deine Ohren, Nuschel. Außerdem hast du mir immer noch nicht gesagt, woher du kommst und was du hier treibst.«

»Bin von einem Missverständnis gebor'n word'n, das 'n Bräutigam seiner Braut ins Ohr genusch'lt hat. Sie hat ihm dafür 'ne Ohrfeige gegeb'n.«

»Das tut mir Leid. War's denn so schlimm?«

»Er hat sie geküsst und dann gestöhnt: ›Ich muss-es ausbrech'n!‹«

»Ich hoffe, die Dame hat ordentlich ausgeholt.«

»Er meinte aber: ›Ich muss-es aussprech'n!‹ Von seiner Liebe war die Rede.«

»Oh! Und wie ging es dann mit dir weiter?«

»Ich war mit 'm Mal im Flüsterwald, lebte glücklich und zufried'n, bis-ich in die Hütte lief. Die Baum- *Hatschi!*«

»Gesundheit!«

»Danke. Die Baumasche hat mich angelockt.«

Pala erinnerte sich des Unwetters, der Blitze und der brennenden Bäume. »Fressen Nuschels etwa Asche?«

»Wieso 'n das?«

»Na, du hast doch gesagt, die Baum*asche* habe dich angelockt.«

»Muss-schon hinhör'n, was ich sage. Von Baum*asche* war nich' die Rede, sondern von'er Bau*masche*. Die kleine Hütte sah aus wie 'n gemütlicher Nuschelbau: trock'n, dunk'l, klein und gemütlich. Ich konnte ihr einfach nich' widersteh'n. Und nu' bin-ich gefang'n hier, so wie du.«

»Das bedeutet also, du kennst auch keinen Ausgang aus diesem verfluchten Schuppen?«

»Kenn-ich-nich'«, bestätigte nuschelnd das Nuschel.

»Das ist bitter. Wie lange sitzt du schon hier fest?«

»Kann-ich-nich' sag'n.«

»Du bist keine große Hilfe, Nuschel.«

»Mir doch egal.«

»Hast du Hunger?«

Nuschels kleine harte Muskeln wurden mit einem Mal fast so weich wie sein Fell und er seufzte sehnsüchtig: »Ja!«

»Wann hast du zum letzten Mal gegessen?«

»Kann-ich-nich' sag'n. Schon lang' her.«

»Heißt das, im *Haus des Schweigens* darbt man ewig, ohne seinen Hunger je stillen zu können?«

»Das-is' bei all'n so.«

»Wispern die Bewohner deshalb pausenlos? Was sagen sie?«

»Ohne Sinn flüstern sie. Hab'n Hunger, fürcht'n sich, sind allein, woll'n raus. Red'n leere Worte nur, um nichts zu fühl'n.«

»Daran könnte man doch etwas ändern. Was hältst du davon, wenn wir beide in den Flüsterwald rausgehen und uns etwas zu essen suchen?«

»Du spinnst.«

»Weshalb?«

»Keiner kann hier raus.«

»Doch, wir schaffen das«, sagte Pala mit einer Zuversicht, die ihr selbst reichlich übertrieben vorkam. »Bleibst du bei mir, wenn ich dich jetzt loslasse?«

»Nö.«

»Was? Warum denn nicht?«

»Muss den ander'n Bescheid sag'n. Die woll'n auch raus.«

»Gibt es viele Gefangene hier?«

»Ganz viele!«

»Wenn ich die Tür nach draußen aufbekomme, dann können sie mir alle folgen. Du kannst also ruhig bei mir bleiben.«

»Wirklich wahr?«

»Drei von Zittos Rätseln habe ich schon gelöst, das hier schaffe ich auch noch.«

»Is' gut, dann bleib-ich.«

Als Pala das Nuschel vor sich auf den Boden setzte, rannte es sofort los. Schon wollte sie sich wegen ihrer Leichtgläubigkeit innerlich ohrfeigen, aber da kehrte der pelzige Zwerg auch schon zurück. Er konnte einfach nicht still stehen, sondern tippelte unentwegt hin und her, kletterte wie ein kleiner Affe die rauen Wände hoch, klebte zeitweilig sogar an der Decke …

»Jetzt lass uns nachdenken«, sagte Pala streng.

Nuschel benahm sich nicht gerade wie jemand, der über diese Fähigkeit verfügte. Seine Geduld musste sehr verkümmert sein. »Is' dir schon was eingefall'n?«, fragte er ungefähr drei schnelle Herzschläge später.

»Bei Rätseln muss man *gründlich* überlegen, bevor …« Palas Stimme versickerte im Sand tiefen Grübelns.

»Nusch'l mag keine Brezeln.«

»Ich habe von *Rätseln* gesprochen, nicht von Brezeln.« Nuschels pausenloses Herumgeturne und das unentwegte Wispern um sie herum war hervorragend dazu geeignet, sie in den Wahnsinn zu treiben. Wie sollte sie das Rätsel nur unter solchen Bedingungen lösen? »Sind alle Bewohner dieses Hauses so zapplig wie du?«

»Ja, warum?«

Pala stöhnte und schloss die Augen. Damit war wenigstens eine Störquelle ausgeschaltet. Als Konzentrationshilfe angelte sie sich eine Haarlocke von der Schulter und begann diese um den Zeigefinger zu wickeln. Der Vorgang interessierte Nuschel. Er kletterte auf ihre Schulter und beobachtete eine Weile das Gezwirbel, bis er sich von ihrem Schopf ein eigenes Büschel heranzog. Anschließend erkundigte er sich höflich nach dem Fortschritt von Palas Erwägungen.

Die reagierte nicht mehr. Endlich versunken in tiefes Grübeln, vernahm sie weder Nuschels Nachfragen noch das Geflüster im Gang. Es war wie daheim unter dem endlosen Geschwafel des Papperlas, da hatte sie sich auch oft in die Burg ihrer eigenen Gedanken zurückgezogen. Nicht alles, was der Vogel sagte, war wertlos, aber das Nützliche vom Abfall zu trennen verlangte viel Zeit und Kraft, wobei der heimische Gedankenaustausch nicht selten auf der Strecke blieb.

Und hier war es ähnlich, nur etwas leiser, machte sich

Pala klar: ein Haus voller Geflüster. Wie passte das zu Zittos Ansinnen, den Menschen die Sprache zu nehmen? Und wie zu dem rätselhaften Sinnspruch am Eingang? *Suchst Ruhe du* … In diesem Gemäuer herrschte ein unablässiges Gemurmel wie auf einem dieser großen Feste, die Zitto für seine Gefolgschaft ausrichten ließ. Pala musste an den Besuch der Wohltätigkeitsveranstaltung denken, von der sie Giuseppe in der Basilika erzählt hatte. Ein ganzer Saal voller Leute, die unablässig plauderten, ohne sich das Geringste zu sagen – das sinnlose Geplapper war ihr bald auf die Nerven gegangen und sie hatte das Fest mit Kopfschmerzen schnell wieder … Unvermittelt stieß Pala den Zeigefinger senkrecht in die Luft und schrie: »Ich hab's!«

Nuschel fiel vor Schreck wie ein reifer Apfel in ihren Schoß, rappelte sich aber erstaunlich schnell wieder auf und blickte erwartungsvoll in ihr glühendes Gesicht. »Nu sag schon!«

»Das Rätsel lautet: *Suchst Ruhe du, die niemand stört, komm rein, find selbst, was nie gehört.*«

»Oh, oh, so wird's nich' klapp'n«, nuschelte Nuschel.

»Die Lösung ist so einfach – ich könnte mir glatt in den großen Zeh beißen. Was ist in diesem Haus *nie gehört* worden?«

»Hab ich nich' drauf geachtet.«

»Na eben! Weil hier ständig dieses Flüstern ist. Dazu kommt eure Ruhelosigkeit. Und genau *das* ist es, was hier noch *nie gehört* wurde. Euer Geflüster ist ohne jedes Ende, genauso wie dieses Labyrinth. Aber es ergibt keinen Sinn! Für einen Außenstehenden wie mich sind eure Fistelworte – bitte verzeih mir – ebenso schäbig und klein wie das *Haus des Schweigens.* Das liegt daran, weil ihr keine Gedanken austauscht, sondern nur Geräusche macht. Für euch dagegen ist das sinnlose Gewisper alles, was ihr habt, eure ganze Welt. Ja, das muss des Rätsels Lösung sein: Hohle Worte sind leerer als beredtes Schweigen.« Pala holte Luft und schrie aus voller Kehle: »Ruhe!«

Nuschel beäugte sie argwöhnisch. Das Flüstern hielt an. Hatte sie etwas falsch gemacht? Es musste doch stimmen: So lange sie denken konnte, hatte man sie über die Wahrheit ihrer Herkunft hinweggetäuscht. War sie am Ende, eingelullt in doppelzüngiges Gefühlsgesäusel, schon oft am Ausgang dieses Lügenlabyrinths vorbeigelaufen, ohne ihn zu bemerken? Noch einmal schöpfte sie tief Atem und brüllte: »Still!«

Und es wurde still.

Im nächsten Moment spürte Pala das ihr nur allzu bekannte Rucken im Weltgefüge. Sie stieß einen Jubelschrei aus. »Schau nur, wir haben es geschafft, Nuschel!« Sie packte das erschrockene Pelzknäuel unter den Armen, drehte es herum, und zeigte ihm die gegenüberliegende Wand.

»Da is' 'ne Tür«, staunte Nuschel.

»Und ob! Komm, schnell raus hier.«

Obwohl das Schwindelgefühl noch nicht ganz abgeklungen war, sprang Pala auf und lief mit Nuschel in den Flüsterwald.

Eine sanfte Brise umspielte die Baumwipfel und ließ sie leise wispern. Der Himmel hatte sich wieder in hellgraues Tuch gekleidet. Wann mochte das Gewitter abgezogen sein? Waren nur wenige Stunden verstrichen, seit sie das *Haus des Schweigens* betreten hatte, oder eine ganze Nacht? Pala wusste es nicht.

Endlich wieder in Freiheit, wollte sie den Ort des unerfreulichen Erlebnisses so schnell wie möglich hinter sich lassen. Deshalb lief sie zunächst ziellos durch den Wald. Nuschel blieb bei ihr. Er hatte seine Retterin ins Herz geschlossen und lechzte nach Gelegenheiten, sie mit seiner Dankbarkeit zu überhäufen. Bald entdeckte er einen

Strauch voller blassgelber, halb durchsichtiger Beeren, die wie Strohhalme aussahen. Nuschel verwies auf die Essbarkeit der Leckerbissen und fiel sodann wie ein ausgehungerter Zwerglöwe darüber her. Pala kostete zunächst zögerlich von den Waldfrüchten. Sie schmeckten vorzüglich.

Nachdem der Strauch vollständig abgeerntet war, setzte das Paar den Marsch mit frischen Kräften fort. Anscheinend drangen sie nun in einen sehr alten Teil des Waldes ein. Das Blätterdach hoher knorriger Stämme war an die Stelle des Himmels getreten. Es herrschte ein stetig schwächer werdendes Zwielicht. Der Boden unter Palas Beinen gab bei jedem Schritt nach und schmatzte, als sei es ihm ein Genuss, an ihren zerschundenen Füßen zu lecken. Vermutlich hatte der heftige Regen das Erdreich aufgeweicht. Seltsamerweise wurde der federnde Untergrund zunehmend weicher und feuchter, anstatt zu trocknen. Pala entsann sich wieder ihrer ursprünglichen Absichten.

»Ist das der Weg zu Zittos Burg?«

»Weiß-ich-nich'«, nuschelte Nuschel.

»Ich muss sie dringend finden.«

»Aber nich' heute.«

Palas Augen suchten nach Lücken in den dichten Baumkronen. An wenigen Stellen schimmerten dunkle, bleigraue Wolken hindurch. »Du hast Recht. Es wird allmählich dunkel. Wir müssen uns ein sicheres und vor allem trockenes Plätzchen suchen.«

Was so einfach klang, sollte sich bald zu einem großen Problem auswachsen. Pala hatte sich nämlich in einen Sumpf verirrt. Und mit jedem Schritt geriet sie tiefer hinein. Bald versanken ihre Füße bis zu den Waden im Morast. Ringsherum gluckerte der Boden, brach immer wieder auf und schleuderte Matsch wie auch Gase in die Luft. Unterschiedliche Gerüche wurden dabei freigesetzt: verfaultes Ei, Kuhfladen, Furz, Käsefuß, Achselschweiß …

Die Duftnoten waren enorm abwechslungsreich und kaum zu ertragen.

»Warum hast du mich vor diesem fürchterlichen Sumpf nicht gewarnt?«, brach es irgendwann aus dem Mädchen hervor.

»Hast mich ja nich' danach gefragt«, lautete Nuschels knappe Antwort.

Verzweifelt hielt Pala nach Schildern oder Bauwerken Ausschau, die ihr einen befreienden Rätselspruch anböten, bevor es völlig dunkel wurde. Aber da fand sich nichts.

Mit einem Mal hatte sie eine Idee.

»Nuschel?«

»Ja?«

»Du scheinst ja dieses Moor zu kennen.«

»Nur vom Getusch'l un' Genusch'l der ander'n. Jeder in Zittonien fürchtet den Boboros.«

»Seltsamer Name.«

»Boboros is' der *Wortsumpf.* Hier blubbern die scheußlichst'n Schimpfworte. Nimm dich in Acht, damit du nich' von 'ner platzend'n Sprechblase getroff'n wirst!«

»Wäre das so schlimm? Ich sehe sowieso schon aus wie ein Ferkel.«

»Das Wort würde an dir haft'n bleib'n. Du bekommst's fast nich' mehr los.«

In diesem Moment blähte sich unmittelbar vor Pala die Pampe. Anstatt fortzulaufen, starrte sie wie versteinert auf die immer größer werdende Blase – bis diese zerplatzte.

»Kotzbrocken!«, rief Pala.

»Siehst'e«, nuschelte Nuschel. »Wie ich gesagt hab.«

Voller Ekel sah Pala an sich herab. Ihr ohnehin schon ruiniertes Kleid sah jetzt so aus, als sei sie durch eine Jauchegrube gezogen worden. »Was soll ich denn nun machen?«

»Weitergeh'n.«

Pala seufzte, stapfte weiter und formulierte mit großer

Sorgfalt eine einfache Frage. »Kennst du den Weg aus diesem Sumpf, Nuschel?«

»Ja.«

»Aber warum …!?« Pala schluckte ihren Unmut herunter. »Schon gut. Ich habe dich nicht gefragt. Wärst du so nett und würdest mich hinausbegleiten?«

»Natürlich. Nusch'l is' dir noch was schuldig.«

Nun übernahm das Nuschel die Führung. Es vermied dabei tunlichst jede Berührung mit dem blubbernden Boden, und sprang stattdessen geschickt wie ein Eichhörnchen von Ast zu Ast. Pala hatte alle Mühe, ihm zu folgen. Es dauerte nicht lang und der Grund wurde trockener. Als die Nacht endgültig vom Wald Besitz ergriff, hatten sie das Gröbste hinter sich. Nuschel wies Pala ein trockenes Lager aus Laub und Moos zu, auf dem sie bald in tiefen Schlaf sank.

Am nächsten Morgen fühlte sie sich überraschend erfrischt. Das Nuschel war nirgends zu sehen, aber als sie laut seinen Namen rief, begannen die Zweige über ihr zu rascheln. Wenig später saß es auf ihrer Schulter und kitzelte mit seinem Pelz ihre Wange.

»Ich habe für dich eine Buche gefund'n«, verkündete es stolz.

Pala legte die Stirn in Denkerfalten. »Muss mir das jetzt etwas sagen?«

»Nur, wenn du Hunger hast.«

Ihre Augen begannen zu leuchten. »Wo, sagtest du, steht diese Buche?«

Das Nuschel führte Pala zu einem Baum mit einer glatten, hellgrauen Rinde. Sie wusste, wie eine Buche aussah, aber eine solche hatte sie noch nie gesehen. Die Äste reichten fast bis auf den Waldboden herab. Daran hingen längliche, gezahnte Blätter, die leicht glänzten und – kleine Bücher.

»Was ist denn *das?*«, entfuhr es Pala.

»Bucheckern. Die mach'n satt. Im Bauch un' im Kopf.«

Vorsichtig zupfte Pala eine der hellbraunen Samenkapseln ab. Sie sah tatsächlich aus wie ein winziges Büchlein, nicht größer als der Fingernagel ihres Daumens.

»Nimm's in'en Mund«, forderte sie das Nuschel auf.

»Und wenn es giftig ist?«

»Musst dich nich sorg'n. Die Bucheckern an dies'm Baum wachs'n nur von den Träum'n guter Dichter.«

»Und woher willst du das wissen?«

»Weil sie sonst schwarzbraun wären.«

»Natürlich.«

»Manchmal wacht'n Dichter am Morg'n auf und weiß, er hat was Wunderschönes geträumt. Wie gern würd' er darüber 'n Gedicht oder 'n ganzes Buch schreib'n, aber – *puff!* – die Erinnerung an'en Traum is' wie weggeblas'n.«

»Und dann wächst hier ein neues Büchlein?«

»Iss-es ruhig. Dadurch nimmst du die Kraft der Dichterworte in dir auf.«

Pala steckte das Büchlein in den Mund. »Mmmh! Schmeckt ja vorzüglich! Etwas süß und ein ganz klein wenig nussig.« Sie zupfte weitere Bucheckern ab und stopfte sie sich in den Mund. Ihre Augen verdrehten sich vor Verzückung, während sie genüsslich die Samen zermalmte. Erst jetzt merkte sie, wie groß ihr Hunger war. Sie schlug sich den Bauch mit Büchern voll. Unterdessen turnte Nuschel in den Ästen herum.

»So, und jetzt statten wir dem Kotzbrocken einen Besuch ab«, sagte Pala, als sie endlich satt war.

»Wem?«

»Zitto. Habe ich das nicht gesagt?«

»Du hast Kotzbrock'n gesagt. Die Bucheckern sind keine Wundermedizin. Musst trotzdem auf dein'n Wortschatz acht'n.«

Pala versprach, daran zu denken.

Fast beschwingt setzte sie ihren Weg fort. Es musste später Vormittag gewesen sein, als die beiden endlich den Waldrand erreichten. Vor ihnen stand auf einer luftigen Anhöhe Zittos Festung. Sie erschien Pala zum Greifen nah. Wenn sie kräftig voranschritt, konnte sie den Fuß des Festungsberges am frühen Nachmittag erreichen. Und dann? Wäre doch nur Giuseppe da! Sie könnte seinen Beistand jetzt dringender denn je gebrauchen.

Unterhalb des Schlosshügels lagen zahllose bunte Felder, türkisfarbene, sonnenblumengelbe, artischockengrüne, alle möglichen Töne. Aber Pala konnte kein einziges Ochsengespann, keinen Traktor und erst recht keinen Bauern sehen. Wer hatte diese Äcker angelegt?

»Was wächst dort?«, fragte sie das Nuschel.

»Munk'lrüb'n.«

»Du meinst, Runkelrüben.«

»Nö. Die Ackerknoll'n sprieß'n, wenn gemunkelt wird und man die Heimlichkeit'n später abstreitet. In Zittos Garten gibt's viele Munk'lrüb'n.«

Pala betrachtete argwöhnisch die braunen Feldfrüchte. Sie waren zerfurcht, ein- oder ausgebeult. Fast alle sahen aus wie Gesichter, allerdings ausnahmslos wie grimmige. Die grünen, faserigen Blätter wuchsen wie wilde Haarschöpfe aus diesen Rübenköpfen. »Munkelrüben«, murmelte sie. Sie musste an Tozzos Erklärungen zu den Flüstertüten denken. »Ich bekomme schon wieder Hunger. Kann man die Knollen essen?«

»Das würd' ich lieber lass'n.«

»Habe ich mir schon gedacht.«

Kurze Zeit später schritten sie an einem üppig rot blühenden Feld entlang. »Was sind das für Blumen?«, fragte Pala das Nuschel.

»Sin' alles Stilblüt'n.«

»Jetzt willst du dich aber über mich lustig machen, oder?«

»Nö.«

»Und warum heißen sie so?«

»Menschen red'n oft schludrig, ohne richtig nachzudenk'n. Dabei komm'n leicht komische Sprüche raus, mit'm ganz ander'n Sinn, als sie eigentlich wollt'n. Immer wenn so was passiert, entsteht 'ne Stilblüte.«

»So eine Blume da?«, vergewisserte sich Pala, während sie auf das üppig wuchernde Feld deutete.

»Manche sind auch blau.«

»Anscheinend kommen solche sprachlichen Unglücksfälle ziemlich häufig vor.« Kopfschüttelnd setzte sie ihren Marsch fort.

Mehrmals entdeckte Pala am Feldrand weiße Blümchen, deren Krone aus winzigen Einzelblüten bestand und in der Mitte blutrot war. Wie ein Echo hallte in ihr der schon überwunden geglaubte Grimm. »Und was sind das für Blumen?«, fragte sie.

Das Nuschel schüttelte sich angewidert. »Rühr sie niemals an! Sind Zornblumen. Sie vergift'n das Herz.«

Pala schluckte. »Ich werde es mir merken.«

Nach einer Weile kamen sie an ein buntes Kürbisfeld. Genau genommen waren auch diese braunen, roten, blauen, gelben, manchmal tatsächlich auch grünen, gurkenartigen Gewächse nur Phantasiegebilde, doch Pala fehlte der rechte Antrieb sich nach dem Namen dieser mal runden, mal länglichen Früchte zu erkundigen. Sehr viel verlockender war da schon der See, den sie am Ende des Ackers sah. Schnell lief sie auf die schimmernde, auffallend glatte Wasserfläche zu und blieb erst stehen, als sie das Ufer erreicht hatte. Die bunten Pflanzen wucherten fast bis in den See hinein. Während ein hoch aufgeschossener Trieb Palas Ohr kitzelte, blickte sie nachdenklich auf das Wasser hinab. Es war flacher als jede Pfütze, der kleinste Kieselstein hätte sich darin wie eine Zwergeninsel ausgenommen.

Nuschel sprang von ihrer Schulter und musterte aus nächster Nähe das geradezu gespenstisch ruhige Gewässer. Die weißen Haare am Hals des Zwerges standen ihm zu Berge und sein kleiner Körper zitterte vor Erregung.

»Was ist das für ein See?«, fragte Pala argwöhnisch.

»Das Platte Meer«, antwortete Nuschel furchtsam.

»Hast du *Meer* gesagt?« Sie sah zu dem nahen Ufer auf der anderen Seite hinüber und seufzte. »Ich kann mir schon denken, warum es so heißt: Wenn man versucht hindurchzuwaten, wird man von einer tosenden Brandung verschluckt, und sollte man so dumm sein und herumlaufen wollen, dann wäre das eine lebenslange Wanderschaft.«

»Stimmt genau.«

»Na, herrlich!«, stöhnte Pala und schlug das Blatt neben ihrem Ohr wütend zur Seite. »Endlich wieder ein Rätsel!«

Plötzlich hörte sie einen schrillen Schrei, fuhr erschrocken herum und sah Nuschel, an einer erstaunlich langen Zunge klebend, im Maul einer großen Kröte verschwinden.

»Wage es ja nicht, du Kotzbrocken!«, rief Pala, bevor das Unkenbiest noch schlucken konnte.

Ihr strenger Ton schien Wirkung zu zeigen: Das Tier verhielt sich abwartend. Es musste schon die ganze Zeit in dem Kürbisfeld gehockt haben. Niemals zuvor hatte Pala ein so riesiges Amphibienwesen gesehen. Die schlammfarbene Kröte war mindestens so groß wie ein Braunbär, übersät mit Warzen und offenbar mit einem gesunden Appetit gesegnet: Im Feld, zwischen niedergewalzten Pflanzen, lag ein gewaltiger Haufen Kürbisschalen.

»Spuck sofort meinen Freund wieder aus!«, befahl Pala.

Die große Kröte blickte sie schweigend aus kalten grünen Augen an und vergaß darüber ganz das Schlucken.

Palas Sorge um Nuschel wuchs. Konnte die Riesenunke sie überhaupt verstehen? Drohend sagte sie: »Du wirst dir an diesem Happen den Magen verderben. Wir kommen nämlich gerade aus dem Wortsumpf und sind von ihm vergiftet worden. Schau mich nur an, ich spreche die Wahrheit.«

Unvermittelt wurden die schlitzförmigen Pupillen der Kröte groß und rund. Dann spuckte sie das Nuschel mit einem schnalzenden Geräusch aus. Sich mehrfach überschlagend kullerte es über den Boden, bis es endlich liegen blieb. Pala starrte sorgenvoll auf den spindeldürren Körper – das Fell des Nuschels war schleimverklebt. Es rührte sich nicht. War es etwa tot?

Mit einem Mal hob sich der winzige Brustkorb, ein tiefer Atemzug durchströmte seine Lungen und schon rappelte sich das Nuschel auf. Wie ein Blitz schoss es zu Pala hin, versteckte sich hinter ihren Beinen und rief von dort: »Kotzbrock'n, Kotzbrock'n ...!«

»Sag ihm, es soll schweigen, sonst fresse ich euch beide«, befahl die Kröte mit einer grollenden Stimme, die sich anhörte, als gehöre sie einer Matrone, die gerade mit einer Schubkarre voll Kieselsteine gegurgelt hatte.

Um das sinnlose Risiko des Verschlucktwerdens auszuschalten, hieß Pala das Nuschel schweigen. Der klebrige Zwerg gehorchte aufs Wort.

»Was willst du hier?«, fragte die Unke.

Ihr lauernder Ton gefiel Pala überhaupt nicht. Widerborstig antwortete sie: »Das geht dich gar nichts an! Ich mag keine Kröten. Geh weg und fang Fliegen.«

»Ich bin ein Klatschmaulfrosch. Du scheinst hier fremd zu sein, sonst wüsstest du das.«

»Schön für dich. Darf ich jetzt in Ruhe nachdenken?« Für Pala war die hässliche Warzenhaut eine Kröte und wenn sie noch so oft das Gegenteil behauptete. Das Mädchen verschränkte die Arme vor der Brust und blickte angestrengt auf den See hinaus. Wenn sie sich furchtlos gab und dem Monstrum keine Beachtung schenkte, würde es sich vielleicht von allein verdrücken.

Diese Hoffnung blieb unerfüllt. Um ihre Wichtigkeit ins rechte Licht zu rücken, fügte die Unke hinzu: »Und außerdem bin ich die Hüterin des Platten Meers.«

»Keine Angst, deinem Teich passiert schon nichts.«

»Und trotzdem willst du hinüberkommen? Ohne Wellen oder auch nur ein winziges Gekräusel zu machen? Vergiss es, Kleine. Das hat noch keiner geschafft. Es ist unmöglich. Kehr um.«

Die Taktik des Klatschmaulfrosches war durchschaubar. Vermutlich bildeten er und sein flacher See das letzte Bollwerk vor Zittos Zitadelle. Er wollte Pala vertreiben, ihren Widerstandswillen durch seine Unkerei zermürben, ihre Gedanken ebenso verschleimen wie zuvor das Nuschel …

In einem Punkt hatte die Kröte jedoch Recht, machte sich Pala klar. Schon ein winziger Kieselstein konnte riesige Ringe auf das Wasser zaubern. Wenn seine dünne Haut also wirklich nicht bewegt werden durfte, wie das breitmäulige Ungetüm angedeutet hatte, dann dürfte es fürwahr unmöglich sein, über den See zu gelangen.

»Wie lässt sich das Wasser überqueren, ohne seine Oberfläche auch nur im Geringsten zu kräuseln?«, murmelte Pala das neue Rätsel.

»Wenn dir das gelingt, werde ich euch nicht fressen«, versprach die Kröte und schnappte sich mit ihrer pfeilschnellen Zunge einen der Kürbisse dicht neben Palas Füßen.

»Darf ich mich setzen?«

»Tu dir keinen Zwang an.«

Pala zog sich einen blauen Kürbis heran und ließ sich darauf nieder. Das Nuschel blieb in der Deckung ihres Fußgelenks, um das es sich fühlbar schleimig schmiegte. Unter den kalten Augen der Kröte wagte es nicht, seiner Leidenschaft zum Herumrennen zu frönen.

»Wie kann man einen See überqueren, ohne Wellen zu machen?«, murmelte Pala erneut das Rätsel. Sie verfiel in eine nachdenkliche Starre, die sogar die Bewegungslosigkeit der Kröte übertraf. Am Hals des Ungetüms schien ein Blasebalg eingebaut zu sein, der dem massigen Körper regelmäßig Frischluft zuführte. Palas Herz pochte heftig. Nur ab und zu saugte sie an der Strähne, die sie sich in den Mund gesteckt hatte.

Wie könnte man das Platte Meer am besten beschreiben?, fragte sie sich. Es war außergewöhnlich flach. Fast sein ganzes Wasser befand sich an der Oberfläche. Aber das war nur ein Trugbild, denn sein Grund befand sich in unerreichbarer Tiefe und seine Gestade ließen sich nicht umrunden …

»Man muss den Dingen auf den Grund gehen, sich nicht mit Oberflächlichkeiten abspeisen lassen«, flüsterte sie. Die Augen der Kröte blinzelten einmal kurz, blieben ansonsten starr, grün und kalt. Wieder drängten sich Pala die Bilder jenes schicksalhaften Abends auf, als Mutter und Vater sie mit hitzigen Worten entwurzelt, ihr den Boden unter den Füßen entzogen hatten. Erst dadurch war sie gezwungen worden, in die lichtlosen Regionen ihrer frühesten Kindheitstage einzutauchen, deren wirkliche Tiefe sie zuvor bestenfalls erahnen konnte. Ja, bis zur Stunde – schlagartig wurde sich Pala dessen bewusst – war sie den drängenden Fragen nicht wirklich auf den Grund gegangen, hatte geglaubt, von einem unbekannten Vater und einer namenlosen Mutter lieblos verstoßen und in die Hände eines bis dahin kinderlosen Ehepaars gelegt worden zu sein, Ersatzeltern nur, die in ihr nicht die eigene Tochter sahen, sondern einen Nützling, an dem man seine elterlichen Gefühle austoben konnte, dem man aber sonst nichts schuldete, schon gar nicht die Wahrheit.

»Oberflächlichkeiten«, wiederholte Pala leise und spürte einen kleinen Schwindel. Wie eine Sprungfeder schnellte sie in die Höhe. »Ich hab's!«

»Noch so eine ungestüme Bewegung und du kannst in meinem Bauch weitergrübeln«, warnte die Kröte.

»Was wir brauchen, ist Klarheit an Stelle von Oberflächlichkeit, Licht im Dunkel der Irrungen.«

»Wie tiefsinnig!«, spöttelte die Kröte.

»Man kann den See durchschreiten, wenn man zuvor sein Wasser im Wahrheitslicht verdunstet hat. Er ist ja nur Oberflächlichkeit, eine einzige flache Pfütze. Die Sonne schafft das schnell.«

Die Kröte war nun beleidigt. Sie sagte nichts, pumpte nur in hohem Tempo Luft durch ihren Körper.

»Stimmt's oder habe ich Recht?«, fragte Pala grinsend.

»Im Prinzip schon«, sagte die Kröte und fügte, nicht ohne eine gewisse Schadenfreude, hinzu: »Dann warte mal schön. Scheinst ja eine Menge Zeit zu haben. Du kannst natürlich auch gleich durch das Platte Meer waten; ist nicht tief.« Wieder versank sie in Schweigen und glotzte das Mädchen aus ihren kalten Augen an.

Offenbar hatte Zitto, jemandem gleichend, der ein Schloss zweimal zuschließt, so nahe bei seiner Festung verschärfte Sicherheitsvorkehrungen getroffen, weshalb das Lösen eines einzelnen Rätsels nicht ausreichte. Das Ungetüm schien nur auf einen Fehler des Mädchens zu warten. Es hoffte offenbar, Pala würde ihren Fuß ins Platte Meer setzen, aber den Gefallen wollte sie ihm nicht tun. Unsicher blickte sie auf das spiegelnde Wasser hinaus. Man konnte den Himmel darin sehen: graue Wolken. Mit Schaudern erinnerte sie sich jenes riesenhaften Schlitzes, hoch über Silencia, der sich bei ihrem Eintritt in Zittos Schlossgarten wie der Spalt einer Kerkertür geschlossen hatte. Wenn es hier keine Sonne gab, würde der See wohl nie auszutrocknen sein. Falls Zitto ihr Licht dagegen nur verhüllt hatte …

»Ich brauche etwas Neues«, murmelte Pala. Diesmal blinzelte die Kröte zweimal, was Pala als Zeichen von Beunruhigung deutete. Die begabte Wortschöpferin musste nicht lange nachdenken. Schon nach kurzer Zeit warf sie die Arme in die Höhe und rief: »Her mit dem *Wolkenschlund!*«

Augenblicklich begann die Erde hinter ihr zu rumpeln. Nein, dies war kein neuer Umbau von Zittos Bühne in diesem gartenhaften Traumtheater, es handelte sich um ein leibhaftiges Erdbeben.

Die Kröte zwinkerte verdutzt. Nuschel sprang auf Palas Arm. Sie selbst stolperte von dem Zentrum des Rumorens fort, gerade rechtzeitig, um dem Klatschmaulfrosch während seines Abgangs nicht ins Gehege zu kommen. Unter ihm tat sich ein großes Loch auf und verschluckte ihn gerade so, wie er sich vordem die Kürbisse einverleibt hatte. Hiernach verschwand der größte Teil des Feldes in dem Wolkenschlund, und das war erst der Anfang.

Im Rückwärtstaumeln konnte Pala sehen, wie sich ein dünner Dunstfaden vom Himmel löste, hauchfeinen Wollflusen am Spinnrocken gleich, die kluge Hände mit einer Spindel zusammendrehten. Die nebelhaften Fasern strudelten zu Boden und wurden in das Loch gesaugt. Schnell verbreiterte sich der graue Wirbel, bis Himmel und Erde eine Wolkensäule, so dick wie der Schlund selbst, verband. Man konnte jetzt wunderbar verfolgen, wie der Himmel heller wurde. Wenig später erstrahlte er in prächtigstem Blau und die Sonne lachte dazu.

»Das mit der Kröte tut mir Leid«, murmelte Pala und blickte traurig auf den Wolkenschlund, der sich nun, da es nichts mehr zu fressen gab, langsam schloss. Ihre Linke streichelte derweil ein verklebtes Fell.

»Wolk'n kann-man nich' töt'n. Sie komm'n irg'ndwann

wieder. Mit Klatschmaulfrösch'n is' es genauso«, sagte Nuschel ohne rechte Anteilnahme.

In der Nähe entdeckte Pala einen länglichen Kürbis, den der Wolkenschlund verschmäht hatte, auf den setzte sie sich. Nun ließ sie die Sonne für sich arbeiten und selbige legte sich mächtig ins Zeug. Man konnte zusehen, wie das flache Wasser des Platten Meers verdunstete. Ohne sich auch ein einziges Mal zu kräuseln, wurde die Oberfläche immer kleiner, bis schließlich nur noch ein winziger feuchter Fleck übrig geblieben war.

»War 'ne gute Idee«, nuschelte Nuschel anerkennend.

»Ist nicht schwer gewesen«, wiegelte Pala ab. Sie erhob sich von ihrem Sitzkürbis und setzte ihren Marsch fort, schnurstracks auf Zittos Burg zu. Dabei begann sie ein fröhliches Lied anzustimmen, in dem sich eine Strophe regelmäßig wiederholte.

Im Lügentümpel fette Kröten brunsten,
des Truges Brut sind unheilvolle Quappen,
doch Wahrheitslicht kann ihren Sumpf verdunsten.

Das Gelände unterhalb des Schlossberges war überraschend zerklüftet. Risse und abgrundtiefe Brüche durchzogen den Boden. Um ihnen auszuweichen, musste Pala in eine Senke hinabsteigen. Statt also endlich den Aufstieg zu beginnen, geriet sie immer tiefer unter die Festung. »Es ist nur eine neue Schikane Zittos«, machte sie sich klar. »Du wirst nicht umkehren, sondern sie durchstehen.« Und so wurde sie, ohne sich dagegen sträuben zu können, wie ein an einer Felswand herabrinnender Wassertropfen zu einem ganz bestimmten Punkt geführt, auf den Grund einer engen Schlucht.

Als sie am Eingang der Klamm stand und die senkrecht abfallenden, grauen, feuchten, beängstigend hohen Wände emporblickte, beschlich sie die Ahnung von einer neuen Prüfung, die hier auf sie warten könnte. Ihr Gefühl sollte sie nicht trügen.

Voller Unbehagen trat sie in die Schlucht. Der ohnehin schon schmale Pfad schien vor ihr auf die Breite eines Nadelöhrs zusammenzuschrumpfen. In weiter Ferne konnte sie den sonnenbeschienenen Hang des Schlossberges sehen. Der Weg dorthin lag in tiefem Schatten, weshalb sich die vereinzelt auf ihm herumliegenden Gegenstände nicht deutlich erkennen ließen. Es mochte sich dabei um die verwitterten Überreste von Bäumen handeln, die vor langer Zeit hier herabgestürzt waren. Andere Umrisse sahen eher wie Felsbrocken aus. Weit ausholende Schritte und ständiges Mutzureden halfen Pala über die Hälfte der Wegstrecke hinweg. Dann lag eines der rätselhaften Gebilde unmittelbar vor ihr und sie erschrak. Nuschel, eben noch auf ihrer Schulter, flüchtete unter ihre Haare und lugte vom Nacken aus ängstlich zu dem Gegenstand hin. Es handelte sich um die ausgedörrte Hülle eines seiner Artgenossen.

Pala blieb bestürzt vor dem Kadaver stehen. Er glich eher einem staubigen Nuschelkostüm als jenem Kerlchen, das da gerade in ihrem Genick schlotterte. Die Augenhöhlen des toten Nuschels waren leer. Pala stieß es mit dem großen Zeh an. Es schabte leicht wie ein trockenes Stück Rinde über den Felsboden.

»Als hätte es jemand ausgetrunken«, flüsterte sie. »Wer tut so etwas, Nuschel?«

»Weiß-ich-nich'«, bibberte es aus ihrem Nacken.

»Es wird wohl besser sein, wir schlagen hier keine Wurzeln.« Voll unguter Ahnungen setzte sie ihren Weg fort.

Nach wenigen Schritten erreichte sie den nächsten Kadaver. Diesmal handelte es sich um die vertrocknete Hülle eines Wortklaubers. Sein Gesicht trug immer noch einen Ausdruck des Schreckens, der Pala erschaudern ließ. Sie wandte sich von seinen leeren Augenhöhlen ab und beschleunigte ihren Schritt.

Soweit die enge Schlucht dies zuließ, machte sie um die nächsten Dörrleichen einen Bogen. Aus den Augenwinkeln nahm sie alle möglichen Phantasiegeschöpfe wahr, große und kleine, behaarte und gefiederte, abstoßend und putzig aussehende … In der pergamentenen Haut eines gänzlich unbehaarten Zwerges erkannte das Nuschel einen nahen Verwandten namens Nörgel. Manche Körper hatten einmal großen Insekten gehört, deren Panzer zwar nicht zusammengefallen, aber milchig durchscheinend geworden waren und Pala in ihren Vermutungen über das Schicksal dieser armen Kreaturen bestärkten: Irgendein Raubtier musste sie restlos ausgesaugt haben.

Nun begann sie zu laufen. Beflügelnd wirkte zusätzlich die Erinnerung an ein Kapitel über ägyptische Mumien, das sie während der Quarantäne gelesen hatte. Vor dem Einbalsamieren pflegten die Beerdigungsfachleute der Pharaonen mit allerhand Werkzeugen über den toten Körper ihres Herrn herzufallen, um ihn von seinen Innereien zu befreien, dem Herz, der Leber, den Nieren … Das Gehirn wurde mit einem Haken durch die Nase herausgezogen. Ob der Bewohner dieses schattigen Plätzchens das Ägyptenbuch kannte? Pala wollte hier jedenfalls nicht als Kostüm ihrer selbst enden.

Im Voraneilen erblickte sie nun sogar große Bündel, die über ihr in Netzen an der Felswand hingen wie die Kokons riesiger Insekten. Vielleicht zog das mörderische Etwas dieser Schlucht dort seine Brut auf. Noch einmal trieb Pala sich zu einer schnelleren Gangart an.

Der Gedanke an die eigene schlaffe Hülle, die langsam an der Luft ausdorrte, ließ sie den vom Schlossberg her aufziehenden Schatten zunächst gar nicht beachten. Er hätte ja ein Vorbote jenes grauen Wolkenheers sein können, das sie beim Betreten der Schlucht schon hatte nahen sehen. Als dann aber einige Felsen vor ihr auf den Boden krachten, kam sie schlitternd zum Stehen. Wolken warfen nicht mit Steinen. Einer der eben niedergegangenen Brocken war so groß wie Palas Kopf, fast hätte er sie erschlagen. Wo ohnehin schon wenig Licht den Weg erreichte, sah sie nun einen finsteren Schatten auf sich zukrauchen.

Als der dunkle Fleck direkt über ihr war, brachte sie endlich den Mut auf, nach oben zu blicken. Vor dem strahlend blauen Himmel senkte sich behäbig ein riesiges, schwarzes, vielgliedriges Etwas auf sie herab.

»Monströs!«, hauchte Pala und erstarrte zu Eis. Das zitternde Nuschel in ihrem Nacken hatte sie völlig vergessen. Eine Welle der Angst schoss durch sie hindurch und schien ihren Verstand fortreißen zu wollen. Mit aller Macht kämpfte sie dagegen an. Wenn jetzt die Dämme ihres Willens brachen, dann würde sie im Tang und Schlamm des Wahnsinns versinken. Auch dieses Ding ist nur ein Phantasiegeschöpf Zittos, machte sie sich klar, gebildet aus dem Urstoff der Worte. Du musst es genau anschauen, jedes einzelne Glied, seine überwältigende Abscheulichkeit so lange in kleine Teile zerlegen, bis es dich nicht mehr schrecken kann.

Im Gegenlicht konnte Pala kaum mehr als krabbelnde Umrisse sehen. Vielleicht war es auch gut so, denn allein der Scherenschnitt dieses Unwesens konnte einem das Blut in den Adern gefrieren lassen. Sein unverhüllter Anblick musste jedem Betrachter unweigerlich den Verstand rauben oder ihn gleich zu Tode erschrecken. Die langen, hakenbewehrten, haarigen Beine der grässlichen Kreatur stützten sich beiderseits der Klammwände ab, so groß war sie. Auf diese Weise kroch sie auf ihr angststarres Opfer zu.

Dem Schattenbild nach glich sie einem Käfer, einer Spinne, einem Krebs, einer Heuschrecke und doch keinem von allen. Zwei der oberhalb des Körpers angewinkelten Hinterbeine sahen so lang und kräftig aus, als könne sie damit große Sprünge machen. Die Gesamtanzahl ihrer Beine musste irgendwo zwischen zehn und zwanzig liegen. Stielaugen hatte sie mindestens genauso viele. Der Körper war oval, durch eine Wespentaille zergliedert und besaß einen kantigen Kopf, aus dem ein Paar zangenartiger Werkzeuge ragten. Sie dienten, wie Pala vermutete, zur Zerkleinerung der Jagdbeute dieses … Ja, worum handelte es sich bei dieser gepanzerten, vielgliedrigen Riesenbestie überhaupt?

Je näher das Untier kam, desto kleiner wurde es, was Pala durchaus begrüßte. Während sie sich das Gehirn nach einem passenden Namen für die Käferspinnenkrebsheuschrecke zermarterte, verfolgte sie deren Hinüberwechseln zur linken Wand – die Klamm war dem geschrumpften Krabbler schlichtweg zu breit geworden. Als er dann vor dem Mädchen den Boden erreichte, war er nur noch so groß wie ein Pony. Immerhin, dachte Pala, und trat einige Schritte zurück …

Hatte sie sich getäuscht oder war das Monstrum gerade wieder ein Stück größer geworden? Vielleicht eine Drohgebärde, die man besser ernst nehmen sollte, überlegte das Mädchen und musterte sein Gegenüber mit einer Mischung aus Furcht und Abscheu.

Der Käferspinnenkrebs richtete gerade einige Augen zum blauen Himmel empor und wirkte irgendwie unzufrieden. Ohne diesen lichten Hintergrund konnte ihn Pala nun deutlicher erkennen. Sein gepanzerter Körper schimmerte metallisch in den Tönen Grün, Blau und Braun. Abgesehen von den großen Kneifzangen verfügte er noch über eine Reihe von Werkzeugen zur Nahrungsmittelhandhabung, die sein gieriges Maul umwuselten wie eine Horde Maden. Auf dem scharfkantigen Käferkopf entdeckte Pala einige weitere Augen, die nicht auf Stielen saßen. Sie schätzte sich froh, diese grauenvolle Kreatur zuvor nicht in ihrer vollen Größe gesehen zu haben. Während Pala ihre missliche Lage noch überdachte, begann die Käferspinne mit einer hellen und alles andere als unfreundlich klingenden Stimme zu reden.

»Ei, wen haben wir denn da?«

»Ich heiße Pala«, sagte Pala mit fester Stimme, ihre inneren Nöte mühsam verhehlend. »Und wer bist du?«

»Na, wer schon?«, erwiderte die Käferspinne. »Es liegt in meiner Natur, niemals zu lügen: Ich bin die Wahrheit.«

»Nichts für ungut, aber *so* hässlich kann die gar nicht sein.«

»Wer redet hier von Hässlichkeit? Ich bin bildhübsch.«

»Das kannst du dem Schornsteinfeger bei Neumond erzählen. Nächstens wirst du mir noch weismachen wollen, ein harmloser Pflanzenfresser zu sein.«

»Woher hast du das gewusst?«, fragte die Käferspinne und gab sich überrascht.

»Du lügst doch, wenn du dein Maul aufmachst ...« Pala fuhr sich mit der Hand zum Mund, weil ihr gerade etwas Wichtiges eingefallen war. Tozzo hatte kürzlich von einer reißenden Bestie berichtet, »dem vielleicht schlimmsten Ungeheuer in Zittos ganzem Reich«: von der Lüge. Ihretwegen fürchteten die Wortklauber jede Form von Unwahrheit, Verrat und Falschheit. Mit einem Mal wusste Pala, wem sie gegenüberstand. Sie straffte die Schultern und sagte: »Dein Name lautet nicht Wahrheit. Du bist die *Lüge.«*

»Haben wir da womöglich ein ganz kluges Mädchen zu Gast?«, freute sich die Käferspinne, wobei ihre wuselnden Madengreifer ihr, wie es schien, unsichtbare Happen ins sabbernde Maul schaufelten.

Empört deutete Pala zu dem nächstliegenden Kadaver. »Dann hast *du* also diese armen Geschöpfe da ausgesaugt?«

»Natürlich.«

Das Geständnis weckte Palas Misstrauen. Hatte die Käferspinne nicht gerade behauptet, sie könne niemals schwindeln? Offenbar wollte sie damit genau das Gegenteil ausdrücken: *Alles,* was sie sagte, war Lüge. Also konnte ihr Eingeständnis, sie würde ihre Beute aussaugen, auch nicht stimmen. Aber wie waren dann das Nuschel, der Wortklauber und die übrigen Opfer der Lüge ausgehöhlt worden? Von der richtigen Beantwortung dieser Frage konnte Palas Leben abhängen. Sie entsann sich zwar einiger unappetitlicher Einzelheiten aus den Büchern über Blutsauger, die sie letztens in der Stadtbücherei gelesen hatte, aber für die dort beschriebenen Verdauungstechniken war die Lüge einfach zu groß und eine andere Methode fiel Pala nicht ein.

»Sag, wie findest du mich?«, fragte jetzt die Lüge, als habe sie gerade ein neues Kostüm anprobiert und sei ehrlich an Palas Meinung interessiert.

»Grässlich.«

»Das erstaunt mich.«

Sie hat also mit meiner Antwort gerechnet, übersetzte Pala für sich die Lüge der Lüge. »Aber du scheinst damit nicht zufrieden zu sein.«

»Ich hatte gehofft, du würdest ein wenig mehr aufleben, wenn du mich siehst. Vielleicht sollte ich besser wieder in mein Nest hinaufsteigen, anstatt hier weiter mit dir meine Zeit zu verplempern.«

Schlagartig war Pala klar, wie die Lüge ihre Opfer tötete: Sie erschreckte sie mit ihrer alles Maß sprengenden Abscheulichkeit zu Tode. Sogar als Schattenriss konnte sie schwache Gemüter noch in den Wahnsinn treiben. Mittlerweile schien auch der Käferspinne aufgegangen zu sein, weshalb sie versagt hatte und – das zeigten zweifelsfrei ihre letzten Worte – wie sie diesen Fehler wieder ausbügeln konnte. Besorgt blickte Pala zum Himmel empor. Die Wolken kehrten zurück. Wenn ihr nicht schnell etwas einfiel, dann würde die Lüge sich wieder aufblähen und die Wirkung ihrer tödlichen Erscheinung ohne grellen Hintergrund voll entfalten können. Schon reckten sich einige ihrer hakenbewehrten Beine zur linken Felswand hin …

»Einen Moment noch!«, rief Pala.

Die Lüge hielt inne. »Ja?«

»Da gibt es noch etwas, das du mir erklären musst. Meiner Meinung nach bist du gar nicht diejenige, für die du dich ausgibst.«

»Du langweilst mich.«

Sie ist angespannt, kehrte Pala den Schwindel für sich um. »Keine deiner Feststellungen stimmt, abgesehen von Fragen oder Vermutungen, wo du dich nicht festlegen musst. Du seist die Lüge, hast du mir auf deine Weise erklärt, weil du niemals die Wahrheit sagst.«

»Was sollen diese Wiederholungen?«

»Ich wollte nur sichergehen, ob du dich wirklich selbst betrügst.«

»Was?«, empörte sich die Lüge. »Hat man so was schon gehört? Derlei Liebenswürdigkeiten sind ja mal was ganz Altes.«

»Tut mir Leid, aber manchmal ist selbst die Wahrheit grässlich. Genau genommen *bist* du nämlich die Wahrheit.«

Die Lüge kehrte wieder in die Mitte der Kluft zurück und starrte Pala aus der Mehrzahl ihrer Augen finster an. »Das ist eine niederträchtige Wahrheit!«, keuchte sie.

»Ja, genau. Indem du immer lügst, braucht man deine Worte nur umzudrehen, um die Wahrheit zu hören. Wenn zwei sich verstehen, bedeutet es doch auch nichts anderes als die Übereinkunft auf einen gemeinsamen Wortschatz. Unser Ja mag sich in einer anderen Sprache wie ein Nein anhören. Nicht die Laute sorgen also für Verständnis, sondern die Einigung auf ihre *Bedeutung*. Und deine Äußerungen bedeuten einfach immer genau das Gegenteil deiner

Worte. Somit bist du gar nicht die Lüge, weil du immer die Wahrheit sprichst.«

Die Käferspinne begann auf beängstigende Weise zu zittern. Aus ihrem Maul troff schleimiger Geifer. »Was redest du da? Habe ich nicht selbst gesagt, es läge in meiner Natur, niemals zu lügen? Ich sei die Wahrheit? Nun dreh meine Worte um. Bin ich dann etwa nicht die Lüge, die niemals die Wahrheit spricht?«

»Nein.«

»Nein?«

»Wäre es wirklich so, würdest du ja immer die Wahrheit sagen, nur in umgedrehten Worten. Wenn du aber nicht gelogen hast, dann stimmt deine Behauptung, du seist die Wahrheit und es wäre gänzlich wider deine Natur zu lügen. Finde dich damit ab, du bist nicht die Lüge, sondern die Wahrheit.«

Pala hatte die Lüge in eine ernste Notlage geredet. Verzweifelt kämpften die Gedanken der Käferspinne gegen den Widerspruch zwischen dem, was sie bisher gewesen zu sein glaubte, und dem, was sie scheinbar wirklich war. Es wollte ihr einfach nicht gelingen, einen Ausweg aus dieser Zwickmühle zu finden. Ihre zahlreichen Beine zitterten immer stärker. Einige schwächere Gliedmaßen knickten kraftlos ein. Zwischen den Panzerplatten ihres Kopfes trat ein milchig gelber Schleim hervor. Aber noch war sie nicht besiegt, noch konnte sie in die Felswand fliehen und mit ihrer ganzen Schrecklichkeit zurückschlagen …

Aufseiten Palas war schnelles, entschlossenes Handeln vonnöten. Mit ihrer bisherigen Einschätzung der Lüge hatte sie zwar richtig gelegen, aber sie konnte ihre eigene Haut nur retten, wenn auch die restlichen Vermutungen stimmten. Blitzschnell trat sie auf die Käferspinne zu, vier, fünf, sechs schnelle Schritte – dann zermalmte sie die Lüge unter ihrer Ferse.

»I-gitt!«, stieß Pala hervor, als sie das Knacken des Lügenpanzers hörte. Nie zuvor hatte sie einem Tier etwas Derartiges angetan. Rasch zog sie sich von dem zermatschten mistkäfergroßen Kadaver zurück und wischte ihre Fußsohle immer wieder am Boden ab. Dabei haftete ihr Blick auf dem hässlichen Fleck, der einmal die Lüge gewesen war.

»Wir hab'n sie umgebracht!«, jubilierte Nuschel und kletterte aus seinem haarigen Versteck auf Palas Schulter zurück.

»Wir?«

»Gute Idee, ihr auf die Pelle zu rück'n, Pala.«

»Danke.«

»Wie bis' du nur da draufgekomm'n?«

»Mir war auf einmal klar geworden, diese Begegnung konnte auch nur ein Rätsel sein. Es lautet: Wie kann man die Lüge besiegen?«

»Indem-man sie zertramp'lt?«

»Nun ja, in gewisser Weise schon. Die Lüge mag einen zu Tode erschrecken, so lange man ihr nicht mutig entgegentritt, aber wenn man das wagt, wird sie jämmerlich klein und kann zertreten werden.«

»Aber sie hätte doch auch jämmerlich schwach werd'n könn'n oder jämmerlich dünn oder jämmerlich leicht oder …«

»Nicht, nachdem mir aufgegangen ist, wie sie ihre Opfer in leere Hüllen verwandelt. Anfangs dachte ich, sie benutzt irgendeinen Rüssel, um sie auszusaugen, aber wie hätte sie damit die Knochen herausbekommen können? Nein, wenn die Lüge immer kleiner wird, je näher sie ihrer Beute kommt, dann konnte sie es nur wie jene Insekten anstellen, von denen ich neulich gelesen habe. Sie ist in sie hineingekrochen, hat sie vermutlich mit ihrem Sabberschleim vorverdaut und dann genüsslich ausgeschlürft.«

»Aufhör'n! Sofort aufhör'n!«, schrie das Nuschel und hielt sich die Ohren zu.

»Ich dachte, du wolltest wissen, wie die Lüge ihren Fang aushöhlt. Na, jedenfalls war mir klar, wodurch ich sie besiegen kann. Ich musste nur meine Furcht überwinden und ihr auf den Pelz rücken.«

»Auf die Schale, meinst du.«

»Das spielt nun keine Rolle mehr, Nuschel. Wir haben ihren Lügenpanzer geknackt wie eine rostige Rüstung. Ihre ganze Gefährlichkeit beruhte auf einem Trugbild im Geist ihrer Beute, auf einem dort geschickt eingepflanzten Irrtum. Und wie sagte das Wandgedicht im *Haus des Schweigens* doch so treffend? *Der Irrtum steht auf Zweifels morschem Wappen.*«

ERST anz zu S lu s I T wer edul h T schl ue

12

Der Irrtum steht auf Zweifels morschem Wappen,
was seine Rüstung einzig kann, ist rosten.
Davon befreit, winkt Sieg dem wachen Posten,
der, leicht und stark, wird nicht zusammenklappen.

Erstarkt der Schwache, muss er nicht berappen,
was falsche Sorgen jene Zweifler kosten,
die zaudern, ob im Westen oder Osten,
bis durstig sie durch Wüstenstriche trappen.

Die Einigung sucht man in Kompromissen,
kann damit nur für kurze Zeit erreichen
den Frieden und ein besseres Gewissen.

Die Zwietracht kann auf Dauer nicht ganz weichen,
solang Vertrau'n wird rücksichtslos verschlissen.
Die Klugen selbst in Not seh'n Hoffnungszeichen.

D*er Irrtum steht auf Zweifels morschem Wappen*, weil man sich ohne feste Überzeugung von Bedenken und allerlei Lügen leicht wie eine Meereswoge vom Sturm hierhin und dorthin treiben lässt. Mama, Papa und Nonno Gaspare haben mir immer dabei geholfen, mich in der Welt zurechtzufinden. Sie brachten mir bei, was richtig und falsch, was gut und was böse ist.« Palas Erklärung galt der letzten Frage ihres pelzigen Begleiters.

»Und woran kann-man das Böse erkenn'n?« Nuschel meisterte den Aufstieg zum Schlossberg erheblich leichtfüßiger als sie. Er hatte sogar noch Puste, um während ihrer Unterhaltung hin und her zu rennen.

»An seinen Früchten, an dem, was unterm Strich herauskommt. Jemand mag dich noch so schmeichelhaft umgarnen oder sogar von der Aufrichtigkeit seiner Beteuerungen überzeugt sein und irrt trotzdem, wenn seine Taten seine Worte Lügen strafen. Denk nur an die Bündel in den Netzen, die wir an den Wänden der Schlucht gesehen und für Kokons gehalten haben – vermutlich waren es nur Leichtgläubige, die sich da in der Lüge verstrickt hatten.«

»Du meinst, die Käferspinne hat sie eingewickelt?«

»Ja, aufgehängt zum baldigen Verzehr. Bei all den Leichen in ihrem Keller hätte sie noch tausendmal freundlicher sein können und ich wäre ihr trotzdem nicht auf den Leim gegangen.«

»Wirst-du Zitto auch zermatsch'n, Pala?«

»Er ist ein Mensch, Nuschel. Hoffe ich jedenfalls. Menschen zertritt man nicht.«

»Und Tiere schon?«

»Natürlich nicht! Normalerweise kann ich keiner Fliege etwas zu Leide tun, aber bei der Lüge war das anders. Ich habe es gespürt. Sie sah nur aus wie ein Tier, aber in Wirklichkeit war sie …«

»'n Gespenst?«

»Sagen wir, ein übler, zersetzender Geist. Und jetzt sollten wir besser still sein, damit man uns auf der Burg nicht hört.«

Das Mädchen ließ seinen Blick prüfend über den Hang des Schlossberges schweifen. Er war mit Gras bewachsen, durch das sich häufig nackte Felsen bohrten. Hier und da schossen schlanke Nadelbäume auf. Pala hielt sich vom Hauptweg fern und nutzte jede Deckung. Bei nüchterner Betrachtung durfte sie kaum damit rechnen, unbemerkt geblieben zu sein – der Wolkenschlund war ja nicht gerade unauffällig gewesen. Inzwischen verdeckte den Himmel wieder ein lückenloser, wenn auch noch etwas dünner grauer Schleier. Die Sonne, dicht über dem Horizont, war nur noch als verschwommener Lichtfleck auszumachen.

Je näher Pala der Zitadelle kam, desto merkwürdiger erschien ihr diese. Die Gebäude wurden von einer wuchtigen Ringmauer umschlossen, deren Beschaffenheit, soweit zu erkennen, ungewöhnlich war. Diese Empfindung konnte Pala zunächst nicht begründen, zumal das abnehmende Licht des späten Nachmittags ihre Beobachtungen erschwerte.

Doch je näher sie der Festung kam, desto mehr wunderte sie sich. Mit den Mauersteinen stimmte etwas nicht. Sie sahen aus wie Bücher.

Neue Kraft floss nun in Palas Beine. Schnell eilte sie den Hang hinauf, Nuschel immer in ihrer Nähe. Dicht unterhalb der Umschanzung konnte sie ihren Verdacht endlich von allen Zweifeln befreien. Sie blieb stehen und schüttelte fassungslos den Kopf. Die nahezu wiederhergestellte Burg bestand tatsächlich aus Papier, Pappe, Leder, Leinen, also aus Materialien, die zur Errichtung von Festungsanlagen schlechthin unüblich waren. Besaßen diese zahllosen Zeugnisse menschlichen Einfallsreichtums ihr ursprüngliches Wesen etwa nur noch hier in Zittos verwunschenem

Reich? Hatten sie sich in Silencias Wirklichkeit längst in nichts sagende Steine verwandelt?

Alsbald erreichten Mädchen und Nuschel den Burggraben. Er war randvoll mit trübem Wasser gefüllt, das Tor auf der anderen Seite mit einer hochgezogenen Zugbrücke verschlossen. Pala witterte eine neue Falle.

»Wenn wir den Graben durchschwimmen, wird er entweder zu einem breiten Fluss werden oder es kommen Krokodile und fressen uns auf«, grübelte Pala.

»Glaub-ich-nich'«, sagte Nuschel.

»Du hast Recht: Krokodile scheiden aus. Die gibt's ja wirklich. Hast du eine Ahnung, wie das Rätsel lauten könnte?«

»Nö.«

»Dachte ich mir. Dann muss ich's wohl oder übel wieder selbst ausschwitzen.«

Pala schnappte sich eine Haarlocke, wickelte sie um den linken Zeigefinger, steckte sie sich anschließend in den Mund und zwirbelte hierauf eine andere.

Einmal mehr drängte sich ihr die Frage nach ihren leiblichen Eltern auf. Warum hatten sie ihr Kind überhaupt fortgegeben? Weil sie es nicht wollten. Diese Antwort schoss Pala als Erstes durch den Kopf. Das Kleine verdiente die Liebe seiner Eltern nicht. Vielleicht hatte es immer so laut geschrien. Oder sie waren über das Neugeborene in Streit geraten und hatten sich seiner entledigt, um nicht selbst einander zu verlieren …

»Nein!«, zischte Pala und das Nuschel neben ihr zuckte erschrocken zusammen. Sie durfte nicht wieder den gleichen Fehler machen und sich mit den einfachen Antworten bequemen. Was hatte Nonno Gaspare einmal gesagt? Wer die edlen Beweggründe anderer in Zweifel stellt, der steht vor einem tiefen Graben und sieht ihn nicht einmal. Ihm bleibt nur, hineinzustürzen oder auf der Seite seiner Vorbehalte zu verhungern.

»Es muss einen anderen Grund geben, weshalb ich von meinen Eltern getrennt wurde«, flüsterte Pala und ihre Augen bekamen dabei einen fiebrigen Glanz. Sie verspürte ein leichtes Schwindelgefühl und ließ unvermittelt die Strähne vom Finger schnellen.

»Wie wär's damit: ›Welche Gräben sind am schwersten zu überwinden?‹«

»Weiß-ich-nich'.«

»Die Antwort ist ganz einfach, Nuschel. Es sind die in unseren Köpfen, die eigene Beschränktheit, unsere Voreingenommenheit gegenüber anderen. Wir müssen aufhören, uns als Zentrum des Universums zu sehen, sondern Platz machen für die anderen. Ich habe meine Eltern nicht verstanden, weil ich ihre Worte und Taten nur aus meiner Warte betrachtet habe, aber das war verkehrt, Nuschel. So lange wir unser eigenes Urteil für unfehlbar halten, werden wir uns nie die Mühe machen, auf der anderen Seite nach besseren Erklärungen zu suchen.«

»Is' mir zu hoch. Kann ich-nich' ...«

Ein lautes Knarren von der Festungsmauer jenseits des Grabens ließ Pala und Nuschel aufhorchen. Von schweren Ketten gehalten, senkte sich die Zugbrücke langsam auf die gegenüberliegende Seite herab. Ein letztes Rumpeln und sie lag einladend vor Palas Füßen.

Misstrauisch spähte sie in das offene Tor. Da regte sich nichts.

»Scheinbar gibt es keinen Posten«, raunte Pala dem Nuschel zu und setzte den Fuß auf die Brücke.

Zögernd überquerte sie den Graben, jeden Moment mit einer von Zittos Überraschungen rechnend. Die Zugbrücke könnte sich endlos dehnen, das Wasser im Burggraben anschwellen, doch nichts dergleichen geschah. Wohlbehalten gelangte sie unter den Torbogen und blieb erleichtert stehen. Hinter dem Durchgang führte ein ansteigender Hohlweg in engem Bogen nach rechts. Er war gepflastert und beiderseits von Büchermauern eingefasst. Pala hätte sich keineswegs gewundert, wenn ihr ein geharnischter Ritter aus der Burg entgegengaloppiert wäre, aber niemand ließ sich blicken.

»Das kommt mir nicht geheuer vor«, murmelte sie.

»Mir-auch nich'«, nuschelte es von ihrer Schulter her.

Pala wünschte, Giuseppe wäre bei ihr. Seufzend setzte sie ihren Aufstieg fort.

Während sie den Hohlweg entlanglief, streifte ihr Blick die Buchrücken, aus denen die Befestigungen zu beiden Seiten bestanden. Da gab es dünne Fibeln und dicke Folianten, schnöde Schmöker und wissenschaftliche Werke, Romane für Erwachsene wie auch Fabeln und Märchen für Kinder. Die Titel waren für Pala allesamt befremdend, obwohl aus ihnen auch Vertrautes sprach.

Vom Winde verdreht
Schabernack – Die hohe Kunst des Übermuts
Die unredliche Geschichte
Schlafittchen und die sieben Särge
Die Kunst des Lügens
Gullis vereisen

Von manchem Buch konnte sie sich nur mühsam losreißen, weswegen sie nur langsam vorankam, doch sie blieb unbehelligt.

Der Hohlweg mündete schließlich in einem weiteren Tor. Die Dämmerung war nun schon weit fortgeschritten und Schatten, die Pala hilfreich ihre Dienste anboten, gab es zur Genüge. Sie huschte über einen Burghof und suchte in den umstehenden Gebäuden nach einem Eingang. Hoch oben gab es zwar eine Anzahl Fenster, aber von Türen fehlte jede Spur.

»Zitto hat sich selbst eingeschlossen«, raunte sie dem Nuschel zu.

»Stille Hasser lieb'n ihr'n Mief«, sinnierte der Zwerg und wollte kurzerhand an dem Gemäuer emporklettern, doch obwohl er im *Haus des Schweigens* sogar an der Decke Halt gefunden hatte, rutschte er hier immer wieder ab. Nach mehreren erfolglosen Versuchen schüttelte er verärgert den Kopf: »Da kann-ich-nich' hoch. Die Wand muss mit-ein'm Bann gesichert sein.«

Pala trat nahe an eine der Mauern heran und blickte zur einzigen Fensterreihe empor, die sich gleich unter dem Dach befand. Noch nie hatte sie sich über die Besteigbarkeit von Büchern den Kopf zerbrochen. Die dicht gepackten Rücken der Wand boten auf albernste Weise entstellte Namen, aber wenig Griffe und Steighilfen. Verdrossen las Pala die Titel, die sich direkt vor ihrer Nase befanden.

Aberwitz und wo der Sinn im Unsinn liegt
Peterchens Bootsfahrt
Das Lyzeum der verkohlenden Erinnerungen
Die Feldlaus und wie man mit ihr leben kann
Pippi Sparstrumpf – In der Villa ist ein bunter Hund
Der Herr der Zwiebelringe

»Jetzt muss ich doch fliegen«, brummte sie missgelaunt.

Das Nuschel fing plötzlich an zu zittern. »Und wie soll das geh'n?«

»Wirst du gleich erleben.« Pala runzelte die Stirn und suchte nach einem passenden Wort. Alsbald erhellte sich ihre Miene und sie sagte: »Erscheine, mein *Pelikorn!*«

Augenblicklich erhob sich zwischen den Buchdeckeln am Boden des Burghofes ein goldenes Geflimmer. Tausende kleiner Sternchen schienen einander zu umschwärmen. Nuschel floh erschrocken in Palas Nacken und spähte durch das Dickicht ihrer Haare. Bald kam die glitzernde Wolke zur Ruhe, der nun schon vertraute Zischlaut erklang und das Pelikorn stand bereit.

Es war halb Nashorn, halb Pelikan. Die Größe entsprach jener des Dickhäuters, das kurze weiße Gefieder dagegen dem Vogel. Hinten endete der Körper in mächtigen Schwanzfedern, vorne in einem gedrungenen Schädel, den ein langer Schnabel und, unterhalb der Augen, ein größeres und ein kleineres Horn zierten. Die Füße des Tieres waren eindeutig pelikanisch.

»Und jetzt wird geflogen«, sagte Pala ohne rechte Begeisterung.

»Ich hab' aber Angst«, widersprach das Nuschel.

»Meinst du, ich fürchte mich nicht?«

»Bei mir is' es aber anders. Nuschels erschreck'n sich leicht zu Tode. Denk nur an-den Wortbruch. Da ...«

»Den *was?*«

»Na, die Lüg'nschlucht. In Zittonien fürchtet sie jeder. Der Wortbruch sei 'n schauriger Ort, heißt-es, man geht hinein und kommt nich' mehr raus. Aber keiner weiß warum, noch wo genau die Lüge haust. Jetzt bin-ich klüger. Ich wär fast gestorben, Pala. Das ist genug Angst für 'n ganzes Nuschelleb'n.«

»Hättest du mir früher von dem Wortbruch erzählt, wäre ich vermutlich leichter mit dem verlogenen Krabbelkäfer fertig geworden. Die Lüge hätte sogar mich umbringen können ... Na, ist jetzt auch egal. Hier brauchen wir nur einen Moment zu zittern und dann ist alles vorbei.«

»Alles vorbei? Du sagst es! Nuschels könn'n von Baum zu Baum spring'n, aber flieg'n könn'n-sie-nich'.«

»Tu mir das nicht an, Nuschel!«

»Willst du mein Fell als Bettvorleger? Zitto wird schon gewusst hab'n, warum er nur wenig'n seiner Geschöpfe Flügel spendiert hat.«

Pala seufzte aus tiefster Seele. »Na gut, dann heißt es jetzt also Abschied nehmen.« Sie küsste ihren kleinen Begleiter auf die Stirn, zupfte ihm wehmütig etwas vertrockneten Krötenschleim aus dem Haar und sagte: »Ich weiß nicht, was mit Zittos Reich geschehen wird, wenn ich hier fertig bin. Pass gut auf dich auf, hörst du?«

»Mir passiert schon-nichts«, tröstete sie das Nuschel und drückte nun seinerseits Pala einen Kuss auf die Wange. Dann sprang es auf den Boden und in Richtung Hohlweg davon. Nach einigen Sätzen blieb es noch einmal stehen und drehte sich um. »Du hast mich befreit, Pala. Ich danke dir dafür und steh auf ewig in deiner Schuld.«

Sie wischte sich eine Träne aus dem Augenwinkel und schüttelte lächelnd den Kopf. »Nein, Nuschel, ich muss dir für deine Hilfe danken. Lebe wohl, mein kleiner Freund.«

Erst als das kleine Pelzmännchen im Hohlweg verschwunden war, widmete sich Pala wieder ihrem Pelikorn. Sie hatte vergessen, es mit einem Sattel zu erschaffen. Aber bis zu dem Fenster über ihr würde es schon gehen.

»So, Massimo«, sagte sie zu ihrem gefiederten Transportmittel, »jetzt hältst du schön still und ich klettere auf deinen Rücken.«

Das Pelikorn blickte sie erwartungsvoll an, hielt schön still und Pala kletterte auf seinen breiten Rücken. In Ermangelung eines Reitgeschirrs rutschte sie bis zum Hals vor und vergrub ihre Finger im Nackengefieder.

»Und nun sei so freundlich und flieg mich nach oben zu den Fenstern, aber vorsichtig, wenn ich bitten darf!«

Massimo begann umgehend mit den Startvorbereitungen. Schnell kamen Pala Zweifel an der Ungefährlichkeit ihres ersten Luftrittes. Das massige Geschöpf watschelte mit platschenden Schritten in die entfernteste Ecke des Burghofes. Dann richtete es den Oberkörper weit auf. Des Mädchens Finger verkrampften sich, sein Herz raste. Das Pelikorn trompetete laut und stürmte los.

Pala konnte sich nur mit Mühe einen lauten Aufschrei verkneifen. Sie rutschte und schlenkerte in Massimos Nacken hin und her, auf und ab und kam sich dabei wie ein Zureiter auf dem Rücken eines wilden Hengstes vor. Zugleich flog die Burgmauer auf sie zu. Es war einfach grauenhaft.

Der Aufprall schien nur noch eine Frage von wenigen Watschelschritten zu sein. Bücher sind weicher als Stein, rief sich Pala ins Bewusstsein, ein aberwitziger Gedanke, der ihr wenig Freude spendete. Zum Abspringen fehlte ihr der Mut. Während sie sich gedanklich auf eine größere Anzahl von Knochenbrüchen einstellte, breitete das Pelikorn seine mächtigen Schwingen aus, was indes ohne erkennbare Wirkung blieb. Massimo brauste mit dem tonnenschweren Gewicht eines Nashorns weiter durch den Burghof – bis er plötzlich zu flattern begann.

Wundersamerweise erhob sich das Pelikorn unmittelbar vor der Mauer in die Lüfte.

Nun schrie Pala doch, denn der Steigflug übertraf alle ihre Erwartungen. Massimo zog steil nach oben, streifte mit einem Hinterbein die Mauerkrone, riss hierbei ein paar Buchseiten los und leitete umgehend einen Sturzflug ein. Eine Achterbahn war ein Karussell dagegen.

»Du sollst mich zum Fenster hinauftragen!«, rief Pala. Ihre Haare flatterten im Wind, die Wangen schlackerten im Gesicht, ihre Augen tränten beim Anblick des heranrasenden Bodens. Abermals drohte die Gefahr eines Aufschlags, eines tödlichen jedoch.

Massimo schien die Sorgen seiner Schöpferin zu erraten und gab sich alle Mühe, es nicht zum Äußersten kommen zu lassen. Erfreulich früh gewann er die Kontrolle über seinen drallen Körper zurück. Er streifte nicht einmal die Stilblütenfelder, als er sich abfing und wieder in den Steigflug überging.

Mit kräftigen Flügelschlägen schraubte sich das Pelikorn nun in die Lüfte. Bald zog es hoch über der Festung seine Runden. Es war ja der erste Flug in seinem Leben, hielt ihm Pala zugute, ein paar Übungsschleifen mussten da schon erlaubt sein. Allerdings hätte sie sich manche Mühsal ersparen können, wenn sie Massimo gleich am Fuße des Schlossberges erschaffen …

»Was tust du da?«, rief sie entsetzt, als das Pelikorn über einer winzig kleinen Zitadelle erneut abtauchte.

Die geschrumpfte Burganlage blähte sich wieder zur Originalgröße auf, während sie atemberaubend schnell heranstürzte. Massimos schwerer Federleib raste zielsicher auf die Hauswand zu, die Pala sich für ihren Einstieg ausgesucht hatte. Der geflügelte Klops hatte ein kleines Fenster ins Visier genommen, unmöglich für ein Pelikorn, da hindurchzupassen. »Jetzt ist es vorbei«, hauchte Pala, als sie die Bücherwand fast schon greifen konnte. Massimo würde daran zerschellen und samt Reiterin in den Burghof stürzen.

Doch es kam anders.

Dicht vor der Wand verlagerte das Pelikorn seinen Schwerpunkt auf den Bürzel, sein Kopf und seine Beine flogen nach vorn und sämtliche Federn spreizten sich in den Wind. Das Bremsmanöver war eine Meisterleistung: Das spitze Nasenhorn schrammte gegen den Fensterrahmen und drückte ihn krachend nach innen, gleichzeitig flog das Mädchen am Pelikornhals vorbei in Richtung Haus. Einen Wimpernschlag später landete es unsanft auf einem dicken Teppich, rollte herum und erhaschte gerade noch einen Blick auf sein Pelikorn, das bereits in Richtung Burghof verschwand.

Benommen blieb Pala liegen und versicherte sich ihrer Vorbehalte gegen das Fliegen. Anschließend versuchte sie das Gefühl für ihren Körper zurückzugewinnen. Wo befanden sich doch gleich ihre Beine? Soweit sie sich erinnerte, irgendwo unten. Und wo war unten? Gegenüber dem Kopf. Allmählich fand sie sich wieder zurecht.

Dafür kamen ihr nun ernste Zweifel an der Art ihres Eindringens. Vermutlich hatte sie längst das ganze Schloss alarmiert. Schwerfällig ging sie auf alle viere und lauschte in sich hinein. Knochenbrüche schien sie keine zu haben.

Der Raum, in den das Pelikorn sie katapultiert hatte, besaß einen verschnörkelten Tisch mit vergoldeten Beinen, zwei ähnlich schwülstige Stühle mit rotem Glanzbezug und einen Kamin, über dem das Gemälde eines aufgeschlagenen Buches hing. Die Wände waren mit einer grünsamtenen Stofftapete bespannt, auf der goldene Schriftzeichen aus aller Herren Länder schimmerten. Alles in dem Raum sah altertümlich und zugleich so aus, als wäre es noch nie benutzt worden.

Nachdem Pala schwankend auf die Beine gekommen war, galt ihr erster Gedanke einem sicheren Versteck. Tozzo hatte von fünffüßigen Kreaturen gesprochen, die dem Schlossherrn zur Hand gingen. Ihnen in die Klauen zu fallen könnte jede Unterredung mit Zitto unmöglich machen. Auf leisen Sohlen schlich Pala zur einzigen Tür des Zimmers. Als sie diese öffnete, erlitt sie einen Schock.

»Wenn du dich nicht wehrst, lassen wir dich leben«, sagte das fünffüßige Monstrum schroff. Es füllte den ganzen Türrahmen aus. Seine beiden Riesenaugen schienen aus hunderten kleinerer zu bestehen. Sie waren vollzählig auf Pala gerichtet. Das Ungeheuer belegte eindrucksvoll Zittos Leidenschaft für Krabbelwesen. Mit nur einem zusätzlichen Bein hätte man es glatt als nahen Verwandten der Küchenschabe ansehen können, wenngleich seinem Kopf nicht wenig von einer Hornisse anhaftete. Die einander überlappenden Platten seines Körperpanzers waren schillernd braun, sein Unterleib spitz, seine vier Libellenflügel durchscheinend, sein zangenbewehrtes Maul Furcht erregend, seine Fühler lang und ständig in Bewegung, seine drei Hinterbeine dünn (das dritte hätte leicht als Schwanz durchgehen können), seine vorderen Gliedmaßen noch dünner und seine Bewaffnung Respekt einflößend. Ja, im Gegensatz zu Wortklaubern, Nuschels und Nörgels sowie sämtlichen anderen Geschöpfen dieses verwunschenen Reiches verfügte dieser fünffüßige Diener Zittos tatsächlich über einen Waffengurt, an dem ein prächtiges Breitschwert, ein langer Dolch und ein Morgenstern baumelten.

»Ich bin gekommen, um Zitto zu sprechen«, sagte Pala, nachdem sie den Anblick der Schabe einigermaßen verdaut hatte.

»Darüber entscheidest nicht du. Komm jetzt und verhalte dich friedlich, dann wird dir nichts geschehen.« Die schrill zirpende Stimme der Schlosswache hatte etwas Zikadenhaftes; einem über die Schultafel quietschenden Fingernagel zuzuhören, konnte auch nicht unangenehmer sein.

Die Schabe gab den Weg frei und Pala trat durch die Tür in einen breiten Gang. Neben ihrem Wächter erwarteten sie dort zwei weitere Schaben. Der Wortführer ging voran, dann kam Pala und hinter ihr folgten die anderen Fünffüßler.

»Hast du Kotzbrocken auch einen Namen?« Pala biss sich auf die Zunge. Die Spuren des Wortsumpfes hafteten ihr noch immer an.

Die Antwort der Schabe klang bedrohlich. »Jambus.«

»Und die anderen beiden?«

»Sind ebenfalls Fünffüßige Jamben.«

Pala erinnerte sich des Nuschels. Namen schienen in diesem Reich Mangelware zu sein. »Ich bin Pala, falls euch das interessiert.«

»Das wissen wir. Und nun sei still, sonst …«

Jambus sagte nicht, was genau er sich unter »sonst« vorstellte, aber Pala wollte es auch nicht wirklich herausfinden. Sie schwieg und ließ sich von ihrer Eskorte durch die Festung führen. Zunächst ging es treppab – sie hatte Zittos Heim ja im obersten Stockwerk betreten. Ebenerdig, wie Pala vermutete, klapperten die Schaben durch mehrere Flure, bis sie in einem Gemach mit kahlen Wänden und einer schweren, eisenbeschlagenen Holztür stehen blieben. Jambus bedeutete Pala zu warten, wies sie noch einmal auf ihre Pflichten als Gefangene hin und entfernte sich.

Die beiden anderen Jamben hefteten ihre Facettenaugen auf das Mädchen und taten ansonsten so, als wären sie nur Standbilder ihrer selbst. Am liebsten hätte sich Pala in Luft aufgelöst. Jede hastige Bewegung vermeidend, sah sie sich in dem Zimmer um. Drei seiner Wände waren, ebenso wie Fußboden und Decke, aus Büchern mit seltsam vertrauten Titeln gefügt.

Das hässliche Hemdlein
Siebzehn Techniken zur Verhandlung mit Drachen
Die Blechhummel
Das letzte Nashorn
Die Reitmaschine
Der Treppenwolf

Die vierte Wand bestand aus geglätteten Steinquadern. In sie war die bereits erwähnte Tür eingelassen. Es musste sich um den Zugang zum Turm, dem einzigen nicht zerfallenen Teil der Festung, handeln. Über der Tür befand sich ein in den Fels gemeißelter Schriftzug, doch ehe Pala die stark verwitterten Buchstaben entziffern konnte, kehrte Jambus zurück.

Die Schabe trug eine brennende Fackel in der rechten Vorderklaue und sagte: »Du hast Glück. Ihre Hoheit wird gleich erscheinen und dir die Ehre einer Audienz erweisen. Folge mir.«

Hoheit?, rief in Palas Kopf spöttisch jene Stimme, die dort seit einiger Zeit hauste und sich oft im unpassendsten Augenblick meldete. *Jetzt führt sich dieser Größenwahnsinnige auch noch als Mann von Adel auf. Wo soll das nur hinführen?*

Das Mädchen folgte schweigend dem Jambus und seiner Fackel. Er stieg eine schmale, dunkle Wendeltreppe hinauf. Die Stufen waren ausgetreten, unterschiedlich hoch und überhaupt wie dazu geschaffen, sich den Hals zu brechen. Hinter Pala schrappten die gepanzerten sechs Füße der beiden anderen Wächter über den Stein. Ab und zu kam die Eskorte an schmalen Lichtöffnungen vorbei. Draußen war längst die Nacht eingekehrt. Schließlich öffnete Jambus wieder eine Tür und deutete in ein schwach erleuchtetes Turmgemach.

Pala drückte sich an der Schabe vorbei und lief weit in das geräumige Zimmer hinein. Sie staunte nicht schlecht, weniger ob der überraschenden Größe des Raumes – Zitto war ihr ja mittlerweile als Meister der Täuschung bekannt –, als vielmehr wegen der unerwarteten Gemütlichkeit. Bei einem Mann, der so viel Insektenhaftes erschuf, hatte sie eher mit einer trostlosen Wabe gerechnet. Indes war dies ein Arbeitszimmer, das einem großen Dichter und Denker nicht schlecht zu Gesicht gestanden hätte. Palas Füße versanken in einem dicken blaugrundigen Teppich mit goldgelben Buchstabenmotiven. Die schwarzbraune holzgetäfelte Decke wurde von starken Balken getragen. An den Wänden standen überquellende Regale, auf dem Boden ein großer Globus und, vor dem einzigen Fenster, ein mit Büchern und Dokumenten überladener Schreibtisch. Auf dem schweren Möbel verbreitete eine Öllampe mit hohem Glaszylinder ihr warmes, gelbes Licht.

Jambus zirpte seinen beiden Untergebenen draußen einen schrillen, für Pala gänzlich unverständlichen Befehl zu, worauf sich beide verzogen. Anschließend folgte er ihr in den Raum und blieb reglos bei der Tür stehen. Ein Viertel seines Kopfes war mit Augen besetzt, er konnte also, auch ohne sich den Hals zu verrenken, jeden Winkel des Gemaches überblicken.

Da Zitto noch auf sich warten ließ, begann Pala unruhig von einem Fuß auf den anderen zu treten. Jambus rührte sich nicht. Ihre Neugier war stärker als die Angst und sie reckte den Hals zum Fenster hin. Die Schabe blieb bewegungslos. Zaghaft wagte das Mädchen einen ersten Schritt. Jambus schien eingeschlafen zu sein. Von draußen ertönte ein leiser Glockenschlag. Mit zitternden Knien schlich Pala durch den Raum, jederzeit damit rechnend, von Zittos Leibwache zurückgepfiffen zu werden, was aber nicht geschah. Das Fenster lag in einer tiefen Nische, welche die Dicke der Turmmauern erkennen ließ. Ein gelblicher Schimmer drang durch das bunte Glas und zog das Mädchen an. Als Pala durch eine einzelne klare Scheibe hinausblickte, traute sie zunächst ihren Augen nicht.

»Silencia!«, hauchte sie. An zahllosen Abenden hatte sie von den Gassen und Plätzen unten zur Burg hinaufgeschaut und das erleuchtete Fenster des Turmzimmers betrachtet, nun stand sie auf der anderen Seite, inmitten ebenjenes gelben Lichts. Die Häuser der Stadt schienen zum Greifen nah. Der Uhrenturm überragte sie alle. Über den Dächern ging gerade der Mond auf.

Als Pala sich wieder ihrem Bewacher zuwandte, stand ihr die Überraschung ins Gesicht geschrieben. Der Jambus blieb nach wie vor regungslos. Und trotzdem hätte sie schwören können, an der Vorderseite seines Hornissenkopfes ein hämisches Grinsen zu sehen. Im Augenmeer des Fünffüßlers war sie vermutlich nur ein hilfloses kleines Opfer des mächtigen Zitto, ein dummes Ding, das keine Gefahr darstellte. Vielleicht störte ihn deshalb nicht des Mädchens umherschweifender Blick.

Keineswegs in allen Regalen befanden sich Bücher, Schriftrollen und sauber verschnürte Bündel mit Papieren. Zwischen einigen Böden hingen Kästen mit Glasdeckeln, hinter denen Pala aufgespießte Schmetterlinge, Spinnen und allerlei anderes Krabbelgetier bewundern konnte, fein säuberlich nach Form und Größe sortiert. Auch zahlreiche auf Hochglanz polierte Apparate, die ein wenig an Schiffsinstrumente erinnerten, ließen sich in den Regalen ausmachen. Am auffälligsten waren die messingfarbenen, schraubenbesetzten Ringe, in denen halbrunde Glaskörper wie riesige Lupen schimmerten. Pala meinte darin wuselnde Bilder von silencianischen Straßen und Plätzen samt lebendigen Menschlein zu erkennen, aber angesichts des Fünffüßlers traute sie sich nicht näher an die Bullaugen heran. Andere Maschinen auf den Regalböden besaßen die Gestalt von großen Kästen, aus denen Hebel und eine verwirrende Anzahl von funkelnden Knöpfen ragten – Erstere muteten wie fremdländische Essbestecke an und Letztere glichen kostbaren Juwelen. Palas umherwandernde Augen kehrten zum Schreibtisch zurück, von dem sie nur durch einen massiven Stuhl getrennt war.

Auf dem enormen Arbeitsmöbel türmten sich Bücher, Schriftrollen, alle möglichen Gegenstände und obenauf, wie achtlos fallen gelassen, zwei vergilbte Blätter. Die Schriftstücke zogen Palas Aufmerksamkeit wie ein Magnet an. Das oberste, leicht schräg liegende, war eine alte Handschrift, deren Schriftbild sie an ihr Geburtsgedicht erinnerte. Ihr Herz ging vom versammelten Trab in gestreckten Galopp über.

Mit einem Stoßseufzer, der glaubhaft ihr Missvergnügen über das lange Warten vortäuschte, trat sie einen Schritt näher an den Tisch heran. Dabei vermied sie es tunlichst, die beiden Pergamente anzusehen. Ihr scheinbar ruheloser Blick war wieder auf Wanderschaft. Erst nach einer Weile legte er wie zufällig auf der Handschrift eine Rast ein. Es handelte sich um ein Sonett und Pala staunte nicht schlecht, als sie die Zeilen zu entziffern begann.

Der Irrtum steht auf Zweifels morschem Wappen,
was seine Rüstung einzig kann, ist rosten.
Davon befreit, winkt Sieg dem wachen Posten,
der, leicht und stark, wird nicht zusammenklappen.

Erstarkt der Schwache, muss er nicht berappen,
was falsche Sorgen jene Zweifler kosten,
die zaudern, ob im Westen oder Osten,
bis durstig sie durch Wüstenstriche trappen.

Die Einigung sucht man in Kompromissen,
kann damit nur für kurze Zeit erreichen
den Frieden und ein besseres Gewissen.

Die Zwietracht kann auf Dauer nicht ganz weichen,
solang Vertrau'n wird rücksichtslos verschlissen.
Die Klugen selbst in Not seh'n Hoffnungszeichen.

Paquale hatte Pala vor einigen Jahren im Zusammenhang mit einem Heiratsantrag erklärt, wie sich ein Stromschlag anfühlt. Jetzt endlich verstand sie ihn. Was immer Giuseppe auch von dem Reigen der Sonette gehalten hatte, die Übereinstimmung der Schlusszeile aus dem *Haus des Schweigens* mit dem Auftakt jenes handgeschriebenen Gedichts dort auf dem Tisch konnte unmöglich ein Zufall sein. Diese Einsicht zog einen Schweif von Unfassbarkeiten nach sich, die Palas ohnehin schon schwammige Knie restlos aufzuweichen schienen. Schwankend hielt sie sich an der Stuhllehne fest, ließ aber sofort wieder los, weil Jambus einen bedrohlichen Zirplaut von sich gab. Wer anders als Zitto konnte die Spur der miteinander verwobenen Dichtungen ausgelegt haben, die bis zu diesem Schreibtisch führte?

Erneut ließ ein Schwindel Pala taumeln, denn was aus dieser Ungeheuerlichkeit folgte, erschien ihr unerträglich. Das Gedicht, das sie seit Jahren hinter einer Glasscheibe in ihrem Zimmer bewahrte, war in derselben Handschrift verfasst wie das vor ihr liegende Blatt. Also ging es die ganze Zeit nur um sie, um Mutters Große, denn wer anders als Zitto konnte der freundliche Unbekannte gewesen sein, der einst dem Neugeborenen seine Verse in die Wiege gelegt hatte? Wie bittere Galle stießen Pala nun die Anfangsworte ihres Geburtsgedichtes auf: *Erst ganz zum Schluss ist, wer Geduld hat, schlauer.*

Aber warum hatte sich Zitto ausgerechnet sie für sein hinterhältiges Rätselspiel ausgesucht?

Ein polternder Laut, der jäh durch die Tür des Turmzimmers drang, beendete vorerst Palas Überlegungen. Sie schrak unwillkürlich zusammen, nicht wegen des Rumpelns, sondern weil Jambus überraschend zum Leben erwachte.

»Rühr dich nicht von der Stelle!«, befahl er, riss die Tür auf und verschwand nach draußen.

Kaum allein, wurde Palas Blick wieder von den vergilbten Blättern angezogen. Mit Daumen und Zeigefinger nahm sie das oberste Pergament bei einer Ecke und lüpfte es an. Darunter erschien ein weiteres Gedicht, von derselben leidenschaftlichen Hand verewigt wie das erste. Der linke Rand des Blattes war verschmutzt und mehrfach eingerissen. Palas Augen verharrten erstaunt bei der Anfangszeile. Ihr Zögern dauerte einen Moment zu lang. Als sie sich endlich anschickte, den kraftvollen Schwüngen der braunen Tinte weiter zu folgen, gebot eine strenge Stimme ihr Einhalt.

»Das«, sagte Zitto drohend, »würde ich lieber lassen.«

Pala zuckte zusammen, das Sonett entglitt ihren Fingern und sie blickte schuldbewusst auf. Keinen Moment zweifelte sie daran, hier den Herrn der Bücherburg vor sich zu haben. Ihre heftige Reaktion schien diesen zu befriedigen, denn nun nahm er sich ausgiebig Zeit seinen Hauptjambus zusammenzustauchen – nicht ohne immer wieder zu Pala hinzublicken, damit diese sich ja nicht rührte.

Allein Zittos Standpauke zeigte ihr, mit was für einem Meister der Sprache sie es hier zu tun hatte. Es ging darin um Nachlässigkeiten bei der Bewachung von Geiseln wie auch bei der Beleuchtung der Turmtreppe (Zitto musste sich eben fast das Genick gebrochen haben, daher auch das Poltern). Schillernd wie ein Regenbogen waren seine Zurechtweisungen, bedrohlich wie der Schlund eines Vulkans und mannigfaltig wie Muscheln am Strand. Nie hatte Pala ein solches Rügenfeuerwerk erlebt. Zumindest mit Worten war Zitto ein Zauberer: Er machte in kürzester Zeit die Schabe zur Schnecke.

Während der Maßregelung erhielt Pala hinreichend Gelegenheit den Schlossherrn zu betrachten. Er musste uralt sein, war gleichwohl temperamentvoll, etwas hölzern und dennoch beweglich, von großer hagerer Statur sowie – abgesehen von einem schneeweißen Kranz langer, dünner, ungepflegt herabhängender Haare – kahl. Seine Augen strahlten wie blaues Gletschereis. Nicht Haut, sondern Pergament schien seinen schmalen Schädel faltenreich zu umkleiden, gelb, wächsern und durchscheinend, dunkle Adern hoben sich darunter ab. Wie eine Klippe ragte aus dieser mumienhaften Maske eine messerscharfe, gebogene Nase hervor. Die Lippen waren bindfadendünn, blau und blass. Seine zerklüfteten Ohren fielen wegen ihrer Größe auf, vor allem die Ohrläppchen, die eher Lappen glichen. Gleichwohl war er mit einer klangvollen Stimme gesegnet, die weder zu seinem Äußeren noch zu seinen Drohungen passen wollte. Der ihn umschlackernde tiefblaue Mantel glitzerte und glänzte in dem gelben Lampenlicht wie der Sternenhimmel. Man hätte ihn auch als »Wortgewand« bezeichnen können, denn das Funkeln kam von den aufgestickten Schriftzeichen, manche aus Gold, andere aus Edelsteinen; ihr Sinn blieb Pala verborgen. Der breite Kragen des knöchellangen Mantels war mit flauschigem Nuschelfell besetzt.

»Und nun zu Ihr«, sagte Zitto, nachdem er Jambus zusammengestaucht hatte. Mit wallendem Gewand, den Kopf wie unter einer niedrigen Tunneldecke eingezogen, durchmaß er sein Arbeitszimmer, ließ eine große knöchrige Hand aus den nachtblauen Falten seines Ärmels schnellen und schnappte sich die beiden Pergamente. Das oberste verstaute er unter einem ledernen Aktendeckel, den er mit einem dicken R aus Messing beschwerte. Von dem geheimnisvollen zweiten Gedicht wollte er sich offenbar nicht so schnell trennen. Er drückte es wie den seidenen Schal einer verlorenen Geliebten an seine Brust, streichelte es liebevoll und wirkte mit einem Mal sonderbar gelöst. Als er um den Schreibtisch herumkam, lächelte er sogar. »Herzlich willkommen auf Unserem Schloss, Pala. Alle Achtung, Sie hat sich wacker geschlagen. Ein bisschen ramponiert kommt Sie Uns vor.«

Pala wich auf die gegenüberliegende Seite des Möbels aus, wobei sie verlegen an sich herabblickte. Einige Mängel ließen sich da schon ausmachen: zottige Haare, ein zerrissenes, schlammbespritztes Kleid, zerschrammte Arme und Beine sowie vor Schmutz starrende Füße – wie ein Burgfräulein sah sie wirklich nicht aus. Doch davon wollte sie sich nicht beirren lassen. Sie musste endlich Klarheit in ihre dunklen Ahnungen bringen.

»Also kennen Sie mich tatsächlich.«

Zitto lächelte wie über einen hübschen kleinen Scherz. Dabei tätschelte er das vergilbte Blatt an seiner Brust. »Selbstredend, kleines Mädchen, selbstredend. Es grenzte schon an ein Verbrechen, wüssten Wir nicht über Sie Bescheid.«

Pala schnappte nach Luft. »Ausgerechnet *Sie* reden von Verbrechen? Silencia war einmal ein friedlicher, wunderbarer Ort, in dem Worte blühten wie anderswo die schönsten Blumen. Sie haben daraus eine Wüste gemacht, in der man nur verdursten kann.«

»Selbst in der Wüste gibt es Leben, kleines Mädchen.«

Pala schauderte, weil Zitto diesen Umstand auch noch zu bedauern schien. »Was aus Silencia geworden ist, genügt Ihnen wohl noch nicht. Sie wollen den Menschen tatsächlich ihre Sprache rauben, so wie Sie es mit Nonno Gaspare getan haben.«

Zittos Schultern hüpften auf und nieder. Sichtlich erheitert antwortete er: »Das hat Ihr bestimmt einer dieser brummenden, dünnfingrigen Taugenichtse erzählt, die alles verdrehen. Hier geht es keineswegs um Raub, kleines Mädchen. Die meisten Worte haben die Menschen Uns doch freiwillig gegeben. Diese erbärmlichen Kreaturen konnten es gar nicht abwarten, sie zu verschachern wie ein abgelegtes Gewand. Will Sie die Wahrheit wirklich nicht sehen, wo Sie des Wesens dieser Jämmerlinge mehr als einmal ansichtig wurde? In den Spiegeln …«

»Tiere!«, hauchte Pala. Ihre Augen waren weit aufgerissen. Die Erinnerung an die unheimlichen Spiegelbilder ließ sie erschauern. »Sie verwandeln die Menschen in grunzende, quäkende und heulende Tiere …«

»Sind sie das nicht heute schon?«

»Vielleicht noch nicht ganz, wenn Sie echte Größe zeigen und Ihren Plan aufgeben würden. Bitte, verzichten Sie darauf, Bürgermeister von Silencia zu werden! Geben Sie uns die Freiheit zurück – der Stadt, ihren Menschen ... und *mir*. So Gott will, kommt alles wieder ins rechte Lot.«

»Allein Ihre feurige Fürsprache kommt ein wenig spät. Eine überwältigende Anzahl Menschen hat heute zu Unseren Gunsten – wohl ohne zu wissen, was das wirklich bedeutet – ihre *Stimme abgegeben.«* Zitto kicherte leise in sich hinein. »Wir haben am Abend die Wahl gewonnen. Ab Mitternacht sind Wir der vom Volk gewählte Herrscher Silencias. Mit dem letzten Glockenschlag des Uhrenturms ist die Zukunft meiner neuen Untertanen besiegelt.«

Die Nachricht traf Pala wie ein Hieb mit der Keule. Ihre Schultern sanken kraftlos herab. Mit hängendem Kopf sagte sie: »Dann ist also alles zu spät.«

»Es gibt immer einen Stärkeren, kleines Mädchen. Je eher man sich damit abfindet, desto leichter lebt es sich.«

Zittos siegessichere Aufgeblasenheit war für Pala wie ein rotes Tuch. Obwohl sie den Herrn der Bücherburg fürchtete, wäre sie ihm am liebsten ins Gesicht gesprungen. Dazu kam es jedoch nicht, und das lag weniger an ihrer Kinderstube. Sie hielt bei gesenktem Haupt inne, zwang die Mutlosigkeit und Verzweiflung noch einmal nieder, weil er sie mit seiner letzten Bemerkung an das Scheitern des Unaussprechlichen erinnert hatte.

Vielleicht war noch nicht alles verloren. Sie musste nur herausfinden, worüber sich Giuseppe und die alten Sagen bisher ausgeschwiegen hatten: Was war dem namenlosen Schurken zum Verhängnis geworden? Langsam hob sie wieder den Blick.

»Warum ich, Zitto?«

»Was beliebt Sie zu fragen?«

»Weshalb haben Sie gerade mich ausgesucht? Mein Geburtsgedicht – das waren doch Sie, der es meinen Eltern geschenkt hat, oder?«

»Es hätte Uns schwer enttäuscht, wenn Sie darauf nicht gekommen wäre. Obgleich – höchstselbst haben Wir Ihren Zieheltern das Gedicht nicht überbracht. Es war ein … Mittler, dem Wir es gaben.«

»Ein Bote, meinen Sie?«

»So könnte man es nennen.«

Die merkwürdige Ausdrucksweise Zittos verwirrte Pala. Er selbst gebärdete sich ja wie ein Bote längst vergessener Tage. Ohne es zu merken, verfiel sie nun ihrerseits in einen altertümlichen Ton. »Warum wollt Ihr meine Frage nicht beantworten, Zitto?«

Der Burgherr lächelte geheimnisvoll. »Weshalb sollten Wir?«

Pala schnappte nach Luft. »Wie bitte? Ihr legt mir ein Sonett in die Wiege, nehmt mich gefangen, nachdem Ihr mich in diese Burg gelockt …«

»Sie selbst hat sich den Weg in die Zitadelle gesucht. Unsere Anerkennung haben Wir Ihr dafür schon ausgesprochen.«

»Wofür ich Euch danke, Zitto. Aber ich bin nicht hierher gekommen, um Lob einzuheimsen. Ihr seid mir Rechenschaft schuldig. Warum das Geburtsgedicht? Sagt es mir!«

Nun durchwallte den Schlossherrn ein Ausbruch von Heiterkeit in bis dahin noch nicht beobachteter Heftigkeit. Obwohl er nur wenige Laute von sich gab, hüpfte doch sein ganzer Leib. Das Glitzergewand wogte dabei im Takt. »Köstlich!«, ergötzte er sich. »Absolut köstlich, kleines Mädchen! *Wir* sollten *Euch* Rechenschaft schulden? Nein, so etwas Putziges …«

»Still!«, schrie Pala. Es war ein Ausruf der Verzweiflung, weil sie sich nicht anders zu helfen wusste. Überraschenderweise schwieg Zitto tatsächlich, als habe ihm ein Bannwort die Sprache blockiert. Pala stieß sich wiederholt mit steifem Finger auf die Brust und ihre Stimme bebte, als sie unter

Tränen sagte: »Hier, in meinem Herzen, fühle ich, mein Recht auf die Wahrheit wiegt ebenso schwer wie jenes auf die Freiheit. *Diese* Angelegenheit könnt Ihr nicht totschweigen.«

Zitto kratzte sich am Kopf. Er schien ernsthaft über Palas Worte nachzudenken. Einmal warf er einen Blick auf sein Pergament, als enthielte es die Antworten auf alle Lebensfragen, drückte es aber bald wieder an die Brust und grübelte weiter. Nach einer Weile stahl sich ein durchtriebenes Lächeln auf seine Lippen.

»Na schön, wenn Sie denn so beharrlich auf Ihr Recht pocht, dann können Wir uns diesem Anliegen natürlich nicht verschließen. Wir schlagen Ihr einen Handel vor.«

Pala schwante nichts Gutes. »Ein Geschäft?«

»Eigentlich ist es ein Wettstreit. Nur keine Sorge, kleines Mädchen, nicht *ein* Tropfen Blut soll dabei fließen. Dieser Kampf wird nicht mit Schwert und Speer ausgetragen, sondern mit Worten.«

Pala erinnerte sich mit Bangen an Tozzos Erzählungen über Zittos Wortgewalt. Er sei der Meister aller Redner, ein König unter den Dichtern, hatte er gesagt. Ihr Herz raste. Sie schwitzte, obwohl ihr kalt war. Wenn sie doch nur wie Tozzo auf und davon fliegen könnte ...!

Aufgeben willst du also, mäkelte die Stimme in ihrem Kopf. *Das sieht dir ähnlich!* Pala schloss die Augen. Sie musste ihre Angst niederzwingen und Zittos Herausforderung annehmen. Nur so konnte sie seine Machenschaften noch durchkreuzen. Als Wortschöpferin hatte sie im Schlossgarten ihr Können unter Beweis gestellt. Sagte Tozzo nicht auch, wer diese Gabe besitze, könne Zitto trotzen? Sie holte tief Luft, um ihrer Stimme Festheit zu verleihen, öffnete die Augenlider und sagte leise: »Lasst hören.«

Zitto blickte sie prüfend an. Er schien mit dieser Antwort nicht gerechnet zu haben. Dann aber grinste er. »Sie gefällt

Uns. Dieses Feuer, dieser Mut – früher waren Wir selbst einmal so. Gleichwohl, hier sind die Regeln: Die Wettkämpfer wechseln sich darin ab, Sätze zu bilden, die jeweils um mindestens ein Wort länger sind als der vorhergehende, aber alle Worte haben mit demselben Buchstaben zu beginnen. Jeder Spieler darf seine eigenen Worte nicht mehr als *einmal* nennen – der gleiche Begriff kann also höchstens zweimal benutzt werden. Namen sind nur, wenn allgemein bekannt, erlaubt. Hat Sie alles verstanden?«

Pala konnte sich nur schwerlich ein Schmunzeln verkneifen. Mit diesem Spiel hatten sie und Nonno Gaspare sich früher oft die Zeit vertrieben. »Ich bin nicht blöd. Was ist Euer Einsatz?«

»Wenn Sie gewinnt, werden Wir Ihre Fragen und Ihr Gesuch auf Freilassung wohlwollend überdenken. Falls Sie jedoch verliert, wird Sie in Unsere Dienste treten. Abgemacht?«

Pala schluckte. »Abgemacht.«

»Geh Er nach draußen und schließe hinter sich die Tür«, befahl Zitto dem Fünffüßigen Jambus. Die Schabe gehorchte umgehend. Sich wieder seiner Gegnerin zuwendend, sagte er: »Früher gehörten derartige Spielchen zu Unseren ›Fingerübungen‹. Wir haben damit Unseren Geist geschmeidig gehalten. Will Sie wirklich gegen Uns antreten?«

»Früher?«, stieß Pala hervor. »Ich sage nur eins: ›Zaudern zerstört Zinsen – zur Zukunft zeigt Zitto‹. Ihr habt mir diesen Wettkampf angeboten, weil Ihr Euch darin als Meister wähnt. Und nun fangt endlich an.«

Zitto lächelte siegesgewiss, bettete sein geliebtes Pergament behutsam auf die lederne Schreibunterlage und kam um den Tisch herum. Diesmal wich ihm Pala nicht aus. Auf Schrittlänge standen sie sich gegenüber und blickten einander grimmig in die Augen. Zitto holte tief Luft. Fast schien es so, als wolle er gar nicht mehr damit aufhören, aber dann führte er seinen ersten Hieb.

»Zitto!«

»Das ist kein Satz.«

»Unser Name bedeutet ›still‹ – wusste Sie das nicht? Hat Ihre Mutter etwa nie ›Still!‹ gerufen, wenn sie in Ruhe ihrem Papperla-Papagei zuhören wollte?«

Und ob sie das getan hatte! Mit einem Mal fiel es Pala wie Schuppen von den Augen. Eben erst hatte sie Zitto mit seinem eigenen »Zauberwort« schweigen geheißen. Und auch die Befreiung aus dem *Haus des Schweigens* verdankte sie einem läppischen »Still!«. Sie knirschte mit den Zähnen und schlug zurück.

»Zitronen zermatschen.«

Zitto nickte anerkennend. »Zerknüllte Zeitungen zerfallen.«

Palas Augen verengten sich. »Zerstreute Zaungäste zerschneiden Zwiebeln.«

Nach jedem Satz mussten die beiden Wettkämpfer länger nachdenken. Natürlich hofften sie, dem anderen würde nichts mehr einfallen. Doch beide waren Wortschöpfer, der eine erfahren, die andere biegsam im Geist. Bald gingen die Sätze wie mächtige Schwerthiebe hin und her. Zitto brach der Schweiß aus. Sein Gesicht leuchtete rot vor Zornesglut. Die Arme steif an den Körper gepresst, ballte er die Hände zu blutleeren Fäusten – aber sie zitterten trotzdem. Er hatte das dünne Mädchen unterschätzt. Wenn er einen neuen Satz herauswürgte, stöhnte er wie unter größten Anstrengungen, und auf jeden Gegenstoß Palas reagierte er wie auf einen Stich mit glühender Lanze. Die Suche nach der eigenen Antwort machte ihn taumeln, als stünde er auf einem äußerst ungestümen Erdbeben. Er krümmte sich und keuchte.

»Zittern zarte Zypressen zu Zittos Zitadelle, zirpen zwei

Zikaden zusammenhanglos.« Palas Satz war für Zitto wie ein Treffer mit der flachen Klinge. Er sank auf ein Knie und ächzte. Lang, sehr lang suchte er nach einer passenden Erwiderung. Auch an Pala war der Kampf nicht spurlos vorübergegangen. Nie zuvor hatte sie so lange Wettkampfsätze gebildet. Sie atmete schwer, wenngleich sie noch erheblich frischer wirkte als ihr Gegenspieler. Der schüttelte das strähnige Haupt. Schon sah sie sich als Siegerin, als Zitto mit letzter Anstrengung doch noch einen längeren Satz hervorstieß.

Pala schloss die Augen und ließ den Kopf hängen, als wolle sie ihre Niederlage anerkennen. Ihr Gesicht blieb unbewegt, erstarrt in einem Ausdruck großen Ernstes. Ein kurzatmiges Kichern drang an ihr Ohr. Es klang siegessicher. Aber da hob sie noch einmal ihre Augen, sah Zitto fest ins Gesicht und sagte mit diamantharter Stimme: »Zehntausend zählebige zappelnde Zwergstichlinge zieren zerfurchte Zimmerdecken zur Zermürbung zitternder zorniger Zigarrenraucher; zudem zerspringen ziemlich zugleich zweiundzwanzig zuckersüße Zirkusdirektoren.«

Zitto zitterte. Zischende Laute entwichen Mund und Nase, ansonsten brachte er kein Wort hervor. Er sackte auf beide Knie und wäre fast vornübergefallen. Nur mit Mühe konnte er sich an der Kante des Schreibtisches festhalten. Ungläubig schüttelte er den Kopf. Vermutlich war dies seine erste Niederlage – zumindest seit langer Zeit. Endlich röchelte er: »Das gilt nicht.«

Pala traute ihren Ohren nicht – auf keinen Fall wollte sie sich ihren Sieg wieder nehmen lassen – und begehrte auf: »Was gibt es an meinem Satz auszusetzen?«

»Zirkusdirektoren zerspringen nicht«, sagte Zitto. »Der Satz macht keinen Sinn.«

»Zuckerguss-Zirkusdirektoren schon«, beharrte Pala. »Außerdem verlangen die Regeln keine sinnvollen Sätze.«

Zitto wand sich wie ein Aal. »Dann rufen wir eine Kommission ein. Die soll darüber entscheiden.«

»Wie bitte? Und wer wird darin sitzen?«

»Unsere Fünffüßigen Jamben.«

»Na herrlich! Bei so einem Schiedsgericht kann ich mir schon denken, wie das Urteil ausfallen wird. Ich habe gewonnen, Zitto. Findet Euch damit ab und zahlt Euren Preis.«

»Regelwidrigkeiten führen zur Disqualifikation.«

Pala steckte in einer Zwickmühle. Der Schlossherr saß am längeren Hebel. Er konnte sie hier festhalten und so lange über seine Machenschaften schweigen, bis alles zu spät war. Was sollte sie tun? Die Verzweiflung wollte sie schon übermannen, als sie sich unerwartet des Sonetts entsann, das sie kurz vorher auf dem Schreibtisch entdeckt hatte. Vielleicht vermochte sie dem Ränkeschmied wenigstens für kurze Zeit den darin beschworenen Frieden abzutrotzen. Mit leiser Stimme wiederholte sie Zittos eigene Worte.

»Die Einigung sucht man in Kompromissen.«

Zu ihrer Überraschung löste sich des Alten unnachgiebige Miene, wirkte mit einem Mal nicht mehr so verkrampft, beinahe schon heiter, als er erwiderte: »Sie kann sich gar nicht vorstellen, wie überdrüssig Wir der Jamben sind!«

Palas Augen verengten sich zu schmalen Schlitzen. »Was wollt Ihr damit andeuten?«

»Was Ihr Ansuchen betrifft, gebe Sie Uns ein wenig Bedenkzeit. Und gewähre Sie Uns in der Zwischenzeit die Ehre Ihrer Gesellschaft – nur für ein einziges Nachtmahl. Sie soll Uns das Essen auftragen und sich nachher zu Uns an den Tisch setzen. Dann können wir miteinander reden.«

»Meint Ihr das wirklich ernst?«

»Die Lüge ist tot. Sie selbst hat sie im Wortbruch zermalmt. Welche Erwiderung braucht Sie da noch?«

Pala musterte den Greis argwöhnisch. Wenn sie sein Angebot ablehnte, würde er sie von seinen Fünffüßigen Jamben vermutlich ins tiefste Verlies der Burg werfen lassen. Sie steckte in einer Zwickmühle. Wohl oder übel würde sie das grausame Spiel Zittos noch eine Weile mitspielen und sich, ganz im Sinne seines eigenen Gedichts, als klug erweisen müssen, denn *die Klugen selbst in Not seh'n Hoffnungszeichen*.

13

Die Klugen selbst in Not seh'n Hoffnungszeichen.
Den Waffenstillstand nehmen sie zum Grunde,
zu reden Engelsworte mit dem Munde,
um selbst die harten Herzen zu erweichen.

Vor klarer Rede darf man nicht erbleichen,
denn die von Zorneswort geriss'ne Wunde,
die blutet lang und Hass macht neu die Runde,
wo sollten Freunde sich die Hände reichen.

In seiner Wesensart sich umzuwandeln,
kann nur, wer macht in Demut sich zum Knappen
und ist entschlossen, liebevoll zu handeln.

Die »Rache!« schrei'n, die sollt' man tunlichst schnappen,
anstatt mit ihnen sorglos anzubandeln,
besiegen mutig feige Jammerlappen.

Die Klugen selbst in Not seh'n Hoffnungszeichen, wo Trottel kampflos sich dem Schicksal fügen.« Pala murmelte pausenlos neue Spielarten des Gedichts von Zittos Schreibtisch, während sie zwischen dampfenden Kochtöpfen und brutzelnden Pfannen auf die nächste Schüssel oder Servierplatte wartete. Verführerische Gerüche stiegen ihr in die Nase, aber es war unerträglich schwül. Wenigstens hatte sie sich säubern und notdürftig ihr Kleid ausbessern dürfen, weil ihr ursprünglicher Anblick von den vielbeinigen Kochgehilfen als Anschlag auf des Schlossherrn Appetit aufgefasst worden war. In Küchen Schaben kochen zu lassen, schien ihn dagegen nicht zu stören.

Nein, sie würde sich nicht unterkriegen lassen. Erst um Mitternacht sollte Zittos Wahl zum Stadtoberhaupt besiegelt werden. Wie spät es wohl war? Mehrere Male hatte sie leise das Geläut des Kampanile vernommen, aber im Klappern und Klirren der Küche die Schläge nicht zählen können.

»*Die Klugen selbst in Not seh'n Hoffnungszeichen*, wenn Zaudernde in ihrer Furcht erschlaffen.« Auch diese Version gefiel ihr nicht schlecht.

»Hör endlich mit dem Gebrabbel auf!«, fuhr sie ein fettbespritzter Jambus an. Er war in der Küche die Chef-Schabe. Von den anderen Jamben unterschied er sich durch eine hohe weiße Kochmütze und eine fleckige Schürze, anstelle von Mordwerkzeugen hingen solche zum Kochen an seinem Gurt. Er und die Servier-Schaben sahen in dem Mädchen eine Nebenbuhlerin und behandelten es dementsprechend feindselig. Ihre Reizbarkeit mochte durch die besonderen Umstände dieses Abends zusätzlich aufgeheizt worden sein. Sie mussten schuften wie noch nie in ihrem Leben. Diese Nacht sei einzigartig, hatte Zitto schon vor Tagen angekündigt, und deshalb müsse auch die Menüfolge alles bisher Dagewesene in den Schatten stellen.

Im Gegensatz zu den Schaben, die ja von Natur aus nicht schwitzen konnten, lief Pala der Schweiß in Strömen über den Körper, wenn sie aus der Bruthitze der Küche mit dampfenden Schüsseln und Terrinen, Schalen und Tellern in die riesige Esshalle taumelte. Zitto begann sein Nachtmahl mit einer Fischsuppe. Die Grundlage hierfür bildeten Stichelinge, die er aus kleinen boshaften Bemerkungen erschuf. Die leicht bittere Würze stammte von einem Kraut mit dem bedeutungsvollen Namen Lästermäulchen. Von einem Fladenbrot brach der Schlossherr immer wieder Krumen ab und ließ sie in die sämige Flüssigkeit fallen, um sie hiernach voll gesogen herauszulöffeln. Er benahm sich gerade so, als müsse er sich mit dieser kargen Kost begnügen, dabei war die Suppe nur der Auftakt zu einem beispiellosen Einmanngelage.

Herzen von Tauben, angerichtet auf einem Kräuterbett aus Lippenblüten, bildeten den zweiten Gang. Hiernach servierte Pala das Gehirn eines Brüllaffen, als Gefäß diente der Kopf desselben. Es folgten die im Ofen gebackenen Tatzen eines Brummbären. Zitto knabberte nur ein wenig daran herum, wohl weil es ihn bereits nach den Zungen gelüstete. Sie waren gekocht, rot und sahen aus, als hätten sie vor kurzem noch im Mund eines Menschen gesteckt. Beim Anblick des auf einer Silberplatte ausgelegten Zungenkreises drehte sich Pala fast der Magen um. Als Beilage gab es ein Püree aus Kichererbsen.

Die Menüfolge sah als Nächstes Geflügel vor. Eigentlich hätte es Nimmersatt geben sollen, aber ein solcher war nicht aufzutreiben gewesen. Er habe als Ersatz Lachmöwe vorgeschlagen, gefüllt mit einem Mark aus Ohrenkneifern, erzählte der Koch seinem Gehilfen, aber Zitto war dieser alberne Vogel nicht würdevoll genug erschienen, nicht an diesem Abend. Man einigte sich schließlich auf einen Klapperstorch. Und nun wartete Pala auf das nächste ekelhafte Gericht.

»Nimm endlich die Silberplatte mit dem Braten und trage sie Seiner Hoheit auf«, herrschte sie die Küchen-Schabe an.

Argwöhnisch musterte Pala das braun gebratene Wesen auf dem großen ovalen Teller. »Was ist das?«

»Spannörgel.«

»Spann- *was?«*

Ein gefährlicher Zirplaut entwich dem Zangenmaul des Kochs. »Du musst Seine Hoheit, den Meister, verhext haben. Wie sonst konnte er sich ein so dummes Kind zum Mundschenk erwählen?« Er deutete auf den Braten. »Das da ist kein Örgel und hat auch nichts mit *Spannen* zu tun. Es handelt sich um Seiner Hoheit Lieblingsspeise: junges, zartes *Nörgel.«*

»Igitt!«

»Kein Wort mehr! Trage endlich den Braten auf.«

Mit spitzen Fingern nahm Pala die Silberplatte und bugsierte sie zwischen den Kochstellen hindurch zur Tür des Speisesaales. Mehrere Jamben sahen ihr dabei zu und hofften inständig, sie möge samt Bratnörgel der Länge nach hinschlagen. Doch von zu Hause war sie Küchenarbeit gewohnt und meisterte die Herausforderung glänzend. Mit dem Fuß stieß sie eine Pendeltür auf und betrat einmal mehr an diesem Abend die Esshalle.

Der riesige Raum befand sich im obersten Stockwerk eines jener Gebäude, durch deren bunte Glasfenster die Lichter Silencias schimmerten und durch die noch dazu, sich langsam steigernd, ein unerklärliches Gelärme drang. Unter der Decke hingen an schwarzen Ketten ein großer leerer Eisenkäfig sowie drei Kronleuchter, stattlichen Wagenrädern gleich, auf deren Felgen Kerzen flackerten und für ein launisches Zwielicht sorgten. Die Wände schmückten golddurchwirkte, bunte Banner mit allerlei Schriftzeichen. Im Übrigen war der Raum auffallend kahl, obschon die bisweilen recht farbigen Buchdeckel und -rücken der

Saaldecke, dem Boden und den Wänden durchaus eine gewisse Fröhlichkeit verliehen. Das beherrschende Element des Saales bildete eine lange Tafel. Mehrere Jamben mit blau-goldenen Bauchbinden standen in gebührendem Abstand diesseits und jenseits des Tisches, bewegungslos wie Ritterrüstungen, allzeit bereit für Handreichungen jeglicher Art. Eine größere Anzahl hoher Lehnstühle reihte sich unbesetzt um die schwarzbraune Tafel. An deren Kopfende saß, gedankenvoll in den Text eines neben ihm liegenden Pergaments vertieft, Zitto.

Während Pala die nicht unerhebliche Entfernung zwischen Tür und Schlossherrn überwand, bewegten sie tief schürfende Fragen: Wie kann ein Mann aus Fleisch und Blut sich von Phantasiegeschöpfen ernähren? Ist dieses Fressgelage womöglich nur eine Täuschung? Wie sonst vermag er solche Unmengen zu verdrücken?

»Ah!«, machte Zitto, als ihn der Duft des nahenden Bratens aus der Versenkung riss. »Der Höhepunkt des Diners: das Spannörgel.«

»Ihr solltet Euch schämen, diese klugen Geschöpfe einfach aufzuessen.«

Zitto stieß einen gackernden Laut aus. »Nörgels? Klug? Diese kleinen Äffchen können doch nichts als mäkeln. Hat Sie je eines kennen gelernt?«

»Ich kenne Nuschels, und die sind sehr liebenswerte Wesen. Schon erstaunlich, wie ein Kotzbrocken Euresgleichen solche putzigen Geschöpfe hervorbringen konnte.«

»Was hat Sie da gesagt?«

»Ich leide noch an den Spätfolgen meiner Boboros-Durchquerung.«

»Ach so, na dann wollen Wir ein Auge zudrücken. Schon beachtlich, welche Prüfungen Sie da gemeistert hat! Komme Sie und setze sich zu Uns, damit wir ein wenig plaudern können.«

»Es gibt noch zwei Nachspeisen: süße Rüben und danach Schwätzerkäse. Ich will mir nicht vorwerfen lassen, meinen Teil der Abmachung gebrochen zu haben.«

»Also gut«, willigte Zitto mürrisch ein und wedelte ungeduldig mit der Hand, »den Käse kann der Koch behalten, aber bringe Sie uns geschwind das Dessert. Und dann nehme Sie endlich Platz.« Schon wanderte sein Blick wieder zu dem Blatt mit dem abgegriffenen Rand hin, das oberhalb seines Tellers lag. Es musste sich um das Gedicht vom Schreibtisch handeln, dem Zitto so liebevoll verhaftet war.

Pala verließ eilig den Saal. Erst jetzt bemerkte sie das Schild über der Tür, die ins dampfende Reich der Töpfe und Pfannen führte.

Gerüchteküche

Während sie noch darüber nachdachte, ob der Schriftzug nun ein Schreibfehler, ein bissiger Scherz oder ein tiefsinniger Hinweis war, überschüttete sie die Chef-Schabe mit einer neuerlichen Standpauke. Im Wesentlichen ging es dabei um den durcheinander geratenen Zeitplan; Pala hörte kaum zu. Dieweil der beschürzte Jambus das Dessert in eine große Silberschüssel füllte und eine klare, schnell erstarrende Flüssigkeit darüber schüttete, drang wieder das ferne Lärmen an Palas Ohr. Es klang wie der Laut vieler aufgeregter Stimmen. Vielleicht ließ man in Silencia gerade den neuen Stadtvater hochleben.

»So«, freute sich die Chef-Schabe. »Und nun das i-Tüpfelchen meiner auserlesenen Speisenfolge: Munkelrübchen, einhundert Jahre in Rum gereift und mit einer zartbitteren Glasur aus Krokodilstränen überzogen. Was für ein Gaumenkitzel!«

Pala griff sich die Schüssel und lief zur Tür.

»Wenn du stolperst, zwicke ich dir den Hals durch«, rief

die Chef-Schabe ihr nach. »Und komme gleich zurück. Ich richte derweil die Platte mit dem Schwätzerkäse her.«

»Den Käse kannst du behalten«, erwiderte Pala, ohne sich noch einmal umzudrehen. Beladen mit den glasierten Munkelrübchen kehrte sie in den Speisesaal zurück. Zitto hatte sich derweil das Spannörgel bis auf eine letzte Keule einverleibt. Er wies Pala einen Platz zu seiner Linken an. Wie aus dem Nichts erschien ein Bauchbindenjambus und schob ihr einen der hochlehnigen Stühle unters Gesäß.

»Ihr scheint eine Vorliebe für allerlei Krabbelzeug zu haben«, sagte Pala, während der Page wieder unauffällig in die dämmrige Tiefe des Raumes entschwand.

Der Schlossherr wischte sich die fettigen Finger am Mantel ab und schmatzte: »Das mag wohl wahr sein. Beinahe drei von vier Tieren auf der Welt gehören den Gliederfüßern an. Die Menschen mögen sie abstoßend finden, doch ihre stille Übermacht hat Uns schon immer fasziniert.« Zitto deutete einladend auf die knochenübersäte Silberplatte. »Spannörgel gefällig?«

»Nein, danke. Mir ist der Appetit vergangen.«

Er riss dem Nörgel das Bein aus und versenkte seine Zähne darin. Malmend fragte er: »Wie wäre es mit pflanzlicher Kost, ein wenig Brot vielleicht? Es ist aus bestem Buchweizenmehl hergestellt.«

Argwöhnisch betrachtete Pala die braunen Fladen in dem geflochtenen Weidenkorb. *»Buch*weizen?«

»Aber ja doch! Man braucht nur einige zermahlene Bücher, die keiner mehr lesen wollte, und …«

»Ihr wollt wohl sagen, die Ihr den Menschen abspenstig gemacht habt. Nein, danke.«

»Dann nehme Sie wenigstens etwas von den jungen Rüben.«

Pala vernahm ein Rumoren. War das ihr knurrender Magen oder kam es von draußen? Sie lehnte ab. »Gibt es hier auch richtiges Wasser?«

Zitto deutete unwirsch auf einen silbernen Krug, neben dem mehrere Becher standen. »Da! Bediene Sie sich.«

Während Pala sich noch von dem klaren Nass einschenkte, kam plötzlich der Hauptjambus in den Saal gelaufen. Er blieb vor Zitto stehen, verneigte sich mit hörbarem Knirschen und sagte: »Hoheit, die Burg wird angegriffen!«

Zitto bohrte sich mit dem Nagel des kleinen Fingers in einer Zahnlücke herum, schnipste ein Stück Nörgel hinweg und erwiderte gelassen: »Das hat aber lange gedauert.«

Pala und der Jambus sahen den Herrn der Zitadelle verständnislos an. Der deutete lächelnd auf das Mädchen und erklärte seinem Leibgardisten: »Dieses Kind hier hat den Bann gebrochen, der über dem Weg zur Festung lag. Die Wortklauber sind ihr gefolgt und nun zetern und wüten sie, weil sie Uns gerne das Herz aus dem Leibe reißen würden, obwohl es da doch längst keines mehr gibt. Das soll Ihn aber nicht beunruhigen, Jambus. Sobald die Klauber den Burggraben überqueren, werden sie flügellahm. Also lasse Er sie ruhig schreien da draußen.«

»Aber da ist noch jemand anderes bei ihnen, Hoheit, ein junger Mann.«

Pala horchte auf. *Giuseppe!* Der Gedanke an ihren Freund ließ ihr Herz höher schlagen.

»Er meint, ein leibhaftiger Mensch?« Zittos Blick wanderte kurz zu dem Mädchen hin, kehrte aber gleich wieder zum Hauptjambus zurück. »Wie auch immer, der Gute wird wohl nicht fliegen können. Nötigenfalls lasse Er ein wenig siedendes Öl über die Rebellen ausschütten, alles andere wird sich dann bald von selbst erledigen. Und nun eile Er aufs Dach und erteile die entsprechenden Anweisungen. Alsdann kehre Er hurtig zurück, vielleicht brauchen Wir Ihn noch.«

Der Jambus verbeugte sich noch einmal und lief rasch in Richtung Ausgang. »Aber gebe Er mir Acht, damit sich das Öl nicht entzünde!«, rief ihm Zitto hinterher. Dann war die Schabe verschwunden.

»Siedendes Öl?«, keuchte Pala und funkelte Zitto zornig an. »Das ist ja wie im Mittelalter. Ihr dürft das nicht tun!«

»Wir sind der notariell beurkundete Eigentümer dieser Burg und die anderen versuchen sie zu stürmen. Ist es nicht recht und billig, Uns zu verteidigen, wie wir es schon immer getan haben?«

»Schon immer?«

Zitto nickte. »Bereits seit hunderten von Jahren – mit wechselndem Erfolg, wie Wir eingestehen müssen.«

Pala glaubte, sich verhört zu haben. »Ihr redet von Eurer Familie. Sie hat die Burg über Generationen hinweg verteidigt.«

»Wir sprechen von Uns. Wir sind der rechtmäßige Erbe dieses Besitzes. Viel zu lang mussten Wir uns wie lichtscheues Gesindel in den Gängen unter dem Turm verbergen, zeitweilig sogar in ferne Lande fliehen. Schlussendlich haben Wir uns zurückerobert, was schon immer Unser war.«

Ungläubig schüttelte Pala den Kopf. Zitto sah zwar ziemlich alt aus, aber nicht wie einer, der schon mehrere Jahrhunderte auf dem Buckel hatte. »Ihr macht Euch über mich lustig.«

Zittos eisige Augen erforschten einen Moment ihr trotziges Gesicht. Dann lächelte er geheimnisvoll. »Wir denken, es wird Zeit, Ihr einige Erklärungen zu geben. Bringe Sie das Geschirr in die Küche, dann wollen wir reden.«

Mit klammen Gliedern schob Pala den Stuhl nach hinten, griff sich die Servierplatte mit dem Nörgelskelett, stapelte das übrige Essgeschirr obenauf und balancierte das wacklige Gebilde in Richtung Küche. Als sie die Pendeltür erreichte, geriet der Turm aus dem Gleichgewicht. Scheppernd fiel das Silber samt Speiseresten zu Boden. Nur die Platte verblieb in ihrer Hand, mit der Unterseite nach oben. Verwundert las Pala die Zeilen des Gedichts, die in den Boden des Tabletts eingraviert waren.

Die Klugen selbst in Not seh'n Hoffnungszeichen.
Den Waffenstillstand nehmen sie zum Grunde,
zu reden Engelsworte mit dem Munde,
um selbst die harten Herzen zu erweichen.

Vor klarer Rede darf man nicht erbleichen,
denn die von Zorneswort geriss'ne Wunde,
die blutet lang, und Hass macht neu die Runde,
wo sollten Freunde sich die Hände reichen.

In seiner Wesensart sich umzuwandeln,
kann nur, wer macht in Demut sich zum Knappen
und ist entschlossen, liebevoll zu handeln.

Die »Rache!« schrei'n, die sollt' man tunlichst schnappen,
anstatt mit ihnen sorglos anzubandeln,
besiegen mutig feige Jammerlappen.

»Nummer dreizehn!«, flüsterte sie. Im nächsten Moment riss ihr jemand das Tablett aus der Hand.

»Was glotzt du die Platte an, anstatt die Knochen vom Boden zu klauben?«, fuhr sie die Küchen-Schabe an. Aus dem Hintergrund ertönte fröhliches Gelächter.

Pala blinzelte den schäbigen Koch benommen an, als sei sie gerade aus einem bösen Traum erwacht, der nur Bestandteil eines anderen Albtraums war.

»Lass Er sie in Frieden«, rief Zitto von der Tafel her, noch ehe das Spießrutenlaufen richtig begonnen hatte.

Unwirsch ließ die Chef-Schabe von dem Mädchen ab. Mit barschen Gesten rief sie andere Jamben herbei, die sich maulend an die Aufräumarbeiten machten. Die Tür wurde geschlossen.

Pala kehrte zum Tisch zurück. Das Servierplattengedicht war gerade zur rechten Zeit gekommen. Es flößte ihr neuen Mut ein. Giuseppe stand mit einem Heer von Wortklaubern vor der Tür. Noch war nichts verloren.

Zitto lehnte satt in seinem Thron. Als Pala wieder zu seiner Linken saß, sagte er: »Es lüstet Sie nach Wahrheiten, ist es nicht so?«

»Ihr habt mir Antworten versprochen, Zitto. Warum besitze ausgerechnet ich ein Geburtsgedicht, das aus Eurer Feder stammt? Was habe ich mit Euren Plänen zu schaffen?«

Zitto lächelte großmütig. »Die meisten Fragen, die Sie bewegen, hat Sie sich längst selbst beantwortet, sonst wäre Sie nicht so weit gekommen.«

»Wovon redet Ihr überhaupt?«

»Ist Sie etwa nicht auf der Suche nach sich selbst?«

Pala starrte Zitto entgeistert an. Es kam ihr mit einem Mal so vor, als könnten seine blauen Gletschereisaugen bis auf den Grund ihrer Seele blicken. »Woher … Ich meine … Bis jetzt habe ich mir diese Frage so noch nie gestellt.«

»Und dennoch hat Sie durch die Lösung der sieben Rätsel Ihr Ziel fast erreicht.«

Pala blinzelte verwirrt, suchte lange nach Worten, bis sie endlich die passenden gefunden zu haben glaubte. »Kennt Ihr meine Eltern?«

»Ihre leiblichen Eltern, meint Sie?« Zitto nickte gedankenvoll. »Eine interessante Frage, auf die zu antworten gar nicht so leicht ist. Ein Ja wäre ebenso ungenau wie ein Nein.«

Pala schlug mit den Handflächen auf den Tisch. »Ihr bringt mich noch zur Weißglut! Könnt Ihr nicht einfach sagen, wer meine wirklichen Eltern sind?«

»Ruhig Blut, kleines Mädchen. Der Zeitpunkt ist nun gekommen, Sie ein wenig näher an die Antwort heranzuführen. Hat Sie je das Sprichwort gehört: ›Reden ist Silber, Schweigen ist Gold‹?«

Pala nickte ahnungsvoll. Zittos verschlagenes Grinsen gefiel ihr nicht.

»Zu allen Zeiten«, sagte der, »hat es die Menschen mehr zum Gold hingezogen als zum Silber. Selbst Wir, das müssen Wir wohl eingestehen, sind dieser Schwäche einst erlegen ...«

»Und deshalb wollt Ihr das ›Gold‹ Silencias, sein *Schweigen*«, hauchte Pala.

Zitto lachte. »Silencia ist überall! Nun, nicht jeder Ort ist so verschlafen, aber im Grunde sind die Menschen auf der ganzen Welt gleich. Abgesehen von einer klitzekleinen Winzigkeit.« Die Augen des Schlossherrn wurden zu schmalen Schlitzen und seine Stimme zu einem giftigen Zischen. »*Hier* haben sie Uns verhöhnt und von *hier* fortgejagt. Und deshalb werden Wir *hier* auch unsere Genugtuung einfordern.« Unvermittelt entspannte sich Zittos Miene wieder und wich einem selbstgefälligen Lächeln. »Gleichwohl, Wir haben Unsere Vertreibung sinnvoll genutzt und unsere Rückkehr von langer Hand vorbereitet. Manch güldenes Kleinod haben Wir auf unserer Wanderschaft durch die Welt erworben. Unsere Zitadelle hier spricht davon – wie sagt man doch so schön? – *Bände*. Doch alle Kenntnis, aller Reichtum, alle Macht, die Wir Uns erwarben, gilt am Ende doch, wie Sie ganz richtig sagt, dem Gold Silencias, seinem Schweigen.«

»Ihr seid wahnsinnig, Zitto! Irgendjemand muss Euch aufhalten.«

Der Schlossherr kicherte leise in sich hinein. Das unablässige Kreischen und Toben der Wortklauber vor seinen Mauern schien ihn nicht im Mindesten zu stören. »Da mag

Sie sogar Recht haben. Irrsinn und eine edle Gesinnung liegen oft dicht beieinander. Uns aufzuhalten wird allerdings kaum noch möglich sein.«

Pala ließ ihren Blick auf den Grund des Trinkbechers sinken, als könne sie dort eine rettende Botschaft finden. Ihre Gedanken wirbelten durcheinander wie Herbstlaub im Sturm. Das unablässige Krakeelen unter den Fenstern machte sie ganz wirr. Und nun meldete sich auch noch der redselige »Untermieter« in ihrem Kopf zurück.

Er hat »kaum noch möglich« gesagt, aber nicht »zu spät«, Pala. Der Kamerad führt etwas im Schilde, und zwar in Bälde.

Wie benommen sah sie von ihrem Wasserbecher auf, mitten in Zittos zwielichtiges Schmunzeln. So viel war klar: Was immer er zu tun beabsichtigte, es würde in dieser Nacht geschehen. Deshalb fürchtete er den Ansturm der Wortklauber nicht. Was hatte er doch gleich im Turmgemach gesagt? Mit dem letzten Glockenschlag des Kampanile sei die Zukunft seiner neuen Untertanen besiegelt? Das bedeutete … Die spöttische Stimme in Palas Kopf kam ihr zuvor: *Mutters Große hat heute wieder eine lange Leitung: Der Kerl wird sich Silencias Worte genau um Mitternacht schnappen, was den Namen der Stadt endgültig in einen Fluch verwandelt.*

»Wie spät ist es?«, fragte Pala. Ihre Stimme klang heiser. Mit zitternden Fingern hob sie den Wasserbecher an die Lippen.

»Sehr spät«, sagte Zitto und lächelte siegesgewiss.

»Schon nach Mitternacht?«

»Das spielt keine Rolle, kleines Mädchen.«

Hat der Uhrenturm schon zwölfmal geschlagen?, fragte die ungeduldige Stimme aus ihrem Innern. Pala konnte es nicht genau sagen. Vier hohe Glockenschläge und anschließend zwölf tiefe, das hätte ihr doch auffallen müssen. Sie musste jetzt schnell handeln und besonnen …

»Ihr wart nicht von Anfang an so ein Kotz-... Verzeihung! Ich meinte, früher müsst Ihr ein Mensch gewesen sein, der die Worte sehr geliebt hat. Und irgendwie – davon bin ich fest überzeugt – tut Ihr es immer noch.« Aus Palas Stimme war jede Heftigkeit gewichen, eine Enkeltochter hätte zu ihrem störrischen Großvater kaum nachsichtiger sprechen können. Und ihre milden Worte zeigten Wirkung. Die Häme wich aus Zittos Gesicht und er sah mit einem Mal wie ein anderer Mensch aus, traurig und verletzlich.

Sich auf die Brust tippend, sagte er mit überraschend sanfter Stimme: »Du hast Recht. Vor vielen Generationen war dieser Mann hier sogar der Beste seiner Zunft, bekannt als ›der große Romeo, der neue Worte redet‹. Seine hohe Kunst wurde weit über die Grenzen des Landes hinaus gerühmt und war allseits geliebt. Aber dann kam ein anderer, jüngerer, durchaus begabter, ja, angeblich sogar besserer Dichter. Er war Romeos eigener Schüler ...« Zittos Kinn sank ihm auf die Brust und es sah aus, als wolle er jeden Moment zu weinen anfangen.

Pala musste an die seltsame Ausdrucksweise Tozzos denken, der von sich selbst immer wie von einem anderen geredet hatte. Die Wortklauber waren Zittos Geschöpfe, der über sein früheres Ich nun ebenso wie über einen Fremden sprach. Welche furchtbaren Dinge musste dieser Mensch durchgemacht haben, um sich selbst so erbarmungslos zu verstoßen? Schon wollte Pala dem »großen Romeo, der neue Worte redet« mit einem eigenen kleinen Trostwort die Sprache zurückgeben, als dessen Kopf jäh hochfuhr.

Zittos Gesicht war von Zorn gerötet, Adern quollen an seinen Schläfen. »Der Grünschnabel hat den großen Romeo bestohlen!«, fauchte er. »Aber mit dem König der Dichter kann man so etwas nicht machen. Es war eine höchst unkluge Herausforderung, die nach einer Antwort schrie: Auge um Auge, Wort um Wort – der Betrug musste gerächt werden!«

Pala verfolgte das Wechselspiel im Gebaren des Schlossherrn mit zunehmender Sorge. Wo Nonno Gaspare in all seiner Wandlungsfähigkeit stets der Erzähler geblieben war, veränderte Zitto scheinbar ständig sein ganzes Wesen. Jetzt wurde er wieder ruhig, seine Linke lag bewegungslos auf dem Pergament, die Rechte hob sich, Zeigefinger voran, in die Höhe und seine Stimme klang unheilschwanger.

»Noch besaß Romeo ja das Vertrauen dieses neuen Sterns am Dichterhimmel und konnte gegen ihn hübsche Ränke schmieden. Die passende Gelegenheit ließ auch nicht lange auf sich warten. Der Dichterknappe stürzte eines Morgens ungestüm in das Arbeitszimmer seines Meisters, in der Hand sein allerneuestes Manuskript.« Zitto seufzte. »Es war wunderbar. Göttlich! Aber Romeo machte ihm den Text madig –«, nun kicherte er wie irre, »weil er ihn für sich selbst verwenden wollte. Es handelte sich um ein Theaterstück. Der Plan gelang. Nach der Uraufführung war Romeo wieder der größte aller Dichter, hatte sich zurückgeholt, was ihm gehörte – aber nur für eine Nacht.«

Pala konnte sich den Rest schon denken. »Der Schwindel ist aufgeflogen.«

Zitto nickte grimmig. »Alsbald hat der Landesfürst den Grafen Romeo all seiner Privilegien beraubt und ihn von seiner Burg gejagt. Es war die Feste von Silencia. Während die Zitadelle allmählich verfiel, folgte eine Generation auf die nächste. Romeos Söhne, Enkel und Urenkel besaßen die gleiche Begabung wie er, aber sie kämpften sich mehr schlecht als recht durchs Leben. Nicht wenige übrigens wurden Geschichtenerzähler und begnügten sich mit einem Abglanz von Romeos einstigem Ruhm. Sogar dadurch erlangten manche noch Reichtum und wurden angesehene Wohltäter der Stadt.«

»Sie bauten Universitäten, Schulen, Krankenhäuser ...« In Palas Kopf entstand ein neuer Gedanke, mit dem sie noch nicht recht umzugehen wusste.

»Und Friedhöfe«, fügte Zitto ihrer Aufzählung hinzu.

»Was wurde aus Romeo?«

»Sein Motto lautete schon immer: alles oder nichts. Er wollte sich nie und nimmer geschlagen geben. Noch einmal nahm er all seine Kraft zusammen und schmiedete, gleichsam aus seinem Herzen, Worte, wie man sie niemals zuvor gehört hatte. Es war ein einzigartiger Zyklus aus vierzehn Sonetten, deren Glanzstück ein fünfzehntes bildete: das Meister-Sonett. Unter den edlen aller Gedichte war dieser Reigen die Königin, wunderschön, voller Anmut und Grazie, von einer beispiellosen Harmonie erfüllt, deren Zauber unweigerlich verblasst, sobald man auch nur eine Silbe, ja, einen einzigen Buchstaben zu verändern sucht. Nicht von ungefähr nannte Romeo sein Werk *Gewogene Worte*. Diese wollte er den Menschen zum Geschenk machen – zugegeben, auch um die Wiederherstellung seines Ruhms ging es ihm. Aber so vollkommen die Schönheit seiner *Gewogenen Worte* auch war, niemand wollte auch nur eine Zeile davon lesen, geschweige denn drucken.«

»Weil die Lüge die Menschen erschreckt hatte.«

Zittos schmachtender Blick wanderte einmal mehr zu dem Blatt auf dem Tisch hin. »Schon die *eine* Lüge war zu viel«, gab er leise zu.

Pala betrachtete nachdenklich das Pergament, dessen Zeilen sie von ihrem Platz aus nicht lesen konnte. Es musste das Meister-Sonett sein. In ihm schlug Romeos Herz, das ihm, wie er zuvor angedeutet hatte, auf irgendeine Weise abhanden gekommen war. Doch warum stellte es die Krönung des ganzen Reigens dar? Pala hätte sich ohrfeigen können, Giuseppe nicht gründlicher zum Wesen des Sonettenkranzes ausgefragt zu haben.

Zitto verwandelte sich gerade in einen Feuer speienden Drachen und fauchte: »Was hierauf folgte, hatten sich Romeos Gegner ganz allein selbst zuzuschreiben. Als er aus seiner Burg floh, nahm er ein Buch mit, das erst kurz vorher bei Erweiterungsarbeiten hinter einer Mauer entdeckt worden war. Das Werk hieß *Die Macht der Worte* ...«

»Das geheime Wissen des Unaussprechlichen!«, keuchte Pala, sich noch lebhaft an Giuseppes Erzählung erinnernd. »Worte bedeuten Macht«, hatte er gesagt und damit, wohl ohne es zu wissen, den Titel des unseligen Buches umschrieben. Ein Schauer jagte ihr über den Rücken.

In diesem Moment ertönte ein lautes Klirren. Glassplitter flogen in den Saal, ein Stein polterte über den Boden und blieb am entgegengesetzten Ende der Tafel liegen. Menschen wie Jamben blickten erschrocken zum Fenster hin, aus dem nun noch lauter der Krawall des im Burghof rebellierenden Wortklaubervolkes drang. Jemand da unten schien ein guter Steinewerfer zu sein.

Ein Windstoß fegte durch die Halle und löschte den größten Teil der Kerzen aus. Das verbliebene Schummerlicht ließ Zittos Gesicht grau erscheinen, tief zerklüftet, unheimlich. Er nahm die Kriegserklärung seiner aufbegehrenden Schergen überraschend gelassen hin. Mit knapper Geste bedeutete er den Bauchbinden-Schaben für Ordnung zu sorgen. Während zwei von ihnen das Loch im Fenster mit Buchdeckeln notdürftig verschlossen, wandte er sich, geheimnisvoll lächelnd, wieder dem Mädchen zu.

»Wo waren Wir stehen geblieben? – Ach ja, der Unaussprechliche. Sie kennt also die alten Überlieferungen. Nun, dann weiß Sie ja auch, weshalb man es versteckt hatte: Weil es ein gefährliches Wissen enthielt und ein Fluch auf ihm lastete.«

»Ihr hättet es ins Feuer werfen sollen.«

»Und auf den süßen Rausch der Rache verzichten?

Nein!«, röhrte der Schlossherr und schien sich abermals zu verwandeln. »*Nein!* Romeo war der rechtmäßige König der Dichter, und die sind, wie das Sprichwort weiß, unsterblich. Deshalb hat er sich mit geheimen Künsten genommen, was ihm zustand ...«

»Unsterblichkeit?«

»Eine jämmerliche Form des ewigen Lebens, wie Wir längst erfahren mussten. Aber nun stehen Wir unmittelbar vor unserem größten und allerglorreichsten Sieg. *Die Macht der Worte* hat uns dazu verholfen. Wir wollen gar nicht davon sprechen, was für ein verzwicktes Regelwerk das ist! Immerhin konnten Wir den Menschen damit Worte, Sätze und sogar ganze Geschichten abluchsen – so etwas gehört zu dem Schwierigsten überhaupt, eine echte Meisterleistung! Sie geben ihre Worte nämlich nur her, wenn diese ihnen nichts mehr sagen. Man muss ihnen schon einen Ersatz anbieten, den sie für begehrenswert halten. Dann allerdings sind sie sogar zu einem Pakt mit dem Teufel bereit.« Zitto grinste. »Wir haben es zwischenzeitlich in derlei Geschäftsverhandlungen zur Vollkommenheit gebracht. Es ist schon erstaunlich, wie viele Menschen bereit sind, ihre kostbarsten Schätze für wertlosen Plunder herauszurücken.«

Pala musste an die außergewöhnlichen Titel auf den »Mauersteinen« der Zitadelle denken. »Aber die vielen Bücher in dieser Burg – sie stammen doch von Menschen, die selbst Meister der Sprache waren. Wie konntet Ihr ...?«

»Dichter!«, zischte Zitto, als wolle er Galle versprühen. »Sie sind Unsere erbittertsten Feinde. Einer von ihnen wollte Romeo in den Abgrund der Belanglosigkeit stoßen. Für die Sprachgewaltigen – die Dichter, Denker, Fabulierer – bleibt kein Wort ohne Bedeutung, sondern jedem geben sie im Gegenteil viele neue, wodurch man ihnen kaum eine Silbe entreißen kann. Aber mithilfe der Wortklauber gelang

Uns auch dieses Kunststück hier und da. Es reichte immerhin für diese hübsche Burg.« Eine raumgreifende Geste, ein mageres Lächeln, dann folgte eine trübsinnige Miene. »Leider sind dadurch oft andere Geschichten entstanden, die noch besser als die ersten wurden.«

»Ihr verdankt eure fragwürdigen Künste einer Geheimfibel, na schön. Aber worin liegt die eigentliche Macht, die den Menschen ihre Worte nimmt?«

»Natürlich in den Worten selbst«, gab Zitto erstaunlich offenherzig zu und lachte. »Das Geheimnis liegt in dem Sonettenkranz.«

»In einem Gedicht? Wie soll das gehen?«

»Der Kranz besteht aus einem ganzen Reigen von Gedichten, kleines Mädchen, einer Krone mit vierzehn Zacken und einem glänzenden Juwel, dem Meister-Sonett.«

»Und damit kann man Worte klauen?«

»Wir bevorzugen den Begriff ›erwerben‹. Doch um auf Ihre Frage einzugehen: Nicht der Sonettenkranz an sich weckt irgendwelche Kräfte, sondern die Art und Weise, wie er ins Dasein kam. *Die Macht der Worte* ist in diesem Punkt sehr kleinlich. In dem Werk heißt es, nur jener könne ›die Macht der Worte entfalten, der seine ganze Seele in ein kunstvoll gewebtes Wortgespinst lege und dieses der Menschheit gebe, ohne es zu verschenken, und es am Ende doch unbemerkt zurückgewönne‹.«

»Mir wird langsam klar, warum diese kotzbrockige Schwarte so ein – wie habt Ihr doch gleich gesagt? – verzwicktes Regelwerk ist.«

Zitto schnappte hörbar nach Luft. »Wir verdanken Unsere Macht keiner *Schwarte*, wie immer sie auch geartet sein mag.«

»Was beklagt Ihr Euch über meine Sprache! Ihr selbst habt ihn doch erschaffen, diesen stinkend modrigen …«

»Wortsumpf – ja, ja. Wie dem auch sei, das Geben ohne

Schenken ist im Grunde ganz einfach zu verstehen: Es handelt sich um ein Leihen.«

»Was Ihr nicht sagt!«

»Doch. Jede Generation, heißt es in der Marginalie …«

»Der was?«

»Der Randbemerkung zur Formel. Sie besagt, jede Generation müsse einen Teil des Wortgespinsts – also des Sonettenkranzes – erhalten, aber erst wenn das *gesamte* Meister-Sonett in den Händen der Menschen liegt, sie es aber nicht einmal bemerken, kann es der Anwärter auf die unumschränkte Macht der Worte wieder zurückrufen.«

»Und dann werden dem Meister-Sonett auch alle anderen Worte folgen.« Nachdem sie sich erst der Sage vom Unaussprechlichen entsonnen hatte, stand ihr die Katastrophe glasklar vor Augen. In Giuseppes Erzählung war nämlich auch von einem Gedicht oder Lied die Rede gewesen. Der Überlieferung nach könne sein Besitzer die Worte lenken. Alles fügte sich.

Zitto grinste diebisch. »Sie ist ein kluges kleines Mädchen!«

»Und Ihr seid ein Scheusal. Das dürft Ihr nicht tun!«

»O Kind, will Sie schon wieder mit diesem unsäglichen Streit anfangen?«

»Aber die Menschen *haben* Euren Sonettenkranz doch geschätzt, wenn er sogar Häuserwände, Brücken und andere Bauwerke zierte.«

»Auf jedes einzelne der Sonette mag dies zutreffen, aber nicht auf den ganzen Reigen. Wir haben sie an Unsere Nachkommen vererbt. Der Erstgeborene jeder Generation bekam eines: Es begann mit dem vierzehnten, dem letzten Gedicht, dann folgten alle vorhergehenden, bis zu dem Auftakt der *Gewogenen Worte* ganz am Schluss …«

»Genau umgedreht – wie bei der Käferspinne«, murmelte Pala.

»Jeder Erbe«, fuhr Zitto unbeirrt fort, »durfte frei über sein Sonett verfügen. Wie es *Die Macht der Worte* verlangt, wurde nach und nach der ganze Reigen kundgemacht. Dennoch hat keine Generation die *Summe* Unseres prächtigen Werkes erkannt.«

»Kein Wunder, wenn Ihr sie auf die Böden von Euren Silbertabletts schreibt oder auf Brücken, die nur in Eurem Garten stehen.«

»Das sind nur Kopien Unserer auserlesenen Verse, wie es derer viele in Zittonien gibt. Selbstverständlich haben Wir das Regelwerk des Geheimbuches strengstens befolgt. Manche Gedichte waren häufiger und andere weniger oft zu sehen, aber keines blieb gänzlich verborgen.«

Palas Blick verirrte sich für einen Moment zu dem hohen runden Käfig, der unter der Decke hing. Ein ausgewachsener Mann hätte bequem darin Platz gefunden – zu welchem Zweck auch immer. Beklommen wandte sie sich wieder der selbstgefälligen Miene des Alten zu. Bis jetzt hatte er den Preis für seine Niederlage in kleinen Münzen ausgezahlt und trotzdem geschickt die entscheidenden Wahrheiten zurückgehalten. Fast kamen ihr seine Äußerungen wie ein neues Rätsel vor, womöglich das schwerste von allen, mit dem er ihre Fähigkeiten auf die Probe stellen wollte? Sie fühlte sich der Lösung so nah! In Gedanken wiederholte sie immer wieder den alten Sinnspruch, der, wie sie jetzt wusste, der Anfang von Zittos Sonettenkranz war. Irgendwann, ohne es zu merken, murmelte sie ihn sogar laut. »*Erst ganz zum Schluss ist, wer Geduld hat, schlauer.*«

»Wem sagt Sie das!«, seufzte Zitto und sah mit einem Mal wieder müde und verhärmt aus.

Anstatt den Graukopf zu hassen, empfand Pala Mitleid für ihn. Sein Diebesgut – das war ihm anzusehen – hatte ihn nicht glücklich gemacht, sondern ihn in jenes Zerrbild eines Dichterfürsten verwandelt, das er nun geworden war: boshaft, einsam, ruhelos.

»Warum?«, fragte sie unvermittelt, kein Vorwurf lag in ihrer Stimme, sondern nur ein unbändiges Verlangen nach der Wahrheit.

Zittos Augen begannen im Kerzenlicht auffällig zu glänzen. »Wir sehnen uns nach Stille«, sagte er leise und es klang unendlich müde.

»Das verstehe ich nicht. Weshalb habt Ihr den Menschen dann die Papperla-Papageien gegeben? Die plappern doch auf ihren Sitzstangen in einem fort.«

»Eben, kleines Mädchen. Eben! Sie war im *Haus des Schweigens*. Sie sollte wissen, was Wir mit den geschwätzigen Vögeln bezweckt haben.«

Pala nickte mit glasigem Blick. »Natürlich! Jetzt verstehe ich. Viele Menschen sitzen nur noch stumm da und hören dem leeren Gerede der Papperlas zu …«

»Wie ein Angler, der stundenlang im Trüben fischt«, sagte Zitto grinsend.

»Ab und zu sagen die Vögel auch etwas Kluges oder Schönes, Aufschluss- oder Lehrreiches, aber das ist nur Euer Köder, mit dem Ihr die Menschen bei der Stange haltet. In Wirklichkeit verlieren sie, ohne es zu merken, allmählich jedes Gefühl für die Schönheit der Sprache.«

»Wir zwingen sie nicht, zuzuhören.«

»Aber Ihr *verführt* sie, was ich viel niederträchtiger finde. Wer die Sprache nicht mehr schätzt, der wird sie wie alten Plunder rausrücken, sobald jemand den richtigen Preis dafür bietet. Darum geht es Euch doch, oder? Ihr habt durch die Papperlas das Feld Silencia für Eure Ernte bereitet: Die Menschen lesen nicht mehr, unterhalten sich nicht mehr, sogar das Denken fällt ihnen schwer …«

»Was auch gut so ist«, schnaubte Zitto. »Ob geschrieben, gesprochen oder gedacht – ihre plumpen Worte verhöhnen

Uns doch nur. Wir haben ihnen ein unvergleichliches Geschenk gemacht, aber diese Toren wollten es nicht. Sie sind blind für die Schönheit Unserer *Gewogenen Worte*. Stattdessen schwafeln sie und schwadronieren, schnattern und stammeln, schmeicheln und sabbeln, säuseln und sabbern, schweinigeln und ...«

»Sprechen?« Palas Stimme klang leise, doch Zitto verstummte sofort. »Ist es das, was Euch in Wahrheit stört? Die Gefahr, jemand anderes könne eines Tages kommen und mit seiner vollendeten Sprache Eure *Gewogenen Worte* in den Schatten stellen?«

»Unsinn!«, zischte Zitto auffallend schnell. »Die stinkenden sprachlichen Auswürfe der Menschen verschütten nur Unsere erhabene Kunst, nichts anderes. Schon seit Jahrhunderten quälen sie Uns damit. Erst wenn Wir ihnen das letzte Wort aus dem Munde geklaubt und daraus etwas Neues, Vollkommenes geschaffen haben, werden Wir Ruhe finden. Dann wird Unser Schlossgarten die einzige Wirklichkeit sein, die es noch gibt.«

Pala entsann sich der Einsamkeit, die sie bisweilen in Zittos Garten empfunden, aber auch all des Schönen, das sie darin gesehen hatte: der wunderbaren Pflanzen, des niedlichen Nuschels, selbst dem hässlichen Tozzo konnte man noch Gutes abgewinnen. Wenn Zitto durch Worte all das hatte erschaffen können, musste er früher ein sehr empfindsamer Mensch gewesen sein, und vielleicht war er es tief in seinem Innern ja immer noch. Deshalb konnte sie ihn nicht hassen. Möglicherweise lässt sich seine verschüttete Person ja wieder freilegen, dachte sie und blickte verstohlen zu dem Meister-Sonett hin. Einen Versuch war es jedenfalls wert.

Kämpferischen Tons sagte sie: »Nicht allein das Versmaß entscheidet über den Wert von Worten. Ein einfaches ›Ich liebe dich‹ kann mehr bewirken als das vollkommenste Gedicht. Und die Moral einer kurzen anrührenden Geschichte mag einen ganzen Sonettenkranz überstrahlen. Ich weiß, wovon ich rede, denn ich habe viele Stunden mit Gaspare Oratore verbracht, dem letzten großen Geschichtenerzähler Silencias. Ihr kennt die Macht seiner Worte, sonst hättet Ihr ihn nicht gefürchtet.«

»Deshalb und noch aus einem anderen Grund.«

Ihre Augenbrauen zogen sich zusammen. Was noch, außer der Wortgewalt Nonno Gaspares, konnte für Zitto eine Gefahr bedeutet haben? Wie aus dichten Nebelwolken glitt eine Erinnerung in ihr Bewusstsein, Worte, die Giuseppe kürzlich über die größte Schwäche des Unaussprechlichen gesprochen hatte. Palas Herz begann unvermittelt heftig zu schlagen, ihr Atem stockte. Zusammen mit Zittos Äußerung über dessen Erben ergab alles einen überraschend neuen Sinn … Als sie ihren bestürzenden Gedanken aussprach, klang ihre Stimme sehr leise, kaum hörbar.

»Ihr fühlt Euch von Gaspare bedroht, weil Ihr sein Urgroßvater seid.«

Zitto lächelte dünn. »Wir haben uns schon gefragt, wann Sie endlich darauf kommt. Nur Unser eigen Fleisch und Blut könnte Uns noch von dem zurückhalten, was Wir vorhaben. Da war so ein Wortschöpfer wie Gaspare Oratore natürlich eine ernst zu nehmende Gefahr.«

In Palas Kopf drehte sich alles, aber sie konnte unmöglich abschätzen, ob dies der bekannte Rätsellösungsschwindel oder einfach ein Aufschrei ihrer überspannten Nerven war. »Also habt Ihr einfach einen Schwarm von Wortklaubern auf ihn gehetzt, damit sie ihm die Sprache absaugen …« Sie stockte, blickte grimmig auf ihren Silberbecher und schüttelte mit einem Mal ihr Lockenhaupt. »Aber warum sind die Nachtschwärmer dann später noch einmal zu Nonno in die *Villa des Schweigens* zurückgekehrt, wo es für sie doch nichts mehr zu holen gab? Ja, weshalb habt Ihr überhaupt bis heute gewartet, Euren abscheulichen Plan in die Tat umzusetzen?«

Zitto kratzte sich am Hinterkopf und zögerte. Eisblaue Augen, die nur noch zwei schmale Schlitze waren, musterten das Mädchen. Als er endlich antwortete, klang es ausweichend; Palas erste Frage schien er schlichtweg überhört zu haben. »Weil die Welt, wie Wir befürchten mussten, noch nicht das vierzehnte Sonett gesehen hatte. Gaspares Erstgeborener war sein rechtmäßiger Erbe, aber er machte Schwierigkeiten, die …«

»Schwierigkeiten?«

»Ja. Eine Zeit lang haben Wir annehmen müssen, das letzte Sonett des Kranzes sei von ihm ungelesen verbrannt worden. Wir kehrten damals das Unterste zuoberst, um den Verbleib des verschollenen Gedichts zu klären. Es blieb unauffindbar. Einige Zeit später zahlten sich Unsere Mühen dann doch aus. Es wurde Uns versichert, das Sonett existiere noch. Nur leider erfuhren Wir weder, wo es war, noch wer es besaß. Zuletzt wäre Uns beinahe eine etwas zu lebhafte Lehrerin auf die Schliche gekommen.«

Palas Hände ballten sich zu Fäusten. »Dann hat Caterina Knüttelvers also im Keller ihrer Urgroßmutter tatsächlich herausgefunden, wie sich der Name unserer Stadt eines Tages in einen Fluch des ›Schweigens‹ verwandeln konnte.«

»Und zu allem Überfluss wollte sich diese Möchtegernpoetin auch noch erdreisten, ihrer Klasse die Form des Sonettenkranzes nahe zu bringen.«

»Ich kann mir das Sturmgeläut in Eurem Kopf lebhaft vorstellen. Und den anschließenden Wutanfall! Vermutlich haben die Wortklauber vor lauter Schreck erst von Caterina Knüttelvers gelassen, als sie völlig ausgesaugt war.«

Wieder lächelte Zitto dünn. »Wo gehobelt wird, da fallen Späne. Nichtsdestotrotz mussten Wir Uns weiter um das verschollene Sonett sorgen. Caterina Animato selbst schied als

Besitzerin des Sonetts aus und sie konnte Uns wegen des bedauerlichen Übereifers Unserer Klauber auch keinen Namen mehr nennen. Unser Plan stand auf Messers Schneide. Aber dann kam *Sie* Uns ins Haus spaziert. Wir sind auf Sie aufmerksam geworden, als Sie dem Treppenlabyrinth entkam. Nachdem Sie durch Lösung des zweiten Rätsels sogar Unser Schloss sichtbar gemacht hatte, war dann alles klar.«

Pala starrte ihn an. »Ihr meint das Je-näher-desto-ferner-Rätsel? Also ist das menschliche Vorurteil nicht die richtige Lösung?«

Zitto grinste. »Sagen wir, nicht die vollständige.«

Sie erinnerte sich: Wenn *ihr* richtiges Zuhause ganz woanders wäre, als sie vermutete, dann könnte sie sich ihm nähern und doch mit jedem Schritt ferner davon fühlen ... Pala war wie vom Donnerschlag gerührt, als ihr plötzlich die Folgen dieses Gedankengangs bewusst wurden. Die Gleichheit der letzten Zeile ihres Geburtsgedichtes mit der ersten am Türpfosten von Nonno Gaspares Haus war gar kein Zufall. »Ich bin *hier* zu Hause«, flüsterte sie fassungslos. »Auf der Burg.«

Zitto lächelte anerkennend. »*Erst ganz zum Schluss ist, wer Geduld hat, schlauer*. Genauso ist es, liebes Kind. Ist Ihr denn niemals Ihre erstaunliche Ähnlichkeit mit dem alten Gaspare aufgefallen: der hohe knochige Wuchs mit den großen schmalen Händen, die blauen Augen ...? Bei allen Oratores findet Sie diese Merkmale, auch bei Uns. Ja, das ist die Wahrheit: Wir sind nicht nur Gaspares Vorfahr, sondern auch der Ihre. Somit ist Gaspare Ihr *richtiger* Großvater ...«

»Und ich bin die Tochter von Primo, seinem ältesten Sohn. Dann ist Giuseppe ja – mein *Onkel!*«

»Wie sich doch alles fügt, nicht wahr, Pala? Nun ist Sie der Lösung Ihres Lebensrätsels ganz nah. Primo war der rechtmäßige Erbe des vierzehnten Gedichts. Damit stellte er eine große Bedrohung für Unsere Pläne dar. Wir mussten ihn von Silencia fortlocken. Das ist Uns auch gelungen, weil die Trauer ihn fast um den Verstand gebracht hatte ...«

»Trauer? Um wen?«

»Seine Frau ist von ihm gegangen, kleines Mädchen – sie starb bei Ihrer Geburt.«

Pala nahm hastig einen tiefen Schluck Wasser. Ihre Hand zitterte. Nun hörte auch sie das Lärmen unter den Fenstern nicht mehr. Die Lösung ihres so genannten Lebensrätsels wuchs sich zu einer Tragödie aus. Gerade gefunden, wurde die leibliche Mutter ihr schon wieder entrissen. Und der Vater hatte jeden Lebensmut verloren. Am Burggraben war sie der Wahrheit schon sehr nahe gekommen, aber nun ... Pala schluckte einen dicken Kloß hinunter.

»Wie bin ich zu meinen Zieheltern gekommen, Zitto?«

»Wenn Wir das wüssten, hätten Wir das vierzehnte Sonett schon früher gefunden.«

»Ob Vater mich gehasst hat?«

»Primo? Nein, das muss Sie nicht befürchten. Der Schmerz hat ihn betäubt. Er fühlte sich unfähig, für ein Neugeborenes zu sorgen. Deshalb gab er es fort.«

Palas Augen ruhten auf dem Grund des Silberbechers. Dann hatten ihre Gefühle sie also nicht betrogen. Der Weg durch Zittos Garten war tatsächlich eine Suche nach dem eigenen Ich gewesen. In diesem Moment konnte es kaum etwas Schöneres für sie geben als den Gedanken, von ihren Eltern nicht gehasst, sondern geliebt worden zu sein. Doch warum hatte Zitto gesagt, sie sei ihrem Lebensrätsel nur »ganz nah«? War nun nicht endlich die Leere, die sie seit frühester Kindheit empfunden hatte, durch befriedigende Antworten ausgefüllt? Sie hatte sieben Prüfungen bestanden – nach allen Regeln der Märchenerzählkunst sollte das genügen. Irgendetwas stimmte nicht. Sie blickte in Zittos jahrhundertealtes Gesicht.

»Ihr seid sehr offen zu mir gewesen, Urgroßvater Romeo. Fürchtet Ihr nicht, *ich* könnte nun anstelle meines Vaters Eure Pläne durchkreuzen?«

Zittos Antwort klang sanft, aber unnachgiebig. »Dazu wird es nicht kommen, kleines Mädchen. Hier in der Festung ist Sie für Uns ebenso wenig eine Bedrohung wie die ihrer Flügel beraubten Wortklauber, die da unten keifen und sich ihre flaumigen Bäuche raufen.«

»Dann wollt Ihr mich also nicht freilassen?«

»Weshalb sollten Wir?«

»Ihr habt doch …«

»Wir haben Ihr lediglich zugestanden, es wohlwollend zu überdenken. Und dieser Vertrag ist nun erfüllt. Sie bleibt vorläufig Unsere Gefangene. Indessen – angesichts Ihres Sieges im Wortstreit und hinsichtlich Ihrer engen Blutsverwandtschaft mit Uns – werden Wir Sie nicht ins Verlies sperren. Im Turm ist noch ein Zimmer frei. Da kann Sie bis morgen früh nächtigen.«

Morgen früh ist zu spät!, rief die Stimme des unermüdlichen Mahners in Palas Kopf. »Ihr dürft das Meister-Sonett nicht zurückrufen!«, flehte sie. »Oder lasst den Menschen wenigstens ihre Sprache, damit sie nicht zu vernunftlosen Tieren werden.«

»Die Worte der Macht sind gesprochen, Pala. Selbst Wir können den Lauf der Dinge nicht mehr ändern. Und nun entferne Sie sich. Es gibt noch einiges zu regeln, bis diese Nacht vorüber ist. Wir wünschen wohl zu ruhen.«

Zittos Hand bewegte sich auf eine ganz bestimmte Weise und erweckte dadurch zwei der bereitstehenden Handreichungsschaben zum Leben. Eine zog Pala den Stuhl unterm Hintern weg, die andere packte sie am Ellenbogen. Eingekeilt zwischen Fünffüßigen Jamben wurde sie aus dem Speisesaal geschleppt.

»So könnt Ihr die Ruhe nicht finden, die Ihr Euch ersehnt«, rief sie zornig über die Schulter und stemmte sich gegen die Jamben. Der Schlossherr verfolgte ihren Abgang ohne erkennbare Regung. Wie mit Kneifzangen zerrten sie die Klauen der Jamben weiter, aber sie zappelte und schrie: »Was Ihr Rache nennt, ist in Wirklichkeit Feigheit, Urgroßvater. Ihr seid nicht der König der Dichter, sondern bestenfalls sein Kanzler, und das könnt Ihr nicht ertragen. Es verletzt Eure Eitelkeit. Indem Ihr den Menschen die Sprache raubt, hofft Ihr diese Wahrheit unaussprechlich zu machen und jedes Aufbegehren gegen Euch im Keim zu ersticken. *Das* ist die Ruhe, um die es Euch geht. Aber Ihr könnt niemals alle betrügen, nicht mich und viele andere auch nicht. Es gibt immer Menschen, die um der Wahrheit willen aufstehen und *besiegen mutig feige Jammerlappen* ...«

14

Erst anz zu S hlu s ist wer eduld hat schlauer

Besiegen mutig feige Jammerlappen,
wohl solche, die mit hasserfülltem Willen
den eig'nen Durst nach Rache möchten stillen,
verletzten Stolz gar konservier'n in Mappen?

Vergebungswille stirbt über Etappen,
wo prüfen streng durch lupendicke Brillen
den eig'nen Stolz auf Kratzer oder Rillen
die Toren, die an ihrer Dummheit pappen.

Solang der Austausch innerster Gedanken
weckt Angst, vergleichbar nur mit Gruselschauer,
tut man kaum mehr als immerfort nur zanken.

Zur Weisheit kommt nach langer Lebensdauer,
wer Unbeherrschtheit stutzt, die wilden Ranken.
Erst ganz zum Schluss ist, wer Geduld hat, schlauer.

B*esiegen mutig feige Jammerlappen?«* Der Hauptjambus, der Pala mit einer dreiköpfigen Eskorte am Eingang des Speisesaals in Empfang genommen hatte und sie nun über eine Treppe zum Turmeingang hinabführte, war außer sich vor Entrüstung. »Seine Hoheit ist kein Jammerlappen. Für dieses Wort könnte er euch vierzehnteilen.«

»So wie seinen Sonettenkranz, meinst du? Lass mich doch in Ruhe, alter Kotzbrocken.« Pala schäumte noch immer vor gerechtem Zorn.

»Du hast wohl nicht den Käfig in der Halle gesehen? Sei froh, nicht gleich dort eingesperrt worden zu sein. Du wärst nicht die Erste, der er mit Wonne beim Abmagern zusieht.«

Pala schluckte. »Das ist nicht dein Ernst, Jambus.«

»Und ob! Kann es etwas Schrecklicheres geben, als über vollen Tellern zu verhungern? Das ist Zittos bevorzugte Hinrichtungsmethode. Er muss einen Narren an dir gefressen haben, dich nur in den Turm zu werfen.«

»Ich bin immerhin seine Urururururururururururur-Enkelin!«

Der Hauptjambus blieb mitten im Lauf stehen. »Was ist eine Uru?«

Pala verdrehte die Augen zur Decke. Zittos Kreaturen schienen sprachlich samt und sonders unterentwickelt zu sein. Kein Wunder, bei einem Schöpfer mit solchen Minderwertigkeitsgefühlen. »Zitto und ich sind vom selben Blut.«

Einen Moment lang war der Jambus wie versteinert. Dann sagte er: »In Seiner Hoheit Adern fließt längst kein Blut mehr, höchstens Tinte.«

Nun war Pala sprachlos.

»Warte hier!«, befahl der schabenhafte Leibgardist und überließ sie ihren übrigen Bewachern.

Sie befanden sich wieder in dem kleinen Vorraum, der an den Felsenturm grenzte. Diesmal stand Pala dicht vor der eisenbeschlagenen Tür. Deshalb konnte sie nun auch das Gedicht über der steinernen Einfassung entziffern.

Besiegen mutig feige Jammerlappen,
wohl solche, die mit hasserfülltem Willen
den eig'nen Durst nach Rache möchten stillen,
verletzten Stolz gar konservier'n in Mappen?

Vergebungswille stirbt über Etappen,
wo prüfen streng durch lupendicke Brillen
den eig'nen Stolz auf Kratzer oder Rillen
die Toren, die an ihrer Dummheit pappen.

Solang der Austausch innerster Gedanken
weckt Angst, vergleichbar nur mit Gruselschauer,
tut man kaum mehr als immerfort nur zanken.

Zur Weisheit kommt nach langer Lebensdauer,
wer Unbeherrschtheit stutzt, die wilden Ranken.
Erst ganz zum Schluss ist, wer Geduld hat, schlauer.

»Nummer vierzehn!«, hauchte Pala. Ihr Blick hing an dem Gedicht und ließ sich einfach nicht mehr lösen. In dem Moment, als sie die letzten Worte des Sonetts gelesen hatte, war sie von einer starken Unruhe erfasst worden. Sie schwankte. Fast wäre sie wie ein Brett umgekippt, wenn nicht plötzlich harte Klauen wie Kneifzangen nach ihrem Arm gegriffen hätten.

»Jetzt schlackern dir die Knie, nicht wahr?«, fragte der Hauptjambus.

Pala hatte seine Rückkehr nicht einmal bemerkt. Trotzig antwortete sie: »Hat nichts mit deinen Gruselmärchen über

Hungerkäfige zu tun, falls du das meinst. Darf ich jetzt auf mein Zimmer?«

»Das ist keine Frage des Dürfens. Komm!«

Unter dem Geleitschutz von fünf Fünffüßigen Jamben wurde die Gefangene in ihr Turmgemach geführt. Eine schwere Holztür flog auf, Pala hinein und die Tür wieder zu.

Im Gegensatz zu üblichen Kerkern war dieser hier geradezu gemütlich. Das Gemach musste sich unmittelbar unter Zittos Arbeitszimmer befinden. Es besaß ein kleines, nicht einmal vergittertes Fenster, durch das man Silencias Lichter sehen konnte. Weiterhin standen ein Bett mit einer Strohmatratze darin, ein Hocker sowie ein hölzerner Eimer (offenbar als Abtritt gedacht). Jambus hatte sogar eine brennende Kerze dagelassen.

Pala trat in die Mauernische des schlichten, nur aus viereckigen klaren Scheiben bestehenden Fensters. Bis hinauf ins Turmzimmer konnte sie den Lärm des aufständischen Wortklaubervolkes hören. Wenn Zitto es tatsächlich mit siedendem Öl überschütten ließ, dann war Giuseppe in höchster Gefahr. Ob sie ihn wohl sehen und warnen könnte?

Wie sich schnell zeigte, war das Fenster nicht einmal verriegelt. Nach Dafürhalten des schon etwas steifen Schlossherrn schien allein die schwindelnde Höhe des Bergfrieds jeden Fluchtversuch unmöglich zu machen. Pala lehnte sich weit hinaus. Der Wind pfiff ihr um die Ohren.

»Komm, Onkelchen, zeig dich!«, flehte sie. »Giuseppe, wo bist du?« Alle beschwörenden Worte nützten nichts. Der Burghof war, wider Erwarten, von ihrem Fenster aus nicht einsehbar, er hätte ebenso gut in einer anderen Welt liegen können … Eine seltsame Vorstellung, dachte Pala. Vom Turm aus sah Zittos phantastisches Reich nur wie der verwilderte Schlosshügel aus. Ihr Blick wanderte zur Stadt hinunter und sie staunte.

Wieder erschienen die Häuser sonderbar nah, doch nun glühten sie auch noch wie Papierlaternen. Man konnte deutlich darin die Menschen als dunkle Schatten erkennen. Zu Palas Bestürzung entdeckte sie hier und da auch die Schemen von vereinzelten Wortklaubern, Nachzüglern offenbar, die von der Rebellion auf der Burg noch nichts wussten und dort unten ihren allnächtlichen Gewohnheiten nachgingen – sie schwebten über den Schlafenden und saugten ihnen Worte aus. Verriegelte Türen und Fenster konnten sie nicht aufhalten, denn Zitto hatte sie aus Worten erschaffen und solche pflegen – gedämpft zwar, aber unbeschadet – sogar dicke Mauern zu durchdringen; daher öffnete sich den Wortklaubern jedes Schloss. Nun jedoch verschwanden die schwirrenden Scheusale nach und nach aus den Häusern. Bald würde auch der letzte unten im Burghof Zeter und Mordio schreien.

Während Pala so, halb berückt, halb angewidert, der Jagd des Wortklaubervolkes in Silencias schimmernden Hauslaternen zusah, hörte sie von der Tür her unvermittelt ein lautes Rumpeln und fuhr erschrocken herum. Auf der Treppe draußen wurde sprachgewaltig geflucht. Nein, diese Stimme gehörte keinem der als Wachtposten zurückgelassenen Jamben, sondern Zitto, der weitschweifig über die Schatten auf den ausgetretenen Stufen schimpfte. Wenig später drang durch die Decke das Knarren und Knarzen seiner Schritte herab. Er rumorte eine Weile in seinem Arbeitszimmer. Dann wurde es still.

Was er wohl jetzt noch da oben zu tun hatte, wenn doch angeblich die Worte der Macht zum Rückruf des Meister-Sonetts längst gesprochen waren?

Das Gedicht vom Fuße des Turms kam Pala wieder in den Sinn. Es endete mit denselben Worten, die den Auftakt zu ihrem eigenen Geburtsgedicht bildeten – der Kreis hatte sich geschlossen. Ja, dachte sie, das Turmsonett konnte nur das *vierzehnte* sein, das letzte, jenes, das den Kranz vollendete. Der Sonettenkranz bestand ebenfalls aus vierzehn Gedichten und einem. Nur ein Zufall? Wie nur konnte das Meister-Sonett in den Besitz der Menschen gelangen, wenn ihnen doch – wie Zitto mehrmals betont hatte – nur die vierzehn Klinggedichte ausgehändigt worden waren? An dieser Frage, daran hegte Pala keinen Zweifel, hing Zittos Sieg oder Niederlage. Und an ihr, seiner Nachfahrin in fünfzehnter Generation, die nun die Bürde des Meister-Sonetts trug. Mit den Versen, die zu Hause in ihrem Zimmer hingen, war sie der einzige Mensch, der den ganzen Reigen kannte. Dieses Wissen hatte Zitto gefürchtet. Doch warum? Wie um alles in der Welt lauteten die Worte des geheimnisvollen Meister-Sonetts? Und auf welche Weise konnten diese Zittos Bann brechen …?

Ein heller Glockenschlag ließ Pala zusammenfahren. Erschrocken blickte sie zum Uhrenturm hinab. Wie nah alles mit einem Mal war! Sie konnte sogar das angestrahlte Ziffernblatt lesen. »Zehn Uhr!«, flüsterte sie und war keineswegs erleichtert über dieses Wissen. Merkwürdig langsam schleppte sich das Geläut dahin: drei weiteren hohen Schlägen folgten zehn tiefe.

»Nur noch zwei Stunden«, murmelte Pala verzweifelt, was ihre innere Stimme zu einigen Rechenkunststücken anregte. *Das sind immerhin vier halbe und sogar acht Viertelstunden – genug Zeit, um Zittos Pläne zu durchkreuzen.*

»Ich gebe mir ja alle Mühe«, jammerte Pala leise. Es war nicht so leicht, sich in Zittos labyrinthische Gedankengänge zu versetzen. Er schien nichts ohne heimtückische Absicht zu tun und dabei mehr als alles sonst die eigene Vorrangstellung als oberster Dichterfürst zu verteidigen. Ob nun in dem Zweikampf mit Worten, in einer beiläufigen Bemerkung zur »*Übermacht* der Gliederfüßer« oder in seinem rücksichtslosen Streben *Die Macht der Worte* für sich einzusetzen (»Romeo war der rechtmäßige *König* der Dichter«) – niemand durfte Zittos Überlegenheit anfechten. Nichts fürchtete er mehr als den »Abgrund der Belanglosigkeit«, in den sein Schüler ihn angeblich hatte stoßen wollen. Zittos Beweggründe glaubte Pala also zu kennen – nur wie konnte ihr dieses Wissen bei der Durchkreuzung seiner Pläne helfen? *Die Mosaiksteinchen sind alle da,* sagte der »Untermieter« in ihrem Schädel, *aber du bekommst sie nicht zu einem ordentlichen Bild zusammengesetzt. Streng dich gefälligst an!* Während ihr Blick auf den Lichtern der Stadt ruhte, rief sie sich noch einmal jenen kurzen Moment in den Sinn, als sie in Zittos Arbeitszimmer das Meister-Sonett gesehen hatte. Die erste Zeile … Sie war …

Urplötzlich blickte sie durch das Fenster eine schreckliche Fratze an.

Pala schrie, hielt sich aber gleich wieder die Hand vor den Mund, denn so fürchterlich war die Grimasse nun auch wieder nicht. Ihr Erscheinen, auf dem Kopf stehend und sich unvermittelt von oben in den Fensterausschnitt schiebend, hatte sie nur überrascht. Ansonsten sah Tozzo wie immer aus.

»Tozzo! Wo kommst du denn her?«, raunte sie, um nicht von den Wachen vor der Tür gehört zu werden.

»Geklettert ist das kleine Tozzochen, was denn sonst?«

»Aber ich denke, Zitto hat alle Wortklauber an den Boden verbannt.«

»Nur fliegen können sie hier nicht. Die andern sind auch zu schwer, um mit ihren dünnen Fingerchen so hoch zu klettern, aber nicht Tozzo. Nein, nein, nein, Tozzilein kommt immer rein.«

Weil Tozzo nach wie vor in der Art einer Fledermaus kopfunter vor dem Fenster hing, lud ihn die Gefangene in ihren Kerker ein.

Er ziehe zwar den Himmel als Dach vor, sagte der Wortklauber, aber so zimperlich wie seine Artgenossen sei er in dieser Frage nicht und für Pala wolle er gerne eine Ausnahme machen. Nachdem er den leeren Holzeimer umgedreht und darauf Platz genommen hatte, berichtete er wohlgelaunt und von seiner Zuhörerin häufig um Kürze ersucht, wie es ihnen seit dem Überfall der Wortklauber ergangen war.

Man hatte sich ins Unterholz des Flüsternden Waldes retten können. Anschließend habe Giuseppe sich auf sein familiäres Erbe besonnen und wortschöpferisch das von Pala geöffnete Schlupfloch ausfindig gemacht. Auf diesem unsichtbaren Weg seien sie hiernach bis zur Burg gelangt. Unbedachterweise hätten sie dabei auch die übrigen Wortklauber zur Burg gelotst. Am Ausgang der Lügenschlucht sei es dann aber zu einer herzergreifenden Verbrüderung gekommen. Die Aussicht, den verhassten Zitto nun endlich wohin auch immer zu jagen, machte aus Feinden Freunde, aus Jägern und ihrer Beute Waffenbrüder. Im freundlichen Einvernehmen habe man hierauf die Burg gestürmt.

»Leider nützt es nichts, nur da unten herumzutoben«, gab Pala zu bedenken.

»Giuseppe meinte, für den äußersten Notfall habe er einen Plan.«

»Und welchen?«

»Das wollte er mir nicht sagen. Auf alle Fälle solle Pala aus dem Fenster klettern und fliehen, hat er gemeint. Und zwar gleich.«

»Wir sind immer noch in Zittos Machtbereich, Tozzo. Selbst wenn man von hier aus die Stadt schon sehen kann, halte ich eine Flucht für ausgeschlossen.«

»Nicht für Tozzilein. Es ist ein Wortklauber. Die können jederzeit über die Mauer fliegen.«

»Wie schön für dich. Aber selbst wenn ich wie du Flügel hätte, dürfte ich nicht gehen.«

»Das versteht Tozzo nicht.«

»Zitto hat etwas Furchtbares vor, mein Kleiner. Es ist genau, wie du gesagt hast: Er will den Menschen die Worte nehmen. *Alle* Worte!«

»Und wie willst du ihn aufhalten? Zitto ist sehr, sehr mächtig. Er kann …«

»Ich habe ihn *einmal* besiegt und es könnte mir auch ein zweites Mal gelingen, davon bin ich fest überzeugt. Hör dir meinen Plan an.«

Schnell erzählte Pala dem Wortklauber, was ihr erst kurz vor seinem Erscheinen in den Sinn gekommen war. Anschließend gab sie ihm einige wichtige Anweisungen. Dreimal musste er diese wiederholen.

»Hurtig lauf ich, Giuseppe warn ich, von dir hol ich der Königin ihr Kind. Ach wie gut, dass niemand weiß, dass ich Tozzileinchen heiß!«

»Du solltest die ganze Sache ein bisschen ernster angehen.«

»Tozzo kann sich deine Anweisungen so aber am besten merken.«

»Hoffentlich. Nun hängt alles von uns beiden ab. Kann ich mich auf dich verlassen?«

»Tozzilein ist sooooo dumm und wird alles vermasseln.«

Pala stöhnte innerlich, zwang sich aber zu einem Lächeln. »Du bist gescheiter, als du glaubst, mein Kleiner. Wir schaffen das. In Ordnung?«

»Na gut.«

»Also dann …« Pala schob sich mit dem Oberkörper durch das kleine Fenster. Eine Windbö fegte durch ihre Haare. Bald hing sie an der Außenwand des Zitadellenturms, doch nicht, um Giuseppes Rat zu folgen und zu fliehen, sondern um nach oben zu steigen.

Der Burgturm war alt und sein Mauerwerk verwittert. Pala fand etliche breite Spalten und Vorsprünge, die sie als Griffe und Tritte nutzen konnte. Dennoch wünschte sie, diese Meisterprüfung ihrer Kletterlaufbahn nicht ausgerechnet barfuß ablegen zu müssen. Mehrmals rutschte sie ab, weil das brüchige Mauerwerk nachgab. Außerdem hatte sie den Wind unterschätzt, der übermütig mit ihrem Kleid und ihren Haaren spielte und sie dadurch mehr als einmal blind machte. Als ihre Hand sich bereits auf den Fenstersims von Zittos Arbeitszimmer schob, kam ihr ein schrecklicher Gedanke: Was sollte sie tun, wenn das Fenster verschlossen war? Dieser kurze Moment der Ablenkung hatte schlimme Folgen. Sie wurde von einer Bö gepackt und glitt mit den Füßen ab.

Ein großes Mauerstück war unter Palas Zehen weggebrochen. Sie prallte mit der Brust gegen den rauen Stein und die Luft wurde ihr aus dem Leib gepresst. Keuchend, nur an ihren sehnigen Fingern über dem Abgrund baumelnd, lauschte sie den losgerissenen Steinen nach, die – als würde ein seit Jahren wiederkehrender Albtraum unversehens wahr – tief unter ihr auf harten Grund prasselten. Ihnen mit Blicken zu folgen ersparte sich Pala. Sie durfte jetzt nicht die Nerven verlieren. *Ruhig atmen!*, rief sie sich den ersten Punkt des Einmaleins der Fassadenkletterer in den Sinn. Mit jeder Leerung der Lungen blähten sich ihre Wangen. Der Schweiß rann ihr in Strömen über Gesicht und Rücken. Ihre Finger wurden allmählich taub, während ihre suchenden Zehen einfach keinen Halt finden konnten. Und jetzt hörte sie über sich auch noch ein Geräusch. Das Fenster wurde geöffnet. Entsetzt blickte sie nach oben.

Zitto war über ihr. Zuerst erschien seine Nase, dann auch ein Teil des Gesichts. Er sog tief die frische Nachtluft ein. Zum Glück konnte er nicht ohne Verrenkungen am Turm hinabblicken und das dort hängende Mädchen sehen. Doch ein Mucks von ihr, ein einziger abbröckelnder Stein würde unweigerlich seine Aufmerksamkeit erregen. Schon schob er sich weiter vor. Pala sah, wie seine Augen den

Schlossberg hinaufwanderten. Sie glaubte schreien zu müssen …

Da schlug die Glocke des Uhrenturms Viertel nach zehn.

Zittos Kinn fuhr mit einem Ruck nach oben. Vielleicht hatte der Rathausturm ihn an irgendein Versäumnis erinnert, jedenfalls verschwand sein Kopf wieder hinter dem Fenstersims.

Pala atmete auf. Als sie ihre Beine ein wenig anwinkelte, fand sie endlich einen breiten Spalt, in den sie rasch ihre Zehen steckte. Die Entlastung für ihre Finger tat unendlich gut. Hoffentlich kam Zitto nicht auf die Idee, das Fenster gleich wieder zu schließen!

Nachdem der Wind Palas Schweiß getrocknet und sie sich ausreichend erholt hatte, setzte sie den Aufstieg fort. Ihre Befürchtungen zerstreuten sich, als sie das Buntglasfenster weit offen stehen sah. Zitto saß hinter seinem Schreibtisch und arbeitete bei gelbem Licht, wie er es schon in hunderten von früheren Nächten getan haben musste. Er saß über ein großes Buch gebeugt und murmelte leise Worte vor sich hin. Auf dem Schreibtisch neben ihm lag, ganz wie von Pala erwartet, das Meister-Sonett. Zwei-, dreimal sprang er auf, eilte zu einem der Regale, zog ein dünnes Buch oder ein Dokument heraus und warf einen kurzen Blick hinein. Stets kehrte er schnell wieder zu seinem Platz zurück, mal zufrieden nickend, dann wieder ärgerlich den Kopf schüttelnd. Die Zeit verstrich.

Um auf ihrem Spähposten überhaupt so lange ausharren zu können, hatte Pala die Unterarme auf den Fenstersims und die Füße auf einen vorstehenden Stein gestützt. Zittos Streifzüge durch das Turmgemach ließen jedes Mal ihren Atem stocken. *Ein* Blick aus dem Fenster und er musste das Mädchen entdecken. Pala fragte sich voller Unbehagen, wann ihn das Geläut des Kampanile erneut aufschrecken würde.

Wieder schien ihr das Glück hold zu sein. Als habe ihn überraschend die Erinnerung an ein unverzeihliches Versäumnis ereilt, fuhr Zitto plötzlich aus seinem Stuhl hoch und lief aus dem Zimmer.

»Jetzt oder nie!«, flüsterte sie, schwang sich durch das schmale Fenster und rutschte kopfunter zu Boden. Zitto hatte die Tür zur Treppe offen stehen lassen, er würde gewiss bald wiederkehren. Während der Uhrenturm zweimal ein *Bim!* in den Zeitstrom warf, huschte Pala zum Schreibtisch. Ihre Augen überflogen das Durcheinander, zuerst planvoll, dann immer fieberhafter …

»Der Schuft hat das Meister-Sonett mitgenommen«, zischte sie verzweifelt. »Was jetzt?«

Niedergeschmettert sank sie in Zittos Sessel zusammen und kämpfte gegen die Tränen an. Eher teilnahmslos ließ sie noch einmal ihren Blick über den Schreibtisch wandern und erst jetzt bemerkte sie das aufgeschlagene Buch. Natürlich hatte sie den großen Folianten schon vorher gesehen, aber nicht bewusst wahrgenommen.

Die handgeschriebenen Seiten des Buches waren noch gelber, noch ausgefranster und abgegriffener als jene des gesuchten Pergaments. Neben den engen Zeilen aus schwarzbrauner Tinte waren allerlei Symbole und Skizzen zu sehen, die Pala zwar nicht deuten konnte, die ihr aber eine unerklärliche Furcht einjagten. Ihre Hand begann heftig zu zittern, als sie den Deckel nahm, ihn umklappte und den Namen des Buches las.

Die Macht der Worte

Erschrocken zog Pala dem Arm zurück. Der schwarzlederne Einband der Zauberfibel sah uralt und brüchig aus, aber die silbernen Buchstaben des Titels glänzten, als wollten sie jeden Moment vom Deckel springen.

»Feuer«, flüsterte sie und betrachtete nachdenklich die gläserne Öllampe auf der Schreibtischplatte. Man musste dieses verfluchte Werk des Unaussprechlichen zerstören, am besten verbrennen. Aber ließ sich damit das heraufbeschworene Unheil abwenden? Pala bezweifelte das. Die Worte der Macht seien gesprochen, hatte Zitto behauptet. Sein heimtückisches Vorhaben war beinahe erreicht. Warum jedoch las er dann überhaupt zu dieser Stunde so eifrig in dem Buch? Nur aus Gewohnheit? Oder gedachte er weitere finstere Ränke zu schmieden?

Wie ein Schwall kalten Wassers riss das Geräusch von Schritten Pala jäh aus ihrer Versunkenheit. Jemand schlurfte die Stufen herauf. Wie gelähmt starrte sie auf das Buch. Unten hörte sie Zitto mit den Wachjamben sprechen. Was sollte sie tun? Das Buch verbrennen? Damit würde sie das ganze Schloss alarmieren und die Gelegenheit, ihren Plan vielleicht doch noch zu verwirklichen, wäre ein für alle Mal vertan. Auch ohne das Pergament mit dem Meister-Sonett konnte sie es noch schaffen – wenn ihre Überlegungen nicht einen verhängnisvollen Fehler enthielten.

Pala schlug die Zauberfibel an einer x-beliebigen Stelle auf, schnappte sich ein Stück Papier, stopfte es in ihren Halsausschnitt, raffte Tintenfass und Feder vom Schreibtisch zusammen und lief, beides in die Taschen ihres Kleides steckend, zum Fenster. Während sie hinauskletterte, hörte sie schon Zittos Fluchen nahen – er musste wohl wieder gestolpert sein. Gerade als er das Gelass betrat, tauchte sie außer Sicht. Von bangen Gedanken begleitet kletterte sie so schnell wie möglich an der Turmwand hinab. Was würde Zitto denken, wenn er sein Buch umgeblättert vorfand? Von Zeit zu Zeit verirrte sich der Wind durchs Fenster, ein neugieriges Lüftchen könnte mit den Seiten gespielt haben – wenn der Schlossherr sich doch nur mit dieser harmlosen Erklärung zufrieden gab!

Auf ihrem Weg nach unten durchlebte Pala einmal mehr gefährliche Momente. Es war dunkel. Sie kam nur tastend voran. Der Wind schüttelte sie und pfiff ihr in den Ohren. Über all dem lag das unermüdliche Geschrei der Wortklauber im Burghof und betäubte ihr fast die Sinne. Dennoch erreichte sie wohlbehalten das Fenster ihres Gemachs. Tozzo erwartete sie bereits.

»Hast du Giuseppe vor dem siedenden Öl gewarnt?«, fragte sie hastig.

»Ja, ja, ja. Ihn und die anderen. Und wie war's bei dir?«

»Schrecklich. Ich wäre fast abgestürzt, Zitto hätte mich beinahe entdeckt und das Meister-Sonett war auch nicht da.«

»Das ist aber ungut.«

»Wem sagst du das! Jetzt hat mir Zitto sein Spiel aufgezwungen: alles oder nichts.« Pala kramte ihre Beutestücke hervor und breitete sie auf dem Schemel aus.

»Was hast du vor?«, fragte Tozzo verwundert.

»Ich schreibe das Meister-Sonett aus dem Gedächtnis auf.«

»Aber du hast doch gesagt ...«

»Stör mich nicht. Jede Sekunde zählt.«

Pala öffnete den Deckel des Tintenfasses und tauchte die Feder hinein. Wieselflink ließ sie den Kiel über das Papier kratzen: je elf Silben in einer Reihe, jeweils vier davon in den ersten zwei Strophen und drei in den letzten beiden, vierzehn Zeilen insgesamt.

Während sie zum Schluss kam, erscholl von oben ein lautes Geschrei, das sogar den Lärm der aufständischen Wortklauber übertönte. Die Decke erbebte unter stampfenden Schritten und Zittos Stimme hallte durch den Treppenschacht. Pala rollte das Blatt zusammen und streckte es Tozzo entgegen.

»Hier, nimm der Königin Kind und tu mit ihm, wie ich's dir gesagt habe. Alles hängt jetzt von dir ab, mein Kleiner.«

Die großen Augen des Wortklaubers sahen sie traurig an. »Werden wir uns wieder sehen, Pala?«

»Ich weiß es wirklich nicht, Tozzo. Aber ich bewahre dein Bild im Sinn. In unseren Träumen können wir uns treffen, wann immer es uns gefällt.« Sie küsste das kleine Scheusal auf die Stirn. »Und nun beeil dich, Tozzo!«

Der Wortklauber kletterte geschickt ins Freie und verschwand. Pala wollte schon aufatmen, als er noch einmal nach Art der Fledermäuse von oben her im Fenster erschien und rief: »Du bist Tozzos alleralleralllerbeste Freundin.« Zwei dicke Tränen tropften ihm aus den Augen. Dann flog hinter Pala die Tür auf.

»Den Klauber, fangt ihn!«, zirpte eine befehlsgewohnte Stimme. Pala wirbelte zu dem Hauptjambus herum. Fünf weitere Schaben stürmten das Turmzimmer und verkeilten sich in der Fensternische. Vom Wortklauber war nichts mehr zu sehen.

Alsbald stapfte Zitto herein. Sein Blick wanderte zielsicher zu dem Schemel hin, auf dem noch das Tintenfass stand. Die Feder hielt Pala in der Hand. Er nickte, als habe er nichts anderes erwartet.

»Was hat Sie mit dem Schreibzeug angestellt?«

»Geschrieben«, antwortete Pala.

»Und wo ist das Ergebnis Ihrer Arbeit?«

Der Hauptjambus antwortete an Palas Stelle. »Ein Wortklauber ist durch das Fenster entkommen. Vielleicht hat sie ihm eine Botschaft mitgegeben.«

»Was für eine Mitteilung war das?«, wandte sich Zitto wieder an seine Urenkelin. Sein zornzerknittertes Wachsgesicht war ihr nun ganz nahe. Es sah zum Fürchten aus.

»Ich verweigere die Aussage.«

»Das darf Sie nicht.«

»Darf ich doch.«

»Darf Sie nicht.«

»Darf ich …«

»Still!«, schrie Zitto wutschnaubend und diesmal ließ sein Bannwort sogar Pala stocken. Sich an den Hauptjambus wendend, befahl er: »Bringe Er sie zur großen Halle hinüber und sperre sie in den Käfig. Wir wollen Uns nur schnell umsehen, ob sie noch mehr aus meinem Zimmer gestohlen hat. Dann kommen Wir nach und werden sie verhören.«

Zitto eilte aus dem Raum und Pala wurde von den Jamben abgeführt. Wieder ging es die ausgetretenen Stufen des Bergfrieds hinab, durch Gänge hindurch und andere Treppen hinauf. Die rüde Behandlung der Schaben ertrug Pala mit Gelassenheit – wenn sie nur Tozzo nicht fingen!

Bald wurde sie in den Speisesaal gestoßen. Im schwachen Licht der wenigen noch brennenden Kerzen kam er ihr nun eher wie eine mittelalterliche Folterkammer vor. Der Hauptjambus ließ den Hungerkäfig eigenhändig mithilfe von Ketten und Rollen auf den Boden herab. Pala stand, eingekeilt zwischen zwei Fünffüßigen Jamben, am Kopfende der langen Tafel und verfolgte mit Blicken das auf sie herniederfahrende schwarze Eisengestell. Mit dumpfem Poltern kam es neben ihr zum Stehen. Ein Jambus öffnete die quietschende Tür.

»Hinein mit dir!«, befahl Zittos Leibgardist.

Pala gehorchte. Sie musste den Kopf einziehen, um in den Käfig steigen zu können. Die Tür hinter ihr wurde zugeschlagen und mit einem schweren Schlüssel verriegelt. Bald hob der Pferch wieder vom Boden ab. In schwindelnder Höhe kam er schließlich schwankend zum Stehen.

»Seine Hoheit wird sich deiner in Kürze annehmen«, kündigte der Hauptjambus an, gab seinen Untergebenen einige unverständliche Anweisungen und verließ den Saal.

Jetzt war Pala allein, abgesehen von zwei Posten, die wie hölzerne Jambenfiguren reglos an den Wänden standen.

Auf einem engmaschigen Eisenrost kauernd, die Arme durch die Seitengitter gestreckt, starrte sie zum Fenster hin, von wo in Wellen das Gelärme aus dem Burghof hereinschwappte. Sie hatte Giuseppe vor Zittos Ölkesseln gewarnt, aber dadurch vielleicht auch seinen Wagemut gelähmt. Was würde er sich jetzt noch getrauen, um die Burg zu stürmen? Selbst wenn ihm die eigene Unversehrtheit nichts galt, würde er sie, seine kleine »Schwester«, doch kaum in Gefahr bringen wollen.

»Tozzo, du *musst* es schaffen«, flehte sie leise. Warum hatte er auch noch einmal durchs Turmfenster schauen müssen! So war er entdeckt worden und musste nun vermutlich vor einer Streitmacht Fünffüßiger Jamben fliehen. Wie sollte er da noch rechtzeitig seinen Auftrag erfüllen?

Drei Glockenschläge erhoben sich aus dem Rebellenlärm.

»Noch fünfzehn Minuten bis elf«, flüsterte Pala.

Nun trat Zitto auf den Plan. In der ihm eigenen Art – linkisch und den Kopf wie ein Buckliger gebeugt – stolzierte er in die große Halle. In der Hand hielt er ein zusammengerolltes Pergament. Sein nachtblauer Mantel wallte, die Buchstaben darauf blitzten im Kerzenlicht. Unter dem Käfig blieb er stehen, sein Mantel blähte sich ein letztes Mal und kam dann auch zur Ruhe.

»Sie hat verloren!«, rief Zitto zu seiner Urenkelin hinauf und reckte ihr die Faust mit der Schriftrolle entgegen. »Hier ist das Meister-Sonett. Vermutlich wollte Sie es stehlen, aber das ist Ihr nicht gelungen.«

»Wer kann das schon wissen?«, knurrte Pala.

»Was will Sie damit sagen?«

Einen Moment lang überlegte Pala, ob sie ihre Gedanken besser für sich behalten sollte. Tozzo wurde ohnehin gejagt. Silencias Schicksal lag in seinen zerbrechlichen Händen. Ja, dachte sie, der Zeitpunkt für die Wahrheit ist gekommen. Sie erhob sich im schwankenden Käfig, legte ihre Finger um die Gitterstäbe und blickte entschlossen zu dem Dichter hinab. Für sie stand dort unten nur noch Romeo, ihr Vorfahr, ein bedauernswerter alter Mann, der einem großen Irrtum erlegen war.

»Dir ist es nie wirklich darum gegangen, den Menschen dein größtes Werk zu schenken, Urgroßvater, sonst hättest du es nicht so listenreich verborgen. Mit deinen *Gewogenen Worten* wolltest du nur den Ruhm zurückgewinnen, der dir von deinem Schüler streitig gemacht worden ist. Darüber hast du eines ganz vergessen: Jeder Mensch wiegt Worte anders. Jenen höchsten Rang, um den es dir geht, kannst du im Militär erwerben, unter den Adelshäusern oder meinetwegen auch durch die Huldigungen der Menschen, aber niemals in der Kunst – selbst wenn es manchmal den Anschein hat. So wohlgesetzt jemandes Worte auch sein mögen, werden sie doch immer Freunde und Gegner finden, und das ist gut so, weil jede Art von Kunst die *Empfindungen* der Menschen anspricht und solche Gefühle sind nicht zählbar, nicht gegeneinander aufwiegbar. Hat etwa der eine Unrecht, der das Werk deines Schülers lobt, und der andere Recht, nur weil er das deinige für das schönste hält?«

Zitto war wie benommen von Palas kraftvollen Worten. Seine Erwiderung klang gequält, fast kleinlaut. »Willst du, mein eigen Fleisch und Blut, etwa die Vortrefflichkeit meiner *Gewogenen Worte* anzweifeln?«

»Nein, Urgroßvater. Sie sind, wie ich finde, eine wahre Königin. Dein ganzes Herz liegt darin. Zusammen mit dem Meister-Sonett hätten sie dir einen Platz unter den größten Dichterfürsten sichern können. Doch du selbst sagtest, ihr Zauber würde unweigerlich verblassen, sobald man auch nur eine Silbe, ja, einen einzigen Buchstaben zu verändern suchte. Damit hast du dich verraten. Wie sollte Silencia ihre vollkommene Schönheit erkennen, wenn du sie in vierzehn Teile zerhackst und damit das Meister-Sonett vor den Menschen verbirgst? Anstatt durch deine *Gewogenen Worte* Unsterblichkeit zu erlangen, versuchst du dem Tod ein Schnippchen zu schlagen. Du hast dein größtes Werk in diesen Mauern zu deinem Gefangenen gemacht, genau wie all die anderen von dir zusammengeklaubten Schätze.«

»Das stimmt nicht. Sie selbst besitzt das erste Unserer vierzehn Sonette, alle übrigen befinden sich schon seit Generationen unter den Menschen. *Die Macht der Worte* …«

»Ja, dieses ›verzwickte Regelwerk‹ hast du eingehalten, aber das ist auch schon alles. Um das Geheimnis deines Meister-Sonetts zu hüten, war dir jedes Mittel recht. Wer in Silencia mit Worten umzugehen wusste, den hast du mit Sprachschwund geschlagen oder ihn mit dem Geplapper deiner Papageien abgestumpft. Die Kunst des Dichtens und Geschichtenerzählens ist von dir fast ausgerottet worden. Niemand sollte dem ›großen Romeo, der neue Worte redet‹, je wieder das Wasser reichen können.«

»Einen scharfen Verstand hat Sie, kein Wunder, denn Sie ist eine Oratore. Doch Ihre Einsichten kommen etwas zu spät.«

»Sei dir da nicht zu sicher, Urgroßvater Romeo. Du hast selbst behauptet, die Menschen hätten die *Summe* deines prächtigen Werkes nicht sehen können. Weil mein wirklicher Vater, Gaspares Erstgeborener, sein Erbe ausgeschlagen habe, sei dieses mir – also der *fünfzehnten* Generation – zugefallen. Beim Nachsinnen über deine Worte hat es plötzlich bei mir geklingelt. Wie das Blut all meiner Vorfahren in mir zusammenfließt, so müssen sich auch in dem fünfzehnten, dem Meister-Sonett, die Gedanken aller vorhergehenden vereinen, dachte ich mir. Du selbst hast mir die letzten Mosaiksteinchen geliefert, um das fertige Bild zu erkennen: Keiner der vorhergehenden Generationen konnte alle vierzehn Zeilen des Meister-Sonetts zusammensetzen, weil dieses nämlich aus den *End-* und *Anfangszeilen* der einzelnen Gedichte besteht. So hat es den Weg zu den Menschen gefunden, ohne selbst je von ihnen gelesen oder gehört worden zu sein.«

Zitto war zu einer Salzsäule erstarrt oder er machte zumindest den Eindruck. Bewegungslos, mit weit geöffnetem Mund stand er unter dem Käfig, den Kopf im Nacken zurückgelehnt, und glotzte zu Pala hinauf. Sie konnte allein seiner Körpersprache entnehmen, wie richtig sie mit ihren Schlussfolgerungen lag. Weil ihm offenbar keine Erwiderung einfallen wollte, lüftete Pala nun auch das, wie sie meinte, letzte Geheimnis.

»Deine ganze Macht, Urgroßvater Romeo, liegt somit im Meister-Sonett, das du fast nie aus der Hand legst und in dem du immerfort liest. Du hast dein Herz verkauft, um es zu erschaffen. Ich habe lange über die Natur deiner anderen Schöpfungen nachgedacht: den Schlossgarten und die Wesen, die ihn bevölkern. Verschwindet aus der wirklichen Welt ein Begriff, kann daraus ein Wortklauber für dein Phantasiereich entstehen. Was würde aber geschehen, wenn so ein entführtes Wort wieder zu den Menschen zurückkehrt? Müsste sich dann nicht der Nachtschwärmer in Luft auflösen? Genauso wird es sich mit dem Meister-Sonett verhalten. Ich bin ein Naturtalent im Auswendiglernen von Versen, Urgroßvater. Deine vierzehn Gedichte sind in mein Gedächtnis eingebrannt und damit auch der Wortlaut des Meister-Sonetts. Durch mich – dein eigen Fleisch und Blut, wie du betont hast – wirst du Unsterblichkeit erlangen, weil die Schönheit der *Gewogenen Worte* im Herzen der Menschen weiterlebt und damit auch du. Sie dürfen nicht länger Gefangene deines Wahns bleiben …«

»Verrat!«, schrie Zitto dazwischen.

Pala ließ sich davon nicht beirren, sondern sprach mit fester Stimme weiter. »Hör auf, dich zu quälen, Urgroßvater

Romeo! Du sehnst dich nach Erlösung, wie du selbst zugegeben hast, und du kannst sie finden. Bringe den Menschen das Juwel deiner vollkommensten Dichtung zu Gehör und aller Schmerz wird von dir weichen. Wenn du dich weigerst, dann werde ich es tun.«

Zitto lachte freudlos. Der Wahnsinn funkelte in seinen Augen. »Sie hat da eine Kleinigkeit außer Acht gelassen. *Die Macht der Worte* ist vorderhand ein erdrückend kompliziertes Regelwerk und erst nachher ein kostbarer Wissensquell. Eine der Vorschriften lautet, nur der rechtmäßige Eigentümer eines gebannten Wortes könne es für die Menschen zurückgewinnen, indem er es laut ausspricht. Die Erbin und gesetzmäßige Eigentümerin des Meister-Sonetts ist Sie selbst, *Pala.*« Ein irres Kichern quoll aus dem Mund des Alten und steigerte sich schnell zu gehässigem Lachen. »Leider hockt Sie da oben in dem Käfig und darbt. Alles Hersagen des Gedichts nützt Ihr nichts, solange Sie in den Grenzen meines Reiches gefangen ist. Haha! Es ist vorbei, kleines Mädchen. Sie hat verloren.«

Sprach's und stob mit wallendem Mantel davon.

Pala rüttelte zornig an den Käfigstreben und noch ehe der letzte Zipfel von Zittos Gewand aus dem Saal entschwunden war, rief sie ihm hinterher: »Das werden wir ja sehen, Urgroßvater Romeo! Denke an deine eigenen Worte: *Erst ganz zum Schluss ist, wer Geduld hat, schlauer.*«

15

Erst ganz zum Schluss ist wer Geduld hat schlauer

Erst ganz zum Schluss ist, wer Geduld hat, schlauer,
allein die Furcht lässt manche Absicht scheitern.
Des Schweigens Kerker steht so voller Leitern,
die Blinden seh'n hier nicht einmal die Mauer.

Sind Wonnen süß, ist kurz meist ihre Dauer,
sogar von Gift lässt sich der Tor erheitern.
Ein Wort im Zorn reißt Wunden, die schlimm eitern.
Den Tod erfreut's, der still liegt auf der Lauer.

Die Offenheit lässt den Verschwörer weichen.
Das Netz von Ichsucht, Stolz und Neid zu kappen,
gelingt nur den an Wahrheitsworten Reichen.

Der Irrtum steht auf Zweifels morschem Wappen.
Die Klugen selbst in Not seh'n Hoffnungszeichen,
besiegen mutig feige Jammerlappen.

Erst ganz zum Schluss ist, wer Geduld hat, schlauer …« Pausenlos wiederholte Pala die Anfangsworte ihres Geburtsgedichts. Eben hatte der Uhrenturm zum letzten Mal vor Mitternacht geschlagen. Von unten tönte das Geschrei der Wortklauber herauf – der Lautstärke nach waren sie nun vollzählig im Burghof versammelt. Mit einer Ausnahme. Aber was war mit Tozzo geschehen?

»*Erst ganz zum Schluss ist, wer Geduld hat, schlauer. Erst ganz zum Schluss ist, wer Geduld hat, schlauer …*«

Bis auf eine Hand voll Kerzen waren alle anderen erloschen. Am Kopfende der Tafel saß Zitto neben einer kleinen Öllampe und starrte gefesselt auf sein Meister-Sonett. Vor wenigen Minuten war er zurückgekehrt, wohl um hier, in Palas Gegenwart, seinen endgültigen Sieg auszukosten. Die beiden Jambenposten standen einander gegenüber an den Wänden und wirkten wie ihre eigenen ausgetrockneten Panzer. Palas Gebrabbel schien weder sie noch den Alten zu stören.

»He, ihr dort!«, rief sie zu den Wachen hinab und schaukelte herausfordernd mit dem Käfig. »Wie fühlt man sich, wenn einem das letzte Stündlein geschlagen hat? Ich werde Zittos Bann nämlich brechen. Und sollte mir das wider Erwarten misslingen, dann wird Seine Hoheit euch höchstselbst zum Schweigen bringen – hat er mir beim Abendessen verraten.«

»Sie sollte besser Ihre freche Gosche halten, sonst lassen Wir sie Ihr stopfen«, drohte Zitto von unten, ohne von seinem Pergament aufzublicken. Einer der Jamben bewegte kurz einen Fühler.

Palas Worte waren reine Hochstapelei. Tozzo hätte selbst mit gestutzten Flügeln innerhalb einer Stunde zum Kloster hinunter und in die Stadt marschieren können, um seinen Auftrag zu erfüllen. Etwas musste schief gelaufen sein.

Plötzlich änderte sich das Geräusch aus dem Burghof.

Das Geschrei der Wortklauber klang schriller als zuvor. Zittos Kopf fuhr hoch.

»Was ist geschehen?«, fragte Pala.

Ein widerwärtiges Grinsen verzerrte Zittos Gesicht. »Jetzt sind die kleinen Biester wohl doch zu aufdringlich geworden.«

»Willst du damit sagen …?« Pala verschlug es die Sprache.

»Wir lassen sie mit siedendem Öl begießen. Zum Frühstück gibt es ausgebackene Scheusale.«

»Du bist selbst das größte von ihnen«, schrie Pala, während sie gleichzeitig wie eine Verrückte am Gitter rüttelte. Von einem Augenblick zum nächsten beruhigte sie sich wieder.

Selbst Zitto kam diese überraschende Zähmung seltsam vor. Er schaute von seinem Gedicht zu dem Mädchen auf, folgte dann ihrem Blick zum Fenster und erstarrte. »Was ist das? Sie werden doch nicht …«

Jetzt erwachten auch die beiden Jamben zum Leben. Zitto befahl sie zum Fenster, um die Ursache des bedrohlichen Flackerns, das Palas Innehalten verursacht hatte, zu ergründen.

»Feuer!«, rief eine der Schaben nach kurzer Peilung der Lage.

»Aber ich habe ihnen doch ausdrücklich befohlen …« Zitto sprang auf, um sich selbst ein Bild vom Ausmaß des Brandes zu machen. Er lief zum Fenster, sah kurz hinaus und wandte sich dann der Käfiginsassin zu. »Ihr Freund scheint Uns ein Siebengescheiter zu sein. Er hat das Öl angezündet.«

Pala lächelte grimmig. »Eigentlich nahe liegend. Ich nehme an, Bücherburgen sind leicht entzündlich.« Ihre Gelassenheit war nur gespielt. Tatsächlich verspürte sie ein mehr als mulmiges Gefühl in der Magengrube. Was hatte

Giuseppe vor? Wollte er sie hier bei lebendigem Leibe rösten?

»Allein seine Vermessenheit wird ihm nichts nützen«, blaffte Zitto von unten, schickte die beiden Schaben zur Brandbekämpfung nach draußen und lief mit weit ausholenden Schritten unter den Käfig zurück. Von dort grinste er zu Pala hinauf und meldete: »Jeden Moment läutet nämlich der Kampanile. Mit dem letzten Glockenschlag wird das Meister-Sonett hierher zurückkehren und alle Worte Silencias mit ihm. Dann vermag nie wieder jemand gegen mich aufzustehen und ich besitze – endlich! – die unbegrenzte Macht. Wie kann mich da noch so ein Feuerchen schrecken?«

Das Gebrüll der rebellierenden Wortklauber schlug unversehens in ein furchtbares Gekreische um, das Pala einen eiskalten Schauer über den Rücken jagte. Es war das Gellen der Todesangst. Das Feuer musste die Kreaturen irgendwo eingeschlossen haben.

Zittos verzücktes Gesicht schimmerte auf unheimliche Weise im Widerschein der Flammen. Noch hatten diese das Obergeschoss nicht erreicht, aber ihr unruhiges Licht flackerte bereits an der Hallendecke. Dunkle Qualmwolken stiegen vor dem Fenster auf.

Pala rüttelte erneut am Gitter. »Lass mich frei, Urgroßvater Romeo! Ich kann dir doch nicht mehr gefährlich werden.«

Zitto kratzte sich an der Schläfe und blickte unschlüssig zu seiner Urenkelin hinauf. »Habe Sie ein wenig Geduld, gleich wird der Uhrenturm den Zeitenwechsel einläuten.«

Pala sank kraftlos in sich zusammen, schüttelte verzweifelt den Kopf und flüsterte: »Was ist mit dir geschehen, Tozzo?« Selbst wenn Zitto sie jetzt freilassen würde, konnte sie die Katastrophe nicht mehr abwenden. Der Weg aus dem Schlossgarten hinaus war zu weit, um ihn noch vor

Mitternacht zu bewältigen und das Meister-Sonett zu verkünden. Warum nur …?

Bim!

Der erste Glockenschlag des Kampanile ließ Pala zu Eis erstarren. Selbst ihre Gedanken stockten.

»Es ist so weit: Das Zeitalter des großen Schweigens bricht an!«, verkündete Zitto feierlich und wandte sich erhobenen Hauptes dem Fenster zu.

Pala war unfähig etwas zu sagen. Sie lauschte nur, im Käfig zusammengekauert, auf den nächsten Schlag der Uhr. In dieser Nacht schien sich der Kampanile besonders viel Zeit zu lassen, als wolle er Zitto seinen Siegestaumel voll auskosten lassen.

Bim!

Mit dem zweiten Läuten änderte sich alles. Pala fuhr im Hungerkäfig hoch und Zitto stockte der Atem, denn über den Ton der Glocke erhob sich eine volle, wohlklingende Stimme. Pala erkannte sie sofort wieder. Sie gehörte Nonno Gaspare. Also hatte Tozzo es doch geschafft!

Der Geschichtenerzähler stand hoch oben auf dem Uhrenturm und seine Stimme trug wundersam weit über die Grenzen Silencias hinaus. Es war ja ein besonderes Gedicht, dem er da gemessenen Tons, im Takt des Geläuts, Gehör verschaffte, eine Zeile für jeden Glockenschlag. Als würde mitten in der Nacht die Sonne aufgehen, entfaltete sich machtvoll die Kraft des Meister-Sonetts. Allein sein Anblick hatte Gaspares gebundene Worte befreit, nun durchdrang es die Herzen aller anderen Menschen der Stadt.

Als Romeos Nachfahre gehörte auch Gaspare zu den rechtmäßigen Eigentümern des Sonettenkranzes. Bei ihrem ersten Überfall hatten die Klauber seine Wortgewalt nicht gänzlich brechen, ihm die Sehnsucht nach den »vollkommenen Worten« nicht restlos nehmen können – die Fähigkeit zur Verkündung des Meister-Sonetts besaß er also noch – und deshalb waren Zittos geflügelte Schergen in der *Villa des Schweigens* ein zweites Mal über ihn hergefallen. Erst die Entdeckung durch ein zorniges Mädchen hatte ihrem heimlichen Treiben ein Ende gesetzt. Deshalb, so hatte Pala gehofft, würde das fünfzehnte Gedicht Nonno Gaspare die Sprache zurückgeben können. Voller Befriedigung lauschte sie nun dem Gleichklang von Glocken und Worten.

»Erst ganz zum Schluss ist, wer Geduld hat, schlauer,
allein die Furcht lässt manche Absicht scheitern.
Des Schweigens Kerker steht so voller Leitern,
die Blinden seh'n hier nicht einmal die Mauer.

Sind Wonnen süß, ist kurz meist ihre Dauer,
sogar von Gift lässt sich der Tor erheitern.
Ein Wort im Zorn reißt Wunden, die schlimm eitern.
Den Tod erfreut's, der still liegt auf der Lauer.

Die Offenheit lässt den Verschwörer weichen.
Das Netz von Ichsucht, Stolz und Neid zu kappen,
gelingt nur den an Wahrheitsworten Reichen.

Der Irrtum steht auf Zweifels morschem Wappen.
Die Klugen selbst in Not seh'n Hoffnungszeichen,
besiegen mutig feige Jammerlappen.«

»Danke, Tozzo«, flüsterte Pala leise und sank erschöpft im Käfig zusammen.

Hierauf schien die Zeit stillzustehen. Pala blickte zu dem alten Dichter hinab und der sah zu ihr herauf. Anstelle von Hass fand sie in seinem Gesicht Traurigkeit, Bitternis, ja Unsicherheit, fast so als wäre er aus einem schlimmen Traum erwacht, in dem er ein anderer gewesen war, jemand, für den er jetzt nur Abscheu empfand. Mit einem Mal begann

Romeo zu sprechen, sanft und würdevoll; auf seinem Gesicht lag ein überraschend friedlicher Ausdruck.

»Pala, mein kleines Mädchen, nun gehört das Sonett dir. Du bist die Meisterin der Worte. Ich bin stolz auf dich.«

Sodann begann er zu schrumpfen.

Pala erschrak. Sie blickte entsetzt zu dem flackernden Fenster hin, dann wieder zu dem welkenden Alten. »Nein«, widersprach sie und schüttelte den Kopf, ihre Worte überschlugen sich fast. »Nein, vor mir erben Gaspare und Giuseppe. Außerdem bist du der Meister des Gedichts. Und jetzt wird man dir endlich die Ehre erweisen, die dir zusteht. – Was ist nur mit dir, Urgroßvater Romeo?«

Der Dichterfürst verzwergte zunehmend schneller. Mit sonderbar hoher Stimme, doch gleichwohl feierlich, antwortete er: »Als dein Vorfahre, lass mich meinen Namen dem deinen hinzufügen: Romeo Oratore – die Anfangsbuchstaben R und O umschließe, damit du nicht mehr länger Pala, sondern Pa-*ro*-la heißest. Parola Oratore, wird man dich nennen, weil durch dich viele neue Worte geredet werden sollen.«

»Nur nützt mir das wenig, wenn ich nicht schleunigst hier herauskomme«, jammerte Pala. »Lass mich bitte frei, Urgroßvater, damit du den Menschen nicht als Mordbrenner in Erinnerung bleibst.«

Der winzige Romeo schüttelte bedauernd den Kopf und piepste: »Dazu ist es zu spät, kleines Mädchen. Ich bin zu klein und muss nun gehen. Leb wohl. Als beste Rätsellöserin, die ich kenne, wirst du schon einen Weg heraus finden.«

Romeo seufzte ein letztes Mal und schrumpelte bis zur Unsichtbarkeit zusammen.

Vom Wind getragen, drang an Palas Ohr ein letzter voller Glockenschlag. Warum der Kampanile damit so lange gezögert hatte, war ihr ebenso unerklärlich wie des Alten Abschiedsworte. Es musste etwas mit jener merkwürdigen Äußerung beim Abendessen zu tun haben. Sie sei ihrem Lebensrätsel nur »ganz nah« gekommen, hatte Zitto gesagt. Was in aller Welt konnte er damit gemeint haben?

Ein lautes Klirren ließ Pala zusammenfahren. Mehrere Fensterscheiben waren zersprungen. Feuerrote Flammen schlugen in den Saal. »Wie lautet das letzte Rätsel?«, murmelte sie. »Komm schon! Was nützt dir dieses Zuhause hier, wenn du mit ihm verbrennst? Du …« Wieder platzte eine Scheibe in den heraufzüngelnden Flammen. »Nun komm endlich, Pala! Mutters Große ist ein kluges Köpfchen, ihr …« Plötzlich hielt sie inne.

Es war, als hätte jemand einen Vorhang zur Seite gerissen und damit den Blick auf die Wirklichkeit ihrer Gefühle freigegeben. »Das achte Rätsel lautet: Wo ist dein richtiges Zuhause?«, flüsterte Pala und erinnerte sich so manchen Wortes, das sie zuletzt über ihre Familie geäußert hatte. Nein, so sprach niemand, der hasste und verbittert war, sondern nur einer, den Sehnsucht erfüllte, ein tiefes Verlangen nach jenen Menschen, die er wirklich liebte. Pala füllte ihre Lungen mit der rußgeschwängerten Luft und sagte: »Jemandes Zuhause ist da, wo er geliebt wird. Und meines ist in der Alexandrinergasse, bei Mama, Papa und Nina …«

Sie stockte, weil ein heftiges Schwanken sie schwindeln machte. Erschrocken kniff sie die Augen zu. Zwei, drei holprige Herzschläge lang glaubte sie, der Käfig müsse von der Decke fallen, aber dann merkte sie, wie dumm diese Befürchtung war: Ihr Hungerpferch schaukelte nicht einmal. Langsam hob sie die Lider und wunderte sich, weil sie auf dem Boden von Zittos Arbeitszimmer im Turm kauerte.

»Ich muss nach Hause!«, stieß sie hervor, sprang auf die Beine und wollte zum Fenster laufen. Dabei streifte ihr Blick den Folianten auf dem Schreibtisch. Es war Zittos Zauberbuch, *Die Macht der Worte*. Schnell riss sie sich wieder von dem Wälzer los und eilte zum Fenster. Unten tobte ein Flammenmeer, es war unmöglich, die Festung auf diesem Weg zu verlassen, ja, die ganze Bücherburg brannte lichterloh. *Jetzt stecken wir in der Klemme*, nörgelte der »Untermieter« in ihrem Kopf.

In diesem Moment flog hinter Pala die Tür auf. *Die Jamben!*, schoss es ihr durch den Kopf. Sie wirbelte herum und riss vor Verwunderung die Augen auf.

»Giuseppe!«, kreischte sie.

Der junge Erzähler stolperte keuchend in das Turmgemach, sein Gesicht war schweißüberströmt und schmutzig wie bei einem Grubenarbeiter, aber er grinste. »Jetzt weiß ich endlich, was ich meinen Märchenhelden für Schwerstarbeit zugemutet habe. Ich werde wohl einige Geschichten umbauen müssen.«

Pala lief um den Arbeitstisch herum und fiel ihrem Retter in die Arme. »Unten steht alles in Flammen. Wie hast du mich gefunden?«

»Ich hatte schon fast jede Hoffnung aufgegeben. Nur der alte Steinturm hält den Flammen noch stand. Also bin ich durch einen Geheimgang hereingeschlüpft, um hier nach dir zu suchen – mit Erfolg, wie man sieht.«

»Einen Geheimgang? Wie hast du den so schnell ausfindig machen können?«

»Ich hab ihm 'n bisschen geholf'n«, sagte unversehens eine fipsige Stimme, deren Besitzer gerade Giuseppes Schulter erklomm.

Pala löste sich aus der Umarmung ihres Freundes, um herauszufinden, wer da auf der anderen Seite seines Kopfes gesprochen hatte. Als sie das Flauschknäuel erkannte, machte ihr Herz einen Sprung.

»Nuschel! Du?«

»Ich konnt-dich ja nich' allein lass'n.«

»Aber warum hast du *mir* denn nichts von dem Geheimgang erzählt?«

Der Kleine zuckte mit den Schultern. »Du hast mich nich' danach gefragt.«

Pala klatschte sich mit der flachen Hand gegen die Stirn. »Wie hatte ich das vergessen können!«

»Wir müssen schnell hier raus«, mahnte Giuseppe und reichte ihr die Hand. »Am Fuße des Turmes habe ich eine Tür gesehen, die den Flammen nicht mehr lange standhalten wird.«

Pala nickte und wollte schon mit ihm gehen, als sie noch einmal innehielt. »Warte!«

»Was denn jetzt noch?«

Pala lief zum Schreibtisch und schnappte sich *Die Macht der Worte*. »Du hast mir doch die Sage vom Unaussprechlichen erzählt. Sein Geheimwissen steht in diesem Buch. Ihm verdankte Zitto seine Macht. Doch nun ist Schluss damit.«

Im Sprechen war sie wieder zum Fenster gegangen. Jetzt hob sie das Zauberbuch über den Kopf, beugte sich so weit wie möglich heraus und schleuderte *Die Macht der Worte* in den Feuersee. Als das Buch in die Flammen tauchte, schoss ein gleißender Blitz empor, ließ den Nachthimmel über Silencia für die Dauer eines Herzschlags taghell erstrahlen und fiel dann lautlos in sich zusammen. Mit einem grimmigen Lächeln auf dem Gesicht wandte sich Pala wieder zu Giuseppe und Nuschel um. »Was verloren geht, bleibt verloren.«

Der Erzähler nickte beifällig. »Du hast gut daran getan, es zu vernichten, Schwesterchen. Die Sprache bedarf keines solchen Buches, um ihre Kraft zu entfalten. Jetzt können die Menschen endlich wieder frei über ihre Worte verfügen. Und nun komm!«

Pala lief zu ihm zurück, nahm seine Hand und folgte ihm zur Tür. »Hoffentlich tun sie es diesmal mit mehr Bedacht. Ach übrigens, hast du nicht unlängst behauptet, deine Zuneigung zu mir hätte tiefe Wurzeln?«

Giuseppe sah sie verdutzt an. »Worauf willst du hinaus?«

Pala lächelte zuckersüß. »Da gibt es eine Neuigkeit, von der ich dir unbedingt erzählen muss, *Onkelchen* …«

Die Flucht durch den Zitadellenturm glückte in letzter Sekunde. Gerade hatten Pala, Giuseppe und das Nuschel die unterirdischen Gänge betreten, als über ihnen das Feuer durchbrach. Die schwere, eisenbeschlagene Tür zerbarst mit lautem Knall und eine Sturzflut von Flammen ergoss sich ins Innere des Bergfrieds.

Der Tunnel war direkt in den Fels geschlagen und an manchen Stellen zu niedrig, um darin aufrecht gehen zu können. Immer wieder zweigten Quergänge ab. Pala musste an Romeo denken, der nach seiner Ächtung in diese finstere Welt geflohen war. Giuseppe fand sich darin mit schlafwandlerischer Sicherheit zurecht. Als Orientierungshilfe diente ihm ein geheimnisvoller glänzender Zylinder, ähnlich einem Fernrohr, das anstelle von Linsen blau funkelnde Edelsteine besaß. Bei jeder Abzweigung blickte er da hindurch, nickte zufrieden und lief zielstrebig in den ihm vom Stollenlot angezeigten Gang. So nannte er das Sehrohr: *Stollenlot.* Woher es allerdings stammte, wollte er nicht sagen – es schien ihm unangenehm zu sein. Außerdem trug er in seiner Rechten eine Fackel.

»Was ist mit den Wortklaubern geschehen?«, fragte Pala nach längerem Schweigen. Auf ihrer Schulter saß das Nuschel.

»Sind alle verbrannt«, antwortete Giuseppe wortkarg.

»Alle bis auf Tozzo.«

Der Erzähler nickte. »Dem kleinen Kerl habe ich nicht nur Unrecht getan, sondern ihn außerdem noch unterschätzt. Ich überlege gerade, was aus ihm werden soll, jetzt, wo Zittos Reich sich in Luft auflöst. Vielleicht …«

»Giuseppe!«, unterbrach ihn Pala. Ihre Augen strahlten.

»Was ist?«

»Sie sind wieder alle da!«

»Wer? Die Wortklauber?«

»Nein, aber die von ihnen geraubten *Worte!* Du kannst sie wieder aussprechen.«

Giuseppe blieb stehen und drehte sich zu Pala um. »Ist mir noch gar nicht aufgefallen, aber du hast Recht.« Er grinste wie ein großer Junge. »Jetzt kann doch noch ein anständiger Geschichtenerzähler aus mir werden. Und ein würdiger Nachfolger des von allen geliebten Gaspare.«

»Ja, *meines* Nonno! Er wird sich bestimmt freuen.«

»*Deines* …? Ach so, ja, wir sind ja jetzt Nichte und Onkel – daran muss ich mich erst gewöhnen.«

Kurze Zeit später erreichten sie das Ende des Geheimgangs. Sie kletterten durch eine Bodenluke in einen engen Raum von höchstens drei mal drei Schritten. Das Fackellicht waberte über die hölzernen Wände einer schäbigen Hütte. Fenster gab es hier nicht, nur eine Tür. Des Mädchens Herz begann mit einem Mal wie wild zu rasen. Von plötzlicher Beklemmung erfasst, stürzte es mit dem Nuschel ins Freie. Giuseppe folgte dichtauf. Sie befanden sich etwa auf mittlerer Höhe des Schlossberges. Als Pala sich zu dem Verschlag umwandte, blieb ihr Mund offen stehen.

»Was ist?«, fragte Giuseppe. »Du tust ja gerade so, als ob der Schuppen eine Gespensterherberge wäre. Eigentlich müsstest du ihn kennen.«

»Es ist das *Haus des Schweigens.*«

»Wo steht das? Ich sehe nur ein Sonett.«

Das stimmte. Name und Rätselspruch waren verschwunden, dafür hing ein Schild mit dem elften Gedicht aus Romeos Sonettenkranz über der Tür. Pala steckte sich eine Haarlocke in den Mundwinkel. »Anscheinend konnte Zitto das Häuschen nicht aus seinem Garten verbannen, weil es von einem seiner Vorfahren errichtet worden war oder weil dieses Gedicht nirgendwo sonst erhalten geblieben ist. Sag mal, Nuschel, weshalb hast du nicht den Geheimgang benutzt, um aus dem *Haus des Schweigens* zu entkommen? Erzähl mir jetzt nicht, du hättest dich nie danach gefragt.«

»So is' es ja auch nich'. Andere Eingeschloss'ne hatt'n mir zwar von 'nem Weg ins Schloss erzählt, aber ich wusste weder, wo-sich die Falltür befindet, noch wie-ich-sie hätt öffn'n könn'n. Zitto hat doch alle Wege nach ob'n versteckt.«

»Das leuchtet mir ein.« Pala wandte sich ihrem Onkel zu. »Und was hast du dann getan, wozu die anderen nicht in der Lage waren?«

Giuseppe lächelte verlegen. »Irgendwann musst du es ja doch erfahren: Nachdem du uns verloren gegangen warst, hatte ich eine längere Unterhaltung mit Tozzo. Er zeigte mir, was für ein selbstgefälliger Hornochse ich gewesen war, und half mir dabei, die alten Tugenden der Oratores in mir zu wecken. Zwar reiche ich noch lange nicht an deine Wortschöpfungen heran, aber im Öffnen von geheimen Wegen bin ich schon ganz gut. Mit einem *Durchblicker* habe ich deine Fährte aufgenommen und das *Stollenlot* hat mir den Geheimgang zum Turm geöffnet. Es sind nur tote Gegenstände. Im Vergleich zu deinen Antilowen …«

»Jetzt hör auf, dich für deine Schöpfungen zu schämen. Dazu hast du keinen Grund. Ich bin stolz auf dich, Onkelchen. Wie konntest du übrigens die Hütte …?«

»Die ist ganz von allein zu dem geworden, was sie schon immer gewesen war.«

Pala schüttelte gedankenvoll den Kopf. »Nicht von allein. Ich fürchtete schon, verbrennen zu müssen, als ich überraschend in den Schlossturm versetzt wurde, kurz bevor du mich dort gefunden hast. Um alles wieder ins rechte Lot zu bringen, musste Zittos Bann erst erschüttert werden.«

»Na, das ist nun auch egal. Komm, wir wollen endlich nach Hause …«

»Halt!«, piepste das Nuschel von Palas Schulter.

Die beiden Menschen verharrten auf der Stelle. »Was gibt's denn noch?«, fragte das Mädchen.

»Ich bleibe hier.«

»In diesem Schuppen?«

»Und in den Gäng'n und im Schlossgart'n.«

»Bist du dir sicher?«

»Nuschels gehören hierher und sonst nirgendwohin.«

Pala spürte, wie ernst es dem kleinen Pelzmännchen war. Sie seufzte, nahm es wie einen Teddybären in beide Hände und sagte ihm unter Tränen Lebwohl. Auch Giuseppe reichte dem Zwerg einen Finger, damit er ihn schüttelte. Ein letzter Kuss Palas besiegelte den Abschied.

»Du bist überhaupt nicht mehr klebrig«, sagte sie traurig.

»Ich hab-mich ja auch von Kopf-bis-Fuß abgeschleckt«, nuschelte Nuschel.

Pala verzog das Gesicht zu einem Lächeln. Sie setzte das Nuschel auf den Boden und es entschwand mit flinken Sprüngen in die Nacht.

»Er ist ein mutiges kleines Kerlchen«, sagte Giuseppe, während er behutsam Palas Hand ergriff.

»Ja, das ist er«, seufzte sie und ließ sich von dem Erzähler fortziehen.

Mit langen Schritten liefen sie den Hang hinab. Nach einem kurzen Stück Weges sagte Giuseppe: »Eines würde mich doch noch interessieren. Tozzo hat Zitto als ›König unter den Dichtern‹ bezeichnet. Ein solcher Mann müsste doch an der Vielfalt von Worten Freude finden. Warum wollte er dann allen Menschen die Sprache abgaunern?«

Pala sah ihren Freund lächelnd von der Seite her an. »Ich glaube, die Antwort liegt in einer ihm angeborenen Schwäche: Er strebte nach Vollkommenheit.«

»Das tue ich auch. Und mein Vater …«

»Den hat dieses Feuer fast ausgebrannt, weshalb er sein Mundwerk an den Nagel hängte – ich weiß, Giuseppe, in meinen Adern fließt das gleiche Blut. Aber Zittos Ehrgeiz kannte keine Grenzen. Wie muss es ihn geschmerzt haben, als sein eigener Schüler ihn überflügelte! Nur deshalb verfasste er sein Meistersonett. Es sollte ihn wieder zum unangefochtenen König aller Dichter machen. Aber die Menschen ließen sich von den *Gewogenen Worten* nicht blenden. Das Ebenmaß bedeutungsvoller Verse ist nicht allein entscheidend.«

Giuseppe nickte. »Wahre Größe misst sich nicht am Selbst, sondern am Willen und an der Fähigkeit Mitmenschen in ihrer Einzigartigkeit zu verstehen, sie dafür zu schätzen und zu lieben.«

»Aber Zitto war nicht bereit, sich selbst zurückzunehmen. Er wollte für immer der größte Wortschöpfer sein. Doch Ruhm ist vergänglich, das hatte er aus der Erfahrung mit seinem Schüler gelernt. Es war nur eine Frage der Zeit, bis ein anderer kommen würde, dessen Wortgewalt Zittos Meisterschaft überträfe …«

»Und deshalb hat er sich gedacht: Es ist doch das Einfachste, sämtliche Konkurrenten ein für alle Mal mundtot zu machen.«

»Genau. Er selbst sprach allerdings von ›Stille‹, nach der er sich sehne.«

»Womit er nur die Ruhe außerhalb seines Gartenreiches meinte.«

Pala nickte. »In Zittonien wäre er für alle Zeit der unumschränkte Herrscher gewesen.«

»Wenn du mich fragst, war er ein ziemlich machtgieriger Knilch.«

»Mir tut er eher Leid. Das Streben nach Vollkommenheit ist wohl nicht verkehrt, solange man sich und anderen auch Schwächen zugesteht. Aber Zitto hat daraus Böses werden lassen. Er ließ sich von seinem eigenen Ehrgeiz verzehren.« Pala schüttelte sich bei dem Gedanken an Zittos Ende.

»Schau nur, die Mauer!«, entfuhr es Giuseppe unvermittelt. »Sie ist eingestürzt.«

Die Klostermauer wies zahlreiche Breschen auf, als sei sie seit hunderten von Jahren nicht mehr instand gesetzt worden. Pala hatte es auch schon bemerkt, aber sie lächelte nur, anstatt wie Giuseppe zu staunen.

»Was bemerkt man kaum, solange man es nicht beachtet, erscheint jedoch unüberwindlich, sobald man es zu erklimmen sucht?«

»Mir steht jetzt wirklich nicht der Sinn nach weiteren Rätseln, Pala.«

»Denk an das *Haus des Schweigens.*«

Giuseppes Gesicht fing an zu strahlen. »Natürlich! Es ist die *Mauer* des Schweigens. Womit sonst hätte sich Zitto besser schützen sollen? Was ist undurchdringlicher und was kann höher sein als sie?«

»Und hast du ihre Krone dann erklommen, erblickst du einen Abgrund ganz benommen.« Pala lachte. »Das war ein fünfhebiger Jambus! Ich sollte vielleicht mein eigenes Sonett schreiben.«

Giuseppe stöhnte leise.

»Du hast Recht, Onkelchen. Es gibt Wichtigeres. Zuerst muss ich jemanden umarmen. Ich kann es gar nicht erwarten.«

Als Pala und Giuseppe den Platz der Dichter erreichten, herrschte dort Volksfeststimmung. Nach Erschallen des Meister-Sonetts und der hierauf folgenden seltsamen Wiederkehr der Worte hatte es niemanden mehr zu Hause im Papperlasessel gehalten, alle waren unter den Uhrenturm geeilt: Jungen und Mädchen, Männer und Frauen, Greise und Greisinnen. Die Menschen lagen sich in den Armen wie Freunde, die sich nach langer Zeit wieder gefunden hatten. In dem Durcheinander war es so gut wie unmöglich, jemand Bestimmtes zu finden. Aber schließlich gelang es Pala doch.

»Mama!«, rief sie, nachdem zuerst Nina *sie* entdeckt und vor Aufregung gekreischt hatte.

Die Mutter starrte das zerschundene, verschmutzte, nur noch in Lumpen gekleidete Mädchen wie ein Gespenst an. Auch der Vater tauchte aus der Menge auf und sein Lachen gefror.

Pala hatte sich sofort von Giuseppes Hand losgerissen, doch nun zögerte sie. Ihre Knie wurden weich. Was war los mit den beiden? Freuten sie sich denn nicht? War am Ende alles vergeblich gewesen? Hatten sie das Familienband für immer zerschnitten …?

Mit einem Mal begann ein Ausdruck des Glücks und unbeschreiblicher Erleichterung die Gesichter der Eltern zu erhellen wie der erste Sonnenstrahl einen neuen Morgen. »Pala!«, rief die Mutter, klemmte sich Nina unter den Arm und stürmte auf ihre Große los, dicht gefolgt von dem Vater. Inmitten der jubelnden Menschen fielen sie sich in die Arme. Irgendwo klatschten ein paar Leute Beifall.

»Es tut mir ja so Leid!«, wimmerte die Mutter. »Vergib mir, Pala. Meine bösen Worte – sie waren nicht ernst gemeint.«

»Wir lieben dich doch«, beteuerte der Vater.

»Aber das weiß ich ja«, schluchzte Pala. »Sonst wäre ich niemals nach Hause gekommen. Stellt euch vor, fast hätte ich in einem Hungerkäfig schmoren müssen, als mir klar wurde, warum ihr damals auf das Pflegegeld verzichtet und mich stattdessen adoptiert habt: aus Liebe!«

»Wir wollten das Geld zurückzahlen«, beteuerte die Mutter. »Papa und ich haben dafür jahrelang gespart. Leider kennen wir bis heute nicht den Namen des Unbekannten, der uns die Zahlungen wöchentlich über das Kloster hatte zukommen lassen. So bewahrten wir die Empfangsbestätigungen bis heute in einem Pappkarton auf ... «

»Und ich hätte sie beinahe entdeckt«, murmelte Pala. »Jetzt ist mir klar, warum ich nie in Omas Stube herumschnüffeln durfte.«

»Pala bleibt jetzt da!«, krähte Nina.

Eine ganze Weile standen sie so beisammen, sich umarmend, sich küssend, sich gegenseitig mit Tränen benetzend, und merkten gar nicht, wie sich um sie herum ein großer Kreis aus Menschen bildete. Alle wollten ihre Heldin weinen sehen.

»Wir vier bleiben zusammen, mein Kind«, versicherte die Mutter, wohl schon zum hundertsten Mal, als sich unvermittelt eine neue Stimme Gehör verschaffte.

»Habt ihr noch Verwendung für einen Großvater?«

Die verwirrende Umklammerung lockerte sich etwas und Pala blickte über die Schulter der Mutter hinweg in das Faltengesicht eines alten Mannes. »Nonno!«, schrie sie unvermittelt aus voller Kehle – ihre Mutter musste sich das Ohr zuhalten.

Rasend schnell fädelte Pala sich aus dem Umarmungsknäuel heraus und fiel nun dem alten Geschichtenerzähler in die Arme. Neue Tränen begannen zu fließen. Wunderbare Tränen, wie sie nur das größte Glück hervorzubringen vermag. Sie bedeckte sein stoppeliges Gesicht über und über mit Küssen. »Nonno, ich freue mich so, du kannst wieder sprechen!«

»Tja«, sagte der alte Erzähler, »und das habe ich dir zu verdanken. Wir müssen übrigens bei Gelegenheit über deinen Umgang sprechen, deine seltsamen Freunde ... «

»Tozzo, meinst du?« Pala lachte. »Wo ist er eigentlich?«

»Fortgeschwirrt, kurz nachdem er mir das Meister-Sonett und deine Anweisungen überbracht hatte. Was für vollkommene Worte! Ich brauchte das Klinggedicht nur anzusehen und schon kehrte meine Sprache zurück. Den komischen kleinen Kerl zu verstehen war danach leicht. Oder sagen wir, zumindest eine bewältigbare Aufgabe.«

»Ich werde Tozzo vermissen.«

Gaspare verzog das Gesicht zu einem typischen Oratore-Grinsen. »Nicht traurig sein. Dafür hast du ja jetzt zwei Onkels und einen Großvater dazubekommen.«

Pala streichelte Nonno Gaspares Stoppelwange, dann reichte sie Mutter und Vater die Hände. Zusammen mit Giuseppe und Nina bildeten sie einen Kreis. »Heute sind wir nur sechs«, sagte sie feierlich. »Doch eine gute Geschichte braucht mindestens sieben, um vollkommen zu sein. Macht euch keine Sorge, Mama und Papa, denn ich habe euch lieb und so wird es immer bleiben – aber nun möchte ich meinen wirklichen Vater kennen lernen.«

»Dieser Wunsch kann erfüllt werden«, sagte Gaspare und löste sich aus der Runde, um hinter sich zu deuten. »Komm, Primo, du brauchst dich nicht mehr zu verstecken. Begrüße deine Tochter.«

Pala starrte wie gebannt in die Lücke des Kreises. Erneut wurden ihre Knie weich. Ein hoch gewachsener, hagerer Mann mit vergrämtem Gesicht trat in das Rund. Seine Augen waren strahlend blau, sein gewelltes Haar musste einmal schwarz gewesen sein, doch zahlreiche weiße Strähnen ließen es nun aschgrau erscheinen. Die Menschen rings herum wurden mit einem Mal ganz still. Primo lächelte verlegen und als seine tiefe, wohltönende Stimme zu sprechen begann, klang es beinahe schüchtern.

»Ich war ein Dummkopf, mein kleines Mädchen im Stich zu lassen. Selbst das Geld, das ich dem Kloster für dich ohne Absender geschickt hatte, kann mich von meiner Schuld nicht reinwaschen. Heute ist mir das klar geworden. Aber nachdem deine Mutter gestorben war ...« Primo versagte die Stimme. Er schüttelte nur sein sorgengraues Haupt und ließ es beschämt hängen.

Das war zu viel für Pala. Sie riss sich los, lief zu ihrem Vater und drückte ihn an sich. Donnernder Applaus brandete um sie herum auf. Wildfremde Menschen fielen sich in die Arme.

»Papa«, schluchzte sie, »Papa, hör auf dich zu grämen. Du bist jetzt bei mir, nur das allein zählt.«

Er schüttelte erneut den Kopf, diesmal ärgerlich. »Aber ich bin doch heute früh nicht wegen dir, sondern auf Weisung meiner Vorgesetzten nach Silencia gereist, um Zittos Stammsitz einen Besuch abzustatten und dem neu gewählten Bürgermeister die Ehrerbietung zu erweisen. Ich gebe zu, auch an dich gedacht zu haben, wie ich es immer tue, wenn ich in die Stadt komme, doch ...«

»Papa, du musst dir keine Vorwürfe mehr machen«, unterbrach Pala ihn. »Nicht irgendein Direktor hat dich herkommen lassen, sondern Zitto höchstpersönlich, jetzt ist mir das klar. Er wollte das Meister-Sonett zurückrufen und damit auch allen Oratores die Worte rauben, damit ihm niemand mehr seine Macht streitig machen konnte.«

»Aber das kann nicht stimmen, Silvestro fehlt doch noch.«

»Der Theaterdirektor?«

»Ebender«, meldete sich unvermittelt eine fremde und dennoch für Pala auf unheimliche Weise vertraute Stimme zu Wort. Sie klang ziemlich schwülstig, aber nichtsdestominder wohlgemut, als sie hinzufügte: »Wenn so viele Oratores aufeinander hocken, dann dürfen Wir doch nicht fehlen. Wie es scheint, hat Unsere Nichte unser aller Geschick besser gekannt als wir drei Brüder zusammen.«

Pala war in den Armen ihres Vaters erstarrt. Nicht er,

auch kein anderer des Siebenerkreises hatte sich da auf so theatralische Weise Gehör verschafft. Die seltsame Wortwahl, der Tonfall – sie hätte schwören können, Zitto … nein, Romeo sei wieder auferstanden.

»Silvestro!«, rief Gaspare und wechselte von seinem Erst- zum Zweitgeborenen, den er ungefähr zum selben Zeitpunkt wie Giuseppe erreichte. Ein neuer Umarmungsknoten bildete sich. Die Menge spendete Beifall.

»Wie gut, endlich wieder meine drei Söhne bei mir zu haben«, sagte der alte Geschichtenerzähler, nachdem er seine bebende Stimme einigermaßen in den Griff bekommen hatte. »Wir sollten uns unbedingt Zeit nehmen, um einiges zu besprechen. Ich bin ein dummer Wortspalter gewesen. Oder sagen wir, ein alter starrsinniger Tropf.«

Giuseppe lachte. »Das trifft es wohl besser. Aber *wir* drei hätten genauso reden und die Missverständnisse ausräumen müssen, anstatt uns nur schweigend von dir zurückzuziehen. Zitto hat mit uns allen sein Spiel getrieben und wir sind auf ihn reingefallen.«

»Ich glaube«, sagte Primo nachdenklich, »wir in Silencia haben nun gelernt, dem Wort die Ehre zu geben.«

Nach einer Reihe weiterer Umarmungen, in die jetzt auch Pala, Nina und ihre Eltern einbezogen wurden, begegneten sich die Blicke Silvestros und seiner Nichte. Er lächelte, und während sie in ihrer Befangenheit noch staunte, wie sehr sein Gesicht demjenigen Romeos glich, sagte er: »So sieht heute also die kleine Pala aus, die Giuseppe mit ihrem Geplapper ständig in den Ohren gelegen hat.«

Die Wortwahl des stattlichen Theaterdirektors war nun gar nicht mehr theatralisch, was Pala als sehr angenehm empfand. Sie schenkte ihm ihr hübschestes Lächeln und erwiderte: »Zuhören ist eben eine Tugend, die wie das Reden gelernt sein will, Onkelchen. Mit dir sind wir dann ja wohl acht.«

»Ist das schlimm?«

Pala lachte. »Nein, überhaupt nicht. Meiner Erfahrung nach wird die Geschichte dadurch nur noch besser.«

Von Zittos Burg war allein der alte Turm stehen geblieben, der Rest wurde ein Raub der Flammen. Ich erwähne das nur deshalb, weil sich in Silencia nach dem großen Brand hartnäckig das Gerücht hielt, auf dem Schlossberg gehe nicht alles mit rechten Dingen zu. Einige berichteten von fremdartigen kleinen Pelzwesen, die dort oben, vorwiegend zu nächtlicher Stunde, durch den Garten huschten. Andere wollten ein lautes Brummen vernommen haben, dessen Herkunft sie sich nicht erklären konnten. Bald war Silencia um eine Sage reicher.

Nachdem Zitto für das Amt des Bürgermeisters nicht mehr infrage kam, übernahm wieder der alte Stadtrat die Regierungsgeschäfte, allerdings mit neuen Vorsätzen. Alle überpinselten oder abgeschlagenen Wandsprüche wurden erneuert und die »Arche Zitto« musste sämtliche eingebunkerten Schriftstücke wieder herausrücken.

Die seltsame Verflüchtigung der Worte hatte zwar mit der Verkündung des Meister-Sonetts schlagartig ein Ende gefunden, aber die hierdurch der Stadt und den Menschen zugefügten Wunden heilten langsamer, manche nie. Immerhin wurde das Gespräch in Silenica als Tugend wieder entdeckt, Worte als kostbares Mittel zur Verständigung, das Dichten wie auch Fabulieren als Beflügelung von Geist und Schaffenskraft. Die Einwohner der Stadt sind heute hellhöriger gegenüber Wortklaubern jeglicher Art, auch solchen, die in der Maske angeblich tonangebender Zeitgenossen auftreten. Man lässt sich nicht mehr so schnell die Worte im Munde herumdrehen, denn wer dahin gehend wachsam ist und trotzdem offen bleibt für die guten Gedanken anderer, dessen eigenes Denken können die Zittos dieser Welt nicht mehr in ihre Gewalt bekommen. Oder sagen wir, nicht mehr so leicht.

Die Papperla-Papageien wurden übrigens nicht samt und sonders ausgemustert. Man lernte mit ihnen zu leben, weil sie sich bei sparsamem Gebrauch als durchaus nützliche Nachrichtenvögel erwiesen. Hier und da sorgen sie auch für vergnügliche Unterhaltung. Und wenn es ihren Besitzern doch einmal zu bunt wird, dann decken sie die Plappermäuler einfach zu und Ruhe ist im Karton. Lieber erzählt man sich dann von eigenen schönen Gefühlen, die man einmal empfunden hat, und erlebt dabei die erinnerte Begeisterung und Freude ein weiteres Mal. Diese Erfahrung, die besser ist als jedes Papperla-Papagei-Programm, machen Tag für Tag viele Menschen in Silencia, und das ist gut so.

Fast hätt ich's vergessen, vielleicht interessiert ja noch jemand, wie es unserer Wortschöpferfamilie ergangen ist. Die Oratores – zu denen nun auch Pala gehört – erbten den Schlossberg und sämtliche Besitztümer des verflüchtigten Dichterfürsten. Burgturm und Garten stifteten sie der Stadt mit der Maßgabe einer gemeinnützigen Verwendung. Zittos Archiv »zum Zwecke der dauerhaften und absolut modersicheren Einlagerung« silencianischen Schrifttums wurde nach prachtvollem Umbau wieder seinem alten Zweck zugeführt; die Leitung des neuen alten Theaters übernahm Silvestro Oratore. Die wirtschaftliche Führung des Familienunternehmens vertraute der Familienrat Primo an, Palas Vater bewies hierin Umsicht, Menschlichkeit und großes Geschick. Sein Führungsstil war auf Verständigung ausgelegt, nicht auf rücksichtslose Alleingänge. Diese angenehme Wesensart ließ auch das Verhältnis zu seiner Tochter erblühen. Obwohl unsere Heldin nun oft ihren leiblichen Vater traf und manche Angelegenheit mit ihm besprach, trat er nie als Nebenbuhler um ihre Liebe auf. Während er auf diese Weise einer ihrer besten Freunde wurde, wuchs sie weiter in der Alexandrinergasse auf. Der unverhoffte Reichtum hatte daran nichts geändert. Oder sagen wir, nicht sehr viel.

Mit großzügigen Spendengeldern sowie unter Verwendung echter Mauersteine wurde das Schloss wieder aufgebaut, um daraus ein Museum und eine Bildungs- und Forschungsstätte zu machen, die sich hinfort der Sprachpflege widmete. Gaspare Oratore wurde Ehrenpräsident der Stiftung, einige Jahre später übernahm eine gewisse Parola Oratore die Leitung, eine sprachgewaltige junge Frau, die, wie jeder wusste, mit einem Gebrauchsdichter namens Pasquale verlobt war.

Albträume von Stürzen in bodenlose Tiefen gehörten für Pala zu dieser Zeit längst der Vergangenheit an. Ihrer Ansicht nach trug dazu vor allem die restlose Aufklärung ihres Lebensrätsels bei. Ihr Großvater hatte noch in der Nacht des freudigen Wiedersehens die ganze traurige Geschichte erzählt: Kurz bevor sein Erstgeborener endgültig in die Hauptstadt gezogen war, sei er noch einmal in die Märchengasse gekommen. Ein furchtbarer Streit brach aus. Da habe Primo ihm, Gaspare, die Wahrheit über das angeblich tot geborene Kind an den Kopf geschleudert. Die Trauer um seine Frau sei für ihn unerträglich gewesen, rechtfertigte sich Primo seinerzeit. Dem Wahnsinn nahe, sich unfähig fühlend, für ein Neugeborenes zu sorgen, habe er deshalb seine Tochter, sauber in Windeln und Decken verpackt, auf die Schwelle des Nonnenklosters von Silencia gelegt.

Die Nachricht traf den alten Gaspare wie ein Keulenschlag. Damals verband ihn und die kleine Pala längst ein inniges Verhältnis. Natürlich interessierte er sich für alles, was ihre Kindheit betraf, und ihm war auch die auffällige Ähnlichkeit des Mädchens mit ihm und seinen Söhnen nicht entgangen (nur wenige in Silencia hatten dunkle Haare, aber himmelblaue Augen wie die Oratores). Jedes Mal, wenn er mit Palas Ziehvater über diese Fragen sprechen wollte, antwortete dieser nur ausweichend, wie jemand, der nicht lügen, aber auch nicht die Wahrheit sagen will. Allein der Wille zur Offenheit hätte ihm wenig genützt. Wer war des Kindes leiblicher Vater, von dem, wie er zu Recht vermutete, das angekohlte Geburtsgedicht stammte? Niemand schien es zu wissen, auch die Ordensschwester nicht, die das Pergament mit knapper Not aus den Flammen gerettet hatte, nachdem das Kloster von einem Blitz getroffen worden war. Sie übergab es Palas Zieheltern zusammen mit dem Waisenkind und weil sie nur als Botin auftrat, entstand die Legende von dem unbekannten Dichter, dem das Kind seine Lebensverse verdankte. Später besuchte die Nonne das Mädchen einmal in der Woche, aber über die Herkunft des von ihr ausgezahlten Pflegegeldes konnte oder wollte sie nichts sagen. Deshalb vermochte Palas Adoptivvater auch niemals Gaspares Wissensdurst zu stillen. Sie könnte ein Findelkind sein, dachte sich daher der alte Graukopf, vielleicht sogar meine verschollene Enkeltochter. Ich werde sie nach Bildern fragen, nach Urkunden und anderen Dokumenten, die ihre Herkunft aufklären können.

Wie wir inzwischen wissen, kam ihm die seltsame Verflüchtigung der Worte dazwischen und Palas Geschichte nahm jenen Verlauf, den wir nun alle kennen. Na ja, zum Glück ist alles gut ausgegangen. Oder sagen wir, besser als zu befürchten stand.

Die Gassen und Plätze Silencias hallen nun wie in alten Zeiten vom Geplapper und Geplauder der Menschen wider, bei Tag und bei Nacht. Nur oben auf der wieder aufgebauten Burg herrscht Stille, wenn der Mond seine silberne

Scheibe über den Schlossberg hievt. Fast jedenfalls. Das rätselhafte Brummen kann man bisweilen immer noch hören, wenn es die Flure durchschwirrt und die Türme umkreist. Die Leute munkeln, es stamme von einem geflügelten Wesen, groß wie ein wohlgenährter Kater, im Aussehen dagegen eher wie ein Insekt. Aber selbst wenn Polizisten Flügel hätten, könnten sie es wohl nicht sehen, weil Wortklauber viel zu scheue Geschöpfe sind.

Zu guter Letzt bleibt eine Frage offen: Von wem stammt überhaupt diese haarsträubende Geschichte, der man kaum Glauben schenken mag? Tja, was soll ich darauf antworten? Wer gründlich hingelesen hat, dem wird's ohnehin nicht entgangen sein. Und das muss auch genügen, denn ich finde, mein Name ist wie der aller Menschen, nur Schall und Rauch. Die Wahrheit kommt ganz gut ohne Etiketten aus. Es hat lange gebraucht, bis ich zu dieser Einsicht gelangt bin. Aber so geht's im Leben eben: *Erst ganz zum Schluss ist, wer Geduld hat, schlauer.*

Ralf Isau freut sich über einen Besuch
auf seiner Homepage:

www.isau.de

Isau, Ralf:
Pala und die seltsame Verflüchtigung der Worte
ISBN 3 522 17432 1

Umschlaggestaltung und Kapitelvignetten: Ludvik Glazer-Naudé
Umschlagtypografie: Michael Kimmerle
Schrift: Electra und Oxford
Satz: KCS GmbH, Buchholz/Hamburg
Reproduktion: immedia 23, Stuttgart
Druck und Bindung: Friedrich Pustet, Regensburg

6 5 4 3 2* 02 03 04 05

Thienemann im Internet: www.thienemann.de